FABLEHAVEN

A ASCENSÃO DA ESTRELA VESPERTINA

FICAR PARADO
SERIA
UM ERRO

A IGNORÂNCIA
NÃO É MAIS
UMA PROTEÇÃO

FABLEHAVEN
A ASCENSÃO DA ESTRELA VESPERTINA

BRANDON MULL

Ilustrações
Brandon Dorman

Tradução
Alexandre D'Elia

Para mamãe e papai
Por seu interminável amor e apoio

Título original
FABLEHAVEN
RISE OF THE EVENING STAR

Este livro é de ficção. Qualquer referência a fatos históricos, pessoas ou localidades reais foi usada de forma fictícia. Nomes, personagens, lugares e incidentes são produtos da imaginação do autor, e qualquer semelhança com acontecimentos ou localidades ou pessoas reais, vivas ou não, é mera coincidência.

Copyright do texto © 2007 *by* Brandon Mull
Copyright das ilustrações © 2007 *by* Brandon Dorman

Todos os direitos reservados.
Nenhuma parte deste livro pode ser usada ou reproduzida no todo ou em parte.

Direitos para a língua portuguesa reservados com exclusividade para o Brasil à
EDITORA ROCCO LTDA.
Av. Presidente Wilson, 231 – 8º andar
20030-021 – Rio de Janeiro – RJ
Tel.: (21) 3525-2000 – Fax: (21) 3525-2001
rocco@rocco.com.br
www.rocco.com.br

Printed in Brazil/Impresso no Brasil

preparação de originais
MARIA BEATRIZ BRANQUINHO

CIP-Brasil. Catalogação na Fonte.
Sindicato Nacional dos Editores de Livros, RJ.
M922a   Mull, Brandon, 1974-
A ascensão da estrela vespertina / Brandon Mull; ilustrações de Brandon Dorman; tradução de Alexandre D'Elia. – Rio de Janeiro: Rocco Jovens Leitores, 2011.
il. (Fablehaven) – Primeira edição
Tradução de: Fablehaven: rise of the evening star
ISBN 978-85-7980-066-5
1. Magia - Literatura infantojuvenil. 2. Literatura infantojuvenil americana.
I. Dorman, Brandon. II. D'Elia, Alexandre. III. Título. IV. Série.
11-0882   CDD – 028.5   CDU – 087.5

O texto deste livro obedece às normas do Acordo Ortográfico da Língua Portuguesa.

Sumário

Capítulo 1	O aluno novo	9
Capítulo 2	Falando com estranhos...................................	25
Capítulo 3	Procedimentos de extermínio.......................	41
Capítulo 4	Vanessa...	63
Capítulo 5	Novos convidados	91
Capítulo 6	Tanu..	115
Capítulo 7	O calabouço	142
Capítulo 8	Coulter...	162
Capítulo 9	O Esfinge...	182
Capítulo 10	Um hóspede não convidado.........................	203
Capítulo 11	Traição	231
Capítulo 12	Perigo na noite..	250
Capítulo 13	A rede do ladrão...	268
Capítulo 14	Reencontro..	294
Capítulo 15	Assistência satírica	320
Capítulo 16	Portas de brownies	338
Capítulo 17	Recuperando a chave.....................................	355
Capítulo 18	Planos divergentes	380
Capítulo 19	A torre invertida...	401
Capítulo 20	O cofre...	427
Capítulo 21	A Caixa Quieta	462
	Agradecimentos..	477

FABLEHAVEN

CAPÍTULO UM

O aluno novo

Acotovelando-se em meio a dezenas de outros colegas do nono ano, Kendra encaminhou-se até sua carteira. Em um instante, o sinal tocaria, assinalando o início da última semana de aula. Mais uma semana e ela deixaria para sempre o ensino fundamental para ingressar no ensino médio, juntando-se a garotos e garotas de outras duas escolas.

Um ano atrás, essa perspectiva era muito mais excitante do que parecia agora. Desde o quinto ano o desempenho escolar de Kendra era similar ao de uma nerd fanática pelos estudos, e um novo começo no ensino médio talvez pudesse significar uma oportunidade para largar essa imagem quieta e estudiosa. Mas esse fora um ano de renascimento. Era impressionante como um pouco de confiança e uma atitude mais extrovertida podiam elevar rapidamente seu status social. Kendra não se sentia mais tão desesperada por um novo começo.

Alyssa Carter sentou-se na carteira ao lado dela.

— Ouvi falar que a gente vai receber o anuário hoje — disse ela. A menina, de constituição esguia, tinha cabelos curtos e louros. Kendra conhecera Alyssa em setembro na equipe de futebol.

— Que ótimo. Fiquei um zumbi na minha foto — resmungou Kendra.

— A sua ficou linda. Você lembra da minha? Meu aparelho ficou do tamanho de um para-choque de caminhão.

— Pouco importa. Quase não dava pra reparar.

Tocou o sinal. A maioria dos garotos estava sentada. A sra. Price entrou na sala acompanhada pelo aluno mais desfigurado que Kendra já vira em toda a sua vida. O garoto tinha um couro cabeludo calvo e escabroso e um rosto que mais parecia um vergalhão fendido. Seus olhos eram gretas franzidas, seu nariz uma cavidade deformada, sua boca desprovida de lábios e áspera. Ele coçou o braço, dedos tortos encrespados de verrugas inchadas.

O garoto hediondo estava, no entanto, bem-vestido. Usava uma camisa vermelha e preta abotoada, calça jeans e tênis de marca. Ele ficou em pé na frente da classe ao lado da sra. Price enquanto ela o apresentava.

— Gostaria de apresentar a vocês Casey Hancock. Sua família acabou de chegar da Califórnia. Não é muito fácil começar numa escola no final do ano, então, por favor, recebam-no com carinho.

— Pode me chamar de Case — disse ele com uma voz irritante. Ele falava como se estivesse estrangulando alguém.

— Olha só pra isso — murmurou Alyssa.

— Fala sério — sussurrou de volta Kendra. O pobre garoto mal parecia um ser humano. A sra. Price o conduziu até uma carteira na frente da sala. Pus escorria de múltiplas feridas em sua nuca sarnenta.

– Acho que estou apaixonada – disse Alyssa.

– Não seja cruel – murmurou Kendra.

– O quê? Estou falando sério! Você não acha ele o máximo?

Alyssa estava agindo de maneira tão sincera que Kendra flagrou-se reprimindo um sorriso.

– É muita maldade sua.

– Você está cega? O cara é maravilhoso! – Alyssa parecia estar genuinamente ofendida por Kendra não concordar.

– Se você diz – apaziguou Kendra. – Só não é meu tipo.

Alyssa sacudiu a cabeça, como se achasse que Kendra só podia estar louca.

– Você deve ser a garota mais exigente da face da Terra.

Os anúncios da manhã estavam espocando no alto-falante. Case estava conversando com Jonathon White. Ele estava rindo. Isso era estranho. Jonathon era um idiota, não era o tipo de garoto que fazia amizade com uma aberração de circo. Kendra observou Jenna Chamberlain e Karen Sommers trocando olhares e sussurros como se também achassem Case atraente. Como Alyssa, eles não pareciam estar de gozação. Kendra deu uma geral na sala e não viu um único aluno que parecesse sentir repulsa à aparência do novato.

O que estava acontecendo? Ninguém com uma aparência tão esquisita entraria numa sala de aula sem que algumas sobrancelhas se erguessem.

E de repente tudo ficou claro.

Casey Hancock tinha uma aparência inumanamente deformada e hedionda porque não era humano. Ele só podia ser alguma espécie de gnomo que aparentava ser um garoto normal para todas as outras pessoas. Apenas Kendra podia enxergar sua verdadeira forma, consequência de ter sido beijada por centenas de fadas gigantes.

Desde que saíra de Fablehaven, quase um ano atrás, Kendra vira criaturas mágicas apenas duas vezes. Em uma delas ela notara um homem barbudo com menos de trinta centímetros de altura retirando um cachimbo comprido de uma pilha de dejetos atrás de um cinema. Quando ela tentou se aproximar para olhar mais de perto, o homenzinho entrou rapidamente num ralo e sumiu de vista. Em outra ocasião, ela avistou o que parecia uma coruja dourada com rosto humano. Ela estabeleceu contato visual com a criatura por um instante antes de ela alçar voo numa confusão de penas douradas.

Tais visões estranhas eram normalmente camufladas aos olhos humanos. Seu avô Sorenson a havia apresentado ao leite mágico que tornava as pessoas capazes de enxergar além das ilusões que normalmente ocultavam as criaturas místicas. Quando os beijos das fadas tornaram essa habilidade permanente, ele alertara Kendra para o fato de que, às vezes, era mais seguro deixar que certas coisas permanecessem ocultas.

E lá estava ela, fitando um monstro grotesco que posava de aluno novo em sua classe! A sra. Price surgiu no corredor carregando os anuários. Kendra rabiscava qualquer coisa inadvertidamente na capa de um de seus livros. Por que aquela criatura estava ali? Certamente tinha alguma coisa a ver com ela. A menos que gnomos repulsivos tivessem o hábito de se infiltrar nas escolas públicas. Será que ele estava ali para espionar? Para causar problemas? Com certeza estava ali para realizar alguma maldade.

Kendra levantou os olhos e pegou o gnomo encarando-a por cima do ombro. Ela deveria estar contente por poder saber que o garoto novo tinha uma identidade secreta, certo? O conhecimento a deixava nervosa, mas ajudaria Kendra a se preparar para se opor a quaisquer ameaças que ele pudesse representar. Com sua habilidade secreta, podia ficar de olho nele. Se Kendra agisse de forma natural, Case jamais imaginaria que ela poderia ver sua aparência real.

No formato de uma enorme caixa, a Roosevelt Middle School era construída de tal modo que, no inverno, os alunos jamais precisassem fazer qualquer coisa do lado de fora. Corredores internos conectavam todas as partes da escola, e na mesma sala em que ocorriam as assembleias funcionava a lanchonete. Mas, debaixo do sol de junho, Kendra encontrava-se sentada ao ar livre com três amigas almoçando em uma mesa circular ligada a bancos curvados.

Kendra assinava o anuário de Brittany enquanto mastigava um pedaço de croissant. Trina assinava o de Kendra, Alyssa o de Trina e Brittany o de Alyssa. Era importante para Kendra escrever uma mensagem longa e significativa. Afinal, essas eram suas amigas prediletas. "Tenha um maravilhoso verão" talvez pudesse funcionar com conhecidas, mas amigas verdadeiras demandavam algo mais original. A solução era mencionar piadas específicas conhecidas por ambas ou então coisas engraçadas que haviam feito juntas durante o ano. Naquele momento, Kendra estava escrevendo sobre uma ocasião em que Brittany não conseguia parar de rir enquanto tentava fazer um relato oral na aula de história.

Subitamente, sem ter sido convidado, Casey Hancock surgiu entre elas segurando uma bandeja com lasanha, cenoura ralada e leite achocolatado. Trina e Alyssa afastaram-se um pouco para dar lugar a ele. Era uma ousadia quase sem precedentes um garoto sozinho sentar-se à mesa com quatro garotas. Trina pareceu ligeiramente incomodada. Alyssa olhou para Kendra como alguém que acabou de ganhar na loteria. Se ao menos Alyssa pudesse ver qual era a verdadeira aparência de sua nova paixão!

– Acho que ainda não fomos apresentados – anunciou ele, a voz contraída e áspera. – Eu me chamo Case. Acabei de me mudar pra cá. – O simples som de sua voz já deixava Kendra com a garganta irritada.

Alyssa apresentou-se e fez o mesmo com as outras. Case estivera em duas aulas com Kendra desde o início do dia. Ele fora bem recebido em todas as turmas em que fora apresentado, especialmente pelas garotas.

Case ergueu um garfo cheio de lasanha em direção à boca desdentada, possibilitando que Kendra vislumbrasse sua estreita língua preta. Observá-lo mastigar alguma coisa revirava seu estômago.

– E aí, o que vocês fazem para se divertir por aqui? – perguntou Case em meio a uma garfada de cenoura.

– A gente começa sentando perto de pessoas que a gente conhece – disse Trina. Kendra disfarçou um sorriso. Ela jamais se sentira tão grata a Trina por endurecer com alguém daquela maneira.

– Essa aqui é a mesa das garotas maneiras? – replicou Case, com um ar de surpresa debochado. – Minha intenção era começar por baixo e depois ir subindo. – A réplica deixou Trina sem palavras. Case piscou para Alyssa a fim de demonstrar que estava só brincando. Para um goblin com uma cara escabrosa, até que ele era bem afável.

— Você estava em algumas aulas comigo — disse Case para Kendra, mandando para dentro mais um pouco de lasanha. — Inglês e matemática. — Era difícil olhar para aqueles olhos estreitos e continuar fazendo uma cara de quem está achando tudo muito agradável.

— Estava, sim — Kendra conseguiu dizer.

— Não vou precisar fazer as provas finais. Já terminei tudo na minha antiga escola. Só estou aqui pra me divertir e fazer amigos.

— É como eu me sinto — disse Brittany —, mas Kendra e Alyssa só tiram A.

— Odeio ir ao cinema sozinho — disse Case —, mas ainda não tenho nenhum amigo por aqui. Vocês não estão a fim de assistir a um filme hoje à noite?

— Com certeza — disse Brittany.

Kendra ficou boquiaberta pela cara de pau do novato ao convidar ao mesmo tempo quatro garotas para sair logo no dia em que chegou. Aquele era o goblin mais sociável de todos os tempos! Quais seriam suas intenções?

— Eu vou — disse Alyssa.

— Tudo bem — concordou Trina. — Se você se comportar bem, talvez eu até deixe você assinar meu anuário.

— Eu não dou autógrafos — respondeu Case, de uma tacada só. — Kendra, você vai?

Kendra hesitou. Como poderia ficar sentada durante uma sessão inteira de cinema ao lado de um monstro abominável? Mas como poderia abandonar suas amigas, sendo a única a saber em que elas estavam se metendo?

— Talvez — concedeu.

O goblin cascudo deu uma última garfada na lasanha.

– O que vocês acham de a gente se encontrar na entrada às sete? O cinema da Kendall, naquele shopping pequeno. Vamos torcer para que tenha alguma coisa boa passando. – As outras garotas concordaram enquanto ele se levantava e ia embora.

Kendra observou suas amigas conversando animadamente sobre Case. Ele conquistara Alyssa à primeira vista. Brittany era uma presa fácil. E Trina era o tipo de garota que gostava de bancar a esperta, mas ficava logo a fim se o cara a enfrentava de igual para igual. Kendra achava que ela própria também ficaria impressionada se não soubesse que ele era um monstro repugnante.

Não havia a menor chance de ela contar para suas amigas a verdade a respeito de Case. Qualquer acusação pareceria a mais completa loucura. Mas tinha quase certeza de que ele estava aprontando alguma maldade.

Só havia uma pessoa em toda a cidade a quem Kendra podia contar seu problema. E ele não era exatamente a pessoa mais confiável que ela conhecia.

※ ※ ※

Seth alinhou-se contra Randy Sawyer. Randy era rápido, porém baixo. Seth começara o ano escolar um pouco mais baixo do que a maioria dos garotos de sua classe, mas estava terminando o ano mais alto do que a média. A melhor estratégia contra Randy seria utilizar o máximo possível essa vantagem física.

Spencer McCain puxou a bola para si e recuou. Quatro garotos foram atrás, enquanto outros quatro fizeram a cobertura. Um defensor permaneceu na linha fazendo a contagem. Seth dançava, como se estivesse a ponto de cortar caminho pelo campo, e então correu em disparada até a meta. Spencer levantou a bola numa espiral bem alta. A passagem era um pouco estreita, mas recuando um pouco, Seth saltou à frente de Randy e agarrou-a. Randy imediatamente segurou Seth com as mãos, abaixando-o perto do suéter de Chad Dupree, que demarcava a meta.

– Terceira subida – declarou Spencer, correndo pelo campo.

– Seth! – exclamou uma voz. Seth se virou. Era Kendra. Sua irmã normalmente não falava com ele na escola. A Roosevelt tinha estudantes do sexto ao nono anos, de modo que Seth estava no degrau mais baixo da hierarquia social após ter concluído o fundamental no ano anterior.

– Só um segundo – gritou Seth para Kendra. Os garotos estavam se alinhando. Seth ficou em posição. Spencer agarrou a bola, e então arremessou uma curta interceptação para Derek Totter. Seth nem se deu ao trabalho de caçá-lo. Era o moleque mais rápido de sua turma. Ele disparou por toda a extensão do campo até a meta oposta.

Seth trotou em direção a Kendra.

– Trazendo boa sorte, como sempre? – disse ele.

– Esse passe foi muito ruinzinho.

– Spencer só consegue ser quarterback porque lança as maiores espirais. O que há?

– Preciso que você veja uma coisa – disse Kendra.

Seth cruzou os braços. Aquilo tudo era muito incomum. Ela não só estava falando com ele na escola, como queria que ele a acompanhasse até algum lugar?

– Já vamos começar – berrou Randy.

— Estou no meio de uma partida – disse Seth.

— Isso é uma coisa que tem a ver com Fablehaven.

Seth voltou-se para seus amigos.

— Foi mal, galera! Vou ter que sair um instantinho. – Ele e Kendra saíram juntos. – O que é?

— Você sabe que eu ainda consigo ver criaturas mágicas, não sabe?

— Sei, sim.

— Tinha um aluno novo em algumas das minhas aulas de hoje – explicou ela. – Ele está fingindo que é humano, mas na verdade é um monstro horripilante.

— Não brinca.

— Minhas amigas acham ele uma gracinha. Não consigo ver sua aparência humana. Quero que você me descreva como ele é.

— Onde ele está? – perguntou Seth.

— Bem ali, conversando com Lydia Southwell – disse Kendra, apontando sutilmente.

— O garoto louro?

— Eu não sei. Camisa vermelha e preta?

— Ele é *realmente* uma gracinha! – derramou-se todo Seth.

— Como é que ele é?

— Ele tem os olhos mais fascinantes do mundo.

— Para com isso – exigiu Kendra.

— Ele deve estar tendo os pensamentos mais lindos.

— Seth, estou falando sério! – O sinal tocou, anunciando o fim do almoço.

— Ele é mesmo um monstro? – perguntou Seth.

— Ele parece um pouco a criatura que entrou pela janela no Solstício de Verão – disse Kendra.

— Aquele em quem eu joguei sal?

— O próprio. O que ele está fingindo ser?

— Isso é uma piada ou o quê? – perguntou Seth, desconfiado. – Ele é só um novato de quem você tá a fim, não é? Se você estiver com medo, eu posso ir lá pedir o telefone dele.

— Eu não estou brincando – disse Kendra, dando um tapa no braço dele.

— Ele tem um corpo maneiro. Tem um buraquinho no queixo. Cabelos louros. Tá meio despenteado, mas tá legal. Acho que ele deixou assim de propósito. Acho que ele podia até arrumar um papel em alguma novela. Já tá bom?

— Não é careca e coberto de feridas e pus? – confirmou Kendra.

— Nada disso. Ele é assim tão nojento?

— Ele me dá vontade de vomitar. Obrigada, a gente se vê mais tarde.

Kendra foi embora correndo.

O sr. Novela das Oito também estava se afastando, ainda de papo com Lydia Southwell. Para um monstro, até que ele tinha bom gosto. Ela era uma das garotas mais bonitinhas da escola.

Seth achou melhor voltar para a sala. O sr. Meyers havia ameaçado lhe dar uma suspensão se ele se atrasasse novamente.

※ ※ ※

Kendra estava sentada em silêncio enquanto o pai a levava de carro para o cinema. Ela tentara persuadir Alyssa a não ir. A amiga começara a agir como se suspeitasse que Kendra estivesse escondendo que queria ficar com Case, e como Kendra não podia contar a verdade para sua amiga foi obrigada a desistir. No fim, acabou decidindo se juntar a elas, concluindo que não poderia deixar suas amigas sozinhas com um goblin que adora fazer intrigas.

— A que filme vocês vão assistir? — perguntou o pai.

— A gente vai decidir quando chegar lá — disse Kendra. — Não se preocupe, não vai ser nada muito pesado. — Kendra gostaria muito de poder contar a seu pai a situação difícil em que se encontrava, mas ele não sabia nada a respeito das propriedades mágicas da reserva que vovô e vovó Sorenson administravam. Ele imaginava que o local era uma fazenda como outra qualquer.

— Tem certeza que você está preparada para as provas finais?

— Eu dei conta de todas as minhas tarefas o ano inteiro. Só vou fazer uma revisão rápida e pronto. Vou me dar bem com certeza. — Kendra gostaria muito de poder falar com vovô Sorenson a respeito da situação. Ela tentara ligar para ele. Infelizmente, o único número que seus pais tinham da reserva caía sempre em uma mensagem gravada dizendo que a ligação não poderia ser completada. A única outra maneira que ela conhecia de contatá-lo era pelo correio. Então, para o caso de o telefone estar desligado por um tempo, ela escrevera uma carta a vovô descrevendo a situação e planejava postá-la no dia seguinte. Era bom poder compartilhar suas dificuldades com outra pessoa que não fosse Seth, mesmo que apenas por meio de papel. Mas Kendra tinha esperança de conseguir um contato via telefone antes mesmo de a carta chegar.

Papai encostou o carro no estacionamento do cinema. Alyssa e Trina estavam em pé na entrada. Além delas, encontrava-se ali um goblin repulsivo usando camiseta e calça cáqui.

– Como vou saber a hora de te apanhar? – perguntou papai.

– Eu disse à mamãe que ligaria do celular de Alyssa.

– Tudo bem. Divirta-se.

Pouquíssimo provável, pensou Kendra enquanto saía da caminhonete.

– Ei, Kendra! – disse Case, com uma voz irritante. Ela conseguia sentir o cheiro da colônia dele a três metros de distância.

– A gente já estava achando que você não vinha – disse Alyssa.

– Cheguei bem na hora – insistiu Kendra. – Vocês é que chegaram cedo demais.

– Vamos escolher um filme – disse Trina.

– E a Brittany? – perguntou Kendra.

– Os pais dela não deixaram ela vir – disse Trina. – Mandaram ela ficar estudando.

Case bateu palmas.

– E então? O que vamos ver?

Eles negociaram durante alguns minutos. Case queria ver *Medalha da vergonha*, sobre um assassino em série viciado em aterrorizar veteranos que haviam recebido a Medalha de Honra do Congresso. Por fim, ele aceitou ficar sem seu filme de ação quando Trina lhe prometeu pipocas. O filme vencedor foi *Trocando de lugares*, sobre uma garota nerd que consegue sair com o cara com quem ela sonha depois que sua mente entra no corpo da garota mais popular da escola.

Kendra queria ver esse filme, mas agora estava preocupada com a possibilidade de o programa virar uma roubada. Não podia haver nada pior do que ficar ao lado de um goblin careca durante um filme água com açúcar feito para garotas.

Como suspeitava, Kendra teve muita dificuldade em se concentrar no filme. Trina sentou-se de um lado de Case e Alyssa de outro. Ambas estavam disputando sua atenção. Todos dividiam um balde de pipocas tamanho família. Kendra recusava sempre que lhe ofereciam um pouco. Ela não estava disposta a comer nada que aquelas mãos cheias de verrugas haviam tocado.

Durante os créditos, Case já estava abraçando Alyssa. Os dois não paravam de sussurrar e de dar risadinhas. Trina estava de braços cruzados, com uma expressão mal-humorada. Sendo um monstro ou não, o que pode acontecer de bom quando várias garotas saem juntas com um cara que interessa a todas elas?

Case e Alyssa estavam de mãos dadas ao saírem do cinema. A mãe de Trina estava esperando no estacionamento. Trina despediu-se de cara amarrada e foi embora.

– Posso usar seu celular? – pediu Kendra. – Tenho que ligar pro meu pai.

– Claro – disse Alyssa, entregando o aparelho.

– Quer carona? – perguntou Kendra enquanto discava.

– Não moro muito longe daqui – disse Alyssa. – Case disse que me acompanharia.

O goblin deu um sorriso estranho, cínico para Kendra. Pela primeira vez, ela imaginava se Case tinha alguma noção de que ela conhecia sua verdadeira identidade. Ele parecia se gabar por não haver nada que ela pudesse fazer a respeito.

O ALUNO NOVO

Kendra tentou manter uma expressão neutra. Sua mãe atendeu o telefone, e Kendra disse que estava esperando que alguém a apanhasse. Ela estendeu o aparelho de volta a Alyssa.

— Acho que é longe demais pra ir andando. Por que vocês dois não vêm com a gente?

Alyssa olhou para Kendra como se perguntasse por que ela tentava deliberadamente estragar uma coisa espetacular. Case abraçou-a, olhando maliciosamente.

— Alyssa — disse Kendra, com firmeza, segurando a mão dela. — Preciso conversar com você um minutinho em particular. — Ela puxou a amiga para perto de si. — Tudo bem, Case?

— Sem problema. Preciso dar uma chegada ao banheiro, de qualquer maneira.

Ele voltou para o cinema.

— Qual é o seu problema, afinal? — reclamou Alyssa.

— Pensa bem — disse Kendra. — A gente não sabe quase nada sobre ele. Vocês se conheceram hoje. O cara não é pequeno. Tem certeza de que você quer andar com ele no escuro? Garotas podem se meter em um monte de encrencas assim.

Alyssa olhou para ela como se não estivesse acreditando naquelas palavras.

— Dá pra ver que ele é um cara legal.

— Não, dá pra ver que ele é bonito e bem engraçado. Tem muito psicopata por aí que parece legal. É por isso que a gente sai com eles em espaços públicos algumas vezes antes de passar algum tempo a sós. Principalmente se a gente tem catorze anos!

— Eu não tinha visto por esse lado — aceitou Alyssa.

– Deixa meu pai deixar vocês dois na sua casa. Se você tá a fim de conversar com ele, faz isso na frente da sua casa. Não numa rua escura e deserta.

Alyssa concordou.

– Acho que de repente você tem razão. Não tem problema se a gente ficar de papo perto de casa.

Quando Case voltou, Alyssa explicou a situação, mas omitiu a parte a respeito de ele ser um psicopata em potencial. No começo, ele resistiu, dizendo que estava fazendo uma noite linda e que seria um crime não aproveitá-la caminhando, mas, por fim, consentiu quando Kendra lembrou-lhe que já passara das nove.

O pai apareceu na caminhonete alguns minutos depois, e concordou em dar carona para Alyssa e Case. Kendra sentou-se ao lado do pai, na frente. Alyssa e Case foram atrás, sussurrando e de mãos dadas. Papai deixou os apaixonados na casa de Alyssa. Case explicou que morava pertinho dali.

Ao partir, Kendra olhou para eles. Ela estava deixando sua amiga sozinha com um goblin horripilante e espertalhão. Mas não havia mais nada que pudesse fazer! Pelo menos Alyssa estava na frente de casa. Se alguma coisa acontecesse, ela poderia gritar ou correr para dentro. Nas atuais circunstâncias, isso teria de ser suficiente.

– Parece que Alyssa arrumou um namorado – observou papai.

Kendra encostou a cabeça na janela.

– As aparências enganam.

CAPÍTULO DOIS

Falando com estranhos

Kendra chegou à sala de aula vários minutos adiantada no dia seguinte. Enquanto as crianças iam chegando aos poucos, Kendra esperava Alyssa com o coração na boca. Case entrou na sala, e embora Kendra olhasse para ele, o garoto não deu bola para ela. Ele foi até a frente da sala e ficou em pé perto da mesa da sra. Price falando com Jonathon White.

Será que o rosto de Alyssa ia acabar numa embalagem de leite? Se isso acontecesse, Kendra só poderia culpar a si mesma. Ela não podia ter deixado sua amiga sozinha com aquele goblin nem por um segundo.

Menos de dois minutos antes de o sinal tocar, Alyssa entrou na sala. Ela olhou de relance para Case, mas não deu indícios de que o reconhecia. Ao contrário, ela foi diretamente para a carteira e se sentou ao lado de Kendra.

– Você está bem? – perguntou Kendra.

– Ele me beijou – disse Alyssa, com um sorrisinho discreto.

– Ele fez *o quê?* – Kendra tentou esconder sua repulsa. – Você não parece tão entusiasmada.

Alyssa sacudiu a cabeça, como se estivesse se lamentando.

– Eu estava me divertindo muito. A gente ficou conversando durante um tempo em frente à minha casa depois que vocês foram embora. Ele estava sendo legal e engraçado mesmo. Então ele se aproximou. Eu fiquei aterrorizada. Enfim, eu quase não conhecia o cara, mas tudo também estava meio excitante. Até que a gente realmente se beijou. Kendra, ele tem hálito de cachorro.

Kendra não conseguiu conter o riso.

Alyssa adorou a reação e ficou mais animada ainda.

– Eu estou falando sério. Era horrível. Repugnante. É como se ele nunca tivesse escovado os dentes desde que nasceu. Não tenho nem como descrever direito. Pensei que fosse vomitar. Cara, juro que quase vomitei.

Mirando o couro cabeludo leproso da coisa que Alyssa havia beijado, Kendra só conseguiu imaginar o quanto aquela boca devia feder. Pelo menos a ilusão que ocultava sua verdadeira identidade não havia disfarçado seu hálito pútrido.

Tocou o sinal. A sra. Price estava incentivando alguns garotos barulhentos no fim da sala a se sentarem.

– E aí? O que você fez? – sussurrou Kendra.

– Acho que ele sacou o quanto fiquei chocada com o hálito dele. Ele ficou dando um risinho esquisito, como se esperasse minha reação. Fiquei totalmente ofendida e acabei não sendo nem um pouco simpática. Eu disse pra ele que tinha de entrar e saí correndo.

— Acabou a paixonite? — perguntou Kendra.

— Eu não quero ser superficial, mas acabou, sim. Trina pode ficar com ele se quiser. Ela vai precisar de uma máscara de gás. A coisa era muito ruim mesmo. Fui direto pro banheiro e quase gargarejei uma garrafa inteira de solução bucal. Quando olho pra ele agora, dá até nojo. Você já comeu alguma coisa que deu vontade de vomitar e depois nunca mais passou pela sua cabeça comer aquilo de novo?

— Alyssa — interrompeu a sra. Price. — As aulas só terminam daqui a quatro dias.

— Desculpa — disse a menina.

A sra. Price foi até sua mesa e se sentou. Ela deu um grito e se levantou, passando a mão na saia. A professora mirou a turma com olhos estreitos.

— Alguém colocou uma tachinha na minha cadeira? — perguntou ela, incrédula. Ela deu um tapinha na saia e verificou a cadeira e o chão. — Isso doeu mesmo e não foi nem um pouco engraçado. — Ela pôs as mãos na cintura e encarou a turma com raiva. — Alguém deve ter visto. Quem fez isso?

Os alunos ficaram em silêncio, trocando olhares de soslaio. Kendra não podia imaginar alguém fazendo uma brincadeira que pudesse causar tanta dor, nem mesmo Jonathon White. Até que ela lembrou que Case estivera perto da mesa da sra. Price no começo da aula.

A sra. Price inclinou-se em sua mesa, uma das mãos esfregando a testa. Será que ela ia chorar? Ela era uma professora bem legal — uma mulher de meia-idade com cabelos pretos encaracolados.

Tinha uma estrutura estreita e usava muita maquiagem. Não merecia ser vítima das brincadeiras grosseiras de um goblin.

Kendra cogitou se manifestar. Ela teria entregado o monstro em questão de segundos. Mas para seus colegas pareceria que ela estava delatando um cara maneiro. E embora ele fosse um dos principais suspeitos, ela não o vira de fato cometer o delito.

A sra. Price estava piscando e sacudindo o corpo.

— Eu não estou me sentindo muito... — começou ela, suas palavras ininteligíveis, e então desabou no chão.

Tracy Edmunds deu um grito. Todos se levantaram para olhar melhor. Alguns garotos correram até a professora caída. Um deles estava com a mão no pescoço dela para sentir a pulsação.

Kendra foi até ela às pressas. Será que a sra. Price estava morta? Será que o goblin picara a professora com uma agulha envenenada? Case estava agachado ao lado dela.

— Chama o sr. Ford! — gritou Alyssa.

Tyler Ward saiu correndo da sala de aula, supostamente para chamar o diretor.

O garoto que estava sentindo a pulsação, Clint Harris, declarou que o coração dela estava batendo.

— Provavelmente ela só desmaiou por causa da tachinha — especulou ele.

— Levanta os pés dela — disse alguém.

— Não, levanta a cabeça dela — sugeriu outra pessoa.

— Espera a enfermeira — instruiu uma terceira voz.

A sra. Price arquejou e se sentou, os olhos arregalados. Ela parecia estar momentaneamente desorientada. Então apontou na direção das carteiras.

– Voltem já para seus lugares.

– Mas a senhora acabou de desm... – começou a dizer Clint.

– De volta para seus lugares! – repetiu a sra. Price, agora com mais intensidade.

Todos obedeceram.

A sra. Price ficou de pé na frente da sala, os braços cruzados, mirando os alunos como se estivesse tentando ler suas mentes.

– Em toda a minha vida eu nunca trabalhei com um grupo de víboras tão indisciplinadas – ralhou ela. – Se tudo sair como eu quero, vocês todos serão expulsos.

Kendra franziu a sobrancelha. Aquele não era o jeito da sra. Price, mesmo sob as atuais circunstâncias. A voz dela estava com um tom diferente, cruel e odioso.

A sra. Price agarrou a ponta da carteira de Jonathon White. Ele sentava na primeira fileira por causa de repetidos problemas disciplinares.

– Diga-me, meu pequeno homem, quem colocou uma tachinha na minha cadeira? – Ela estava com os dentes cerrados. As veias inchadas no pescoço. Parecia a ponto de explodir.

– Eu... não vi – gaguejou Jonathon. Kendra jamais o vira com medo antes.

– Mentiroso! – berrou a professora, levantando a frente da carteira com tanta força que ela tombou para trás. O assento era conectado à carteira, de modo que Jonathon também foi para o chão, batendo com a cabeça na carteira atrás dele.

A sra. Price dirigiu-se à carteira seguinte, para Sasha Goethe, sua aluna favorita.

– Diga-me! Quem foi que fez isso? – exigiu a professora enlouquecida, saliva voando de sua boca.

– Eu não... – Foi tudo o que Sasha Goethe conseguiu dizer antes que sua carteira também fosse jogada para o alto.

Apesar do choque, Kendra percebeu o que estava acontecendo. Case não havia envenenado a sra. Price. O que quer que tenha picado a professora havia lançado alguma espécie de encanto nela.

Kendra se levantou e gritou:

– Foi Casey Hancock!

A sra. Price parou, encarando Kendra com seus olhos estreitos.

– Casey, você diz? – A voz dela estava suave e letal.

– Eu o vi perto de sua mesa antes da aula começar.

A sra. Price avançou na direção de Kendra.

– Como você ousa acusar a única pessoa nesta sala que jamais machucaria uma mosca?! – Kendra começou a recuar. A sra. Price continuou falando numa voz baixa, mas estava visivelmente furiosa. – Foi você, não foi? E agora está apontando o dedo, acusando o garoto novato, que não tem amigos. Baixaria, Kendra. Muita baixaria.

Kendra chegou ao fundo da sala de aula. A sra. Price estava se aproximando. Ela era apenas alguns centímetros mais alta do que Kendra, mas seus dedos estavam parecendo garras e seus olhos estavam borbulhando de maldade. A normalmente tranquila professora parecia ter ímpetos assassinos.

Apenas alguns passos distante de Kendra, a sra. Price deu um salto à frente. Kendra desviou-se para o lado e disparou até a porta da sala. A sra. Price estava bem atrás dela quando Alyssa esticou o pé e mandou a enraivecida professora para o chão.

Kendra abriu a porta e encontrou-se cara a cara com o sr. Ford, o diretor da escola. Atrás dele estava um arquejante Tyler Ward.

– A sra. Price está fora de si – explicou Kendra.

Berrando, a sra. Price avançou para cima de Kendra. O sr. Ford, um homem corpulento e forte, interceptou a maníaca professora, prendendo seus braços.

– Linda! – disse ele, num tom de voz que sugeria que ele não podia crer no que estava acontecendo. – Linda, acalme-se. Linda, pare!

– São todos uns vermes – sibilou ela. – São umas víboras. Demônios! – Ela continuava lutando vigorosamente.

O sr. Ford estava olhando ao redor da sala, reparando as carteiras reviradas.

– O que está acontecendo aqui?

– Alguém colocou uma tachinha na cadeira dela e ela pirou completamente – soluçou Sasha Goethe, de pé ao lado de sua carteira caída.

– Uma tachinha? – disse o sr. Ford, ainda tentando controlar a professora, que não parava de se debater. A sra. Price subitamente jogou a cabeça para trás e acertou em cheio o rosto do sr. Ford. Ele cambaleou para trás, perdendo o controle sobre ela.

A sra. Price empurrou Kendra para o lado e saiu em disparada corredor afora. Um atônito sr. Ford tentava estancar com as mãos o sangue que lhe escapava pelas narinas.

Do outro lado da sala, Casey Hancock, o goblin disfarçado, dava uma risadinha maldosa para Kendra.

No fim do dia escolar, Kendra já estava enjoada de tanto contar e recontar o drama. A escola estava fervilhando com a notícia de que a sra. Price havia enlouquecido. A professora, em frangalhos, saíra correndo das dependências da escola, deixando o carro no estacionamento, e desde então não havia mais sido vista. Assim que começaram a circular os boatos de que Kendra havia denunciado Case e que fora especificamente atacada, ela passou a ser bombardeada por perguntas intermináveis.

Kendra estava se sentindo péssima em relação ao que ocorrera com a professora. Tinha certeza de que alguma estranha magia de goblin havia sido a responsável por seu ataque de fúria, mas essa era uma teoria impossível de ser apresentada ao diretor. Por fim, Kendra teve de admitir que na verdade não vira Case colocar coisa alguma na cadeira da professora. Nem ela nem ninguém mais, aparentemente. Eles não conseguiram nem encontrar a tachinha. E, é claro, ela não podia falar nada sobre a identidade secreta de Case, porque havia tantos meios de se provar essa teoria quanto de convencer o sr. Ford a dar um beijo na boca de Case.

Caminhando em direção ao ponto de ônibus, Kendra remoía a injusta situação. A reputação de uma professora inocente havia sido arruinada, e o óbvio culpado estava escapando totalmente ileso. Graças a seu disfarce, o goblin continuaria causando transtornos inconsequentes. Tinha de haver uma maneira de detê-lo!

Um homem caminhando ao lado de Kendra pigarreou para obter a atenção dela. Imersa em pensamentos, ela não notara sua aproximação. Ele vestia um terno elegante que parecia fora de moda havia uns cem anos. O paletó possuía abas nas costas, e ele ainda usava um colete. Era o tipo de terno que Kendra esperaria ver em uma peça de teatro, não na vida real.

Kendra parou de andar e encarou o homem. Crianças seguindo em direção aos ônibus passavam pelos lados de ambos.

– Posso ajudá-lo? – perguntou ela.

– Perdão, você sabe que horas são?

Seu colete possuía uma corrente de relógio. Kendra apontou para ela.

– Isso aí não é um relógio?

– Apenas a corrente, minha menina – disse ele, dando um tapinha no colete. – Desisti do relógio algum tempo atrás. – Ele era bem alto, com cabelos pretos ondulados e um queixo pontudo. Embora o terno fosse elegante, estava amarrotado e puído, como se ele tivesse dormido sobre ele por várias noites seguidas. Ele parecia um pouco maltrapilho. Kendra decidiu imediatamente que não permitiria que ele a atraísse para uma van sem janelas.

Ela estava usando um relógio, mas não olhou para ele.

– Acabou a aula agora há pouco, então devem ser umas duas e quarenta, mais ou menos.

– Permita que eu me apresente. – Ele ergueu um cartão com sua mão guarnecida por uma luva branca, numa maneira que sugeria que ele gostaria muito que ela lesse o conteúdo do cartão em vez de pegá-lo. Estava escrito:

Errol Fisk
*Cogitador * Ruminador * Inovador*

– Cogitador? – leu Kendra, dubiamente.

Errol olhou de relance para o cartão e o virou do avesso.

– Lado errado – desculpou-se ele com um sorriso.

No outro lado estava escrito:

Errol Fisk
Extraordinário artista de rua

— Nisso *sim* eu acredito — disse Kendra.

Ele olhou novamente de relance para o cartão e, com um olhar melancólico, virou-o mais uma vez.

— Eu já... — começou a dizer Kendra, mas não prosseguiu.

Errol Fisk
Presente especial do Paraíso para as mulheres.

Kendra riu.

— O que é isso? Por acaso estou participando de alguma pegadinha?

Errol verificou o cartão.

— Minhas desculpas, Kendra, eu podia jurar que havia jogado esse cartão no lixo há muito tempo.

— Eu não disse meu nome — disse Kendra, subitamente na defensiva.

— Você não precisava ter dito. Você era a única entre todos esses jovens que parecia fadificada.

— Fadificada? — Quem *era* esse cara?

— Presumo que você tenha notado um visitante indesejado em sua escola recentemente, estou certo?

Agora ele obteve toda a atenção dela.

— Você está sabendo do goblin?

— O kobold, na verdade, embora ambos sejam frequentemente confundidos. — Ele virou novamente o cartão. Agora estava escrito:

Errol Fisk
Exterminador de kobolds

— Você pode me ajudar a acabar com ele? — perguntou Kendra. — Foi o vovô que enviou você?

— Não, mas foi um amigo dele.

Naquele momento, Seth juntou-se a eles, sua mochila pendendo de um dos ombros.

— Quem é o apresentador de circo? — disse ele para Kendra.

Errol ergueu o cartão para Seth poder ver o que estava escrito.

— O que é um kobold? — Seth deu um tapinha no ombro de Kendra. — Ei, você vai perder o ônibus. — Kendra sabia que ele estava tentando lhe dar uma deixa para que ela se livrasse do estranho.

— Talvez eu volte a pé hoje — disse Kendra.

— Seis quilômetros? — disse Seth.

— Ou então eu pego carona com alguém. O goblin que beijou Alyssa e armou pra cima da sra. Price é um kobold. — Ela havia contado para Seth o desastroso incidente na hora do almoço. Ele era a única pessoa que poderia entender a história real.

— Ah! — disse Seth, olhando novamente para Errol de alto a baixo. — Entendi. Pensei que você fosse algum vendedor. Você é um mágico.

Errol abriu um baralho que surgiu do nada.

— Até que não é palpite ruim — disse ele. — Pegue uma carta.

Seth puxou uma carta.

— Mostre-a para sua irmã.

Seth mostrou a carta para Kendra, o cinco de copas.

— Coloque-a de volta no baralho — instruiu Errol.

Seth recolocou a carta de modo que Errol não pudesse ver qual era. Errol virou todas as cartas para as crianças, ainda em leque. Todas eram cinco de copas.

— E aí está sua carta — anunciou Errol.

— Esse é o truque mais fraco que vi na minha vida! — protestou Seth. — São todas iguais. É claro que você sabe qual foi a carta que peguei.

— Todas iguais? — disse Errol, virando as cartas e examinando-as. — Não, tenho certeza que você está enganado. — Ele virou-as novamente, e agora parecia um baralho normal com 52 cartas diferentes.

— Uau! — disse Seth.

Errol segurou as cartas de cabeça para baixo e embaralhou-as novamente.

— Fale uma carta — disse ele.

— Valete de paus — disse Seth.

Errol levantou as cartas. Todas eram valetes de paus. Ele as virou novamente.

— Kendra, fale uma carta.

— Ás de copas.

Errol exibiu um baralho inteiro de ases de copas. Em seguida, enfiou o baralho num bolso interno.

— Uau! Você é um mágico de verdade — disse Seth.

Errol balançou a cabeça.

— Não passa de prestidigitação.

– Presti o quê?

– Prestidigitação. É uma palavra de origem latina que significa destreza manual.

– Qual é? Você tem um monte de baralhos na manga? – perguntou Seth.

Errol piscou.

– Agora você está na trilha certa.

– Você é bom mesmo – disse Seth. – Eu estava bem atento.

Errol prendeu seu cartão de visita entre dois dedos, dobrou-o na palma da mão e então imediatamente abriu sua mão. O cartão não estava mais lá.

– A mão é mais rápida do que o olho.

Os ônibus começaram a sair. Eles sempre saíam em caravanas de cinco.

– Oh, não! Perdi meu ônibus – disse Seth.

– Posso dar uma carona a vocês – ofereceu Errol. – Ou suponho que chamar um táxi talvez seja mais apropriado. É um prazer para mim. De um modo ou de outro, precisamos conversar sobre esse kobold.

– Como você soube disso com tanta rapidez? – perguntou Kendra, desconfiada. – O kobold só apareceu ontem. Só postei a carta pro meu avô hoje de manhã.

– Pergunta convincente – disse Errol. – Seu avô tem um velho amigo chamado Coulter Dixon que mora nas redondezas. Ele pediu a Coulter que ficasse de olho em vocês dois. Quando Coulter sentiu a presença do kobold, ele me chamou. Sou um especialista.

– Quer dizer então que você conhece nosso avô? – perguntou Seth.

Errol ergueu um dedo.

— Eu conheço um amigo do avô de vocês. Na verdade, jamais me encontrei com Stan.

— Por que você usa esse terno esquisito? — perguntou Seth.

— Porque eu o adoro imensamente.

— Por que está usando luvas? — insistiu Seth. — Está calor.

Errol olhou furtivamente por cima do ombro, como se estivesse a ponto de compartilhar um segredo.

— Porque minhas mãos são feitas de ouro puro e eu tenho medo que alguém possa roubá-las.

Os olhos de Seth ficaram arregalados.

— Jura?

— Não. Mas lembre-se do princípio. Às vezes as mentiras mais absurdas são as mais críveis. — Ele retirou uma luva e flexionou os dedos, revelando a mão normal com pelos pretos nos dedos. — Um mágico de rua precisa de locais onde possa esconder coisas. Luvas servem muito bem a esse propósito. O mesmo acontece com o terno num dia quente. E um colete com diversos bolsos. E um ou outro relógios de pulso. — Ele puxou a manga, revelando um par de relógios.

— Você me perguntou a hora — disse Kendra.

— Desculpe-me, eu precisava iniciar a conversa. Tenho três relógios. Um pode ser um excelente local para esconder uma moeda. — Errol espremeu o pulso e depois levantou um dólar de prata. Ele colocou sua luva de volta, e a moeda desapareceu no processo.

— Então, você tem *mesmo* um relógio de bolso — disse Kendra.

Errol ergueu a corrente vazia.

— Infelizmente, não. Isso era verdade. Loja de penhor. Eu precisava comprar escovas para minha namorada.

Kendra sorriu, entendendo a referência. Errol não deu a explicação a Seth.

— E então, passei na inspeção? – perguntou ele.

Kendra e Seth olharam um para o outro.

— Se você se livrar do kobold – disse Kendra –, vou acreditar em tudo o que você está dizendo.

Errol pareceu um pouco preocupado.

— Bem, vejam, é o seguinte, precisarei da sua ajuda para fazer isso, então teremos que aprender a confiar um no outro. Você pode ligar para o seu avô, e ele vai poder falar sobre Coulter, pelo menos. E então ele poderia entrar em contato com Coulter que contaria para ele a meu respeito. Ou quem sabe Coulter já tenha até entrado em contato com ele. Por enquanto pense nisso: seu avô dificilmente diria a alguém que você havia sido fadificada, e estou certo de que ele também orientou você a manter essa informação em segredo. E, no entanto, estou a par de tudo.

— O que você quer dizer com fadificada? – perguntou Kendra.

— Que as fadas compartilharam sua magia com você. Que você consegue ver criaturas fantásticas sem ajuda.

— Você também consegue? – perguntou Seth.

— Certamente, se eu usar meu colírio. Mas sua irmã pode vê-los o tempo todo. Consegui essa informação diretamente de Coulter.

— Tudo bem – disse Kendra. – A gente vai verificar tudo isso com vovô, mas até a gente obter uma resposta, vamos confiar que você está aqui pra ajudar.

– Fabuloso! – Errol deu um tapinha na testa. – Já estou bolando um plano. Quais são as chances de vocês dois darem uma escapadinha amanhã à noite?

Kendra recuou.

– Vai ser um pouco difícil. Tenho prova final no dia seguinte.

– Pouco importa – disse Seth, virando os olhos. – A gente finge que está indo dormir mais cedo e sai pela janela. Pode ser lá pelas nove?

– Nove seria praticamente perfeito – disse Errol. – Onde devemos nos encontrar?

– Você sabe onde fica o posto de gasolina na esquina de Culross e Oakley? – sugeriu Seth.

– Eu encontro – disse Errol.

– E se mamãe e papai notarem que a gente saiu? – disse Kendra.

– O que você prefere? Agir logo ou continuar aguentando seu amigo feioso? – perguntou Seth.

Seu irmão estava certo. A resposta era fácil.

CAPÍTULO TRÊS

Procedimentos de extermínio

O céu estava quase escuro quando Kendra e Seth entraram na loja de conveniência do posto de gasolina. Lá dentro, uma das lâmpadas fluorescentes estava tremeluzindo, interrompendo o brilho intenso e regular. Seth examinou uma barra de chocolate. Kendra andava em círculos.

– Onde está ele? Estamos quase dez minutos atrasados.

– Relaxa – disse Seth. – Ele vai chegar.

– Você não está num filme de espionagem – lembrou-lhe Kendra.

Seth pegou a barra de chocolate, fechou os olhos e cheirou-a de uma ponta a outra.

– Pode crer. É a vida real.

Kendra reparou os faróis de uma Kombi esfarrapada piscando no estacionamento.

— Talvez você esteja certo — disse ela, aproximando-se da janela. As luzes piscaram novamente. Estreitando os olhos, ela viu Errol atrás do volante. Ele fez um gesto para ela.

Kendra e Seth atravessaram o estacionamento até a Kombi.

— A gente vai mesmo sair com ele naquela coisa? — resmungou Kendra.

— Depende do quanto você está a fim de se livrar do kobold — replicou Seth.

A criatura não causara nenhuma perturbação nova na escola naquele dia, embora houvesse escarnecido de Kendra com diversos olhares significativos. O horrendo impostor estava se deleitando com sua vitória. Ele continuava saindo com suas amigas, e não havia nada que ela pudesse fazer a respeito. Quem poderia saber qual seria seu próximo ato de sabotagem?

Kendra continuara tentando entrar em contato com vovô Sorenson, e repetidamente encontrara a mensagem eletrônica dizendo que a chamada não podia ser completada. Será que ele parara de pagar a conta telefônica? Ou talvez tivesse mudado de número? O que quer que tivesse ocorrido, ela ainda não conseguira falar com ele para poder confirmar se podia ou não confiar em Errol.

Ele abriu a porta da Kombi. Mais uma vez estava usando seu terno amarrotado e antiquado. Kendra e Seth entraram no veículo. Seth bateu a porta. O motor já estava ligado.

— Aqui estamos — disse Kendra. — Se você vai nos sequestrar, por favor fale logo. Não suporto mais todo esse suspense.

Errol engatou a primeira e saiu do posto de gasolina em direção à rua Culross.

— Eu estou aqui realmente para ajudar — disse Errol. — Todavia, se eu tivesse filhos, não tenho muita certeza se gostaria de saber que eles entraram numa Kombi tarde da noite com um homem que eles acabaram de conhecer, independentemente da história que ele lhes contou. Mas não se atormentem, vou devolvê-los sãos e salvos em pouco tempo.

Errol virou em outra rua.

— Pra onde a gente está indo? — perguntou Seth.

— Vermes desagradáveis esses kobolds, muito obstinados — disse Errol. — Precisamos arranjar uma coisa que nos possibilitará afugentar o intruso definitivamente. Vamos roubar um item raro de um homem malévolo e perigoso.

Seth inclinou-se para a frente e ficou sentado na beirada do assento. Kendra recostou-se com os braços cruzados.

— Eu pensei que você tivesse dito que era um exterminador de kobolds — disse Kendra. — Você não tem seu próprio equipamento?

— Eu tenho a perícia — disse Errol, virando em outra rua. — Exterminar um kobold é um pouquinho mais complicado que pulverizar o seu jardim com produtos químicos. Cada situação é singular e exige improvisação. Fique contente por eu saber onde conseguir o que necessitamos.

Eles seguiram em silêncio por alguns quilômetros. Em seguida, Errol parou no acostamento e apagou os faróis.

— Já chegamos? — perguntou Seth.

— Felizmente, o que necessitamos está próximo — disse Errol. Ele indicou um edifício imponente logo abaixo na estrada. Uma placa na entrada dizia:

> **FUNERÁRIA MANGUM**
> **DESDE 1955**

— A gente vai invadir uma funerária? — perguntou Kendra.

— A gente vai roubar um cadáver? — disse Seth, parecendo estar animado demais para o gosto da irmã.

— Nada tão mórbido — assegurou-lhes Errol. — O proprietário da funerária, Archibald Mangum, mora no local. Ele possui uma estatueta estilizada representando um sapo. Nós podemos usar a estatueta para afugentar o kobold.

— Ele não emprestaria isso pra gente? — perguntou Kendra.

Errol sorriu.

— Archibald Mangum não é um homem gentil. Na realidade, nem humano ele é. Ele é uma abominação vampiresca.

— Ele é um vampiro? — perguntou Seth.

Errol empinou a cabeça.

— Estritamente falando, eu jamais encontrei um vampiro de verdade. Não como aqueles que vocês veem nos filmes, transformando-se em morcegos e se escondendo do sol. Mas certas ordens de seres são vampirescas por natureza. Esses seres, provavelmente, são os que originaram a noção de vampiros.

— Então o que exatamente é esse Archibald? — insistiu Kendra.

– Difícil dizer ao certo. Muito provavelmente um membro da família Blix. Talvez ele seja um lectoblix, uma espécie que envelhece rapidamente e precisa sugar a juventude de outros seres para sobreviver. Ou ele pode ser um narcoblix, um demônio capaz de exercer controle sobre as vítimas enquanto elas estão adormecidas. Mas, tendo em vista o local onde ele reside, eu apostaria que é um viviblix, um ser com poderes para reanimar temporariamente os mortos. A exemplo dos vampiros das lendas, os blixes conectam-se com suas vítimas por meio de uma mordida. Todas as variedades de blixes são altamente raras, e aqui estão vocês, com um exemplar dessa espécie a apenas alguns quilômetros de casa!

– E você quer que a gente invada a funerária dele! – disse Kendra.

– Minha querida – disse Errol. – Archibald está ausente. Do contrário, eu não sonharia em levá-los nem mesmo até as cercanias da funerária dele. Seria extremamente perigoso.

– Ele tem guardas zumbis? – perguntou Seth.

Errol abriu suas mãos enluvadas.

– Se ele for um viviblix, pode haver alguns cadáveres reanimados por perto. Nada que não possamos administrar.

– Deve haver algum outro meio de lidar com esse kobold – murmurou Kendra nervosamente.

– Nenhum que eu conheça – disse Errol. – Archibald retornará amanhã. Depois disso, podemos esquecer a estatueta.

Os três ficaram em silêncio, olhando para as janelas parcamente iluminadas da funerária. Era uma mansão em estilo antigo com uma varanda coberta, uma entrada para carros circular e uma ampla garagem. O cartaz luminoso na frente fornecia a única iluminação além do luar.

Por fim, Kendra quebrou o silêncio:

– Não estou achando nada legal essa história.

– Ah, dá um tempo – disse Seth. – A coisa não vai ser tão ruim assim.

– Fico contente por ouvi-lo dizer isso, Seth – disse Errol. – Porque você terá de entrar sozinho naquela casa.

Seth engoliu em seco.

– Você não vai entrar com a gente?

– Kendra também não – disse Errol. – Você ainda não completou catorze, estou certo?

– Certo – disse Seth.

– Encantos protetores que guardam a casa impedirão a entrada de qualquer pessoa com mais de quinze anos – explicou Errol. – Mas eles foram negligentes com relação à entrada de crianças.

– Por que não proteger de todo mundo? – perguntou Kendra.

– Os jovens gozam de uma imunidade inata a muitos desses encantos – disse Errol. – Criar encantos para barrar crianças requer habilidades muito maiores do que erguer barreiras para repelir adultos. Quase nenhuma magia funciona em crianças com menos de oito anos. A imunidade natural diminui à medida que elas vão crescendo.

Pela primeira vez desde que entrara no veículo, Kendra estava se divertindo. Seth parecia sério de uma maneira que ela jamais havia testemunhado antes. Independentemente das circunstâncias, era sempre um prazer vê-lo ser obrigado a engolir suas palavras. Ele se mexeu no assento e olhou para ela de relance.

– Tudo bem, o que preciso fazer? – disse ele. A bravata definhara.

– Seth, não... – começou Kendra.

– Não – disse ele, erguendo a mão. – Deixa que eu faço o trabalho sujo. É só me dizer o que fazer.

Errol desatarraxou a tampa de uma pequena garrafa. Um colírio estava atado à tampa.

– Primeiro, precisamos aguçar sua visão. Essas gotas vão funcionar como o leite que você bebia em Fablehaven. Vire a cabeça para trás.

Seth obedeceu. Errol inclinou-se para a frente, colocou um dedo debaixo da pálpebra direita de Seth para abaixá-la e apertou o tubinho para sair uma gota. Piscando loucamente, Seth recuou.

– Nossa! – reclamou ele. – O que é isso? Molho quente?

– Arde um pouquinho – disse Errol.

– Queima como ácido! – disse Seth, enxugando lágrimas do olho que ardia.

– O outro olho – disse Errol.

– Você não tem leite?

– Sinto muito, acabou. Fique parado, só vai levar um segundo.

– Marcar a minha língua com ferro em brasa também só levaria um segundo!

– O primeiro olho já não está melhor? – inquiriu Errol.

– Acho que está. Talvez eu possa me virar com um olho só.

– Não posso mandar você para lá cego para os perigos que porventura venha a encarar – disse Errol.

– Me dá. Deixa eu fazer isso. – Seth pegou o colírio da mão de Errol. Com o olho quase fechado, Seth pôs uma gotinha em cima dos cílios. Piscando, ele fez uma careta e resmungou. – É claro que a única pessoa que não precisa desse troço é velha demais pra dar uma ajuda.

Kendra deu de ombros.

– Eu ponho esse colírio todos os dias de manhã – disse Errol. – Você acaba se acostumando.

– Depois que seus nervos estão mortos, talvez – disse Seth, enxugando mais lágrimas. – E agora?

Errol ergueu uma das mãos. Fez um movimento com os dedos, e um abridor de porta de garagem materializou-se.

– Entre pela garagem – disse Errol. – Provavelmente, você encontrará a porta que vai da garagem até a casa destrancada. Se não for o caso, force a entrada. Uma vez lá dentro, à esquerda da porta, você verá um pequeno terminal com números na parede. Além dos encantos protetores, a casa funerária possui um sistema de segurança convencional. Pressione 7109 e em seguida aperte a tecla enter.

– 7109 e depois enter – ecoou Seth.

– Como é que você sabe isso? – perguntou Kendra.

– Da mesma maneira que sei que Archibald não está lá – respondeu Errol. – Exame minucioso. Eu não enviaria Seth para aquele local despreparado. O que você acha que tenho feito desde que me encontrei com você pela primeira vez?

– Como é que eu encontro a estátua? – perguntou Seth.

– Minha aposta inicial seria o porão. Acesse-o pelo elevador adjacente ao salão. Se você virar à direita depois de entrar, não há como não encontrá-la. Você estará atrás da estátua de um sapo não muito maior do que meu punho. Muito provavelmente, o objeto estará bem visível. Olhe também em áreas restritas. Assim que encontrar a estatueta, alimente-a com isso. – Errol ergueu um biscoito de cachorro no formato de osso.

– Alimentar a estátua? – questionou Seth, incrédulo.

— Até que você dê a ela o que comer, a estatueta estará imóvel. Alimente-a, pegue-a, traga-a para nós e os levarei de volta para casa. — Errol entregou a Seth o abridor de porta de garagem e o biscoito de cachorro. Também deu a ele uma pequena lanterna, alertando-o para que somente a utilizasse se fosse necessário.

— Nós não discutimos o que devo fazer se der de cara com os mortos-vivos — observou Seth.

— Você corre — disse Errol. — Cadáveres reanimados não são particularmente rápidos ou ágeis. Você não terá problemas para fugir deles. Mas não se arrisque. Se encontrar quaisquer adversários não mortos, sejam eles estátua ou não, volte imediatamente para a Kombi.

Seth anuiu, com o olhar sério.

— Quer dizer então que basta correr, né? — Ele não parecia estar inteiramente satisfeito com o plano.

— Duvido que você tenha alguma dificuldade — assegurou-lhe Errol. — Eu avaliei o local detalhadamente, e não encontrei nenhum sinal de atividade de seres não mortos. Vai ser facílimo. Entrar e sair.

— Você não é obrigado a fazer isso — disse Kendra.

— Não se preocupe. Não vou te culpar se meu cérebro for comido — disse Seth. Ele abriu a porta e saltou da Kombi. — Só que não vou poder fazer nada se você quiser culpar a si mesma.

Seth deu uma corridinha para atravessar a rua e caminhou na direção do cartaz luminoso. Alguns carros vieram pela rua na direção dele, e ele desviou os olhos dos faróis brilhantes até que eles passassem. A caminho da funerária, Seth passou por uma pequena casa que havia sido transformada numa barbearia, e em seguida por uma casa maior que abrigava consultórios odontológicos.

Mesmo sabendo que Kendra e Errol estavam por perto, encarar a funerária ameaçadora era uma sensação solitária. Olhando para trás para a Kombi, Seth não conseguiu ver os ocupantes em seu interior. Mas ele sabia que eles conseguiam vê-lo, então tratou de parecer tranquilo.

Além do cartaz luminoso na extremidade do pátio, havia um gramado muito bem cuidado cercado por sebes arredondadas que não ultrapassavam a altura dos joelhos. A varanda sombreada estava apinhada de grandes vasos de plantas. Três sacadas com parapeitos baixos projetavam-se do andar superior. Todas as janelas estavam escuras e fechadas. Um par de abóbadas e diversas chaminés coroavam a mansão. Mesmo esquecendo os cadáveres no interior, a casa parecia mal-assombrada.

Seth cogitou dar meia-volta. Entrar na funerária na companhia de Errol e Kendra soara como uma grande aventura. Entrar sozinho parecia suicídio. Provavelmente, ele poderia suportar uma casa fantasmagórica cheia de cadáveres. Mas ele vira coisas impressionantes em Fablehaven: fadas, diabretes e monstros. Ele sabia que tais coisas existiam de fato, portanto, sabia que havia uma séria possibilidade de ele estar entrando num verdadeiro covil de zumbis, governado por um vampiro real (independentemente do que Errol o chamasse).

Seth mexeu nervosamente no abridor de porta de garagem. Será que ele realmente se importava tanto assim em se livrar daquele kobold? Se Errol era tão profissional no assunto, por que ele precisava de crianças para realizar o trabalho sujo? Será que não seria mais adequado escalar alguém com mais experiência para lidar com esse tipo de problema em vez de um garoto no sexto ano?

Se estivesse desacompanhado, Seth provavelmente teria ido embora. O kobold em si não justificaria uma ação como essa. Mas o pessoal estava observando, esperando que ele realizasse a ação, e o orgulho não permitiria que ele fugisse. Ele seguira em frente e com ousadia em outras ocasiões bastante intimidadoras: descer morros íngremes com sua bicicleta, lutar com um garoto dois anos mais velho, comer insetos vivos. Ele quase morrera escalando uma série de postes de madeira. No entanto, isso parecia o pior até agora, porque entrar num covil de zumbis sozinho não apenas significava que você poderia morrer, como também que poderia morrer de um jeito bastante perturbador.

Nenhum carro estava descendo a rua. Seth pressionou o botão do abridor de porta de garagem e atravessou a entrada de automóveis. A porta abriu com um ruído. Ele se sentiu visível, mas disse para si mesmo que qualquer pessoa que visse alguém entrando numa garagem não teria do que desconfiar. É claro que todos os zumbis na funerária agora sabiam que ele havia chegado.

Uma luz automática iluminou a garagem. O carro fúnebre preto e cortinado não animava em nada a atmosfera da casa. Tampouco a coleção de animais empalhados posicionados numa bancada ao longo da parede: um gambá, um guaxinim, uma raposa, um castor, uma lontra, uma coruja, um falcão e, no canto, um enorme urso preto em posição ereta.

Seth entrou na garagem e apertou o botão novamente. A porta da garagem se fechou com um longo gemido mecânico. Ele correu até a porta que levaria à funerária. A maçaneta girou, e Seth abriu ligeiramente a porta. Ouviu de imediato um som de bipe. A luz da garagem vazou para o corredor.

À esquerda da porta estava o terminal numérico, exatamente onde Errol descrevera. Seth pressionou 7109 e em seguida enter. O bipe parou. E o rosnado começou.

Seth sobressaltou-se. A porta ainda estava aberta, e a luz da garagem revelou uma massa de pelos brancos aproximando-se no piso acarpetado. A princípio, Seth imaginou tratar-se de um monstro. Então reparou que era um cão imenso com uma pelagem tão espessa que um de seus ancestrais deveria ter sido um esfregão. Seth não sabia como o animal conseguia enxergar com todo aquele pelo pendurado na frente dos olhos. Os rosnados prosseguiram, profundos e ritmados, o tipo de som que significava que a qualquer segundo o cão poderia desfechar um violento ataque.

Seth precisava tomar uma decisão rápida. Ele poderia, quem sabe, passar pela porta e trancá-la atrás de si antes que o cão pudesse alcançá-lo. Mas isso seria o fim da missão de encontrar a estátua. Talvez isso fosse uma boa lição para Errol por haver realizado uma inspeção tão desastrosa na casa.

Mas, pensando bem, ele estava carregando um biscoito de cachorro. A estátua certamente não ia precisar do biscoito inteiro.

– Senta – ordenou Seth, calma porém firmemente, estendendo a mão aberta.

O cão ficou em silêncio e parou de avançar.

– Bom garoto – disse Seth, tentando demonstrar confiança. Ele ouvira falar que cães podiam perceber o medo nas pessoas. – Agora senta – ordenou ele, repetindo o gesto.

O cão sentou, sua cabeça desgrenhada acima da cintura dele. Seth partiu o biscoito em dois e deu metade ao cão. O animal pegou o biscoito no ar. Seth não fazia a menor ideia de como o cão havia visto o biscoito com tantos pelos na frente dos olhos.

Seth aproximou-se do cachorro e deixou-o cheirar sua mão. Uma língua morna acariciou-a, e Seth passou a mão na cabeça do animal.

— Bom garoto — disse Seth, com sua voz especial reservada para bebês e animais. — Você não vai me comer, vai?

A luz automática na garagem apagou, mergulhando o corredor numa escuridão total. A única luminosidade vinha de uma pequena lâmpada verde no terminal de segurança, tão tênue quanto inútil. Seth lembrou-se das persianas cobrindo as janelas. Nem mesmo o luar ou a luz do painel conseguiam penetrar a casa. Bem, provavelmente isso queria dizer que as pessoas do lado de fora não notariam sua lanterna, e ele não podia se arriscar a deixar que zumbis o espreitassem na escuridão. Então ele acendeu a lanterna.

Mais uma vez ele conseguiu ver o cachorro e o corredor. Seth andou por ali até uma sala grande com um sofisticado carpete e pesadas cortinas. Ele mirou o foco da lanterna ao redor do recinto, procurando por zumbis. Diversos sofás e poltronas e algumas luminárias altas alinhavam-se ao redor da sala. O centro estava vazio, aparentemente para que as pessoas pudessem se acomodar para lamentar a perda de seus entes queridos. Havia um lugar em um dos lados onde Seth imaginou que eles deixassem o caixão para que as pessoas vissem o falecido ou a falecida. Ele visitara um local não muito diferente daquele quando sua avó e seu avô Larsen haviam morrido um ano antes.

Várias portas conduziam ao exterior da sala. A palavra *Capela* estava escrita acima de um conjunto de portas duplas. Algumas outras portas não continham nenhuma inscrição. Um portão de cobre bloqueava o acesso a um elevador. Um aviso acima dele anunciava: "Somente pessoal autorizado".

O cachorro seguiu Seth enquanto ele atravessava a sala em direção ao elevador. Quando Seth empurrou a grade para o lado, ela se fechou como um acordeão. Ele entrou no elevador e puxou de volta a grade, impedindo que o cão continuasse seguindo-o. Botões pretos projetavam-se da parede, com uma aparência bastante antiquada. Os botões marcavam: "P", "1" e "2". Seth apertou "P".

O elevador desceu, produzindo tanto ruído que Seth chegou a imaginar que ele estava a ponto de despencar. Através da grade, ele podia ver a parede do poço do elevador passando. Então a parede do poço desapareceu. Com um último gemido, a viagem chegou a um abrupto final.

Sem abrir a grade, e mantendo uma das mãos perto dos botões do elevador, Seth dirigiu o foco da lanterna ao redor da sala. A última coisa que ele desejava era ficar encurralado por zumbis no interior de um elevador.

Parecia ser a sala onde os cadáveres eram preparados. Era muito menos elegante do que o salão de cima. Ele viu uma mesa de trabalho e uma mesa de rodinhas com um caixão em cima. Havia múltiplos gabinetes para guardar objetos e uma grande pia. Seth estimou que o caixão mal caberia dentro do elevador. Um dos lados da sala possuía o que parecia ser uma grande geladeira. Ele tentou não imaginar o que era guardado lá dentro.

Ele não viu nenhuma estátua, de sapo ou de qualquer outro tipo. Havia uma porta na parede oposta ao do elevador onde estava escrito *Privado*. Satisfeito pelo fato de o recinto estar livre de zumbis, Seth deslizou a grade para o lado. Ele saiu tenso do elevador, preparado para voltar ao menor indício de problema.

A sala permaneceu em silêncio. Andando entre a mesa de trabalho e o caixão, Seth tentou abrir a porta privada. Estava trancada. A maçaneta possuía uma fechadura.

A porta não parecia nem particularmente forte nem despropositadamente frágil. Era feita para dar acesso à outra sala. Seth tentou chutá-la perto da maçaneta. Ela tremeu um pouco. Ele tentou mais algumas vezes, mas apesar dos repetidos tremores, a porta não dava a impressão de que cederia.

Seth supôs que poderia utilizar a mesa de rodinhas para arrombar a porta com o caixão. Mas ele não tinha muita esperança de conseguir gerar velocidade suficiente para atingir a porta com muito mais força do que com seus pés. E ele podia visualizar muito bem o caixão sendo arrancado da mesa, desabando no chão e produzindo uma bagunça generalizada. Talvez o caixão não estivesse vazio!

Outra porta, agora sem nada escrito, também dava acesso à outra sala. Esta estava na mesma parede do elevador, o que fez com que Seth só pudesse reparar sua presença quando entrou na sala. A porta estava destrancada. Atrás dela encontrava-se um corredor vazio com portas ao longo de um dos lados e um umbral aberto ao fim.

Seth aventurou-se cuidadosamente corredor adentro. Ele notou que, se algum zumbi chegasse por trás, ele poderia ficar preso no porão, de modo que ficou de ouvidos atentos. A sala grande ao fim do corredor estava lotada de caixas de papelão quase do chão ao teto. Seth correu em meios às estreitas passagens que davam acesso à sala, vasculhando tudo em busca da estátua. Não encontrou nada além de mais caixas.

De volta ao corredor, Seth tentou as outras portas. Uma dava em um banheiro. Atrás da outra porta encontrava-se um grande armário de estocagem cheio de artigos de limpeza e várias ferramentas. Um objeto entre os esfregões, vassouras e martelos chamou sua atenção: um machado.

Seth retornou à porta privada com o machado. Pro inferno com o sigilo. Se a porta da garagem e o elevador não haviam alertado os zumbis, isso aqui faria o serviço. O machado era bem pesado, mas mesmo com certa dificuldade ele girou-o no ar com desenvoltura e o objeto cravou a madeira a mais ou menos uns trinta centímetros da maçaneta. Ele o retirou e atacou a porta, mais uma vez. Mais alguns golpes e ele conseguiu fazer um buraco largo o suficiente para permitir que sua mão passasse. Seth esfregou o cabo do machado com sua camisa antes de colocá-lo de lado. Nunca se sabe se vampiros conseguem identificar impressões digitais.

Seth dirigiu o foco de luz de sua lanterna ao buraco na porta. Ele não viu nenhum cadáver reanimado, mas um zumbi podia facilmente estar em pé ao lado da porta, fora de alcance, só esperando que sua mão aparecesse. Alcançando o buraco cheio de farpas de madeira, preocupado com a possibilidade de dedos pegajosos agarrarem seu pulso a qualquer segundo, Seth sentiu a maçaneta e destrancou a porta. Ele girou a maçaneta e abriu a porta com um empurrão. Então usou a lanterna para examinar a sala. Era grande e em formato de L, de modo que a totalidade da sala não pôde ser vista de imediato. Uma parafernália de objetos funerários preenchia todo o recinto: lápides sem nome, caixões na posição horizontal ou encostados verticalmente na parede, cavaletes com ramos coloridos de flores falsas. Uma longa escrivaninha, com uma cadeira de rodinhas e um computador, estava coberta por uma pilha de papéis desorganizados. Ao lado da escrivaninha encontrava-se uma fileira de gabinetes de arquivos.

Com a leve expectativa de se deparar com zumbis babosos escapando dos caixões a qualquer momento, Seth percorreu a sala entulhada de coisas até conseguir ver a outra parte do L. Ele encontrou uma mesa de sinuca vermelha embaixo de um ventilador. No interior de um nicho arqueado atrás da mesa, uma estatueta estava acocorada em cima de um bloco de mármore matizado.

Seth correu até a reentrância na parede. A estátua não estava de quatro como um sapo, mas sentada sobre duas pernas, com um par de braços curtos cruzados no peito. A estatueta parecia um ídolo pagão com características de anuro. De um verde-escuro e bem polido, o objeto parecia ter sido esculpido em um bloco de jade, e tinha mais ou menos quinze centímetros de altura. Acima da estátua um aviso podia ser lido:

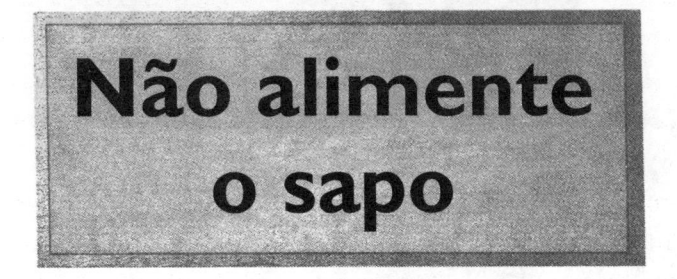

Não alimente o sapo

A breve mensagem encheu Seth de desconfiança. O que exatamente aconteceria quando ele alimentasse o sapo? Errol dera a entender que essa ação simplesmente o capacitaria a retirar a estátua da funerária.

Não alimente o sapo

A estátua não parecia ser muito pesada. Seth tentou levantá-la. A estatueta não se movia. Parecia soldada ao bloco de mármore que, por sua vez, parecia estar firmemente ancorado à base do nicho. Seth não conseguiu nem mesmo deslizar a estatueta ou mudar levemente sua posição. Talvez Errol soubesse realmente o que estava dizendo, afinal de contas.

Sem querer passar mais tempo do que o necessário no interior da funerária, Seth pegou o pedaço que restara do biscoito. Será que a estatueta comeria mesmo aquilo? Seth estendeu o alimento canino. Quando o biscoito estava quase tocando a boca, os lábios do sapo começaram a se mexer. Ele afastou o biscoito, e os lábios pararam de se mover. Segurando o biscoito mais perto do que antes, ele viu os lábios se mexerem para fora, tremendo.

Tudo indicava que a coisa funcionaria mesmo! Seth deslizou o biscoito para dentro da ansiosa boca de jade, tomando cuidado para que a estatueta não mordesse a ponta de seu dedo. A estátua engoliu o alimento e mais uma vez ficou imóvel.

Nada parecia haver mudado, exceto pelo fato de que assim que Seth tentou pegar a estatueta, ela se soltou do bloco de mármore com facilidade. Sem aviso, a estátua se contorceu e mordeu seu polegar. Gritando de surpresa, Seth deixou a estátua e a lanterna caírem no chão acarpetado. A sensação de ver uma estátua de jade se contorcendo como um ser vivo era extremamente perturbadora. Seth pegou de volta a lanterna e examinou seu polegar. Encontrou uma fileira de diminutas feridas. O sapo tinha dentes.

Seth encostou o pé na estatueta caída. Ela não se moveu. Cautelosamente, ele a pegou, segurando-a perto da base para que, na eventualidade de mordê-lo novamente, ele pudesse evitar seus dentinhos afiados. A estátua não se moveu. Ele deu um tapinha na cabeça dela. A estátua voltara a seu estado inanimado.

Seth afastou-se às pressas e saiu da sala. Não havia nada que ele pudesse fazer para esconder o estrago que produzira na porta, então abriu a grade de acordeão e entrou no elevador. Ele subiu um andar com o chiado tradicional e parou. Ele abriu a grade e saiu.

O cão, que veio na sua direção, o fez dar um salto, e ele quase deixou a estátua cair novamente. Por sorte, o animal desgrenhado parecia haver aceitado sua presença. Seth se abaixou e acariciou-lhe por um instante, e então dirigiu-se à porta da garagem. Ele parou no terminal e ajustou novamente o alarme apertando o botão adequado.

Seth fechou a porta atrás de si e apertou o botão para abrir a porta da garagem. Assim que a luz automática acendeu, ele apagou a lanterna. Seth correu pela entrada de carros e apertou novamente o botão para fechar a garagem.

Seth sabia que correr daria ainda mais na vista, mas ele não conseguiu resistir e disparou em direção à Kombi. Errol abriu a porta e Seth entrou.

– Bom trabalho – disse Errol, ligando o motor. Partiram em um segundo.

– Você ficou lá dentro um tempão – disse Kendra. – Eu já estava ficando preocupada.

– Eu achei um computador e fiquei disputando umas partidas de videogame – disse Seth.

– Enquanto a gente estava aqui se estressando com você? – exclamou Kendra.

— É brincadeira — disse Seth. — Tive que derrubar uma porta a machadadas. — Ele se virou para Errol. — A propósito, obrigado por me avisar sobre o cachorro.

Eles agora estavam na estrada, o painel luminoso da funerária afastando-se atrás deles.

— Havia um cachorro lá? — perguntou Errol. — Archibald deve mantê-lo realmente escondido. Era grande?

— Enorme — disse Seth. — Um desses cachorros que parecem um esfregão gigante. Sabe qual é? Com todo aquele pelo cobrindo os olhos.

— Um komondor? — perguntou Errol. — Você teve sorte. Essa raça às vezes é bem antipática com estranhos. Eles foram feitos para cuidar do gado na Hungria.

— Eu fui legal e dei a ele metade do biscoito — disse Seth. — A estátua me mordeu!

— Você está bem? — disse Kendra.

— Estou — disse Seth, mostrando o polegar. — Quase não sangrou.

— Eu deveria ter avisado — disse Errol. — Após comer, a estátua fica temporariamente agressiva. Nada muito preocupante, mas elas mordem.

— Diz a verdade, você sabia sobre o cachorro, não sabia? — acusou Seth.

Errol franziu a testa.

— Por que você acha isso?

— Por que você me mandaria pra lá com um biscoito de cachorro? Você podia ter me dado qualquer outra comida pra estátua. Acho que você estava preocupado com a possibilidade de eu desistir se soubesse que havia um cachorro.

— Sinto muito, Seth – disse Errol. – Eu lhe asseguro que o biscoito foi apenas uma coincidência. Por que eu o teria alertado a respeito dos mortos-vivos e deixado de mencionar o cachorro?

— Boa pergunta – admitiu Seth. – Pelo menos eu não vi nenhum zumbi. Isso até que foi um alívio.

— Afinal de contas, como é que essa estátua vai conseguir se livrar do kobold? – perguntou Kendra.

— Para saber isso – disse Errol –, você só precisa seguir minhas instruções.

CAPÍTULO QUATRO

Vanessa

Na manhã seguinte, na sala de aula, bem antes de o sinal tocar, um murmúrio ritmado preenchia o ar à medida que os alunos se amontoavam em agrupamentos inusitados. Ao centro dos agrupamentos ficavam os alunos mais inteligentes, folheando suas anotações. Os outros tentavam sugar alguma informação, na esperança de que uma olhada de última hora na matéria pudesse lhes proporcionar mais algumas respostas corretas na prova final que se avizinhava.

Alyssa pairava ao lado de Sasha Goethe, catando informação para a prova de ciências. Alyssa normalmente tirava notas altas, mas não conseguia deixar de ficar preocupada. Kendra estava se sentindo confiante a respeito dos exames. Eles não teriam tanto peso quanto os do ano seguinte, no ensino médio, e durante o ano todo ela mantivera em dia suas leituras e seus trabalhos de casa. Ela repassara as anotações e fizera uma boa revisão nos testes antigos.

Mesmo com a distração da excursão até a funerária na noite anterior, ela não tinha motivos para se preocupar.

Além do mais, ela tinha assuntos mais urgentes em sua mente. O kobold tinhoso era o único aluno na turma além de ela que parecia indiferente à importância dos exames. O que fazia sentido, considerando que ele não tinha que se submeter a eles. Ele estava sentado em sua carteira com as mãos dobradas. O sr. Reynolds, o mesmo substituto do dia anterior, com sua calvície prematura, estava sentado atrás da mesa da sra. Price.

Um pacote embrulhado encontrava-se na frente de Kendra. O papel tinha desenhos de renas e flocos de neve. Ela o encontrara numa prateleira do closet, resquício do último Natal. O papel embrulhava uma caixa de sapatos em cujo interior encontrava-se a estátua roubada.

Na noite anterior, antes de deixar Kendra e Seth na esquina de casa, Errol havia explicado como proceder. A estatueta era, aparentemente, sagrada para os kobolds. Uma vez que algum kobold estivesse de posse dela, ele seria compelido a devolvê-la para o santuário ao qual ela pertencia, oculto nos confins do Himalaia. Errol também dissera que os kobolds eram ávidos por presentes, então tudo o que eles precisavam fazer era embrulhar a estátua como se fosse um presente e dar a ele. O resto aconteceria naturalmente.

Parecia fácil demais para ser verdade. Mas Kendra aprendera em Fablehaven que às vezes uma magia poderosa era ativada a partir de meios simples. Por exemplo, manter uma fada cativa a noite toda dentro de casa faria com que ela se transformasse em um diabrete.

Kendra estudou o kobold. A popularidade instantânea que Case desfrutara inicialmente estava desaparecendo à medida que seu hálito rançoso se tornava famoso. Àquela altura, ele também já beijara Trina Funk e Lydia Southwell e, da mesma forma que Alyssa, elas não perderam tempo em espalhar a notícia de sua halitose crônica.

O sinal tocaria em menos de um minuto. Kendra flertara com a possibilidade de alguma outra pessoa entregar o presente, caso o kobold demonstrasse estar desconfiado dela. Mas, com o tempo se esgotando, ela decidiu que nada a impedia de embrulhá-lo novamente e depois pedir para que uma pessoa menos suspeita entregasse a estatueta para ele mais tarde, se essa tentativa fracassasse. Agora, de qualquer maneira, ele já vira que o presente estava com ela.

Kendra levou a caixa de sapatos embrulhada até a carteira dele.

– Oi, Case.

Ele a olhou de soslaio.

– Kendra.

– Sei que não tenho sido muito delicada desde que você chegou – disse ela. – Pensei em te dar esse presente pra sacramentar a paz entre nós.

O kobold olhou para o presente e depois novamente para os olhos dela.

– O quê? Mais solução bucal?

Kendra reprimiu uma gargalhada.

– Não, é um negócio legal. Se você não quiser...

– Me dá. – Ele pegou o presente. Ele sacudiu o pacote, mas isso não revelava nada sobre o conteúdo porque Kendra empacotara a estátua confortavelmente em meio a várias páginas de jornal amassado.

Tocou o sinal.

– Pode abrir – disse Kendra. Os grupos de estudo debandaram e todos se dirigiram para suas carteiras. Kendra voltou para a sua enquanto Case desempacotava o presente.

Quando Kendra se sentou, Case já tinha tirado a tampa da caixa de sapatos e estava remexendo as páginas de jornal. Ele ficou paralisado, mirando a peça. Então, lentamente, retirou a estatueta, segurando-a cuidadosamente. Olhando por cima do ombro, ele mirou Kendra com raiva.

O substituto anunciou algumas coisas e em seguida incentivou a turma a utilizar o restante da aula para fazer uma revisão. Alyssa perguntou se ele tinha alguma notícia da sra. Price. Ele respondeu que não tinha nenhuma informação.

Os grupos de estudo foram rapidamente refeitos. O kobold juntou suas coisas, colocando a estatueta na mochila, e andou na direção da porta, lançando um último e venenoso olhar para Kendra.

– Ei, aonde você está indo? – perguntou o substituto.

– Ao banheiro – respondeu Case.

– Você vai precisar de uma autorização para circular pelo corredor – disse o substituto.

– Aposto que consigo passar sem a autorização – zombou Case.

O substituto não deveria ter mais do que trinta anos. Tinha um ar pacato e não parecia acostumado a lidar com alunos que se comportavam de maneira tão insolente.

VANESSA

– Aposto que você vai para a sala do diretor – disse o substituto, com o olhar mais severo.

A turma ficou em silêncio enquanto a troca de palavras continuava. Case deu um sorriso afetado.

– Aceito a aposta. Quinhentos dólares. Isso dá o quê? Três anos do seu salário?

Case abriu a porta. O substituto se levantou.

– Você não vai a lugar algum!

Case saiu e disparou pelo corredor. O substituto permaneceu ao lado da mesa, incapaz de se mover.

– Qual é o nome dele? – perguntou ele, desnorteado.

– Casey Hancock – relatou Alyssa. – Mas pode chamá-lo de bafo de cachorro.

※ ※ ※

Seth estava se dirigindo para o ônibus quando reconheceu um homem familiar num terno fora de moda. Ele desviou-se de seu caminho para falar com Errol.

– Você já soube? – disse Seth. – Kendra deu o pacote ao Case hoje de manhã e ele foi embora na mesma hora.

Errol assentiu.

– Eu segui o kobold até ele sair da cidade. Vocês nunca mais o verão novamente. Um kobold jamais viaja para locais distantes a menos que seja compelido a isso.

– Obrigado pela ajuda – disse Seth. – É melhor eu pegar o ônibus.

– Pode ficar mais um minutinho? – perguntou Errol. – Você realizou um trabalho estupendo na funerária ontem à noite.

Melhor do que muitos profissionais treinados com quem me associei no passado. Bem que eu gostaria de alguma ajuda em outra tarefa.

– O quê?

– Uma missão similar, na verdade. Preciso recuperar um amuleto que está em poder de um membro da Sociedade da Estrela Vespertina. Seria um golpe e tanto na organização deles.

– É o pessoal que está tentando destruir todas as reservas mágicas iguais a Fablehaven – disse Seth. – E libertar os demônios.

– Moleque esperto.

– É um vampiro de novo? – perguntou Seth.

– Nada tão exótico – assegurou-lhe Errol. – O amuleto está numa casa flutuante. O proprietário está fora do país, então o lugar atualmente está desocupado. O único contratempo é que levaremos algumas horas de carro para chegar lá. Na verdade a noite toda. Se saíssemos mais ou menos às dez, eu poderia trazê-lo de volta o mais tardar às seis da manhã.

– Tenho aula amanhã, não posso sair hoje – disse Seth.

– E é por isso que eu estava planejando tudo para a noite de amanhã – disse Errol. – O ano escolar terá terminado. Sua irmã pode ajudar nessa missão. A barreira da casa flutuante só funciona contra aqueles com dezoito anos ou mais.

– Vou falar com ela. Como eu confirmo?

– Vou estar no posto de gasolina amanhã à noite. Venha o mais próximo que conseguir das dez horas. Apareça antes de dez e meia e estarei esperando. Do contrário, entenderei que vocês declinaram.

– Entendi. Melhor eu ir agora. Os ônibus vão sair a qualquer momento.

– Com toda certeza – disse Errol. – Com toda certeza.

VANESSA

※ ※ ※

Kendra colocou um ponto final depois da última sentença do último ensaio de seu último exame. Inglês. Ela sabia que havia gabaritado, da mesma forma que havia navegado em águas tranquilas durante todas as outras provas. Assim que entregasse o teste, o ensino fundamental estaria oficialmente terminado para ela. Era uma tarde de sexta-feira, e quase três meses a separavam de seu próximo compromisso escolar.

No entanto, assim que entregou o exame, Kendra não experimentou a euforia a que tinha direito. Em vez disso, sentia-se oprimida pela dúvida que assolava sua mente: ela deveria ou não escapar sorrateiramente de casa e invadir uma casa flutuante a centenas de quilômetros de distância com um homem praticamente estranho e seu irmão mais novo?

Até aquela manhã, ela ainda não conseguira entrar em contato com seu avô por telefone, e ele ainda não respondera à carta que ela havia enviado na terça-feira. Ela dissera a Seth que, até que pudessem confirmar a identidade de Errol Fisk com vovô, eles não viajariam com ele no meio da noite. A questão com o kobold fora uma situação desesperada. Agora eles poderiam se dar ao luxo de esperar um ou dois dias.

Seth vociferara por ela agir como traidora e covarde. Ele reclamara que se houvesse uma chance de atrapalhar os planos da Sociedade da Estrela Vespertina, seria melhor eles executarem a tarefa e ameaçara acompanhar Errol com ou sem ela.

Como havia terminado o exame cedo, Kendra tinha mais ou menos vinte minutos antes de os ônibus partirem. Ela foi até seu escaninho e passou um tempo enfiando tudo o que queria manter consigo na mochila, inclusive as fotos que ela recortara de revistas e colara na parte interna da porta. Talvez Seth tivesse razão. Naquela altura do campeonato, contatar vovô para confirmar tudo não passava de mera formalidade. Errol já os ajudara a se livrar do kobold. Se ele tivesse intenção de causar algum mal a eles, chances não lhe faltaram quando ele os levou para a funerária.

Kendra tentou ser completamente honesta consigo mesma. Ela estava com medo de ir até a casa flutuante. Se o local pertencesse a alguém da Sociedade da Estrela Vespertina, seria bastante perigoso. E dessa vez ela teria de entrar também, não ficaria apenas esperando no carro.

Ela puxou o zíper da mochila. O que queria era que vovô Sorenson dissesse que, embora Errol fosse um amigo, roubar amuletos de casas flutuantes no meio da noite não era trabalho para crianças. Ou para adolescentes. E era verdade! Com ou sem barreiras, parecia esquisito Errol recrutar crianças para tarefas daquela natureza.

Ela desceu o corredor e saiu do prédio. O sol estava brilhando. Os ônibus estavam parados numa fileira ao longo do meio-fio. Somente alguns garotos estavam dentro deles. Restavam dez minutos para que aquela escola ficasse oficialmente ausente de sua vida.

Será que Seth estava certo? Será que ela era mesmo covarde? Ela havia sido corajosa na reserva, quando pedira ajuda à Fada Rainha e salvara todo mundo. Ela havia sido corajosa ao tentar se livrar do kobold. Havia sido suficientemente corajosa para sair furtivamente de casa para se encontrar com Errol. Mas todos esses eventos eram emergências. Ela fora forçada a ser corajosa. O que acontecia com sua coragem se não houvesse uma ameaça imediata? O quanto era perigoso invadir uma casa flutuante vazia? Não acontecera nada na funerária; Seth entrara e saíra. Errol não os levaria para a casa flutuante se fosse perigoso demais. Ele era um profissional.

Kendra entrou no ônibus, andou até o fundo e se jogou no assento. Sua última viagem de ônibus da Roosevelt Middle School. Quem sabe ela não deveria começar a agir mais como adulta e menos como uma garotinha assustada.

Seth assoviava enquanto fazia o inventário de seu kit de emergência. Ele acendeu e apagou a lanterna. Examinou um sortimento de estalinhos. Inspecionou o estilingue que ganhara no Natal.

Kendra estava sentada em sua cama com a mão no queixo.

– Você realmente acha que esses estalinhos vão adiantar alguma coisa? – perguntou ela.

– Nunca se sabe – respondeu Seth.

– Entendi – disse Kendra. – Pode ser que alguém queira antecipar as comemorações do 4 de julho.

Seth balançou a cabeça, exasperado.

– É isso aí, ou pode ser que a gente arrume uma distração. – Ele produziu uma chama com seu isqueiro para ter certeza de que o objeto funcionava. Em seguida ergueu alguns biscoitos de cachorro. – Acrescentei isso aqui depois daquela experiência na funerária. Eu poderia ter sido comido vivo se não fosse o biscoito.

— Não consigo acreditar que você me convenceu a entrar nessa — disse Kendra.

— Nem eu — concordou Seth.

Mamãe abriu a porta segurando o telefone sem fio.

— Kendra, vovô Sorenson quer falar com você.

Kendra saltou da cama entusiasmada.

— Beleza. — Ela pegou o aparelho. — Oi, vovô.

— Kendra, preciso que você vá para algum lugar da casa onde possa falar com privacidade — disse vovô, em tom de urgência.

— Só um minuto. — Kendra disparou para seu quarto e bateu a porta. — O que é?

— Temo que você e seu irmão possam estar em perigo — disse vovô.

Ela apertou o aparelho com mais firmeza.

— Por quê?

— Acabei de receber relatórios a respeito de algumas atividades perturbadoras em sua área.

Kendra relaxou por um instante.

— Eu sei, tenho tentado falar com você. Tinha um kobold na minha escola.

— Um o quê?

— Já está tudo bem, um cara chamado Errol Fisk ajudou a gente a se livrar dele. Ele conhece o seu amigo Coulter.

— Coulter Dixon?

— Acho que é esse mesmo. Errol disse que Coulter ficou sabendo do kobold e o recrutou para nos ajudar a acabar com ele.

— Quando isso aconteceu?

— Essa semana.

Vanessa

Vovô fez uma pausa.

– Kendra, Coulter está aqui em Fablehaven há mais de um mês.

Ela apertou o aparelho, as juntas dos dedos ficando brancas. Uma sensação de enjoo estava tomando conta de seu estômago.

– O que você está querendo dizer?

– Vou confirmar com Coulter, mas tenho certeza de que esse homem abordou vocês com falsos pretextos. Vocês não devem se aproximar dele.

Kendra ficou em silêncio. Ela olhou para seu relógio digital. Estava marcando oito e onze da noite. Em menos de duas horas eles deveriam se encontrar com Errol no posto de gasolina.

– Ele combinou de nos pegar hoje à noite – disse ela.

– Pegá-los?

– Pra gente roubar um amuleto que está numa casa flutuante não sei onde. Ele disse que isso seria um grande golpe na Sociedade da Estrela Vespertina.

– Kendra, esse homem é quase com certeza um membro da Sociedade da Estrela Vespertina. Há pouco tempo eles roubaram uma coisa de um amigo meu.

A boca de Kendra ficou seca. Seu coração estava a ponto de explodir.

– O que eles roubaram?

– Não importa – disse vovô. – O problema é...

– Não foi por acaso uma pequena estátua de um sapo, foi? – disse Kendra.

Agora vovô ficou em silêncio.

– Ah, Kendra – murmurou ele, por fim. – Conte-me o que aconteceu.

Kendra contou como Errol havia dito a eles que a única maneira de se livrar do kobold era adquirir a estátua. Ela relatou como ele havia dito a eles que o dono da funerária era um malévolo viviblix para poder convencer Seth a roubar o sapo.

— Então foi assim que eles fizeram a coisa – disse vovô. – Havia um encanto na funerária que impediria a todos, exceto crianças, de entrar. Archibald Mangum é um velho amigo meu. Ele não é nenhum blix. Ele estava comemorando seu aniversário de oitenta anos numa festa em Buffalo na noite em que Seth roubou a estátua da casa dele. Ele me telefonou alguns minutos atrás.

— Tenho tentado ligar para você há uma semana – disse Kendra. – E escrevi uma carta que mandei na terça-feira.

— Alguma armação foi feita – disse vovô. – Eu não recebi sua carta. Desconfio que tenha sido interceptada, talvez da minha caixa de correio. Só soube ontem que o telefone estava com defeito. Nós praticamente só o usamos em emergências. A companhia telefônica veio aqui consertá-lo algumas horas atrás. Eles descobriram onde a linha havia sido estragada, não muito além dos portões da frente. Perguntei se parecia que a linha havia sido cortada deliberadamente, e eles disseram que não. Mas tenho minhas dúvidas. Quando Archibald ligou, minhas preocupações se multiplicaram. Ele tem vigiado você e Seth para mim sem muito alarde. É claro que percebi que qualquer ação contra ele também poderia envolver vocês, mas não esperava algo assim. A Sociedade da Estrela Vespertina está agindo.

— O que eu faço? – perguntou Kendra, sentindo-se desequilibrada.

— Já coloquei um plano em ação – disse vovô. – Agora vejo que minhas suspeitas tinham mais fundamento do que o que eu imaginava. Eu disse para sua mãe que havia sofrido um acidente e perguntei se você e Seth não poderiam ficar conosco enquanto eu me recuperava.

— O que ela disse? — perguntou Kendra.

— Seus pais concordam, contanto que você e seu irmão queiram vir — disse vovô. — Eu disse para ela que queria convidar você pessoalmente. Imaginando que você concordaria, já enviei alguém para pegá-los.

— Quem?

— Você não a conhece — disse vovô. — Seu nome é Vanessa Santoro. Ela vai lhe dar uma senha: *caleidoscópio*. Ela deve estar chegando aí daqui a umas duas horas, mais ou menos.

— O que a gente pode fazer até lá?

— Você disse que esse tal de Fisk espera que vocês se encontrem com ele hoje à noite?

— Ainda não confirmamos com ele — disse Kendra. — Eu quis primeiro falar com você. — Ela deliberadamente deixou de mencionar que embora não tivesse confirmado o encontro, já havia se decidido a ir. — Ele vai estar esperando a gente num posto de gasolina perto da nossa casa. Se não estivermos lá até as dez e meia, ele saberá que não vamos aparecer.

— Não gosto do interesse que a Sociedade está demonstrando em vocês — disse vovô pensativamente, como se estivesse falando consigo mesmo. — Nós teremos de destrinchar isso tudo mais tarde. Por enquanto, faça as suas malas. Vanessa também deve chegar por volta das dez e meia. Fique atenta. Pode ser difícil antever como Errol reagirá quando souber que vocês dois não comparecerão ao encontro.

— Você pode avisar sua amiga para se apressar?

— Ela vai se apressar — disse vovô, rindo. — Por enquanto, avise sua mãe de sua decisão. Depois terei de falar com ela novamente para que ela não estranhe a ideia de uma amiga minha aparecendo no meio da noite para levá-los. Vou dizer a ela que Vanessa é uma vizinha da mais extrema confiança, que por acaso está voltando de uma viagem ao Canadá.

— Vovô?

— Sim?

— Você não se acidentou de verdade, não é? — perguntou ela.

— Nada que tenha ameaçado minha vida, mas me acidentei, sim. Estou em péssimas condições, para falar a verdade. Muitas coisas interessantes têm ocorrido no decorrer dos últimos meses e, independentemente de eu gostar ou não disso, vocês estão sendo envolvidos. Nesse exato momento, por mais perigoso que Fablehaven possa ser, aqui é o local mais seguro para vocês ficarem.

— Vovó não virou galinha de novo ou qualquer coisa assim, virou?

— Sua avó está bem — assegurou-lhe ele.

— E mamãe e papai? E se Errol for atrás deles?

— Ah, não, Kendra. Não se preocupe com seus pais. A ignorância deles a respeito do mundo secreto que nós conhecemos é toda a proteção de que eles necessitam. Com você e Seth fora de casa, eles estarão muito mais seguros do que qualquer um de nós. Agora, chame sua mãe.

Kendra achou sua mãe e lhe entregou o telefone. Em seguida correu para o quarto de Seth e contou para ele tudo o que havia conversado com vovô Sorenson.

Vanessa

— Quer dizer então que Errol estava usando a gente – disse Seth. – E se a gente tivesse ido com ele hoje à noite... Eu nunca aprendo mesmo a lição, não é?

— Não foi culpa sua – disse Kendra. – Errol também me enganou. Você só estava sendo corajoso. Nem sempre isso é uma coisa ruim.

O elogio pareceu ter deixado Seth animado.

— Aposto que Errol pensou que tinha passado a perna em nós. Imagino o que ele teria feito conosco. Gostaria de poder ver a cara dele ao se dar conta de que a gente não vai aparecer.

— Com sorte, quando isso acontecer a gente já vai estar viajando.

Papai entrou no quarto. Bateu palmas e esfregou as mãos.

— Precisamos fazer as malas – disse ele. – Vocês dois devem ter feito mesmo muito sucesso na casa de seus avós nas férias passadas. O papai cai do telhado e quer que vocês fiquem lá para ajudá-lo. Espero que ele saiba em que está se metendo.

— Nós vamos nos comportar – disse Seth.

— O que estou vendo ali são estalinhos? – perguntou papai.

— São fraquinhos. – Seth enfiou-os em seu kit de emergência.

※ ※ ※

Kendra andava de um lado para outro em seu quarto, olhando o relógio a todo instante. A cada dois minutos ela espiava através das persianas, na esperança de ver Vanessa encostando o carro. Quanto mais o relógio se aproximava de dez e meia, mais ansiosa ela ficava.

Sua mala e sua bolsa de mão estavam em cima da cama. Ela tentou se distrair colocando os fones de ouvido e ouvindo um pouco de música. Sentou-se no chão, fechou os olhos e recostou-se na cama. Vanessa chegaria a qualquer momento, e ela e Seth partiriam em direção a Fablehaven.

Ela ouviu uma voz chamando seu nome de muito longe. Ela abriu os olhos e tirou os fones de ouvido. Papai estava em pé no quarto.

– Ela chegou? – perguntou Kendra, levantando-se.

– Não, eu disse que é telefone para você. O pai de Katie. Ele quer saber se você tem alguma ideia de onde Katie poderia estar.

Kendra pegou o aparelho. Katie Clark? Kendra mal a conhecia.

– Alô?

– Você me decepcionou, Kendra. – Era Errol. Papai saiu do quarto.

Kendra falou pausadamente:

– Desculpa, a gente chegou à conclusão de que hoje à noite não daria. Como foi que você conseguiu nosso número?

– Na lista telefônica – disse Errol, soando como se estivesse ofendido pelo tom acusatório na voz dela. – Sinto muito por me fazer passar pelo pai de uma colega. Eu não tinha a intenção de alarmar os seus pais.

– Bem pensado – disse Kendra.

– Eu estava imaginando se não haveria alguma possibilidade de persuadi-los a ir comigo, afinal de contas. Estou bem na esquina de sua casa, no local exato onde os deixei da outra vez. Veja bem, essa é a última noite em que a casa flutuante ficará desocupada, e aquele amuleto poderia representar uma grande ameaça a seus avós e à reserva.

– Tenho certeza que sim – disse Kendra, com toda a sinceridade. Sua mente estava em disparada. Errol não tinha possibilidade de saber como ela e Seth planejavam escapar naquela noite mesmo para Fablehaven. Ela precisava fingir que ainda o considerava um amigo. – Não existe alguma outra forma? Fiquei muito assustada naquela noite.

– Se eu conhecesse alguma outra solução, não estaria incomodando vocês. Meu problema é urgente. O amuleto poderia causar um tremendo mal se caísse em mãos erradas. Por favor, Kendra, eu a ajudei. Preciso que você retribua o favor.

Kendra ouviu um veículo parando do lado de fora. O motor parou. Ela olhou através das persianas e viu uma mulher descer de um elegante carro esportivo.

– Acho que não vou poder – disse ela. – Sinto muito mesmo.

– Parece que você tem visita – disse Errol, com um traço de desconfiança na voz. – É um carro e tanto. Amiga da família?

– Não sei ao certo – disse Kendra. – Escuta, vou precisar desligar.

– Muito bem. – A linha caiu.

Papai surgiu.

– Está tudo bem?

Kendra baixou o aparelho, tentando não demonstrar sua ansiedade.

– O pai de Katie se confundiu um pouco, só isso – disse ela. – Não saio muito com ela, então fica um pouco difícil dar alguma ajuda. Mas tenho certeza que está tudo bem com ela.

Alguém bateu na porta.

– Deve ser a pessoa que vai levar vocês.

Papai pegou a mala e a mochila na cama. Kendra seguiu-o até a sala, onde mamãe estava em pé batendo papo com a majestosa mulher. Alta e esguia, a mulher tinha uma lustrosa cascata de cabelos pretos e uma tez morena. Ela parecia espanhola ou italiana, com lábios generosos e sobrancelhas perfeitamente arqueadas. Sua maquiagem estava tão bem-feita que Kendra jamais vira algo parecido fora das revistas de moda. Ela usava jeans de marca, botas marrons e uma confortável e cheia de estilo jaqueta de couro.

Assim que Kendra entrou na sala, a mulher sorriu, seus expressivos olhos iluminando-se.

– Você deve ser a Kendra – disse a mulher, com simpatia. – Sou Vanessa Santoro. – Ela tinha um leve resquício de sotaque na voz.

Kendra estendeu a mão. Vanessa apertou-lhe apenas os dedos. Papai apresentou-se e Vanessa ofereceu a ele um aperto de mão similar. Apesar da aparência e do comportamento elegantes, suas unhas das mãos eram incongruentemente curtas. Seth chegou à sala e parou de súbito. Kendra sentiu-se constrangida por ele. Seu irmão foi incapaz de disfarçar a perplexidade que sentiu ao dar de cara com o visual estonteante de Vanessa.

– Há muito tempo que eu desejava conhecer o famoso Seth Sorenson – disse Vanessa.

– Eu? – respondeu Seth, tolamente.

Vanessa sorriu com ternura. Ela parecia acostumada a deixar os garotos de queixo caído. Kendra estava começando a antipatizar com ela.

Vanessa olhou de relance para seu pequeno e elegante relógio.

– Odeio ter de me apressar, mas temos muito chão pela frente até amanhecer.

— Vocês podem dormir aqui e seguir viagem amanhã cedo – disse mamãe. – Podemos preparar a cama extra.

Kendra experimentou um instante de nervosismo agudo. Eles tinham de sair dali. Errol estava esperando lá fora, e ele dera a entender que estava desconfiado de Vanessa. Ninguém sabia o que ele poderia tentar fazer durante a noite.

Vanessa balançou a cabeça com um sorriso lastimoso.

— Tenho um compromisso amanhã – disse ela. – Mas não se preocupem, sou uma coruja. E dormi até tarde hoje. Chegaremos inteiros à casa de Stan.

— Posso preparar um lanche para vocês levarem? – Mamãe tentou ainda.

Vanessa levantou a mão.

— O carro já está bem abastecido de guloseimas – disse ela. – Temos de ir agora.

Papai puxou a carteira.

— Pelo menos deixa a gente dar uma ajudinha na gasolina.

— Isso jamais passaria pela minha cabeça – insistiu Vanessa.

— Você está nos poupando uma longa viagem – continuou insistindo papai. – É o mínimo que...

— Eu estava indo para lá de qualquer maneira – disse Vanessa, pegando a mala de Seth, a maior de todas. – Dar carona a seus filhos é um prazer.

Papai agarrou a mala de Kendra antes que Vanessa pudesse pegá-la também. Não satisfeita, ela pegou a mochila de Seth.

Mamãe abriu a porta, e Vanessa saiu, seguida de papai.

— Eu posso levar minha bagagem – disse Seth.

— Tenho plena capacidade – assegurou-lhe Vanessa, andando facilmente na direção do carro.

— Uau! — disse Seth quando deu uma olhada na máquina azul-escura que ela dirigia.

Papai assoviou.

— Ferrari?

— Não — disse Vanessa. — Feito sob encomenda. Comprei de um amigo meu.

— Você vai ter de me apresentar o cara — disse papai.

— Só em sonho — murmurou mamãe.

Em pé ao lado do carro, Kendra mal podia acreditar que viajaria nele até Fablehaven. Baixo e aerodinâmico, o resplandecente veículo possuía canos de descarga duplos, teto solar e pneus grossos como os de um carro de corrida. Apesar dos insetos mortos que emplastravam o para-brisa, parecia o tipo de veículo que você esperaria ver num salão de automóveis ou na vitrine de alguma loja, não algo que alguém dirigiria de fato.

Vanessa apertou alguns botões em sua chave eletrônica. A porta do carona se abriu e a tampa do porta-malas se levantou.

— Deve ter espaço no porta-malas — disse ela. Ela empurrou o assento do carona para a frente e enfiou a mochila de Seth embaixo do assento do motorista.

— Vou na frente — falou Seth.

— Sinto muito — disse Vanessa. — Regras da casa. O passageiro mais alto vai na frente. A parte de trás está cheia demais.

Seth esticou-se até sua altura máxima.

— Eu estou quase da altura dela — disse ele. — Além do mais, ela é mais flexível.

— Que bom — disse Vanessa —, porque nós vamos ter de deslizar o assento dela para a frente para que vocês dois possam caber no carro. Eu quase nunca levo passageiros atrás.

Vanessa

Papai deu a mochila de Kendra a Vanessa e em seguida acomodou as malas.

Seth desabou no assento de trás e apertou o cinto de segurança. Vanessa deslizou o assento do carona um pouquinho para a frente e ajeitou o de trás.

– Vai dar para sobreviver assim?

Seth anuiu de modo taciturno. Suas pernas estavam torcidas para os lados e os joelhos colados um no outro.

– Talvez Kendra possa liberar alguns centímetros assim que se acomodar – disse Vanessa, tentando aliviar a situação.

Vanessa deu um passo para o lado para que Kendra pudesse entrar no carro. Kendra olhou-a nos olhos e em seguida olhou de relance para a Kombi estacionada mais abaixo na rua. Vanessa piscou de uma maneira que sugeria que ela estava a par da ameaça. Kendra hesitou por mais um instante.

– Caleidoscópio – murmurou Vanessa.

Kendra entrou no carro e Vanessa bateu a porta. O motor rugiu espontaneamente. Vanessa apertou mais uma vez a chave eletrônica e a porta do motorista se abriu.

Mamãe e papai estavam juntos no meio-fio, acenando. Sem saber ao certo se seus pais seriam capazes de vê-la através do vidro fosco, Kendra abaixou a janela e acenou de volta. De acordo com vovô, com ela e Seth fora de casa, mamãe e papai estariam em segurança. Embora Kendra não tivesse certeza acerca dos novos riscos que estavam à espera deles em Fablehaven, pelo menos tinha o conforto de saber que sua partida garantiria a segurança de seus pais.

Vanessa postou-se à frente do volante e fechou a porta. Sua postura mudou instantaneamente assim que ela pegou um par de luvas pretas para dirigir.

— Há quanto tempo ele está lá? — perguntou ela, acendendo as luzes, engatando a primeira no câmbio manual e partindo.

Kendra deu um último adeus e levantou a janela.

— Acho que só alguns minutos — disse Kendra. — Ele apareceu depois que a gente furou o encontro com ele no posto de gasolina.

— Por que você não me disse? — reclamou Seth.

— Acabei de descobrir — disse Kendra. — Ele ligou. Eu estava terminando de falar com ele quando Vanessa encostou o carro. Ele tentava me convencer a ir.

Eles passaram pela Kombi. Kendra olhou para trás e viu os faróis se acenderem e a Kombi entrar na estrada atrás deles.

— Ele está seguindo a gente — disse Seth.

— Não por muito tempo — prometeu Vanessa. — Assim que a gente se afastar de seus pais, vamos nos livrar dele rapidinho. — Ela colocou um par de óculos escuros.

— Não está um pouco escuro para usar isso aí? — disse Seth.

— Visão noturna — explicou Vanessa. — Assim consigo me livrar das luzes dos faróis e seguir na velocidade que eu bem entender.

— Irado! — disse Seth.

Eles viraram numa esquina para pegar a rodovia interestadual. Vanessa olhou para Kendra.

— Você estava falando com ele ao telefone?

— Cuidado! — berrou Kendra, apontando para a frente. Uma gigantesca figura humanoide feita de palha andava tropegamente no meio da estrada, balançando um par de braços toscos. Como haviam acabado de virar uma esquina, o carro não estava em alta velocidade. Vanessa desviou, mas a monstruosa figura saltou para o lado para continuar bloqueando a passagem do carro. Vanessa pisou fundo no freio. Os cintos de segurança entraram em ação, e o carro parou a mais ou menos dez metros de distância da criatura.

Amarelada e eriçada sob as fortes luzes dos faróis, a aparvalhada criatura assomava pelo menos três metros acima do asfalto, com as pernas bem abertas sobre a linha amarela no meio da estrada. A coisa possuía pernas curtas e pés largos, um torso maciço e braços longos e espessos. A cabeça peluda era desprovida de olhos, mas a boca escancarada apareceu quando a monstruosidade soltou um rugido atordoante.

– Uma pilha de feno? – disse Seth, parecendo desnorteado.

– Um dullion – corrigiu Vanessa, engatando marcha a ré. – Um pseudogolem.

O dullion avançou. O motor rugiu e os pneus chiaram quando o carro se afastou. Vanessa manobrou o carro com perícia e trocou de marcha, as rodas berrando com o atrito. Eles estavam novamente andando para a frente, afastando-se da criatura. O penetrante aroma de borracha queimada tomou conta do carro.

Assim que eles se aproximaram da intersecção onde haviam acabado de virar, a Kombi deu uma parada brusca, bloqueando a fuga deles. Um segundo carro, um antigo modelo de Cadillac, encostou ao lado, completando a barricada. A estrada só tinha duas pistas e a escassa faixa de acostamento era íngreme e pedregosa.

Vanessa derrapou novamente o carro e, depois de um enlouquecido cavalo de pau, os pneus girando e queimando no asfalto, eles estavam novamente encarando o desajeitado homem de palha. A corpulenta criatura caminhou pesadamente na direção deles. Vanessa pisou fundo no acelerador. À medida que os pneus gritavam na pista e ganhavam tração, a velocidade do carro aumentava, mas com o dullion aproximando-se com rapidez, não havia espaço suficiente para que o carro obtivesse o impulso necessário.

Sem muito espaço para manobra, Vanessa deu o melhor de si, conduzindo o automóvel para a margem direita da estrada e depois cortando para a esquerda, pouco antes de alcançarem o monstro. A tática impediu que eles se chocassem com o dullion, mas o homem de palha acertou o carro com seus enormes punhos enquanto eles passavam. Parecia que eles haviam sido atingidos por um míssil. O carro sacolejou e derrapou e, por um terrível instante, Kendra pensou que eles fossem sair da pista, mas Vanessa recuperou o controle e eles seguiram em frente a toda a velocidade.

Parte do teto estava amassado acima de Kendra, e várias rachaduras podiam ser vistas em sua janela e no teto solar. As rodas estavam com cheiro de fogo. Mas o motor estava intacto e o carro parecia estar correndo sem maiores problemas mesmo depois que o velocímetro passou dos cento e quarenta quilômetros por hora.

– Sinto muito pela turbulência – disse Vanessa. – Todos estão bem?

– Aposto que a gente deixou umas lindas marcas de pneu – disse Seth, entusiasmado ao extremo. – Que coisa era aquela?

– Um golem feito de palha – disse Kendra.

– Era ridículo – disse Seth. – Parecia uma pilha de feno ambulante.

Kendra percebeu que Seth não havia visto a verdadeira forma da criatura que os atacara.

— Você não bebeu leite, Seth.

— É mesmo. Ele parecia com o Hugo?

— Mais ou menos — disse Kendra —, mas era maior e mais esfarrapado.

— A coisa pegou pesado com a gente — disse Seth. — Tem um buraco na capota.

Eles viraram em uma estrada mais ampla, os pneus chiando levemente. Em seguida aceleraram com agressividade.

— Tivemos sorte de ter escapado com tão poucos estragos — disse Vanessa. — O corpo do carro foi reforçado e os vidros são à prova de balas. Um veículo menos resistente não estaria mais funcionando. Eles escolheram o local ideal para uma emboscada.

— Como alguma coisa feita de feno pode dar um soco tão forte? — perguntou Seth.

— Quem sabe o que estava por baixo daquele feno? — disse Kendra.

— Motivo pelo qual não joguei o carro em cima dele de primeira — disse Vanessa. — Bom para nós.

Kendra verificou o velocímetro. Eles estavam indo a mais de cento e sessenta quilômetros por hora.

— Você não se preocupa com detectores de excesso de velocidade?

Vanessa deu um risinho.

— Ninguém jamais conseguiria pegar a gente sem um helicóptero.

— É sério? — disse Seth.

— Nunca levei uma multa — vangloriou-se Vanessa. — Mas já fui perseguida. É difícil me pegar, principalmente fora das áreas urbanas. Vou levar vocês para Fablehaven em pouco mais de duas horas.

— Duas horas! — exclamou Kendra.

— Como você acha que cheguei à sua casa tão cedo depois de você falar com Stan? A gente consegue atingir duzentos e quarenta quilômetros por hora fácil, fácil numa autoestrada. De noite então, com os faróis apagados, qualquer pessoa que estiver com um radar móvel vai achar que avistou um óvni.

— Esse talvez seja o dia mais maneiro da minha vida — disse Seth. — Exceto pelo fato de eu não ter onde colocar as pernas.

— Normalmente não ando rápido para me divertir — explicou Vanessa. — Mas pode ser que haja inimigos nos seguindo. Numa noite como essa, correr é a opção mais sensata. A propósito, Seth, sua avó mandou te entregar isso. — Ela abriu um pequeno compartimento com gelo entre os assentos da frente e retirou uma garrafinha de leite.

— Agora me diz, já que eu perdi o dullion. — Ele pegou a garrafa e bebeu o leite. — Qual é a diferença entre um dullion e um golem?

— Principalmente qualidade — disse Vanessa. — Os dullions são um pouco mais fáceis de serem criados. Embora eu não veja um há séculos. Como os golems, os dullions estão quase extintos. Quem quer que esteja atrás de vocês possui recursos pouco comuns.

Eles seguiram em silêncio por um tempo. Kendra cruzou os braços.

— Sinto muito por termos estragado seu belo carro.

— Não foi culpa de vocês — disse Vanessa. — Acredite ou não, já fiz estragos muito maiores em outros carros.

Kendra franziu o cenho.

Vanessa

– Eu me sinto tão idiota por ter deixado Errol se aproveitar da gente.

– Seu avô me contou a história – disse Vanessa. – Vocês estavam tentando agir da maneira correta. Foi uma típica infiltração da Sociedade: montar uma ameaça e depois fazer com que pareça que eles ajudaram vocês a resolver o problema para criar a confiança. Tenho certeza de que eles também cortaram a comunicação com Stan. Por falar em Stan...

Vanessa abriu um pequeno celular. Kendra e Seth ficaram em silêncio enquanto Vanessa relatava a vovô que eles estavam na estrada e que estava tudo bem. Ela contou brevemente o incidente com Errol e o dullion e depois desligou o aparelho.

– O que foi que eu roubei do amigo de vovô? – perguntou Seth.

– Um demônio chamado Olloch, o Glutão – disse Vanessa. – Imagino que você o tenha alimentado, certo?

– Errol disse que era a única maneira de fazer a estátua se mover – disse Seth, arrasado.

– Errol estava certo – disse Vanessa. – Você quebrou o encanto que o prendia. Ele te mordeu?

– Mordeu. Isso é ruim?

– Vão te contar mais sobre isso em Fablehaven – prometeu Vanessa.

– Ele me envenenou?

– Não.

– Eu vou virar sapo ou algo assim?

– Não. Espere até chegar a Fablehaven. Seus avós têm muito o que compartilhar com você.

– Por favor, me diz agora! – disse Seth.

– Darei uma olhada no ferimento quando a gente parar para botar gasolina.

– *Você* não ia querer saber se fosse com você? – implorou Seth.

Ela parou.

– Suponho que sim. Mas eu disse para seus avós que deixaria que eles mesmos dessem a notícia, e gosto de manter minha palavra. Há certo perigo envolvido, mas nada imediato. Tenho certeza de que a gente vai conseguir resolver.

Seth passou os dedos pelas pequenas feridas em sua mão.

– Tudo bem. Tem alguma coisa que você *pode* dizer pra gente agora?

Eles chegaram à rampa de acesso à rodovia interestadual.

– Mantenham esses cintos de segurança apertados – respondeu ela.

CAPÍTULO CINCO

Novos convidados

Quando o carro finalmente diminuiu a velocidade e entrou na pista de cascalho da entrada, Kendra estava lutando para manter os olhos abertos. Ela aprendera que até mesmo viajar como um foguete na autoestrada a duzentos e cinquenta quilômetros por hora tornava-se monótono depois de certo tempo. Não demora muito até você perder a noção do quanto o carro está correndo. Principalmente no escuro.

Depois que eles saíram da rodovia, a estrada ficou mais cheia de curvas, e Vanessa diminuiu consideravelmente a velocidade. Ela havia alertado que, caso houvesse outra emboscada, muito provavelmente ela ocorreria próxima à entrada de Fablehaven.

Enquanto eles passavam por cima do cascalho, um único farol surgiu, de uma curva, na direção deles. Pertencia a um veículo de tração. Dale estava ao volante, e acenou assim que os viu.

– Tudo limpo – disse Vanessa. Eles seguiram Dale pelos avisos de "Entrada proibida" e pelos altos e pontudos portões de ferro. Ele parou para fechar os portões atrás deles enquanto Vanessa continuou em direção a casa.

Kendra sentiu enorme alívio em estar de volta a Fablehaven. Uma parte de seu ser havia imaginado se algum dia ela voltaria ao local. Às vezes, o verão do ano passado parecia irreal, como se tudo tivesse sido um longo e estranho sonho. Mas lá estava a casa, as luzes brilhando nas janelas. As imponentes empenas, as desgastadas paredes de pedra e o torreão ao lado. Ao observá-lo, ela se deu conta de que jamais havia entrado no torreão, mesmo tendo tido acesso aos dois lados do sótão. Teria de pedir a vovô para fazer isso.

Em meio aos arbustos sombreados do jardim, Kendra reparou na cintilância colorida das asas flutuando ao redor. Elas quase não saíam em grande número depois do sol se pôr, o que fez com que ela ficasse bastante surpresa de ver pelo menos trinta ou quarenta fadas zanzando pelo jardim – tremeluzindo em vermelho, azul, lilás, verde, laranja, branco e dourado. Kendra supôs que aquela inusitada quantidade pudesse ser explicada pelo aumento da população de fadas que resultara das centenas de diabretes que ela havia ajudado a retornar à condição de fada no ano anterior.

Era triste pensar que sua amiga Lena não estaria lá para lhe dar as boas-vindas. As fadas haviam mandado a caseira de volta ao lago do qual Patton Burgess a havia convencido a sair muitos anos atrás. Lena não parecera muito disposta a voltar, mas, na última vez que Kendra a vira, Lena tentara puxá-la para dentro do lago. Mesmo assim, Kendra sentia-se determinada a encontrar um meio de libertar sua amiga de sua prisão aquática. Ela continuava convencida de que, no fundo, no fundo, Lena preferia viver como mortal a viver como náiade.

Vanessa conduziu o carro esportivo avariado até a entrada da casa. Vovó Sorenson andou da varanda da frente até a entrada de veículos. Kendra desceu do carro e empurrou o assento para a frente para libertar Seth de seu confinamento. Ele deu um pulo para fora e em seguida fez uma pausa para se esticar.

– Estou tão aliviada por vocês estarem bem – disse vovó, abraçando Kendra.

– Tirando o fato das minhas pernas estarem dormentes – grunhiu Seth, esfregando as panturrilhas.

– Ele está querendo dizer que a gente também está feliz em revê-la, vovó – desculpou-se Kendra.

Vovó abraçou Seth, que pareceu um pouco relutante.

– Olha só para isso. Você cresceu demais.

Dale veio deslizando seu veículo até finalmente parar. Então desceu e ajudou Vanessa a tirar a bagagem do porta-malas. Seth correu para ajudar. Kendra foi até o assento traseiro e pegou as mochilas.

– Parece que vocês foram atingidos em cheio – disse vovó, inspecionando o buraco na capota do moderníssimo automóvel.

– Mas ainda assim ele funcionou surpreendentemente bem – disse Vanessa, pegando a mala de Seth que, por sua vez, apresentou-se para pegá-la.

– Nós pagaremos todos os custos do conserto – disse vovó.

Vanessa balançou a cabeça.

– Eu pago uma fortuna de seguro. Deixe que eles paguem a conta. – Ela acabou recompensando a insistência de Seth deixando-o pegar a mala.

Juntos, eles caminharam até a porta da frente e entraram na casa. Vovô estava sentado em uma cadeira de rodas no hall de entrada. Sua perna esquerda estava engessada dos dedos até a tíbia. Seu braço direito também estava engessado do punho ao ombro. Hematomas podiam ser vistos em seu rosto, amarelados e com algumas manchas acinzentadas. Mas ele estava rindo.

Dois homens estavam postados cada um de um lado de vovô. Um deles era um polinésio imenso com o nariz largo e olhos esfuziantes. Ele usava uma camiseta regata que revelava ombros maciços e bem torneados. Uma tatuagem esverdeada percorria seu espesso tríceps. O outro homem era um sujeito mais velho, alguns centímetros mais baixo do que Kendra, magro e rijo. Sua cabeça era calva, exceto por um pequeno tufo de cabelos grisalhos no meio e um pouco nos lados. Ele tinha diversos penduricalhos em volta do pescoço, presos a cordões de couro ou correntes. Ele também tinha algumas pulseiras trançadas e um anel de madeira. Nada parecia de muito valor. Ele não tinha o dedo mindinho da mão esquerda, assim como uma parte do dedo onde estava o anel.

– Bem-vindos de volta a Fablehaven – gritou vovô, radiante. – É um prazer enorme ver vocês. – Kendra imaginou se ele não estaria tentando compensar sua aparência arrasada com a demonstração de exuberância. – Kendra, Seth, gostaria de apresentar a vocês Tanugatoa Dufu. – Vovô fez um gesto na direção do polinésio com seu braço quebrado.

– Todo mundo me chama de Tanu – disse ele. Ele tinha a fala macia, com uma voz profunda e uma pronúncia clara. Seus olhos vivos e sua voz suave tinham uma difícil tarefa no sentido de minimizar sua aparência intimidadora.

Novos convidados

— E esse aqui é Coulter Dixon, um nome que Kendra já ouviu antes — disse vovô.

Coulter olhou para eles, medindo-os de alto a baixo.

— Todos os amigos de Stan são meus amigos — disse ele, com uma sinceridade muito pouco convincente.

— Prazer em conhecê-lo — disse Kendra.

— Todos os amigos de vovô... — acrescentou Seth.

Dale e Vanessa recolheram as malas que Kendra e Seth estavam segurando e dirigiram-se para as escadas.

— E é claro que vocês dois já conhecem Vanessa Santoro — disse vovô. — Tanu, Coulter e Vanessa juntaram-se a nós aqui em Fablehaven para ajudar com o trabalho. Como vocês podem ver, sofri uma queda na semana passada, de modo que o auxílio deles tornou-se ainda mais valioso nos últimos dias.

— O que aconteceu? — perguntou Seth.

— Reservaremos essa conversa, e muitas outras, para amanhã. Já passa de meia-noite. Vocês tiveram um dia atribulado. O quarto de vocês está preparado. Durmam um pouco e, amanhã de manhã, discutiremos toda a situação.

— Quero saber o que foi que me mordeu — disse Seth.

— Amanhã — prometeu vovô.

— Acho que não consigo dormir agora — disse Kendra.

— Pode ser que você se surpreenda — disse vovô, despachando Kendra e Seth para as escadas.

— Logo estará de manhã — disse vovô. Enquanto Kendra subia as escadas, Tanu empurrou a cadeira de rodas com vovô em direção ao estúdio.

Kendra passou a mão pelo corrimão liso. Ela vira essa casa em ruínas depois de Seth haver tolamente aberto a janela do sótão no

Solstício de Verão. E ela vira a casa ser restaurada após um exército de brownies consertar tudo da noite para o dia, fazendo melhoras imprevisíveis em grande parte da mobília. Assim que Kendra entrou no quarto do sótão, o local lhe pareceu familiar e seguro, apesar da noite em que ela e seu irmão haviam sido encurralados dentro de um círculo de sal por ferozes invasores.

– Aqui estão suas coisas – disse Dale, indicando as bolsas ao lado das camas. – Bem-vindos.

– Bons sonhos – disse Vanessa, saindo do quarto com Dale.

– Posso oferecer alguma coisa a vocês? – perguntou vovó. – Um leite morno, talvez?

– Com certeza – disse Seth. – Obrigado.

– Dale vai trazer em dois minutos – disse vovó. Ela deu um longo abraço em ambos. – Estou muito contente por vocês terem chegado em segurança. Tenham sonhos agradáveis. Conversaremos mais apropriadamente de manhã. – Ela saiu do quarto.

Seth enfiou a mão na bolsa.

– Você consegue guardar um segredo? – perguntou ele.

Kendra se agachou para a abrir o zíper da mochila.

– Consigo, mas você não, por isso tenho certeza de que você vai me contar de um modo ou de outro.

Ele puxou da bolsa um enorme pacote de pilhas tamanho C.

– Vou sair daqui milionário.

– Onde foi que você conseguiu isso?

– Peguei essas pilhas um tempão atrás – disse Seth. – Só pra garantir.

– Você acha que vai conseguir vender as pilhas pros sátiros?

– Pra eles poderem ver televisão.

Novos convidados

Kendra balançou a cabeça. Os sátiros que eles haviam conhecido na floresta depois de roubarem sopa da ogra haviam prometido que dariam ouro a Seth se ele trouxesse pilhas para a televisão portátil deles.

– Não tenho muita certeza se confiaria em Newel e Doren para efetuar o pagamento.

– É por causa disso que todo pagamento precisa ser feito antes – disse Seth, recolocando as pilhas na bolsa e tirando uma camiseta bem maior do que seu tamanho e o short que ele usava como pijama. – Nós já falamos sobre isso.

– Quando?

– No verão passado, enquanto você estava dormindo pra sempre depois que as fadas te beijaram, durante um daqueles raros momentos em que não havia ninguém me repreendendo. Vou ao banheiro. – Ele se encaminhou para a porta e em seguida desceu as escadas.

Kendra aproveitou a oportunidade para vestir sua roupa de dormir. Não muito tempo depois de se trocar, ela ouviu uma batida suave na porta.

– Entra – disse ela.

Dale entrou com duas canecas de leite morno em cima de uma bandeja. Ele deixou as bebidas em cima da mesinha de cabeceira.

Kendra puxou as cobertas, subiu na cama e começou a bebericar seu leite. Seth entrou no quarto, pegou sua caneca e bebeu todo o conteúdo com um único gole. Enxugou a boca no braço e andou até a janela.

– Tem um montão de fadas aí fora hoje à noite.

– Aposto que elas vão ficar muito felizes de te ver novamente – disse Kendra. Seth iniciara uma briga com as fadas durante a visita anterior deles após capturar uma delas e inadvertidamente transformá-la em um diabrete.

— Elas me perdoaram — disse Seth. — Agora somos amigos. — Ele apagou a luz e pulou na cama.

Kendra terminou de beber seu leite e colocou a caneca em cima da mesinha de cabeceira.

— Você não vai fazer nenhuma idiotice dessa vez, vai? — perguntou ela.

— Eu aprendi minha lição.

— Porque parece que alguma coisa ruim está acontecendo — disse Kendra. — Ninguém precisa que você piore as coisas.

— Vou me comportar como o netinho perfeito.

— Assim que você conseguir seu ouro com os sátiros — disse Kendra.

— Claro, depois disso.

Ela se deitou, enterrando a cabeça no travesseiro de plumas, e mirou os ângulos agudos do teto do sótão. O que vovô e vovó contariam a eles de manhã? Por que Errol se interessara tanto por eles? Por que ele os perseguira? O que havia mordido Seth? E Vanessa, Tanu e Coulter? Qual era a história deles? De onde eles vieram? Quanto tempo ficariam lá? Por que substituir Lena por três pessoas? Fablehaven não era um grande segredo? Apesar da hora e da sensação de cansaço que ela estava experimentando, sua mente estava muito cheia de perguntas para que o sono viesse rapidamente.

※ ※ ※

Na manhã seguinte, Kendra acordou com Seth sacudindo seu ombro.

— Vamos — disse ele, discreto e excitado ao mesmo tempo. — Chegou a hora das respostas.

Kendra se sentou na cama e piscou diversas vezes. Ela também queria respostas. Mas por que não dormir um pouquinho antes? Era sempre assim no Natal — Seth acordando a casa inteira aos primeiros raios de sol, ansioso e impaciente. Ela colocou as pernas para fora da cama, pegou a mochila e desceu a escada em direção ao banheiro para lavar o rosto.

Quando finalmente desceu o outro lance da escada até o hall de entrada, Kendra encontrou Vanessa carregando uma bandeja lotada de ovos mexidos fumegantes e torradas. Mais uma vez, Vanessa estava usando uma roupa cheia de estilo e sua maquiagem parecia ter sido aplicada com a sutileza de um profissional. Ela estava sofisticada demais para ficar carregando uma bandeja de comida como se fosse uma empregada.

— Seus avós querem que vocês se juntem a eles no estúdio para um café da manhã particular — disse Vanessa.

Kendra seguiu-a até o estúdio. Uma outra bandeja com bebidas, geleia e manteiga já estava em cima da escrivaninha. Vovô estava sentado na cadeira de rodas; vovó, na cadeira atrás da escrivaninha e Seth em uma das poltronas superdimensionadas que ficavam em frente à escrivaninha. Um prato vazio estava em seu colo. Kendra notou um catre no canto onde, aparentemente, vovô dormia.

O estúdio era uma sala que saltava aos olhos, cheia de bugigangas esquisitas. Estranhas máscaras tribais alinhavam-se em cima de uma prateleira, troféus de golfe apinhavam uma outra, uma coleção de fósseis chamava a atenção em uma terceira. Metade de uma pedra d'água brilhava em um canto. Placas, certificados e uma coleção emoldurada de medalhas e flâmulas decorava um pedaço de uma parede. A cabeça selvagem de um javali estava pendurada não muito distante da janela. Versões mais jovens de vovô e de vovó Sorenson sorriam em múltiplas fotografias, algumas em preto e branco, outras coloridas. Sobre a escrivaninha, dentro de uma esfera de cristal com o fundo chato, flutuava um frágil crânio não muito maior do que o polegar de Kendra. Ela se acomodou na outra poltrona de couro.

– Obrigada, Vanessa – disse vovó.

Vanessa anuiu e deixou o recinto.

– Preparamos as refeições em turnos, ultimamente – disse vovó, colocando ovos em seu prato. – Sirva-se antes que esfrie. Ninguém pode se comparar a Lena, mas nos esforçamos para fazer o melhor. Até Stan participava do rodízio antes de se acidentar.

– Até Stan? – esbravejou vovô. – Você esqueceu a lasanha que eu fiz? Meus omeletes? Meus cogumelos recheados?

– Eu me referi ao fato de você estar sempre muito ocupado – explicou vovó. Ela ergueu a mão para esconder parcialmente a boca, como se estivesse confidenciando um segredo a seus netos. – Ele tem estado um pouco rabugento desde o acidente.

Vovô estava mordendo a língua visivelmente, provavelmente porque um outro ataque de indignação apenas confirmaria as palavras de vovó. Embaixo dos hematomas, seu rosto estava enrubescendo. Kendra pegou alguns ovos enquanto Seth passava manteiga numa torrada.

– O que aconteceu com você? – perguntou Kendra a vovó.

– Mamãe disse que você tinha caído do telhado – disse Seth –, mas a gente não acredita nisso.

Novos convidados

– Isso nos levaria até o meio da história – disse vovô, recuperando a compostura. – Melhor começarmos pelo início.

– Você vai chegar à parte sobre o que me mordeu? – verificou Seth, esperançoso.

Vovó assentiu.

– Mas primeiro uma pergunta para Kendra. Errol alguma vez indicou que sabia alguma coisa a respeito do que transcorreu entre você e as fadas?

– Sim – disse Kendra, sentando-se novamente e pegando uma torrada. – Isso foi uma das razões que me convenceram a confiar nele. Ele disse que sabia que eu havia sido fadificada e ofereceu a informação como prova de que conhecia Coulter, o amigo de vovô. – Ela pôs um pouco de ovo em cima da torrada e deu uma mordida.

– O diabrete – rosnou vovô, batucando os dedos de sua mão sã em seu braço engessado. Ele trocou um olhar com vovó.

– Que diabrete? – perguntou Seth.

– O diabrete que deixou seu avô nessa cadeira de rodas – disse vovó.

– Pensei que todos os diabretes tivessem voltado a ser fadas – disse Kendra.

– Aparentemente, alguns diabretes não estavam na capela quando as fadas fortalecidas estavam curando as outras – disse vovô. – Mas estamos colocando o carro na frente dos bois. – Ele mirou vovó por um instante. – Vamos contar para eles, certo?

Ela fez um único e rápido gesto de anuência com a cabeça.

Vovô inclinou o corpo para a frente em sua cadeira de rodas e baixou a voz.

— O que estamos a ponto de contar a vocês não deve sair dos limites desse recinto. Vocês não devem mencionar o assunto nem mesmo com outras pessoas em quem confiamos, como Dale, Vanessa, Tanu ou Coulter. Ninguém deve saber que vocês sabem. Ou o perigo apenas aumentará. Estamos entendidos?

Kendra e Seth concordaram.

Vovô olhou para Seth.

— Quando digo ninguém, é ninguém mesmo, Seth.

— O quê? — disse ele, remexendo-se um pouco na poltrona. — Prometo que não contarei a ninguém.

— Cuide para que isso não aconteça — advertiu vovô solenemente. — Estou assumindo um risco permitindo que você retorne a Fablehaven após o mal que causou. Faço isso em parte porque tenho esperança de que você tenha aprendido uma lição a respeito de ser cuidadoso, e em parte porque isso pode ser necessário à sua proteção. Essa é uma informação que não gostaríamos de compartilhar com ninguém, muito menos com crianças. Mas sua avó e eu sentimos que vocês já estão excessivamente envolvidos para nós não revelarmos toda a história. Vocês têm o direito de entender os perigos que enfrentam.

Kendra olhou de relance para Seth. Ele parecia tão excitado que mal conseguia se conter. Embora também estivesse curiosa, ela achava uma experiência abominável ouvir as especificidades de quaisquer ameaças tão sombrias e secretas.

— Eu já relatei parte da história — disse vovô. — No verão passado, no sótão, antes de irmos salvar seu avô, eu mencionei alguns motivos pelos quais Fablehaven é diferente de grande parte das outras reservas mágicas. Eu disse isso porque havia a possibilidade de que seu avô e eu perecêssemos e vocês sobrevivessem.

Novos convidados

— Fablehaven é uma entre cinco reservas secretas — disse Kendra.

— Muito bem, Kendra — disse vovô.

— Cada uma das cinco reservas secretas possui um item poderoso escondido em suas dependências — continuou Kendra. — Poucas pessoas sabem a respeito das reservas secretas.

— Pouquíssimas, na realidade — disse vovó. — E nenhuma delas conhece a localização de todas as cinco.

— Uma pessoa provavelmente conhece — corrigiu vovô.

— Bem, se ele conhece, jamais deu a entender — replicou vovó.

— Pensei muito sobre aquilo que você contou pra gente — disse Kendra. — Parece realmente misterioso.

Vovô limpou a garganta. Ele parecia quase hesitante em falar.

— Errol fez alguma alusão ao fato de Fablehaven ser uma reserva secreta que abrigava um artefato especial?

— Não — disse Kendra. Seth balançou a cabeça.

— E ele não fez nada para seduzir vocês a lhe dar essa informação? — insistiu vovô.

— Não — disse Seth. Kendra concordou.

Vovô recostou-se novamente.

— Pelo menos isso é um alívio.

— Mas temos de seguir com nosso plano — disse vovó.

Vovô balançou a mão.

— É claro. Vamos proceder como se o segredo tivesse vazado.

— Vocês acham que eles sabem? — perguntou Kendra.

Vovô franziu o cenho.

— A Sociedade da Estrela Vespertina não deveria nem ter ciência da existência dessa reserva. Gigantescos esforços foram feitos para que nosso anonimato fosse mantido. No entanto, sabemos que a Sociedade conspirou com Muriel e quase conseguiu dominar Fablehaven no verão passado. E então devemos pressupor que eles estão cientes de que Fablehaven é uma reserva secreta e têm noção do que ela contém.

– O quê? – perguntou Seth. – O que é o artefato?

– Por si só, um antigo talismã de tremendo poder – disse vovô. – Em conjunto com os outros quatro, a chave para Zzyzx, a grande prisão onde literalmente milhares dos mais poderosos demônios de todas as épocas deste mundo estão encarcerados.

– Não há mais ninguém que conheça sua localização – sussurrou vovó.

– Exceto, talvez, a Sociedade – murmurou vovô, olhando carrancudo para o chão. – Se os cinco talismãs vierem alguma vez a se reunir e forem utilizados para abrir Zzyzx, as consequências serão... catastróficas. Apocalípticas. Será o fim do mundo.

– A noite eterna – ecoou vovó. – Em todo o planeta. Os poderosos demônios no interior de Zzyzx fariam Bahumat parecer uma criança. Um cãozinho de estimação. Devido à ausência deles, há muito tempo perdemos a habilidade para enfrentar seres com tamanho poder. Até mesmo o exército de fadas que você convocou se acovardaria diante deles. Nossa única esperança é mantê-los aprisionados.

O estúdio ficou em silêncio. Kendra podia ouvir o relógio de seu avô.

– Então, como é que a gente vai deter esse pessoal? – perguntou Seth por fim.

— Essa é a pergunta certa a ser feita — disse vovô, apontando um dedo para Seth para enfatizar ainda mais. — Perguntei a mesma coisa ao líder não oficial da Aliança dos Conservacionistas.

— O que é isso? — perguntou Seth.

— Os zeladores de todas as reservas ao redor do mundo, junto com seus aliados, pertencem à Aliança dos Conservacionistas — explicou vovó.

— Todos os administradores têm os mesmos direitos e ninguém preside oficialmente — disse vovô. — Mas há séculos contamos com o benefício do aconselhamento e da ajuda de nosso mais importante aliado: o Esfinge.

— Tipo as dos Egito? — perguntou Kendra.

— Se ele é de fato uma esfinge, não sabemos — disse vovô. — Certamente ele é mais do que mortal. Seus serviços remontam ao século XII. Eu falei com ele cara a cara apenas duas vezes, e em ambas as ocasiões sua aparência era humana. Mas muitas das mais poderosas criaturas, como os dragões, podem assumir a forma humana quando lhes convêm.

— Você perguntou ao Esfinge o que deveria fazer? — perguntou Seth.

— Perguntei — disse vovô. — Cara a cara, a bem da verdade. Ele me sugeriu que mudássemos o artefato de lugar. Vejam bem. Com quase trezentos anos, Fablehaven está entre as reservas mais jovens. Das reservas secretas, ela é de longe a mais nova. Uma das reservas secretas foi comprometida pouco tempo antes de Fablehaven ser fundada. O cofre que abrigava o artefato foi transportado para cá, e Fablehaven foi mantida em segredo desde então. De modo que a ideia não é inédita.

— Vocês já mudaram? – perguntou Kendra.

Vovô coçou o queixo.

— Primeiro temos de encontrá-lo.

— Vocês não sabem onde a coisa está? – disparou Seth.

— Que eu saiba – disse vovô –, nenhum dos administradores dos santuários secretos sabe onde os artefatos de suas reservas estão escondidos. Os cofres que os abrigam foram ocultados de modo a jamais serem encontrados.

— E eles são protegidos por armadilhas letais – acrescentou vovó.

— O que explica a presença de nossos visitantes – disse vovô suavemente.

— Eles estão aqui pra encontrar o artefato! – disse Kendra.

Vovô anuiu.

— Não invejo a tarefa deles.

— Eles já acharam alguma coisa? – perguntou Seth.

— Vanessa teve alguma sorte vasculhando os diários de antigos administradores – disse vovô. – Patton Burgess, o marido de Lena, era fascinado pelos artefatos secretos. Numa referência codificada em um de seus diários, ele fez menção a uma torre invertida na propriedade onde ele acreditava que o artefato de Fablehaven estivesse localizado. Suas anotações são inconclusivas, mas nos deram alguma ideia a respeito de onde deveríamos concentrar nossa busca. Podemos encontrar o artefato amanhã. Ou talvez levemos muitas vidas.

— Não é para menos que Vanessa possui um carro tão fantástico – disse Seth. – Ela é uma caçadora de tesouros.

— Cada um deles possui uma especialidade diferente – disse vovô. – Tanu é um mestre das poções. Coulter coleciona relíquias mágicas. Vanessa se concentra em capturar animais místicos. As diversas ocupações deles os levaram a alguns dos mais perigosos confins do mundo, e os qualificam para esse perigoso encargo.

– Como administradores, mantemos a chave que nos dará acesso ao cofre como um bem herdado – disse vovó. – Nós a mantemos escondida em um local seguro. Assim que descobrirmos a localização do cofre, a chave nos permitirá a chance de entrar e retirar o artefato.

– Mesmo com a chave, evitar as muitas armadilhas que guardam os artefatos não será uma tarefa das mais fáceis – disse vovô. – Tanu, Coulter e Vanessa precisarão estar em plena forma.

– Eles já sabiam de Fablehaven antes? – perguntou Kendra.

– Nenhum deles – disse vovô. – Precisei de horas e horas de aconselhamento com o Esfinge para selecioná-los. Coulter é um velho amigo. Eu o conheço muito bem. Tanu possui uma reputação impecável, assim como Vanessa. O Esfinge e vários outros administradores testemunharam em prol dos três.

– Apesar da cuidadosa seleção – continuou vovó –, há uma chance, por menor que seja, de que a Sociedade possa ter tido contato com algum deles. Ou que um deles seja agente da Sociedade desde sempre. A Estrela Vespertina possui uma inexplicável habilidade para se infiltrar. Um endosso do Esfinge praticamente os livra de alguma suspeita, mas ele mesmo nos alertou para essa possibilidade.

– O que é parte do motivo pelo qual selecionamos três em vez de um, sem falar no desejo de ajuda extra – disse vovô – Mesmo com três peritos experientes, encontrar o artefato é uma tarefa assoberbante.

– Juntos, eles ainda fornecem uma segurança extra por aqui – disse vovó. – Desde o último verão, mais duas reservas caíram, uma delas secreta, da mesma forma que Fablehaven.

– Então eles pegaram um dos artefatos? – perguntou Kendra, apertando com força o braço da poltrona.

– Não sabemos – disse vovô. – Esperamos que não. Vocês se lembram de Maddox, o negociante de fadas? Ele esteve na reserva após a queda para realizar um reconhecimento. Ainda não tivemos notícia dos resultados.

– Quanto tempo atrás? – indagou Seth.

– Mais de três meses – respondeu vovó.

– A reserva secreta ficava no Brasil – informou vovô. – Eles frustraram uma infiltração no local dois anos atrás. Até que em fevereiro último... não sabemos o que aconteceu.

– Que artefato estava escondido lá? – perguntou Seth, com os olhos arregalados.

– Impossível dizer – disse vovô. – Temos apenas uma vaga ideia de como são os artefatos, mas não temos nenhuma pista acerca de qual artefato está escondido em tal lugar.

– O que são eles? – perguntou Kendra.

Vovô olhou para vovó, que deu de ombros.

– Um gera poder sobre o espaço, outro sobre o tempo. Um terceiro gera visão ilimitada. Um quarto pode curar qualquer enfermidade. E um concede imortalidade.

– Os detalhes foram deliberadamente envoltos em mistério – disse vovó.

– A magia que eles controlam é maior do que qualquer uma que conhecemos – falou vovô. – Por exemplo, há maneiras de se ir de um lugar a outro sem a necessidade de andar, mas o artefato que gera poder sobre o espaço cumpre essa tarefa de uma forma superior a qualquer encanto, relíquia ou criatura conhecidos.

– E, de algum modo, se forem usados em conjunto, eles podem abrir a prisão dos demônios? – Kendra tentou esclarecer.

– Exatamente – confirmou vovô. – E é por isso que eles devem permanecer separados e longe das mãos de nossos inimigos a qualquer custo. Uma preocupação que temos é a Sociedade colocar as mãos em um deles e usá-lo para ajudar a recuperar os outros.

– Mas eles já podem estar com um – disse Seth.

– Só podemos esperar que a reserva descoberta no Brasil tenha sido tão inóspita para eles quanto foi, aparentemente, para Maddox – disse vovô. – Outros foram enviados ao local desde o desaparecimento de Maddox. Nenhum deles retornou. Naturalmente, nós devemos tomar as devidas precauções tendo como base o pior cenário.

– Então, onde é que eu e Seth entramos em toda essa história? – perguntou Kendra.

Vovô deu um gole no suco de laranja. Ele franziu as sobrancelhas.

– Não temos certeza sobre isso. Sabemos que a Sociedade interessou-se seriamente por vocês dois. Estamos preocupados com a possibilidade deles saberem de algo que não sabemos a respeito da mudança que as fadas operaram em Kendra, algo que os faz acreditar que ela possa lhes ser útil de alguma maneira. Eles se infiltraram em sua escola e tentaram ganhar sua confiança. Eles usaram Seth para libertar um demônio cativo. Quase com certeza, tiveram a intenção de sequestrar vocês dois. A meta definitiva deles é difícil de adivinhar.

– O próprio Esfinge quer conhecer Kendra – disse vovó.
– Ele está aqui? – exclamou Seth.
– Por perto – disse vovô. – Ele nunca fica muito tempo no mesmo lugar. Ultimamente ele estava fazendo o controle das perdas no Brasil. Mas ele ficou preocupado com a possibilidade de Fablehaven ser o próximo alvo. Ocorreram inúmeros boatos a respeito de atividades da Sociedade nessa área, mesmo além do que aconteceu com vocês dois. Estive em contato com ele à noite passada. Ele quer conhecer Kendra e ver se consegue discernir por que a Sociedade ficou tão interessada nela.
– Também quero me encontrar com ele – disse Seth.
– Temos intenção de levá-lo também – disse vovô – para ver se alguma coisa pode ser feita em relação à sua mordida.
– Estou cansado de esperar. Qual é a dessa mordida afinal? – Seth parecia exasperado.
– Olloch, o Glutão, é um demônio encantado por um sortilégio peculiar – explicou vovô. – Ele permanece num estado petrificado, inerte, até que alguém o alimente. Ele morde a mão que o alimenta e, depois disso, aos poucos vai despertando, movido por uma fome insaciável. Ele come. E à medida que come, cresce. À medida que seu tamanho aumenta, também aumenta seu poder, e ele não para de comer até consumir a pessoa que o despertou inicialmente.
– Ele vai me comer? – gritou Seth.
– Ele vai tentar – disse vovô.
– Ele consegue entrar em Fablehaven?
– Acho que não – disse vovô. – Mas chegará um dia em que ele espreitará nossos limites atrás de uma oportunidade de atacar, adquirindo mais poder a cada dia à medida que continuar a se em-

panturrar. Ele virá inexoravelmente até você. Os únicos lugares a se esconder são aqueles aos quais ele não tem acesso.

— Tem que haver alguma coisa que a gente possa fazer! — disse Seth.

— É por isso que quero levar você até o Esfinge — disse vovô. — A sabedoria dele provou-se à altura em situações mais desafiadoras do que essa. Não se preocupe, não permitiremos que Olloch, o Glutão, o devore.

Seth pôs as mãos na cabeça.

— Por que tudo que faço dá errado? — Ele levantou os olhos. — Pensei que estava sendo prestativo.

— Isso não foi culpa sua — disse vovô. — Você estava sendo corajoso e tentando tomar a atitude mais correta. Infelizmente, Errol estava se aproveitando de você.

— Vocês sabem alguma coisa sobre Errol? — perguntou Kendra.

— Nada — disse vovô.

— Como foi que ele descobriu a respeito das fadas?

Vovô suspirou.

— Temos uma teoria. Semana passada encontramos um diabrete, um dos grandes, passando informação a uma figura usando uma capa através da cerca que limita a propriedade. Não conseguimos pegar a pessoa a quem ele estava fornecendo as informações; o estranho escapou muito rápido. Mas conseguimos capturar o diabrete.

— O maldito teria escapado se não fosse o seu avô — disse vovó.

— Sendo obrigado a escolher entre mim e Tanu, o diabrete tentou passar por mim — disse vovô. — Eu o agarrei, mas ele era incrivelmente forte. Ele me jogou numa vala. Senti meu braço se quebrando embaixo de meu corpo, e fraturei a tíbia. Mas consegui deter o brutamontes por um tempo suficiente para que Tanu utilizasse uma poção que finalmente o imobilizou.

– Onde ele está agora? – perguntou Seth.

– No calabouço – respondeu vovô.

– O porão – esclareceu vovó.

– Então é isso o que tem lá embaixo! – gritou Seth.

– Entre outras coisas – revelou vovô. – O calabouço é absolutamente proibido a vocês dois sem a presença de outras pessoas.

– Grande novidade – resmungou Seth.

– De alguma forma – disse vovó –, a questão é que acreditamos que o diabrete, e quem sabe outros, deve ter vazado para a Sociedade a experiência que Kendra teve com as fadas. Diabretes são espiões engenhosos.

– A gente vai ter de ficar escondido aqui até o fim da nossa vida? – perguntou Kendra.

Vovô bateu a mão no braço da cadeira de rodas.

– Quem falou em se esconder? Nós vamos agir. Achar o artefato e mudá-lo de posição. Investigar por que a Sociedade está interessada em você. Consultar o Esfinge.

– E oferecer a vocês dois um treinamento de primeira com alguns dos mais habilidosos aventureiros do planeta – disse vovó. – Vocês precisam aprender sobre o mundo para onde estão sendo levados, e jamais conseguiriam achar professores melhores do que Tanu, Vanessa e Coulter.

– Eles vão dar aulas para a gente? – perguntou Seth, os olhos brilhando.

– Eles serão os mentores de vocês – informou vovô. – A essa altura do campeonato, ficar sentado de braços cruzados seria um

Novos convidados

erro. Vocês dois terão oportunidade de acompanhá-los em algumas das incursões que eles farão em busca do artefato.

— Mas não quando eles estiverem envolvidos em algo verdadeiramente perigoso — acrescentou vovó.

— Não — disse vovô. — Mas vocês poderão ver Fablehaven sob um novo prisma. E poderão aprender alguns truques que talvez lhes sejam úteis no futuro. A ignorância não é mais uma proteção para vocês.

— Coulter pode ser uma pessoa difícil de se lidar, especialmente para Kendra — avisou vovó, com um traço de amargura. — Ele tem uma perspectiva pré-histórica em alguns assuntos e uma personalidade difícil. Mas também tem muito a oferecer. Se tudo o mais falhar, Vanessa concordou em agilizar o processo por outros meios.

— Eles desconhecem a extensão do problema que acabamos de contar a vocês — disse vovô. — Pensam que informamos a vocês que eles estão atrás de uma relíquia escondida, e compreendem que vocês devem acompanhá-los quando a prudência assim permitir. Eles não fazem a menor ideia de que revelamos a vocês a verdadeira natureza do artefato ou o fato de que Fablehaven é uma reserva secreta. Vocês devem manter esses detalhes em segredo. Não quero que ninguém descubra o quanto vocês sabem.

— Sem problema — disse Seth.

— O que eles acham que a gente imagina que seja o artefato? — perguntou Kendra.

— Uma relíquia mágica que nos ajudará em nossa luta contra a Sociedade — disse vovô. — Um talismã desconhecido cujos boatos indicam estar escondido na propriedade. Dissemos a eles que manteríamos tudo muito vago, e que eles deveriam fazer o mesmo.

– Se encontrarmos a coisa – disse Seth –, por que não a usamos contra Errol e seus amigos?

– Os artefatos estão em nossa posse há milhares de anos justamente porque jamais tivemos intenção de usá-los – declarou vovô. – Os responsáveis por eles nunca nem souberam onde eles estavam escondidos. Se nós os usarmos, será apenas uma questão de tempo até que o uso seja deturpado e eles caiam em mãos erradas.

– Isso faz sentido – concordou Kendra. – Quando é que a gente vai ver o Esfinge?

– Ele deve me avisar em pouco tempo – disse vovô, enxugando o canto da boca com o guardanapo. – Agora vocês sabem tudo o que sabemos a respeito da nova ameaça que estamos enfrentando. Nós os tratamos como adultos, e esperamos que vocês se comportem de acordo.

– Conheçam nossos novos convidados – disse vovó. – Aprender com eles será uma experiência única na vida de vocês.

– Quando a gente começa? – perguntou Seth.

– Imediatamente – respondeu vovô.

CAPÍTULO SEIS

Tanu

Quando Kendra e Seth saíram do estúdio, Dale estava esperando do lado de fora.

– Prontos para o início das aulas de verão? – perguntou ele.

– Se isso significa ver monstros maneiros, é claro que sim – respondeu Seth.

– Sigam-me – disse Dale. Ele os levou até o salão, onde Tanu estava sentado lendo um livro com uma encadernação em couro. – Seus alunos chegaram – anunciou Dale.

Tanu levantou-se. Dale era alto, mas Tanu era metade de uma cabeça mais alto. E muito mais troncudo. Ele estava usando uma camisa de mangas compridas, feita de um tecido grosseiro, e jeans.

– Sentem-se, por favor – convidou ele com sua voz profunda e suave. Kendra e Seth se sentaram no sofá, e Dale foi embora. – Seus avós falaram com vocês a respeito da relíquia que estamos procurando? – perguntou ele.

— Eles não foram muito específicos — contou Kendra. — O que é exatamente essa coisa? — Ela imaginou que, se não desse a impressão de que estava curiosa, ele ficaria desconfiado.

— Nós não conhecemos muitos detalhes — disse Tanu, seus olhos escuros movendo-se rapidamente entre os dois. — Há rumores de que é algo bastante poderoso, e que poderia nos ajudar a manter as reservas a salvo da Sociedade. Vocês nos ajudarão na busca desse tesouro escondido. Mas primeiro precisamos nos conhecer melhor.

Tanu fez diversas perguntas básicas a eles. Ele descobriu que Seth estava indo para o sétimo ano, que gostava de andar de bicicleta e de pregar peças nos outros, e que uma vez capturara uma fada usando um pote de vidro e um espelho. Ele aprendeu que Kendra estava se encaminhando para o nono ano, que suas matérias favoritas eram história e inglês, e que jogava de ala no time de futebol da escola. Ele não perguntou a Kendra nada a respeito do exército de fadas.

— É muito justo que agora eu fale sobre mim mesmo a vocês — disse Tanu. — Vocês têm alguma pergunta?

— Você nasceu no Havaí? — perguntou Seth.

— Cresci em Pasadena — respondeu Tanu. — Mas meus ancestrais são de Anaheim. — Ele abriu um amplo sorriso, expondo grandes dentes brancos. — Eu sou samoano. Mas só estive lá a passeio.

— Você já viajou muito? — perguntou Kendra.

— Mais do que mereço — admitiu ele. — Já dei várias voltas ao redor do mundo, vi muitas coisas estranhas. Meu pai fazia poções, e o pai dele antes dele, e assim é há muitas e muitas gerações. Meu pai me ensinou o que sei. Ele se aposentou alguns anos atrás e mora no Arizona durante o inverno e no Idaho durante o verão.

TANU

– Você tem família? – perguntou Kendra.

– Tenho meu pessoal, alguns irmãos e irmãs, e um monte de sobrinhas, sobrinhos e primos. Não tenho esposa nem filhos, o que deixa o pessoal louco. Todo mundo quer que eu tenha uma família e crie raízes. Papai uma vez tentou me fazer tomar uma poção para que eu me apaixonasse por uma vizinha de quem ele gostava. Ele já tem dezessete netos, mas diz que quer alguns de seu primogênito. Algum dia eu cuido dessa parte das raízes, mas ainda não chegou a hora.

– Você sabe fazer poções de amor? – perguntou Seth.

– E evitá-las – disse Tanu, dando um sorrisinho.

– O que mais você sabe fazer? – perguntou Seth.

– Poções que curam doenças, que induzem o sono, que despertam lembranças há muito esquecidas – contou Tanu. – Tudo depende do que tenho disponível para trabalhar. A parte mais difícil de ser um mestre de poções é coletar ingredientes. Somente ingredientes mágicos obtêm resultados mágicos. Estudo a causa e o efeito, e me beneficio dos estudos de muitos que viveram antes de mim. Tento entender como combinar diferentes materiais para alcançar o resultado desejado.

– Onde você consegue ingredientes? – perguntou Kendra.

– Os ingredientes mais poderosos são normalmente produtos derivados de criaturas mágicas – explicou Tanu. – Viola, a vaca leiteira, é o sonho de todo mestre de poções. Seu leite, seu sangue, seu esterco, seu suor, suas lágrimas, sua saliva... todos esses elementos possuem diferentes propriedades mágicas. Em uma reserva glacial na Groelândia, no litoral, eles obtêm leite de uma morsa gigantesca, com quase mil anos, um dos animais mais velhos do planeta. Os derivados da morsa possuem propriedades diferentes daqueles da vaca. E algumas similaridades.

– Maneiro – disse Seth.

– É fascinante – admitiu Tanu. – Você nunca sabe que habilidades vai precisar. Já escalei montanhas, arrombei cofres, mergulhei no fundo do mar e aprendi línguas estrangeiras. Às vezes você consegue negociar ingredientes ou até comprá-los. Mas precisa ter cuidado. Alguns mestres de poções são inescrupulosos. Eles conseguem seus ingredientes de maneiras horríveis. Lágrimas de dragão, por exemplo. Um ingrediente muito potente, mas difícil de ser encontrado. Dragões só choram quando estão em estado de profundo pesar ou quando cometeram uma terrível traição. Eles não conseguem fingir o choro. Existem pessoas más por aí que capturariam um dragão jovem e assassinaria seus entes queridos apenas para coletar as lágrimas. Você não deseja sustentar esse tipo de barbárie, então é necessário ter cautela em relação às pessoas com quem você negocia e de quem compra. A maior parte dos mestres de poções prefere encontrar seus próprios ingredientes. E é por isso que alguns dos melhores mestres de poções não vivem muito.

– Você coleta seus próprios ingredientes? – perguntou Seth.

– Na maioria das vezes – disse Tanu. – De vez em quando consigo fazer escambo com alguns negociantes de boa reputação. Muitas das coisas de que necessito consigo encontrar nas reservas. Outros itens eu localizo na natureza. Meu avô viveu até se aposentar e morreu dormindo. Meu pai viveu até se aposentar e ainda está conosco. Eles me ensinaram alguns bons truques que me ajudam a me manter em segurança. Espero poder passar alguns desses conhecimentos a vocês.

Tanu

Tanu pegou um saco que estava numa cadeira próxima a ele. Ele começou a remover pequenas garrafas com gargalos estreitos e a arrumá-las numa única fileira em cima da mesa de centro.

– O que é isso? – perguntou Seth.

Tanu levantou os olhos.

– Parte de uma demonstração para provar que conheço meu ramo. Uma especialidade da família: emoções engarrafadas.

– Beber o conteúdo das garrafinhas vai fazer a gente se sentir diferente? – perguntou Kendra.

– Sim, temporariamente – disse Tanu. – Em doses grandes, as emoções podem ser exageradas. Quero que cada um de vocês escolha uma emoção para experimentar. Vou misturar uma pequena dose para vocês. As emoções vão passar rapidamente. Vocês podem tentar medo, raiva, constrangimento ou mágoa. – Ele removeu mais itens do saco: vidrinhos, frascos e uma pequena bolsa em formato de sanduíche cheia de folhas.

– São todas emoções ruins? – perguntou Kendra.

– Posso fazer coragem, calma, confiança e alegria, entre outras. Mas as emoções negativas são melhores para a demonstração. Elas são mais chocantes e menos viciantes.

– Quero experimentar medo – disse Seth, levantando-se e ficando ao lado de Tanu.

– Boa escolha – respondeu Tanu. Ele desatarraxou a tampa de um vidrinho e usou uma ferramenta que parecia um pequeno cataglosso para retirar um pouco do creme bege. – Vou misturar isso aqui de modo a fazer com que o efeito apareça e desapareça rapidamente, só para te dar uma breve amostra da emoção. – Removendo uma pequena folha da bolsa, Tanu espalhou um pouco do creme

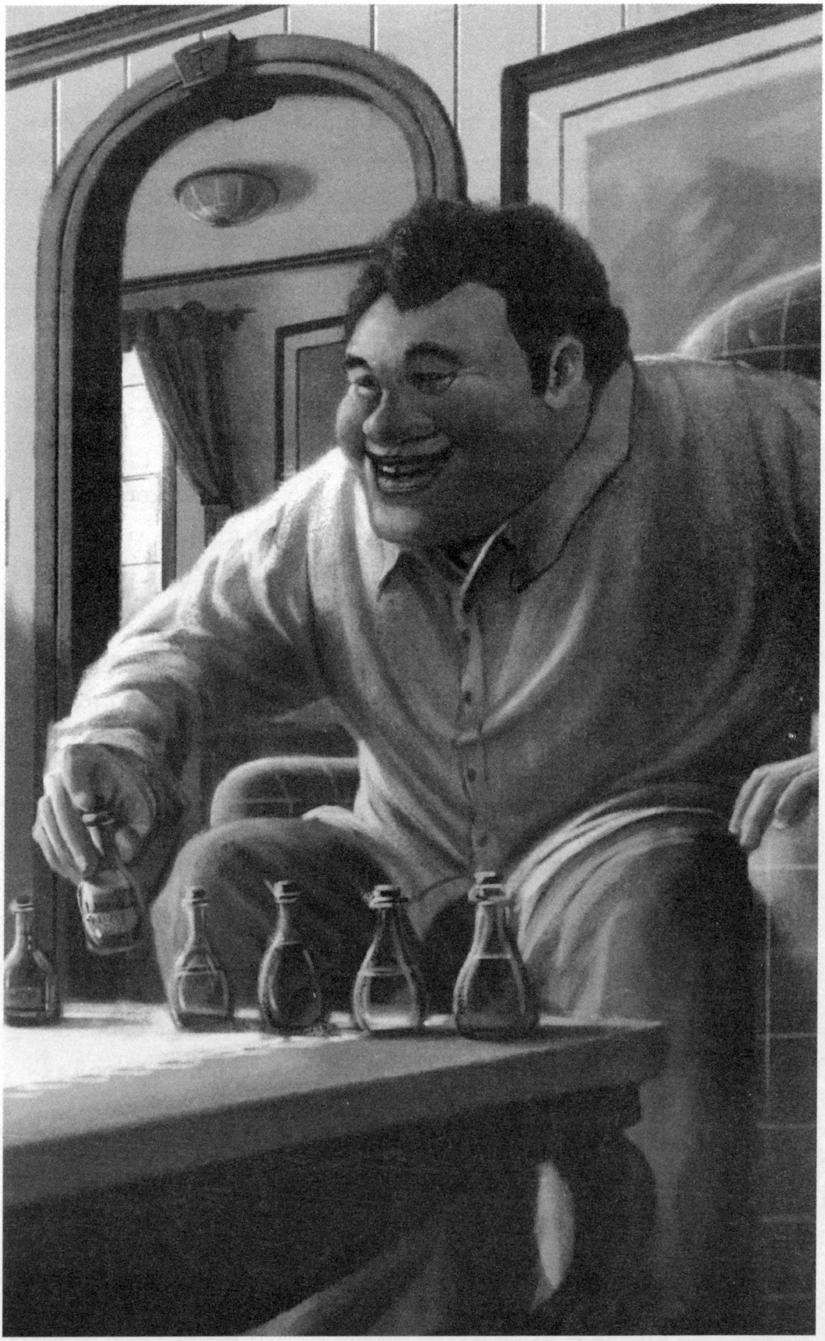

sobre ela. Em seguida, pingou quatro gotas de uma das garrafas na folha, acrescentou uma única gota de uma outra garrafa e misturou o líquido ao creme usando o cataglosso. Ele estendeu a folha a Seth.

– É para comer a folha? – perguntou Seth.

– Pode comer a folha toda – disse Tanu. – Sente-se primeiro. Quando as emoções surgirem, vai ser penoso, muito mais real do que o que provavelmente você está esperando. Tente se lembrar que a coisa é artificial e que passará.

Seth se sentou numa poltrona de brocado. Ele cheirou a folha e então a colocou na boca. Mastigou e engoliu rapidamente.

– Nada mal. Parece um pouco com amendoim.

Kendra o observava atentamente.

– Ele vai ter um ataque? – perguntou ela.

– Espere e veja – disse Tanu, reprimindo um risinho.

– Estou me sentindo bem até agora – anunciou Seth.

– Demora alguns segundos – disse Tanu.

– Alguns segundos pra quê? – perguntou Seth, uma pontinha de ansiedade aparecendo na voz.

– Está vendo? – disse Tanu, piscando para Kendra. – Começou.

– Começou o quê? – perguntou Seth, os olhos dardejando. – Por que você piscou pra ela? Por que vocês está falando como se eu não estivesse aqui?

– Sinto muito, Seth – disse Tanu. – Nós não estamos lhe fazendo mal. São os efeitos da poção que estão te atingindo.

A respiração de Seth começou a ficar desigual. Ele estava se mexendo na poltrona, esfregando as coxas com as palmas das mãos.

– O que foi que você deu pra mim? – disse ele, erguendo a voz e parecendo paranoico. – Por que você precisou misturar tanta coisa? Como é que eu posso ter certeza que você é uma pessoa confiável?

– Está tudo bem, Seth – disse Kendra. – Você só está sob o efeito da poção.

Seth olhou para Kendra, seu rosto contorcido, lágrimas brilhando em seus olhos. Ele ergueu a voz ainda mais, parecendo estar histérico.

– Só a poção? Só a poção! – soluçou ele amargamente. – Você não está entendendo? Ele me envenenou! Ele me envenenou, e você é a próxima. Eu vou morrer! Todos nós vamos morrer! – Ele estava se encolhendo na poltrona, tremendo e abraçando os joelhos. Uma única lágrima escapou de um dos olhos e deslizou para a bochecha.

Kendra olhou para Tanu, perturbada. Tanu ergueu a mão para acalmá-la.

– O efeito já está passando.

Ela olhou de volta para seu irmão. Ele ficou parado por um momento, e então esticou as pernas e voltou à posição normal na cadeira, enxugando os resquícios de lágrimas na bochecha.

– Uau! – disse Seth. – Você não estava brincando! A coisa foi real mesmo. Eu não conseguia manter o controle. Pensei que você tivesse me passado a perna e me convencido a tomar veneno ou qualquer coisa assim.

– Sua mente estava em busca de ameaças para justificar a emoção – disse Tanu. – Ajudou muito o fato de você saber de antemão que a emoção estava a caminho. Se eu tivesse drogado você de surpresa, teria sido muito mais difícil compreender a experiência depois. Pior ainda se eu tivesse usado uma dosagem mais alta. Imagine se eu tivesse tornado essa emoção muito mais intensa e duradoura.

— Você precisa experimentar — disse Seth à irmã.

— Não tenho muita certeza se estou a fim — disse Kendra. — Não dá pra eu sentir alguma coisa agradável?

— Você deveria experimentar uma emoção que estivesse acostumada a repelir, se quiser apreciar a potência da coisa — disse Tanu. — É assustador no momento, mas depois você vai se sentir bem. De uma certa maneira é uma espécie de purgação. Uma incursão ocasional em emoções negativas faz com que a sensação de normalidade seja muito mais agradável.

— Ele tem razão, estou me sentindo muito bem agora — disse Seth. — É como aquela charada: por que você dá cinquenta marteladas na cabeça?

— Por quê? — perguntou Kendra.

— Porque é bom demais quando você para!

— Tente uma emoção que não seja o medo — disse Tanu. — Para variar um pouco.

— Escolha uma pra mim — disse Kendra. — E não me diga qual é.

— Tem certeza? — perguntou Tanu.

— Tenho. Se for pra fazer isso mesmo, quero que seja surpresa.

Tanu colocou mais um pouquinho de creme na folha e misturou com as gotas de três garrafinhas. Deu a folha a Kendra, e ela a colocou na boca e a mastigou, sentando-se em seguida no carpete que ficava no meio do salão. A folha era um pouco difícil de ser mastigada. Não tinha o sabor de alguma coisa que fosse realmente comestível. O creme era bem gostoso. Derreteu na sua boca e era um pouco doce. Ela engoliu.

Seth aproximou-se de Tanu e sussurrou alguma coisa para ele. Kendra percebeu que ele deveria estar perguntando qual emoção havia sido escolhida. Kendra ficou atenta para a chegada de uma possível emoção falsa. Se ficasse bastante concentrada, ela deveria ser capaz de manter tudo sob controle. Ela sentiria a coisa, mas não se deixaria dominar pela emoção. Tanu sussurrou alguma coisa de volta para Seth. Ambos estavam olhando fixamente para ela, na expectativa. Qual era a deles, afinal? Será que ela estava com um pedaço da folha grudada no dente? Seth sussurrou mais alguma coisa a Tanu.

– Por que vocês estão sussurrando? – acusou Kendra. A fala saiu um pouco mais dura do que ela desejava, mas eles estavam agindo de modo muito sigiloso de uma hora para outra. Por acaso ela havia sussurrado alguma coisa para Tanu? Não! Ela falara de um modo que todos os presentes puderam ouvir. Parecia óbvio que eles não estavam mais falando da poção; eles fofocavam alguma coisa sobre ela.

Seth riu da pergunta dela, e Tanu deu um risinho.

Lágrimas despontaram nos olhos de Kendra.

– Eu falei alguma coisa engraçada? – desafiou ela, sua voz um pouco alta. Seth riu com mais intensidade. Tanu deu uma gargalhada. Kendra cerrou os dentes, o rosto vermelho. Mais uma vez, ela era a rejeitada. Seth sempre fazia amizades com muita rapidez. Ele já colocara Tanu contra ela. Era o quarto ano novamente! Ela estava almoçando sozinha, silenciosamente esperando que alguém viesse conversar com ela. Esperando que alguém além da professora notasse a presença dela e a incluísse no grupo.

— Está tudo bem, Kendra — disse Tanu, delicadamente. — Lembre-se de que nada disso é real.

Por que ele estava tentando tranquilizá-la? Subitamente, ela percebeu o que Seth havia sussurrado para ele. Ele apontara a espinha no queixo dela! Seth dissera que o rosto dela estava entrando em erupção igualzinho a um vulcão, que a fuligem estava entupindo seus poros e transformando-a em personagem do circo dos horrores. Era por isso que eles haviam rido! Seth provavelmente a acusara de não lavar bem o rosto, por mais que ela o esfregasse todas as noites! Mas é claro que Tanu acreditaria em Seth, porque a evidência estava bem ali em seu queixo, tão sutil quanto um farol. E agora que Tanu havia reparado, a única coisa que ele enxergaria nela seria a espinha. Ela baixou a cabeça. Tanu quase com certeza contaria a vovô. E a todos os outros! Eles iam rir dela pelas costas. Ela jamais seria capaz de mostrar seu rosto novamente!

Suas bochechas estavam queimando. Ela começou a choramingar. Então, levantou os olhos, de má vontade. Ambos pareciam estarrecidos. Seth estava se aproximando dela.

— Está tudo bem, Kendra — disse ele.

Ela enterrou o rosto nos braços, soluçando. Por que eles não paravam de olhar para ela? Por que não a deixavam em paz? Será que já não era suficiente o que eles haviam feito? Suportar a pena deles era muito pior do que sofrer seu escárnio. Ela desejava apenas poder desaparecer dali.

— Já está acabando — assegurou-lhe Tanu.

Como é que ele podia saber? Aquilo podia ser apenas o começo! Ela tivera sorte até agora, apenas com uma ou outra espinha aparecendo aqui e ali, mas logo, logo ela poderia ficar desfigurada por vastas constelações de acne. Caroços vermelhos apareceriam um ao lado do outro até que ela ficasse com a cara de quem acabou de enfiar a cabeça numa colmeia. Agora que Seth começara a zombar da cara dela, as coisas jamais seriam como antes. De agora em diante, tudo o que ela podia esperar eram piadas cruéis e falsa solidariedade. Ela precisava sumir de vista.

Kendra levantou-se.

– Eu te odeio, Seth! – berrou ela, sem se importar com o que todos pensariam daquele ataque. Sua reputação já estava definitivamente arruinada. Ela saiu correndo do salão. Atrás de si, ouviu Tanu dizendo a Seth para deixá-la ir. Onde ela poderia se esconder? No quarto! Ela disparou em direção às escadas e começou a subir os degraus de dois em dois. De repente, ela percebeu o quanto pareceria ridículo ela fugir. Ela parou, sua mão apertando com força o corrimão. A situação, abruptamente, lhe pareceu muito menos trágica.

Será que tinha certeza mesmo de que Seth havia apontado a espinha para Tanu? Mesmo que ele tivesse, por acaso isso era assim tão importante? Quase todos os adolescentes tinham espinhas de tempos em tempos. Agora que ela estava parando para refletir sobre o assunto, havia ao menos alguma possibilidade de Seth ter mencionado qualquer coisa a respeito da espinha? Não! Ela chegara àquela conclusão por conta própria, tão poucas eram as evidências. Era a poção! Foi exatamente como ocorrera quando Seth ficou imaginando que havia sido envenenado! Mesmo tentando prever o que aconteceria, a emoção a deixara completamente cega. Agora tudo parecia ridiculamente óbvio.

Kendra voltou para o salão, enxugando as lágrimas. Ela chorara bastante. As mangas de sua camisa estavam úmidas e seu nariz estava congestionado.

– Isso foi incrível – disse ela.

– Que emoção você acha que foi? – perguntou Seth.

– Constrangimento? – tentou adivinhar Kendra.

– Quase – disse Tanu. – Foi vergonha. Um híbrido de constrangimento e mágoa.

– Eu pensei... – disse Kendra, hesitando por um momento em divulgar sua ridícula ideia – eu pensei que Seth estava apontando para a espinha que tenho no queixo. E de repente pareceu que ele tinha revelado o segredo mais horrendo de todos os tempos. Pensei que vocês dois estivessem zombando da minha cara. Não que eu adore ter espinhas, mas é que tudo de repente tomou proporções gigantescas.

– Da mesma maneira que ocorreu com Seth, sua mente estava agarrando alguma coisa para tentar dar sentido à emoção – disse Tanu. – Você consegue ver o poder que a emoção tem em distorcer nossos pontos de vista? Você fica se perguntando: eu tive um dia ruim, ou eu *fiz* do dia algo ruim?

– Pensei que se ficasse concentrada eu conseguiria manter a emoção sob controle – disse Kendra.

– Algo bastante razoável – disse Tanu. – Podemos exercer muito controle sobre nossas emoções. Mas às vezes elas fogem junto conosco. Essas emoções engarrafadas atingem você com muita força. Teria sido necessária uma extraordinária força de vontade para resistir a elas. Em doses suficientemente altas, não vejo como alguém conseguiria essa proeza.

– Para que você usa as emoções? – perguntou Seth.

– Depende – disse Tanu. – Às vezes as pessoas precisam de uma pequena dose de coragem. Outras vezes você quer levantar o astral de alguém. E de vez em quando você consegue evitar um confronto indesejável com um pouquinho de medo, ou usar uma mistura de emoções para extrair alguma informação. Nós deixamos esse tipo de conduta para os caras do mal.

– Posso experimentar um pouco de coragem? – perguntou Seth.

– Você já tem muita – disse Tanu. – Não é legal usar em excesso essas emoções. Elas perdem um pouco da potência se usadas em excesso. E ainda por cima, você pode acabar colocando suas emoções naturais em desequilíbrio. Emoções artificiais são úteis apenas em determinadas situações. Elas devem ser combinadas por um especialista. Se você tomar uma dose única de coragem, pode se tornar imprudente e temerário. Para um bom resultado, você tem de temperar a coragem com um pouco de medo, um pouco de calma.

– Isso faz sentido – disse Kendra.

– Conheço muito bem o que faço – disse Tanu, juntando os frascos e vidrinhos e colocando-os de volta no saco. – Espero que vocês não tenham ficado muito abalados pela experiência. Uma dose ocasional de medo ou mágoa pode ser catártica. O mesmo acontece com um bom choro.

– Se você está dizendo... – disse Kendra. – Prefiro não tentar novamente.

– Eu tomo o medo de novo – disse Seth. – Foi meio uma montanha-russa. Mas é assustador demais, não dá para dizer que você está curtindo até a viagem realmente acabar.

Tanu

Tanu cruzou os braços sobre o colo e adotou uma postura um pouco mais formal.

– Agora que deixei vocês terem uma ideia do que faço, quero estabelecer algumas metas em comum. São as mesmas metas que estabeleci para mim mesmo e, se trabalharmos juntos, acho que devemos compartilhá-las. Tendo em vista que vocês querem trabalhar comigo.

Kendra e Seth concordaram entusiasticamente que estavam absolutamente dispostos a aprender com Tanu.

– Minha primeira meta é proteger a integridade de Fablehaven – disse Tanu. – Quero manter essa reserva imune a quaisquer perigos de dentro e de fora. Isso inclui proteger as pessoas que aqui residem. Esse objetivo é minha prioridade máxima. Vocês se comprometem a me ajudar a fazer isso?

Kendra e Seth anuíram.

– Em segundo lugar – continuou Tanu –, quero encontrar a relíquia escondida. Pode ser uma busca enfadonha, mas trabalhando juntos sei que conseguiremos. E de acordo com nossa prioridade máxima, devemos encontrar a relíquia sem colocar Fablehaven ou nós mesmos em perigo. O que significa que utilizaremos o bom-senso e a cautela. Estão de acordo?

– Estamos – disseram Kendra e Seth em uníssono.

– E em terceiro lugar, sem comprometer nossas outras missões, quero encontrar uma cura para Warren, o irmão de Dale. Vocês dois ainda não o conhecem, não é?

– Não conhecemos, não – disse Seth.

– Vovô falou comigo sobre ele – disse Kendra. – Ele disse que Warren desapareceu na floresta. Quando voltou alguns dias mais tarde, ele estava branco como um albino e catatônico.

– Essas são as informações básicas – disse Tanu. – Aconteceu há cerca de dois anos. Verdade seja dita, acho que seus avós quase desistiram de tentar curá-lo. Mas eles estão dispostos a nos deixar tentar. Se é que existe alguma possibilidade de cura para ele, acho que somos a equipe perfeita para empreender essa tarefa.

– Você sabe o que aconteceu com ele? – perguntou Seth.

– Ainda não – disse Tanu. – E é difícil curar uma doença sem diagnosticar o problema. Já dediquei algumas horas a pensar no assunto e continuo confuso, de modo que a cabana onde mora Warren será nossa principal parada de hoje. Dale está esperando na outra sala para nos levar. Parece um bom plano?

– Parece perfeito – disse Seth.

– Então estamos de acordo em nossas metas? – perguntou Tanu.

– Em todas – disse Kendra.

Tanu deu um risinho.

– Temos muito trabalho pela frente.

※ ※ ※

O sol de junho brilhava com intensidade enquanto Kendra, Seth, Tanu e Dale contornavam uma curva na trilha gramada. À frente, uma cabana pitoresca encontrava-se ao lado de um declive, não muito distante da crista arredondada de uma suave colina. Um banheiro externo caindo aos pedaços podia ser visto a uma boa distância da cabana, e Kendra avistou uma bomba d'água manual próxima à varanda. De um dos lados da cabana, o piso havia sido nivelado, e inúmeros vegetais estavam sendo cultivados em fileiras muito bem-arrumadas. Como consequência do declive, um muro de contenção abarcava três lados do jardim: baixo na frente, alto nos fundos. A área imediatamente em torno da cabana havia sido limpa, mas algumas árvores faziam limite com o jardim de todos os lados.

— É aí que ele mora? — perguntou Seth.

— Warren não convive bem com pessoas — explicou Dale. — Ele não se adapta à agitação. É melhor falarmos em voz baixa dentro da casa.

— Pensei que você tivesse dito que ele era catatônico — disse Seth.

Dale parou.

— Ele nunca mais falou desde que virou albino — disse ele. — Mas, às vezes, você consegue ler algumas reações nos olhos dele. É sutil, porém perceptível. E ele responde ao toque. Se você o guiar, ele se movimenta. Se você colocar comida nos lábios dele e puxar os cantos da boca, ele come. Se fosse deixado sozinho, ele morreria de fome.

— Conte a eles a respeito da enxada — impeliu Tanu.

— É isso aí — disse Dale. — Uma noite dessas tentei incentivá-lo a usar a enxada no jardim. Coloquei a enxada nas mãos dele e comecei a mover os braços dele. Depois de um tempo, ele começou a fazer a coisa por conta própria. Eu tinha tido um dia trabalhoso, de modo que sentei no chão e fiquei observando-o. Ele trabalhava sem parar com a enxada. Fechei os olhos, recostei o corpo no muro de contenção e caí no sono.

"Só sei que assim que acordei, no meio da madrugada, Warren ainda estava trabalhando com a enxada. Ele tinha revolvido todo o jardim e muito mais. Suas mãos estavam totalmente ensanguentadas. Eu mal conseguia tirar as luvas dele."

— Que coisa horrível – disse Kendra.

— Não dá para dizer que fiquei orgulhoso da soneca que tirei – disse Dale. — Mas aprendi que jamais poderia deixar Warren fazer alguma coisa sem supervisão. Ele simplesmente continua fazendo e fazendo até que você o impeça.

— É seguro para ele ficar aqui? – perguntou Kendra. – Enfim, com todas as criaturas na floresta?

— A cabana desfruta das mesmas proteções que a casa – disse Dale. — Embora as criaturas possam entrar no jardim.

— E se ele tiver de ir ao banheiro? – perguntou Seth.

Dale olhou para ele, como se a pergunta o tivesse deixado perplexo. Então o homem desengonçado jogou a cabeça para trás ao perceber do que se tratava a questão.

— Ah, você está se referindo ao banheiro que está lá fora. Agora a cabana possui um toalete interno.

Dale começou novamente a andar. Eles alcançaram a varanda do local, e Dale usou uma chave para abrir a porta da frente. A cabana possuía uma grande sala central com uma porta nos fundos que dava para outro cômodo e uma escada que dava acesso a um mezanino. Pendurados atrás da porta da frente podiam ser vistos um sombreiro, um impermeável e um sobretudo. Uma longa mesa dominava a sala, cercada por seis cadeiras. Pirâmides de lenha flanqueavam a lareira escura. Uma cama estava encostada na parede, e um homem estava enroscado embaixo das cobertas, os olhos mirando fixamente a porta.

Dale atravessou a sala em direção a Warren.

— Você tem visitas, Warren – disse Dale. – Você se lembra de Tanu. E esses aqui são Kendra e Seth Sorenson, os dois netos de Stan.

Dale puxou as cobertas e esticou as pernas do irmão. Em seguida, colocou a mão atrás da cabeça de Warren e o posicionou sentado. Warren estava usando uma camiseta laranja e calças de moletom cinza. Contrastando com a camiseta, seus braços pareciam tão brancos quanto leite. Dale virou-o para que ele ficasse sentado na beirada da cama. Quando Dale o soltou, Kendra mais ou menos esperou que Warren fosse tombar, mas ele permaneceu sentado em posição ereta, o olhar vago.

Ele parecia ter uns vinte e poucos anos, pelo menos dez mais jovem do que Dale. Apesar da pele pálida, dos cabelos brancos e do olhar vazio, Warren era surpreendentemente bem-apessoado. Não tão alto quanto seu irmão, Warren tinha ombros mais largos e o queixo mais firme. Suas feições eram mais finamente esculpidas. Olhando para Dale, ela não imaginaria seu irmão bonito. Olhando para Warren, ela não imaginaria seu irmão sem graça. No entanto, juntos, uma semelhança familiar persistia.

– Oi, Warren – disse Seth.

– Dê um tapinha no ombro dele – sugeriu Dale. – Ele tem mais noção de toque.

Seth deu um tapinha em Warren. A ação não produziu resposta. Kendra imaginou se era daquela maneira que as pessoas agiam após serem lobotomizadas.

– Gosto de imaginar que, em algum canto de sua mente, talvez ele sinta nossa presença – disse Dale. – Embora não demonstre muito reconhecimento, desconfio que ele absorve mais do que parece. Se for deixado sozinho, ele fica todo enroscado na posição fetal. Se houver muito barulho ele reage assim com muito mais rapidez.

— Tentei aplicar algumas doses de emoções diferentes — disse Tanu. — Eu esperava que alguma delas resolvesse. Mas esse método de terapia parece uma rua sem saída.

Kendra deu um tapinha delicado no ombro dele.

— Oi, Warren.

Warren virou a cabeça e olhou para a mão dela, um lento sorriso surgiu em seu rosto.

— Olha só para isso! — disse Dale, boquiaberto.

Kendra deixou a mão no ombro de Warren, e ele continuou olhando para ela. Ele não estava sorrindo com os olhos, eles ainda pareciam estar bem distantes, mas o sorrisinho em seu rosto era o mais largo possível. Ele ergueu a mão e a colocou sobre a mão de Kendra.

— Em todo esse tempo, essa é a reação mais significativa que testemunhei em Warren — disse Dale, maravilhado. — Coloque sua outra mão no ombro dele.

De pé na frente de Warren, Kendra pousou sua outra mão no outro ombro dele. A ação fez com que Warren tirasse os olhos da mão dela e dirigisse o olhar para o rosto de Kendra. O sorriso parecia artificial, mas por um instante Kendra pensou ter visto um lampejo de vida em seu olhar, como se ele estivesse quase a mirando.

Dale estava com as mãos na cintura.

— As maravilhas nunca deixam de acontecer.

— Ela foi fadificada — disse Tanu. — Warren deve estar sentindo algum resquício do encanto. Kendra, fique aqui ao meu lado.

Kendra andou até Tanu. Warren não a seguiu com os olhos. Ele estava mirando diretamente à frente, sem mover os olhos, como se o lampejo que Kendra havia notado tivesse sido apenas sua imaginação. Mais uma vez, Warren parecia completamente desprovido de cérebro – exceto pelo fato de que lágrimas estavam brotando de seus olhos. Era bastante estranho, aqueles olhos vagos brilhando com lágrimas e uma expressão inerte. As lágrimas extravasaram e escorreram pelas bochechas brancas.

Dale estava com a mão na boca. As lágrimas de Warren pararam de fluir, embora suas bochechas permanecessem encharcadas. Warren não fez nenhum gesto no sentido de enxugar as lágrimas, não demonstrou nenhuma evidência de que soubesse que acabara de chorar. Quando Dale tirou a mão da boca, havia marcas de dentes na pele.

– O que isso significa? – perguntou Dale a Tanu.

– Kendra transmitiu alguma coisa a ele pelo toque – disse Tanu. – Isso é bastante estimulante. Em algum lugar bem profundo, acredito que a mente dele esteja intacta. Kendra, pegue a mão dele.

Kendra se aproximou de Warren e colocou sua mão direita sobre a mão esquerda dele. Novamente, ele voltou parcialmente à vida, olhando para a mão dela, o sorriso atordoado voltando.

– Veja se você consegue puxá-lo para que ele fique de pé – disse Tanu.

Kendra não precisou puxar com muita força para Warren se pôr de pé.

– É inacreditável – disse Dale. – Ele nunca se move por vontade própria.

– Ande com ele ao redor da sala – disse Tanu.

Segurando a mão de Warren com firmeza, Kendra andou com ele ao redor da sala. Ele a seguia aonde quer que ela fosse, dando passos desajeitados.

— Ela não precisou mexer as pernas dele para fazê-lo andar — murmurou Dale para Tanu.

— Eu reparei — respondeu Tanu. — Kendra, leve-o até aquela cadeira e faça-o se sentar. Continue segurando a mão dele.

Kendra seguiu as instruções, e Warren aquiescia rigidamente. Tanu ficou em pé ao lado de Kendra.

— Você se importaria em dar um beijo em Warren?

O pensamento a deixou tímida, principalmente porque Warren era bonito.

— Na boca?

— Só um selinho — disse Tanu. — Mas só se você não se sentir muito desconfortável.

— Você acha que talvez isso possa ajudar? — perguntou ela.

— Beijos de fadas possuem muito poder de cura — disse Tanu. — Entendo que você não é uma fada, mas elas operaram uma mudança em você. Quero ver como ele responde a isso.

Kendra inclinou-se na direção de Warren. Seu rosto estava quente. Ela esperava desesperadamente não estar enrubescendo. Ela tentou pensar em Warren como um paciente catatônico que precisava de uma estranha cura e tentou dar ao beijo uma aura de coisa distante e clínica. Mas ele era bonitinho. O que a fez lembrar da fissura que ela havia sentido alguns anos atrás pelo sr. Powell, um professor da escola.

Como ela teria se sentido beijando o sr. Powell se as circunstâncias a obrigassem a isso? Mais ou menos como ela estava se sentindo naquele exato momento. Secretamente excitada de uma maneira bastante constrangedora.

Tanu

Todos se amontoaram em torno de Kendra enquanto ela dava um rápido selinho na boca de Warren. Ele piscou três vezes. Sua boca tremeu. Ele apertou a mão dela com mais força por um instante.

– Ele apertou minha mão – relatou Kendra.

Tanu pediu para Kendra acariciar o rosto de Warren e o conduzir um pouco mais ao redor da sala. Sempre que ela parava de tocá-lo, todos os sinais de vida desapareciam, mas ele não voltou a chorar. Sempre que eles estavam em contato, ele dava o sorriso, e ocasionalmente fazia simples movimentos inquietos, como esfregar os ombros, embora todas as reações dele parecessem desprovidas de reflexão.

Depois de terem tido noção, por mais de uma hora, de como Warren reagia a Kendra, eles se reuniram do lado de fora, observando o albino desempenhar movimentos de fantoche. Dale o deixava ir movendo pacientemente seus braços e pernas até Warren começar a repetir a ação por conta própria. Warren estava com o sombreiro. Dale havia explicado que Warren ficava queimado de sol com facilidade.

– Isso não é o que eu estava esperando – disse Tanu. – Minha esperança é que essa resposta a Kendra nos ajude em nossa procura de uma cura. Esse foi nosso primeiro avanço real até agora.

– O que foi que aquelas fadas fizeram comigo? – perguntou Kendra.

– Ninguém é fadificado há um bom tempo, Kendra – disse Tanu. – Nós sabemos a respeito, mas não sabemos muito.

– E quando as fadas atacaram Seth? – perguntou ela. – Ele também foi fadificado?

— Isso é diferente — disse Tanu. — Fadas usam sua magia todo o tempo, às vezes por maldade, às vezes para embelezar um jardim. Ser fadificado é quando as fadas marcam você como uma delas e compartilham seu poder com você. Não podemos nem mesmo ter certeza se foi isso de fato o que aconteceu com você, mas as evidências parecem bastante suspeitas. O Esfinge deverá ser capaz de nos dizer mais alguma coisa sobre isso.

— Espero que alguém seja — desejou Kendra.

— Você realmente acha que isso é um avanço? — perguntou Dale.

— Entender qual é a condição em que Warren se encontra e quais variáveis afetam essa condição será a chave para sua cura — afirmou Tanu. — O que aconteceu aqui hoje é um grande passo na direção correta.

— Ele vai ficar saltando como se fosse um fantoche para sempre? — perguntou Seth.

— Alguma hora ele vai desabar, eu acho — supôs Dale. — Se não for assim, vai continuar até alguém fazê-lo parar.

— Você o deixa aqui sozinho e pronto? — perguntou Kendra.

— Muitas noites eu fico com ele — disse Dale. — Algumas noites Hugo toma conta dele. Uma consequência interessante da condição de Warren é que as criaturas de Fablehaven nunca se aproximam dele, mesmo quando o trago aqui para fora. Para o bem ou para o mal, elas ficam afastadas. É claro que dou um pulo aqui todos os dias para dar uma olhada nele, dar comida e cuidar de sua higiene.

— Se todo mundo ficasse em silêncio não daria para a gente arrumar um quarto para ele na casa? — perguntou Kendra.

– Eu o levo lá de vez em quando, tipo no dia do aniversário dele. Mas Warren nunca parece confortável. Fica ainda mais encolhido, mais molenga. Aqui fora ele parece ficar mais tranquilo. Era aqui que ele morava antes de tudo acontecer.

– Ele morava aqui mesmo antes de virar albino? – perguntou Seth.

Dale anuiu.

– Warren gostava de sua privacidade. Ao contrário de mim, ele nunca teve um pouso fixo em Fablehaven. Ele ia e vinha. Era um aventureiro, como o Tanu aqui, ou Coulter, ou Vanessa. Ele pertencia a uma irmandade especial: Os Cavaleiros da Madrugada. Era uma coisa bem secreta. Eles trabalhavam para combater a Sociedade da Estrela Vespertina. A última vez que Warren esteve aqui, ficou um bom tempo. Ele estava numa espécie de missão secreta. Não me contou nenhum detalhe; ele nunca foi muito de abrir a boca sobre suas missões, mesmo depois do acontecido. Não faço a menor ideia se isso teve alguma coisa a ver com ele ficar branco. Mas ele era o irmão dos sonhos de qualquer cara. Nunca pensava duas vezes na hora de me ajudar. Agora tenho de retribuir o favor, garantir que se alimente, faça exercícios e se mantenha saudável.

Kendra observava Warren dando seus estranhos saltos naquele absurdo sombreiro. Ele estava suando. Era de partir o coração imaginá-lo como um aventureiro inteligente cumprindo missões perigosas. Warren não era mais aquela pessoa.

– Quer ver uma coisa legal? – perguntou Dale, aparentemente tentando mudar de assunto.

– Claro – disse Kendra.

– Siga-me até o mirante – disse Dale por cima do ombro.

Deixando Tanu com Warren, Dale conduziu Kendra e Seth de volta à cabana e escada acima até o mezanino. Do mezanino, ele os conduziu a uma segunda escada, passando por uma portinhola no teto. Eles saíram no telhado da cabana, sobre uma pequena plataforma com um parapeito baixo. A plataforma era alta o suficiente para permitir a visão muito além do declive, por cima das copas das árvores mais próximas. A colina não era assustadoramente alta, mas era o ponto mais alto da área.

– Que lindo – disse Kendra.

– Warren gostava de subir aqui em cima para assistir ao pôr do sol – contou Dale. – Era o lugar favorito dele para pensar. Vocês têm de ver isso aqui no outono.

– Não era ali que ficava a Capela Esquecida? – perguntou Seth, apontando para uma colina baixa não muito distante, brilhando com flores e arbustos e árvores frutíferas.

– Bons olhos – elogiou Dale.

Kendra também reconheceu o local. Até eles virarem para a trilha que os levou à cabana, ela sabia que estavam caminhando ao longo do mesmo caminho que Hugo pegou quando eles foram resgatar vovô no verão passado. Seu exército de fadas arrasara a capela na ocasião em que derrotaram e aprisionaram Bahumat e Muriel. Então as fadas fizeram um morro com terra das cercanias em cima do local antes ocupado pela capela e fizeram tudo florescer com o mesmo brilho dos jardins da casa.

– A vista deve ser bem melhor agora sem aquela igreja velha e bolorenta – falou Seth.

– A capela tinha um certo charme – disse Dale. – Principalmente de longe.

– Estou ficando com fome – resmungou Seth.

– E é por isso que trouxemos comida – respondeu Dale. – E tem mais no armário. Vamos chamar Tanu e Warren. Aposto que meu irmão já deve estar com apetite depois de todo esse esforço.

– O que você vai fazer se não conseguir encontrar uma forma de curá-lo? – perguntou Seth.

Dale fez uma pausa.

– Para mim esse dia nunca vai chegar porque eu nunca vou deixar de tentar.

CAPÍTULO SETE

O calabouço

Na manhã seguinte, Kendra, Seth, vovô, vovó e Tanu estavam sentados ao redor da mesa da cozinha para tomar o café da manhã. Do lado de fora, o sol estava nascendo em um dia claro e úmido.

– O que vamos fazer hoje? – perguntou Seth, usando seu garfo para comer o omelete.

– Hoje vocês vão ficar aqui em casa comigo e com seu avô – informou vovó.

– O quê? – gritou Seth. – E aonde vai todo mundo?

– E nós somos o quê? – perguntou vovô.

– O que eu quis dizer foi aonde os outros vão. – Seth refez a frase.

– Esse omelete está delicioso, vovó – elogiou Kendra, depois de engolir um bocado.

— Estou contente por você estar gostando, minha querida — respondeu vovô com dignidade, lançando um olhar na direção de vovó, que fingia não estar notando.

— Eles têm alguns assuntos desagradáveis para resolver — disse vovó a Seth.

— Você quer dizer assuntos fantásticos — acusou Seth, girando a cabeça para encarar Tanu. — Você está descartando a gente? Onde foi parar toda aquela história de trabalho em equipe que a gente teve ontem?

— Manter você e sua irmã a salvo era uma de nossas metas — respondeu Tanu calmamente.

— Como é que a gente algum dia vai conseguir aprender alguma coisa se você só deixa a gente fazer essas tarefas fraquinhas? — reclamou Seth.

Coulter entrou no recinto segurando um bastão de caminhada. O topo do bastão era fendido e atado a uma tira de elástico que o transformava em um estilingue.

— Você não vai querer ir aonde estamos indo hoje — disse ele.

— Como é que você sabe? — rebateu Seth.

— Porque nem *eu* quero ir — disse Coulter. — Omeletes? Quem fez omeletes?

— Vovô — respondeu Kendra.

De repente, Coulter pareceu cauteloso.

— O que é isso, Stan? Nossa última refeição?

— Eu só quis dar uma ajuda na cozinha — disse vovô inocentemente.

Coulter olhou para vovô desconfiado.

– Ele deve adorar vocês, crianças – disse Coulter por fim. – Ele tem explorado esses ossos quebrados para ficar o máximo possível longe de seus afazeres.

– Não estou achando legal ser deixado pra trás – lembrou Seth a todos.

– Vamos para uma parte de Fablehaven que não está no mapa – explicou Tanu. – Não temos certeza do que encontraremos por lá, apenas que será muito perigoso. Se tudo correr bem, levaremos você da próxima vez.

– Você acha que a relíquia pode estar escondida lá? – perguntou Kendra.

– É um local entre vários possíveis – revelou Tanu. – Esperamos encontrar a relíquia em uma das áreas mais inóspitas da reserva.

– Provavelmente, não encontraremos nada além de bichos-papões, gigantes com cara de sapo e blixes – rebateu Coulter, sentando-se à mesa. Ele colocou um pouco de sal na palma da mão e jogou por cima do ombro e então começou a bater com os dedos em cima da mesa. Os movimentos pareciam automáticos.

Vanessa gingou para dentro da cozinha.

– Tenho uma notícia não muito agradável – declarou ela. Usava uma camiseta do exército dos Estados Unidos e calças de lona pretas, e estava com os cabelos presos atrás da cabeça.

– O quê? – perguntou vovó.

– Meus drumants se soltaram ontem à noite, e só consegui recapturar um terço deles – informou Vanessa.

– Eles estão soltos pela casa? – exclamou vovó.

Coulter apontou o garfo na direção de Vanessa de modo acusador.

— Eu disse pra você que deixar aquela jaula do lado de fora da casa ia nos trazer problemas.

— Não posso imaginar como foi que eles conseguiram sair — lamentou Vanessa. — É a primeira vez que tenho um problema assim.

— Obviamente, você não foi mordida — disse Tanu.

— Diga isso outra vez — respondeu Vanessa, erguendo o braço e expondo três pares de feridas. — Mais de vinte mordidas por todo o corpo.

— Como você ainda está viva? — perguntou vovô.

— Esses drumants eram de uma linhagem especial que eu mesma desenvolvi — contou Vanessa. — Tenho feito experiências no sentido de eliminar o caráter tóxico de girândolas venenosas.

— O que é uma girândola? — perguntou Kendra.

— E o que é um drumant? — acrescentou Seth.

— Qualquer animal mágico de inteligência sub-humana é uma girândola — explicou vovô. — É um jargão.

— Os drumants parecem um pouco tarântulas com rabos — disse Tanu. — Bem peludas. Eles saltam por todos os cantos e podem distorcer a luz para despistar sua localização. Você acha que está vendo um e vai agarrá-lo, mas só consegue tocar uma ilusão porque o drumant está na verdade um metro adiante.

— São seres noturnos — acrescentou vovô. — E mordem com agressividade. Eles normalmente estão cheios de veneno.

— Não sei como, mas a porta da gaiola se abriu — disse Vanessa. — Os dezenove drumants escaparam. Quando acordei, estavam todos em cima de mim. Consegui pegar seis. Os resto se espalhou. Já devem estar nas paredes a uma hora dessas.

— Seis em dezenove é menos que um terço — apontou Coulter enquanto mastigava.

– Sei que fechei e tranquei a gaiola – disse Vanessa firmemente. – Para ser honesta, se eu estivesse em qualquer outro lugar eu desconfiaria de armação. Ninguém sabia que esses drumants não eram venenosos. Se eles fossem, eu já estaria morta.

Um silêncio incômodo impôs-se no ambiente.

Vovô limpou a garganta.

– No seu lugar, independentemente de onde eu estivesse, eu desconfiaria de sabotagem.

Kendra mirou seu prato. Será que alguma daquelas pessoas que estavam tomando café da manhã havia simplesmente tentado matar Vanessa? Certamente não ela própria ou vovô ou vovó ou Seth! Tanu? Coulter? Ela não estava disposta a olhar nos olhos de ninguém.

– Algum estranho poderia ter entrado aqui sem que percebêssemos? – perguntou Vanessa. – Ou alguém poderia ter escapado do calabouço?

– Pouco provável – disse vovô, limpando as mãos num guardanapo. – Brownies e mortais são os únicos seres com permissão para entrar nesta casa quando bem entendem. Brownies jamais fariam uma maldade como essa. Além de Dale e Warren, os únicos mortais com liberdade para circular pela reserva estão neste recinto. Dale ficou na cabana na noite passada. Qualquer outro mortal teria de passar pelo portão antes de entrar na casa, e passar pelo portão é algo quase impossível.

– Alguém poderia estar se escondendo no local há um bom tempo até esperar uma oportunidade para atacar – teorizou Coulter.

– Tudo é possível – disse Vanessa. – Mas juro que deixei aquela gaiola trancada. Eu não a abro há três dias!

– Ninguém viu nada estranho na noite passada? – perguntou vovô, fixando o olhar em todos os presentes, um após o outro.

– Gostaria de ter visto – disse Tanu.

– Nada – murmurou Coulter, os olhos estreitos e pensativos.

Kendra, Seth e vovó balançaram a cabeça em negativa.

– Bem, até descobrirmos mais alguma coisa, nós temos de encarar o ocorrido como um acidente – sentenciou vovô. – Mas redobrem a vigilância. Tenho a sensação de que várias peças estão faltando nesse quebra-cabeça.

– Nenhum dos drumants era venenoso? – perguntou vovô.

– Nenhum – respondeu Vanessa. – Eles vão ser uma chateação, mas não causarão nenhum problema muito grave. Vou espalhar algumas armadilhas por aí. Vamos capturá-los. Se vocês jogarem serragem e alho nos lençóis eles não vão se aproximar.

– Talvez seja uma boa ideia colocar também um pouco de vidro quebrado enquanto estamos na cama – resmungou Coulter.

– Com todos esses drumants soltos por aí – começou Seth –, de repente a gente ficaria mais seguro acompanhando vocês hoje.

– Boa tentativa – falou Kendra.

– Ruth vai entretê-los – disse vovô.

– Tenho coisas fascinantes para mostrar a vocês – concordou vovó.

– Coisas maneiras? – perguntou Seth.

– Você vai achar – prometeu vovô.

Vanessa puxou uma rede do bolso.

– Vou deixar algumas dessas armadilhas pela casa. Se vocês avistarem um drumant... – Ela jogou a rede e o objeto caiu no chão como se fosse um paraquedas, abrindo-se e cobrindo uma extensão de quase três metros de diâmetro. – A saliência vai indicar onde o bandidinho está realmente escondido. Usem a rede que está em volta para apanhá-lo. Se ele tentar saltar, vai ficar preso. Talvez seja necessário um pouco de prática, mas funciona. Não procurem simplesmente dar um tapa neles nem tentem pegá-los com as próprias mãos.

– Nem precisa se preocupar com isso – disse Kendra. – Você também tem outros animais?

– Diversas variedades – informou Vanessa.

– Algum venenoso? – perguntou Kendra.

– Nenhum deles letal. Embora algumas de minhas salamandras possam fazer você dormir. Eu uso essência delas em meus dardos.

– Dardos? – perguntou Seth, subitamente interessado.

– Para minha zarabatana – esclareceu Vanessa.

Seth estava praticamente dando um salto da cadeira.

– Eu quero experimentar!

– Tudo em seu devido tempo – disse Vanessa.

※ ※ ※

O ar estava significativamente mais fresco no último degrau da longa e íngreme escadaria que dava no porão. A porta de ferro tinha um aspecto sinistro ao fim do soturno corredor, iluminado apenas pela lanterna que vovó Sorenson estava levando. Na base da porta encontrava-se a entradinha usada pelos brownies, fazendo um par com a outra entradinha na porta de cima da escadaria.

– Os brownies entram e saem do calabouço? – perguntou Seth.

O CALABOUÇO

— Sim — respondeu vovó. — Pelo menos um deles faz uma visita a cada noite para ver se deixamos alguma coisa para eles consertarem.

— Por que vocês não deixam os brownies fazerem toda a comida da casa? — perguntou Kendra. — Eles fazem pratos maravilhosos.

— Deliciosos — concordou vovó. — Mas, independentemente dos ingredientes que nós deixarmos, eles tentam transformar tudo em sobremesa.

— Para mim está ótimo — disse Seth. — Os brownies alguma vez já fizeram brownies para vocês?

Vovó deu uma piscadela.

— De onde você acha que vem essa palavra? Os pequenos arquitetos inventaram a receita.

Eles alcançaram a porta de metal. Vovó pegou uma chave.

— Lembrem-se, falem baixo e fiquem distantes das portas das celas.

— A gente precisa mesmo fazer isso? — perguntou Kendra.

— Ficou maluca? — perguntou Seth. — Eles estão presos, não há motivo para se preocupar.

— Há muitos motivos para se preocupar — corrigiu vovó. — Sei que você está apenas tentando encorajar sua irmã, mas nunca negligencie o calabouço. As criaturas aqui embaixo estão aprisionadas por uma razão. Seu avô e eu só trazemos as chaves das celas individuais quando estamos transferindo prisioneiros. Isso deve indicar alguma coisa.

— Não tenho muita certeza se estou a fim de ver o que tem aqui embaixo — disse Kendra.

Vovó colocou a mão no ombro dela.

— Correr em direção ao perigo é temerário, como seu irmão felizmente deve ter aprendido. Mas é igualmente temerário fechar os olhos para ele. Muitos perigos tornam-se menos perigosos uma vez que você compreende os riscos potenciais.

— Eu sei — disse Kendra. — A ignorância não é mais um escudo e tudo o mais.

— Bom — falou Seth. — Tudo resolvido. Podemos entrar agora?

Vovó inseriu a chave e empurrou a porta. Ela rangeu um pouco. Uma brisa fresca e úmida os saudou.

— Precisamos colocar um pouco de óleo nessas dobradiças — constatou vovó baixinho, direcionando o foco de luz de sua lanterna para o longo corredor adiante. Portas de ferro com pequenas janelas gradeadas estavam alinhadas ao longo do corredor. O piso, as paredes e o teto eram feitos de pedra.

Eles entraram e vovó fechou a porta atrás deles.

— Por que somente lanternas? — perguntou Seth.

Vovó apontou a lanterna para um interruptor de luz.

— Daqui em diante o calabouço possui fiação de luz. — Ela direcionou o foco para alguns bocais de lâmpadas vazios pendurados no teto. — Mas a maioria dos nossos hóspedes prefere a escuridão. Por condescendência, usamos apenas lanternas.

Vovó caminhou até a porta mais próxima. A janela gradeada ficava a mais ou menos um metro e meio do chão — baixa o suficiente para todos eles conseguirem enxergar o interior da cela vazia. Vovó apontou para uma abertura próxima à base da porta.

— Os carcereiros empurram a bandeja de comida por essa abertura.

— Os prisioneiros nunca saem das celas? — perguntou Kendra.

— Não — respondeu vovó. — E fugir é difícil. Todas as celas são magicamente seladas, é claro. E temos algumas áreas de confinamento mais fortes para ocupantes mais poderosos. Se ocorrer uma fuga, um cão sussurrante funciona como último recurso de segurança.

— Cão sussurrante? — perguntou Seth.

— Não é uma criatura viva, é somente um encanto — contou vovó. — De vez em quando, aqui embaixo, você esbarra em uma cavidade gelada. Isso é o cão sussurrante. Ele fica extremamente feroz se um prisioneiro escapa da cela. Nunca ouvi falar de algo assim acontecer aqui.

— Deve dar um trabalho danado alimentar os prisioneiros — supôs Kendra.

— Não para nós — disse vovó. — A maioria das celas está vazia. E temos uma dupla de carcereiros, gnomos de extrato inferior que preparam e servem a gororoba e mantêm tudo razoavelmente arrumado.

— Esses gnomos não poderiam facilitar a fuga dos prisioneiros? — perguntou Kendra.

Vovó os conduziu pelo corredor.

— Talvez os espertos pudessem. Nossos carcereiros gnomos são do tipo que cuidam de calabouços há milhares de anos. São criaturas esqueléticas e servis que vivem para receber e executar ordens de seus superiores... no caso o avô de vocês e eu mesma. Além disso, eles não têm as chaves. E apreciam viver na escuridão, supervisionando seu funesto domínio.

— Quero ver alguns prisioneiros — disse Seth.

— Confie em mim, há muitos que você não sentirá nenhum desejo de ver — assegurou-lhe vovó. — Vários deles são muito antigos, transferidos de outras reservas. Muitos não falam inglês. Todos são perigosos.

O corredor terminou em T. Eles podiam virar à esquerda ou à direita. Vovó direcionou a lanterna para ambos os lados. Havia mais celas em ambos os corredores.

– Esse corredor faz parte de um grande quadrado. Você pode ir para a esquerda ou para a direita e terminar aqui. Alguns outros corredores se ramificam, mas nada muito complexo. Há algumas características relevantes que eu gostaria de mostrar a vocês.

Vovó virou à direita. Depois de um tempo, o corredor deu uma guinada para a esquerda. Seth continuava tentando espiar dentro das celas pelas quais eles passavam.

– Escuro demais – relatou ele calmamente para Kendra. Vovó estava com a luz apontada à frente deles.

Kendra espiou através de uma das janelas e viu um rosto com feições de lobo olhando-a fixamente. Qual seria o problema com Seth? Será que ele enxergava mal? Ele acabara de olhar para dentro da mesma cela e dissera que não havia visto nada. Estava pouco iluminado, mas não totalmente escuro. Depois de ver o homem-lobo, ela não espiou através de mais nenhuma outra janela gradeada.

Alguns passos além, vovó parou em frente a uma porta entalhada em madeira vermelho-sangue.

– Isso aqui conduz ao Hall do Horror. Nunca abrimos essa porta. Os prisioneiros nessas celas não precisam de comida. – À medida que eles seguiam pelo corredor, os olhos de Seth fixavam-se na porta durante algum tempo.

– Nem pense nisso – sussurrou Kendra.

– O quê? – disse ele. – Eu sou burro, mas não estúpido.

O CALABOUÇO

O corredor deu uma outra guinada para a esquerda. Vovó direcionou a lanterna para uma sala sem porta onde um caldeirão borbulhava em fogo baixo. Um par de gnomos estreitou os olhos e ergueu as mãos compridas e finas contra a luz. Baixos, ossudos e esverdeados, eles tinham olhos proeminentes e orelhas em formato de asa de morcego. Um deles estava se equilibrando sobre um banquinho de três pés, mexendo o fedorento conteúdo do caldeirão com um objeto que parecia um remo. O outro fez uma careta e se postou numa atitude servil.

– Apresentem-se a meus netos – ordenou vovó, retirando o foco da lanterna dos rostos deles, mas iluminando-os indiretamente.

– Voorsh – falou o que estava mexendo o caldeirão.

– Slaggo – disse o outro.

Vovó virou-se e seguiu pelo corredor.

– Essa comida tem um cheiro horrível – disse Kendra.

– Grande parte de nossos hóspedes adora a gororoba – revelou vovó. – Os humanos normalmente não a apreciam.

– Algum prisioneiro já foi solto? – inquiriu Seth.

– A maioria está cumprindo prisão perpétua – contou vovó. – Para muitas criaturas místicas, isso é muito tempo. Devido ao tratado, não temos pena de morte para inimigos capturados. Como vocês podem recordar, em quase todas as circunstâncias, matar dentro da propriedade de Fablehaven significa destruir toda a proteção a que você tem direito pelo tratado, e o torna tão vulnerável a retaliações que a única opção é o exílio eterno. Mas certos criminosos não têm permissão para circular livremente. Daí a existência do calabouço. Alguns seres cujos crimes são menos graves são mantidos aqui por períodos determinados de tempo e depois soltos. Por exemplo, temos um ex-funcionário da fazenda que está preso aqui porque vendeu pilhas aos sátiros.

Seth comprimiu os lábios.

— Quanto tempo de pena? — perguntou Kendra, implicando.

— Cinquenta anos. Quando ele sair, já vai estar com uns oitenta.

Seth parou de andar.

— É sério?

Vovó deu um sorrisinho.

— Não. Kendra mencionou que você estava planejando realizar uma negociaçãozinha enquanto estava aqui.

— Isso é que é guardar segredo! — acusou Seth.

— Eu nunca disse que guardaria — replicou Kendra.

— Ela agiu corretamente ao me contar — disse vovó. — Ela queria ter certeza de que isso não colocaria você ou a reserva em perigo. Não haverá problema se você fizer a coisa de um jeito simples. Mas não saia do jardim nem deixe seu avô saber. Ele é um purista. Ele se esforça bastante para manter a tecnologia distante de nossos domínios.

À medida que progrediam ao longo do comprido corredor, eles passavam por alguns corredores menores que se ramificavam. No terceiro, vovó fez uma parada, aparentemente deliberando:

— Venham comigo, quero lhes mostrar uma coisa.

O corredor não possuía portas de celas. Era a passagem mais estreita que eles haviam visto. No final encontrava-se uma sala circular, e no chão no centro da sala havia um alçapão de metal.

— Essa aqui é nossa masmorra — disse vovó. — Há uma cela lá embaixo para um prisioneiro extremamente perigoso. Um djim.

– Tipo um gênio? – perguntou Kendra.

– Exatamente – respondeu vovó.

– Irado! Ele realiza desejos? – perguntou Seth.

– Teoricamente – disse vovó. – Um verdadeiro djim não é muito parecido com os gênios que vocês conhecem das histórias, embora sejam as entidades por meio das quais os mitos afloraram. Eles são poderosos, e alguns deles, como o nosso prisioneiro, são astuciosos e malévolos. Tenho algo a confessar.

Kendra e Seth esperam pacientemente.

– O avô de vocês e eu ficamos muito perturbados com o que aconteceu com Warren. Resolvi manter conversações com o djim, abrindo o alçapão e chamando-o daqui de cima. Como nosso prisioneiro, seus poderes são reduzidos, de modo que eu não temia que ele pudesse escapar. Fiquei convencida de que ele poderia curar Warren. E ele poderia, provavelmente. Toquei no assunto com Stan, e decidimos que valeria a pena tentar.

"Estudei tudo o que achei sobre como barganhar com um djim. Se você obedece a certas regras, consegue negociar com um djim capturado, mas precisa tomar cuidado com o que diz. Para iniciar as negociações, você precisa se mostrar vulnerável. Ele te faz três perguntas, às quais você deve responder completamente e com a mais absoluta sinceridade. Depois que você responder às perguntas honestamente, o djim lhe concederá um favor. Se você mentir, ele se liberta e adquire poder sobre você. Se você não responder, ele permanece cativo, mas tem o direito de exigir uma penalidade.

"A única pergunta que ele não tem permissão para fazer é seu nome de batismo, que você nunca deve deixar que ele descubra por outros meios. Antes de fazer as três perguntas de praxe, o djim pode tentar te persuadir a concordar em fazer outra barganha além das tradicionais três perguntas. Ao solicitante resta apenas esperar pacientemente e falar com cuidado, porque cada palavra que você profere a um djim amarra você a ele.

"Para resumir a história, entrei na masmorra, com Stan montando guarda, e o djim e eu negociamos. Fico com raiva só de pensar nisso – o djim foi muito desonesto. Ele poderia ter convencido o diabo a assistir a uma missa. Fiquei desnorteada. Ele regateava e adulava e espertamente buscava dicas de quais perguntas deveria fazer. Ele oferecia muitas alternativas às perguntas, várias das quais eram compromissos tentadores, mas detectei armadilhas em todas as propostas dele. Trocamos ofertas e contraofertas. A meta final dele era claramente garantir sua liberdade, o que eu não poderia permitir.

"Depois que nossa conversa já havia consumido horas, e eu havia revelado mais de mim mesma do que era minha intenção original, ele finalmente parou de pechinchar e passou para as perguntas. Stan passara dias mudando senhas e outros protocolos de Fablehaven para que eu não soubesse nada vital à nossa segurança. Eu havia pensado sobre todas as perguntas que ele poderia fazer, e estava me sentindo preparada para responder a qualquer coisa. Ele usou sua primeira pergunta para inquirir que tipo de pergunta ele poderia fazer que eu não estaria disposta a responder. Como vocês podem muito bem imaginar, eu havia previsto uma pergunta assim, e havia preparado a mim mesma para ser capaz de responder que eu responderia livremente qualquer pergunta possível. Mas no momento que ele perguntou, talvez lembrada por algum poder que permeava o processo, percebi que havia uma determinada informação que eu não poderia revelar, e então escolhi não responder à pergunta. Foi tudo o que eu pude fazer para evitar que ele fosse libertado. Como consequência, fui obrigada a me submeter à retaliação. Ele não pôde me matar, mas pôde me transformar numa galinha."

– Foi assim que você virou uma galinha? – exclamou Seth.

– Foi – disse vovó.

– Qual era o segredo que você não podia revelar? – perguntou Seth.

– Algo que não posso compartilhar com vocês – respondeu vovó.

– O djim ainda está aí embaixo – disse Kendra suavemente, olhando para o alçapão.

Vovó começou a andar na direção do local de onde eles haviam vindo. Kendra e Seth a seguiram.

– O alçapão que dá na masmorra requer três chaves e uma palavra para ser aberto – informou vovó. – Pelo menos uma pessoa viva deve conhecer a palavra que abre o alçapão, ou o encanto é quebrado e o prisioneiro é libertado. Se alguma das chaves for destruída, a mesma coisa acontece. Não fosse isso, eu derreteria as chaves e jamais diria a palavra a ninguém.

– Qual é a palavra? – perguntou Seth.

– São duas palavras – disse Kendra. – *Vai sonhando*.

– Kendra tem razão. Quem sabe algum dia vocês estejam preparados para esse tipo de responsabilidade. – Vovó deu um tapinha nas costas do neto. – Mas, pelo que tudo indica, isso só ocorrerá muito depois da minha partida.

Eles voltaram ao corredor principal e o seguiram até ele virar novamente à esquerda. Vovó parou numa alcova que ia do chão ao teto e direcionou o foco da lanterna para um estranho gabinete.

Um pouco mais alto do que uma pessoa, parecia o tipo de caixa usada pelos mágicos para fazer as pessoas desaparecerem. Feito de uma madeira preta e reluzente com acabamento em ouro, o gabinete era simples e elegante.

– Essa é a Caixa Quieta – disse vovó. – É muito mais durável do que qualquer cela em todo o calabouço. Ela contém apenas um único prisioneiro, mas sempre contém um único prisioneiro. A única maneira de libertar o cativo é colocar outro dentro.

– Quem é que está aí dentro? – perguntou Seth.

– Não sabemos – disse vovó. – A Caixa Quieta foi trazida para cá quando Fablehaven foi fundada. E já chegou ocupada. A orientação que tem sido passada de zelador a zelador é no sentido de jamais abrir o gabinete. Então nós o deixamos assim.

Vovó seguiu em direção ao corredor. Kendra ficou ao lado dela enquanto Seth ficou um pouco mais de tempo em frente à Caixa Quieta. Depois de um momento, ele disparou para alcançá-las. Perto da curva final do corredor, o que completaria o quadrado, vovó fez uma parada em frente a uma porta de cela, aparentemente ao acaso.

– Seth, você disse que queria ver um prisioneiro. Aqui está o diabrete que feriu seu avô.

Ela direcionou a lanterna para dentro da cela. Kendra e Seth acotovelaram-se na pequena janela para poder ver. O diabrete mirou-os friamente, franzindo o cenho. Ele era quase tão alto quanto Dale. Um par de pequenos chifres brotava de sua testa. Uma pelagem com textura de couro abrigava membros longos e musculosos. Kendra havia visto vários diabretes. Uma pena aquele ali não ter sido transformado de volta em fada como os outros.

— Vá em frente, use sua lanterna, você não faz a menor ideia do destino tenebroso que paira sobre você — rosnou o diabrete.

— O que você está querendo dizer? — perguntou Kendra. Vovó e Seth olharam para ela de modo estranho. O diabrete estava olhando diretamente para ela. — O quê? — disse Kendra.

— Nenhuma luz vai conseguir impedir a escuridão que se aproxima — disse o diabrete, os olhos grudados em Kendra.

— Que escuridão? — perguntou ela.

O diabrete fez um som de gargalhada e pareceu aturdido.

— Você consegue entender a língua que ele fala? — perguntou vovó, espantada.

— Você não? — disse Kendra. — Ele está falando inglês.

Vovó colocou a mão na frente da boca.

— Não, ele está falando goblush, a língua dos diabretes e dos gnomos.

— Você me compreende, cara fedida? — testou o diabrete.

— Isso é alguma piada? — perguntou Kendra.

— Porque eu te entendo — disse o diabrete.

— Eu estou falando inglês o tempo todo — disse Kendra.

— Sim — concordou vovó.

— Não — disse o diabrete. — Goblush.

— Ele está dizendo que eu estou falando goblush — disse Kendra.

— Está, sim — disse o diabrete.

— Deve ser o que ele está ouvindo — disse vovó.

— Você não entende ele? — perguntou Kendra a seu irmão.

— Você sabe como os diabretes falam. Nenhuma palavra, apenas grunhidos e bufadas.

— O que eles estão dizendo? — perguntou o diabrete. — Diga a eles que vou cozinhar as entranhas deles num espeto.

— Ele está dizendo um monte de grosserias — disse Kendra.

— Não diga mais nada — disse vovó. — Vamos tirar você daqui.

Vovó correu com eles corredor afora. O diabrete gritou atrás deles:

— Kendra, você não tem muito tempo de vida. Durma com isso. Vou sair daqui antes do que você imagina. Vou dançar em cima de seu túmulo! Em cima dos túmulos de todos vocês!

Kendra se virou.

— Bem, você vai dançar sozinho, coisa nojenta! Todos da sua espécie conseguiram voltar a ser fadas, e estão belas e felizes. E você continua sendo uma aberração deformada! Você precisa ouvir como todas elas riem de você! Aproveite bem a gororoba!

Silêncio. E então o som de alguma coisa batendo com força na porta da cela, seguido de um rosnado gutural. Dedos retorcidos apareceram entre as barras da pequena janela gradeada.

— Venha — chamou vovó, agarrando a neta pela manga. — Ele só está tentando te irritar.

— Por que consigo entender o que ele diz? — indagou Kendra. — Por causa das fadas?

— Deve ser — supôs vovó, caminhando com pressa. — Amanhã teremos mais respostas. Seu avô entrou em contato com o Esfinge hoje de manhã e marcou um encontro para amanhã à tarde.

— Eu também vou? — perguntou Seth.

— Vocês dois — respondeu vovó. — Mas mantenham isso entre nós e o avô de vocês. Queremos que todos os outros pensem que vamos passear na cidade. Eles não sabem que o Esfinge está nas redondezas.

– Certo – concordou Kendra.

– O que o diabrete estava dizendo? – perguntou Seth.

– Que ele ia dançar em cima dos nossos túmulos – contou Kendra.

Seth girou o corpo e posicionou as mãos em torno da boca como se fosse um megafone.

– Só se enterrarem a gente na sua cela imunda – berrou ele. – Ele olhou para vovó. – Será que ele me ouviu?

CAPÍTULO OITO

Coulter

— Ele não está aqui – disse Seth, olhando seu relógio de pulso.

— Ele já deve estar chegando – sugeriu Kendra.

Ele estavam sentados juntos em um banquinho de pedra na extremidade de uma seção oval do gramado com um bebedouro de passarinho de mármore perto do centro. O sol ainda não se encontrava tão alto, mas o dia já estava ficando quente. Um emaranhado de fadas brincava em meio às florações de um arbusto nas proximidades. Outras pairavam acima do bebedouro, admirando seus próprios reflexos.

— As fadas não têm agido de modo muito amigável ultimamente – constatou Seth.

Kendra coçou o rosto.

— Provavelmente, elas só querem um pouco de privacidade.

— Elas foram tão simpáticas antes de irmos embora no verão passado, depois que você liderou todas elas contra Bahumat.

— Provavelmente, elas só estavam com um entusiasmo extra.

— Tenta falar com elas – disse Seth. – Se você consegue entender os diabretes, aposto que também consegue entender as fadas.

— Eu tentei ontem à noite. Elas me ignoraram.

Seth olhou novamente as horas.

— Na minha opinião, a gente devia ir fazer outra coisa. Coulter está uns dez minutos atrasados. E ele escolheu o local mais chato em toda a Fablehaven para deixar a gente esperando.

— Talvez a gente esteja no lugar errado.

Seth balançou a cabeça.

— Foi aqui mesmo que ele disse para a gente esperar.

— Tenho certeza de que ele virá – falou Kendra.

— Quando ele chegar, já vai estar na hora de a gente sair para se encontrar com o Esfinge.

Coulter apareceu subitamente na frente deles, em pé no gramado a alguns metros de distância deles, bloqueando a visão do bebedouro. Num instante não havia nada, no outro ele surgia como se do nada, apoiado no bastão de caminhada.

— Suponho que não era para eu ter ouvido isso – disse Coulter.

Kendra deu um grito, e Seth levantou-se às pressas.

— De onde você veio? – gritou Seth.

— Tome mais cuidado com o que diz a céu aberto – aconselhou Coulter. – Nunca se sabe quem pode estar ouvindo. Tenho certeza de que seus avós queriam que o encontro com o Esfinge fosse mantido em segredo.

— Por que você estava espionando? – acusou Kendra.

— Para provar uma coisa — retrucou Coulter. — Creia em mim, se eu não estivesse do lado de vocês, e vocês tivessem me dado essa informação, eu não teria revelado minha presença. A propósito, Kendra, fadas são ciumentas por natureza. Não existe uma maneira mais certeira de atrair a antipatia delas do que se tornando popular.

— Como você fez isso? — perguntou Seth.

Coulter ergueu uma luva de couro sem dedos, deixando-a pender flácida.

— Um de meus pertences mais estimados. Eu lido com bugigangas, suvenires e artefatos mágicos. Tanu tem suas poções, Vanessa tem seus monstrinhos e eu tenho minha luva mágica, entre outros objetos.

— Posso experimentar? — perguntou Seth.

— Tudo no seu devido tempo — disse Coulter, colocando a luva no bolso e limpando a garganta. — Compreendo que Tanu conduziu-os numa bela iniciação ontem. Ele conhece muito bem aquele assunto. É muito bom que vocês prestem atenção nas coisas que ele faz.

— Nós vamos prestar — assegurou Kendra.

— Antes de começarmos — falou Coulter, mudando as posições dos pés como se estivesse se sentindo um pouquinho desconfortável —, quero deixar uma coisa bem clara. — Ele lançou um olhar de incerteza para Kendra. — Não importa o quanto você seja cuidadosa com sua higiene pessoal, é perfeitamente natural uma adolescente ter espinhas de vez em quando.

Kendra escondeu o rosto nas mãos. Seth deu um risinho.

— Tais coisas fazem parte do processo natural de amadurecimento — continuou Coulter. — Você pode começar a reparar outras mudanças tais como...

Kendra ergueu a cabeça.

— Não estou constrangida com isso — garantiu ela. — Foi só a poção.

Coulter anuiu, condescendente.

— Bem, se algum dia você necessitar conversar a respeito de... crescimento...

— Isso é muito gentil da sua parte — rebateu Kendra, erguendo ambas as mãos para impedi-lo de dizer mais alguma coisa. — Eu o procuro se quiser conversar. Espinha é normal. Eu não me importo. — Seth parecia estar a ponto de explodir numa gargalhada, mas conseguiu se controlar.

Coulter esfregou a mão em cima da cabeça, alisando seu pequeno tufo de cabelos grisalhos. Ele enrubescera ligeiramente.

— Certo. Já falei o suficiente sobre hormônios. Vamos mudar de marcha. — Ele fez uma pausa por um momento, esfregando as mãos. — O que vocês dois querem que eu os ensine a fazer?

— Como ficar invisível — disse Seth.

— Estou falando em caráter geral — esclareceu Coulter. — Por que vocês desejam ser meus aprendizes?

— Para aprendermos a nos proteger das criaturas mágicas — disse Kendra.

— E para podermos dar uma ajuda por aqui — acrescentou Seth. — Não aguento mais ficar no jardim.

Coulter balançou um dedo.

— Uma reserva como Fablehaven é um lugar perigoso. Na minha área de trabalho, qualquer grau de imprudência pode levar ao desastre. E quando falo desastre estou querendo dizer morte. Não há segundas chances. Apenas um caixão frio e solitário.

A nova seriedade em seu tom de voz mudou rapidamente o clima entre eles. Kendra e Seth começaram a ouvir atentamente.

– Aquela floresta – disse Coulter, balançando a mão na direção das árvores – está repleta de criaturas cujo maior prazer seria afogá-los. Aleijá-los. Devorá-los. Transformá-los em pedra. Se vocês baixam a guarda por um instante, se esquecem por um segundo que todas as criaturas nessa reserva são potencialmente seus piores inimigos, vocês não têm mais chances de sobreviver do que uma minhoca em um galinheiro. Estou sendo claro?

Kendra e Seth anuíram.

– Não estou dizendo isso por mera crueldade – continuou Coulter. – Não estou tentando chocá-los com exageros. Quero que vocês entrem nessa aventura com os olhos bem abertos. Pessoas na minha profissão morrem o tempo todo. Pessoas talentosas e cuidadosas. Não importa o quanto você toma cuidado, sempre existe a chance de dar de cara com alguma coisa mais terrível do que seu preparo para lidar com ela. Ou talvez você possa se encontrar numa situação com a qual conviveu centenas de vezes, mas comete um erro e nunca mais terá uma segunda chance. Se algum de vocês espera se aventurar naquela floresta comigo, não quero que vocês se atenham a uma falsa sensação de segurança. Já estive cara a cara com o perigo, e já vi pessoas morrerem. Vou dar o melhor de mim para mantê-los em segurança, mas é mais do que justo alertá-los para o fato de que em qualquer oportunidade, mesmo fazendo alguma coisa que possa parecer rotineira, se estivermos naquela floresta, sempre haverá a possibilidade de todos perecermos. Não os levarei comigo sem primeiro deixar isso muito claro.

– Sabemos que é arriscado – disse Seth.

— Há mais uma coisa que talvez eu deva lhes dizer. Se ocorrer de estarmos todos numa situação de perigo mortal, e houver algum indício de que salvar vocês signifique sacrificar a mim mesmo, ou pior, sacrificar dois de nós, eu provavelmente salvarei a mim mesmo. E espero que vocês façam o mesmo. Se eu puder proteger vocês, eu o farei; se não... vocês foram avisados. — Coulter ergueu as mãos. — Não quero que seus fantasmas apareçam reclamando que eu não tinha avisado.

— Nós fomos avisados — disse Kendra. — Não vamos te assombrar.

— Talvez eu te assombre um pouquinho — falou Seth.

Coulter bufou, expectorou um pouco e cuspiu.

— Agora, pretendo manter o grupo longe de situações onde nossa vida esteja em perigo, mas sempre existe a possibilidade de o pior acontecer, e se esse é um risco que vocês estão dispostos a assumir, falem agora, porque assim que estivermos na floresta, poderá ser tarde demais.

— Estou dentro — disse Seth. — Ainda estou triste por não ter conseguido ir ontem mesmo.

— Também estou dentro — disse Kendra, corajosamente. — Mas não fiquei chateada por não ter ido ontem.

— Isso me faz lembrar — disse Coulter — que sou um pouco antiquado em determinados aspectos, e isso também se reflete na presente situação. Podem chamar isso de cavalheirismo anacrônico, mas há alguns lugares nos quais não acho a presença de mulheres muito apropriada. Não porque elas não são inteligentes ou capazes. Só acho que há um certo respeito com o qual uma dama deveria ser tratada.

– Você está dizendo que há lugares que você levaria Seth e não a mim? – perguntou Kendra.

– É o que estou dizendo. E você pode empunhar todos os discursos feministas que quiser que não abalará minha opinião. – Coulter abriu as mãos. – Se você quiser que outra pessoa a leve, e essa pessoa estiver disposta, não há muito o que eu possa fazer a respeito.

– E a Vanessa? – exclamou Kendra, absolutamente incrédula. – E a vovó? – Embora uma parte dela não quisesse efetivamente aventurar-se nos locais perigosos que Coulter descrevera, a ideia de que seu sexo o impediria de levá-la era extremamente insultante.

– Vanessa e sua avó são livres para fazer o que bem entendem, assim como você. Mas também sou livre para fazer o que bem entendo, e há alguns locais aos quais eu preferiria não levar nenhuma mulher, independentemente do quanto ela possa ser capaz, incluindo Vanessa e sua avó.

Kendra se levantou.

– Mas você levaria Seth? Ele é dois anos mais novo do que eu e é praticamente um retardado mental!

– A questão aqui não é o meu cérebro – opinou Seth, adorando a discussão.

Coulter apontou para Seth com seu bastão de caminhada.

– Com doze anos, ele já está a caminho de se tornar um homem. Há diversos lugares em que eu não levaria nenhum dos dois, se isso lhe proporciona algum consolo. Lugares que nenhum de nós os levaria até que vocês estivessem bem mais velhos e bem mais experientes. Há lugares, inclusive, que nem nós mesmos nos aventuraríamos a ir.

— Mas há lugares aonde você levaria meu irmãozinho e não a mim, só porque sou menina – pressionou Kendra.

— Eu não teria tocado nesse assunto se não tivesse previsto que o problema surgiria nos próximos dias – disse Coulter.

Kendra balançou a cabeça.

— Inacreditável. Você sabe que Fablehaven não estaria aqui se não fosse por mim.

Coulter deu de ombros, como se estivesse se desculpando.

— Você fez uma coisa maravilhosa, e não estou tentando diminuir a importância do feito. Não estou falando de suas habilidades. Se eu tivesse uma filha e um filho, certas coisas eu conseguiria me enxergar fazendo com um e não com o outro. Sei que todos estão empenhados hoje em dia em tentar fingir que meninos e meninas são exatamente a mesma coisa, mas não é assim que vejo a vida. Se isso faz você se sentir melhor, eu compartilharei tudo o que sei com vocês dois. E a maioria dos lugares a que iremos, iremos todos juntos.

— E chamarei outra pessoa para me levar aos lugares aonde você não quer me levar – prometeu Kendra.

— É uma prerrogativa sua – disse Coulter.

— Não dá para a gente passar para uma outra etapa? – sugeriu Seth.

— Podemos? – perguntou Coulter a Kendra.

— Não tenho mais nada a dizer – disse Kendra, ainda frustrada.

Coulter agiu como se não houvesse reparado no tom de voz dela.

— Como eu estava dizendo antes, minha especialidade são itens mágicos. Há todo tipo de itens mágicos no mundo. Muitos se extinguiram: eles já foram mágicos, mas perderam a energia e o poder. Outros permanecem funcionais, mas só podem ser usados um número limitado de vezes. E outros parecem estar ligados a uma interminável fonte de energia mágica.

– A luva é limitada? – perguntou Seth.

Coulter ergueu novamente a luva.

– Tenho usado isso aqui há anos, e os efeitos parecem não se esgotar nunca. Até onde sei, ela trabalhará para sempre. Mas, como a maioria dos itens mágicos, ela possui certas limitações. – Ele a deslizou pela mão e desapareceu. – Enquanto eu ficar parado, vocês não poderão ver nada. Mas se eu começar a me mover, a história muda de figura. – Coulter começou a surgir e a desaparecer de vista. Ele balançava a cabeça. Quando mexeu um braço, surgiu mais uma vez até ficar novamente parado.

– A luva só funciona se você ficar imóvel – disse Kendra.

Coulter não estava mais visível.

– Correto. Eu consigo falar, consigo piscar, consigo respirar. Mas se eu fizer algum outro tipo de movimento, volto a ficar visível. – Ele retirou a luva, reaparecendo instantaneamente. – O que é bastante inconveniente. Uma vez que seja avistado, essa luva não é muito útil para me ajudar a escapar. E ela também não despista meu cheiro. Para obter o máximo de efeito, tenho de vesti-la antes de ter sido visto, numa situação em que eu possa ficar imóvel e onde nenhum ser que consiga discernir minha presença por meio de sentidos que não a visão esteja presente.

– É por isso que você pediu para nos encontrarmos aqui – disse Seth. – Para que você pudesse chegar mais cedo e se preparar para espionar a gente.

– Está vendo? – disse Coulter para Kendra. – Ele não é nenhum retardado. Naturalmente, se eu tivesse realmente a intenção de espioná-los, eu teria ficado atrás do banquinho nos arbustos. Mas queria fazer uma entrada dramática, então fui obrigado a confiar na sorte e fiquei torcendo para que vocês não esbarrassem em mim e arruinassem minha surpresa.

– Suas pegadas devem ter ficado bem óbvias no gramado – apontou Kendra.

Coulter balançou a cabeça.

– A grama foi aparada há pouco tempo, e pisei um pouco ao redor antes de escolher meu ponto, mas sim, se vocês tivessem prestado bastante atenção, poderiam ter notado minhas pegadas no gramado. Mas minha aposta foi certeira. Vocês não notaram nada.

– Posso experimentar essa luva? – pediu Seth.

– Em outra oportunidade – disse Coulter. – Escutem, eu gostaria muito que vocês mantivessem minha luva em segredo. Seus avós sabem, mas prefiro que os outros não saibam. Não vale a pena deixar que o mundo conheça seus melhores truques.

Seth fez um trejeito indicando que manteria a boca fechada e jogaria a chave fora.

– Não vou contar – prometeu Kendra.

– Manter segredos é uma importante habilidade a ser dominada em minha área de atuação – informou Coulter. – Principalmente com a Sociedade à solta por aí, sempre bolando esquemas para recolher informações e explorar nossas fraquezas. Eu conto meus principais segredos apenas às pessoas em quem sei que posso confiar. Do contrário, o segredo vira um boato assim, ó! – Ele estalou os dedos. – Vocês podem praticar mantendo os segredos que compartilho com vocês. Creiam em mim, se eu souber que vocês contaram para alguém, jamais ouvirão qualquer outro segredo da minha boca.

– Melhor ficar de olho em Kendra – preveniu Seth.

– Eu nunca prometi manter aquilo em segredo – sustentou ela.

– Vou ficar de olho em vocês dois. E já tenho um teste preparado. – Ele ergueu um pequeno casulo esverdeado. – Existe uma espécie de fada na Noruega que perde as asas com a chegada do inverno. A fada passa os meses mais frios do inverno hibernando em um casulo como este aqui. Quando chega a primavera, ela emerge com um novo e belo par de asas.

Seth franziu o nariz.

– A gente tem de manter isso em segredo?

– Eu ainda não terminei. Após os tratamentos e os preparativos adequados, esses casulos tornam-se itens muito valiosos. Se eu enfiar este casulo na minha boca e morder com força, ele se expandirá instantaneamente e envolverá meu corpo. Estarei dentro de um abrigo absolutamente impermeável, completamente salvo de qualquer ameaça externa. O casulo expele uma quantidade suficiente de dióxido de carbono e absorve uma quantidade suficiente de oxigênio para me manter confortável, inclusive debaixo d'água! As úmidas paredes internas são comestíveis. Junto com a umidade que elas absorvem do exterior, as paredes do casulo podem me sustentar por meses. E apesar da impenetrável couraça externa, com um pouco de esforço, consigo sair lá de dentro quando bem entender.

– Uau! – exclamou Kendra.

– Esse casulo raro e especialmente preparado é meu seguro de vida – continuou Coulter. – É meu cartão de saída da prisão. E é um dos segredos que guardo com mais cuidado, porque é muito provável que algum dia ele venha a salvar minha vida.

– E você está contando isso pra gente? – perguntou Seth.

– Estou testando vocês. Nem mesmo seus avós têm conhecimento desse casulo. Vocês não devem falar sobre isso com ninguém, nem mesmo entre si, porque há sempre a possibilidade de estarem sendo ouvidos. Depois que se passar um tempo suficiente, se mantiverem esse segredo, pode ser que eu compartilhe outros com vocês. Não me decepcionem.

– Pode deixar – jurou Seth.

Coulter inclinou-se e coçou o tornozelo.

– Vocês notaram a presença de algum drumant ontem à noite?

Ambos balançaram as cabeças em negativa.

– Eu fui mordido algumas vezes na perna – disse ele. – Dormi assim. Talvez eu devesse tentar um pouco de serragem e alho, afinal.

– Vanessa capturou mais dois – disse Kendra.

– Bem, ainda faltam onze – disse Coulter. – Quero mostrar mais um item a vocês. – Ele ergueu uma esfera de prata. – Vocês ouviram os avós de vocês falando sobre como nenhum mortal pode ter acesso a Fablehaven pelos portões. Toda a cerca em torno de Fablehaven é reforçada por poderosos encantos. Um deles pode ser ilustrado por esta bola.

Coulter andou até o bebedouro de pássaros. As fadas espalharam-se assim que ele se aproximou.

– Na minha mão o encanto permanece inativo. Mas assim que solto a bola, ela fica protegida por um encanto dispersivo. – Ele jogou a esfera no bebedouro. – Está longe de ser tão forte quanto o encanto dispersivo que protege os portões, mas deve funcionar.

Coulter voltou e ficou ao lado deles.

– Seth, vá lá pegar aquela bola para mim, por favor.

Seth estudou Coulter, desconfiado.

– Ela vai me dispersar de alguma maneira?

– Traga ela aqui, simplesmente.

Seth trotou em direção ao bebedouro. Ele parou e começou a olhar ao redor em todas as direções.

– O que você queria mesmo? – perguntou ele a Coulter, por fim.

– Traga-me a bola – lembrou-lhe Coulter.

Seth bateu com a palma da mão na testa.

– É isso.

Ele enfiou uma das mãos na água. Depois colocou a outra mão e as esfregou. Afastou-se do bebedouro sem a bola, sacudindo as mãos molhadas e em seguida secando-as na camisa. Ele começou a correr de volta para o local onde estavam Coulter e Kendra.

– Isso é incrível – disse Kendra.

– Esqueceu alguma coisa, Seth? – perguntou Coulter.

Seth parou e levantou a cabeça.

– Eu queria a bola – disse Coulter.

– É mesmo! – gritou Seth. – Onde é que eu estava com a cabeça?

– Volte aqui – sugeriu Coulter. – Agora você experimentou um encanto dispersivo. Um dos encantos que protegem a cerca de Fablehaven faz essencialmente a mesma coisa. Quem quer que se aproxime da cerca imediatamente tem sua atenção desviada para outro lugar. Simples e efetivo.

– Quero tentar – disse Kendra.

– Fique à vontade – ofereceu Coulter.

Kendra andou até o bebedouro. Ela não parava de repetir em sua mente o que deveria fazer. Inclusive pronunciou repetidamente: "A bola, a bola, a bola." Quando alcançou o bebedouro, ela mirou a esfera prateada na água. Ela ainda não havia sido distraída. Ela pegou a bola e a levou de volta para Coulter.

– Aqui está.

Ele parecia estupefato.

– Como você conseguiu? – perguntou ele.

– Estou tão surpresa quanto você. Pra mim eu não passava de uma menina.

– Não, Kendra, isso foi estranho demais.

– Eu simplesmente me concentrei.

– Na bola?

– Isso.

– Impossível! A carga deve ter se esgotado. Depois de todos esses anos... Vá lá e coloque-a de volta.

Kendra deu uma corridinha até o bebedouro e recolocou a bola dentro. Coulter andou até o bebedouro com os punhos cerrados. Ele colocou uma das mãos na água ao lado da esfera, começou a esfregar o fundo da bacia e então agarrou rapidamente a bola.

– Ainda funciona. Consegui sentir o encanto lutando para embaralhar minha mente, e com a potência de sempre.

– Então como foi que você conseguiu? – perguntou Kendra.

– Prática – disse Coulter. – Se você se concentrar na bola, ela vai te dispersar. Então você se concentra em algo próximo a ela. Eu estava me concentrando em esfregar o fundo do bebedouro, mantendo a bola distante de meus pensamentos. Então, como eu estava esfregando o fundo do bebedouro, assim que notei a bola eu a agarrei.

– Eu me concentrei na bola – contou Kendra.

Coulter jogou a bola na direção do banquinho. Ela aterrissou no gramado.

– Vá pegá-la novamente. E nem pense em se concentrar.

Kendra andou até o local e pegou a bola.

– Acho que sou imune.

– Interessante – disse Coulter, pensativo.

– Aposto que agora eu conseguia – desafiou Seth.

– Coloque a bola no chão, Kendra – ordenou Coulter.

Seth andou na direção da bola, abaixou-se para arrancar um pouco de grama e então foi se sentar no banquinho.

– O quê? – perguntou ele, imaginando por que eles estavam olhando fixamente para ele. Então deu outro tapa na testa assim que eles o lembraram.

– Deve ser outro efeito colateral das fadas – sugeriu Kendra.

– Deve ser – supôs Coulter, pensativo. – Os mistérios não param de se acumular em seu corpo, não é mesmo? Você me fez lembrar, as fadas causaram alguns outros efeitos estranhos aqui em Fablehaven. Vamos passar para a parte divertida. Fizemos uma descoberta fascinante depois que vocês saíram daqui no verão passado. – Ele chamou: – Hugo, venha cá!

O maciço golem chegou de trás do estábulo, galopando na direção deles com passadas longas e pesadas. Quando Kendra vira Hugo pela última vez, ele estava com uma horta inteira brotando de seu corpo graças às fadas. Agora ele parecia muito mais com o que ele era antes de as fadas o ressuscitarem: um corpo primitivo feito de terra, pedra e barro, com feições mais de macaco do que de homem, algumas ervas e dentes-de-leões nascendo aqui e ali, mas nenhuma trepadeira ou flores coloridas.

Hugo parou em frente a eles. O alto da cabeça de Coulter mal alcançava o meio do peito do poderoso golem. Hugo era largo, com membros espessos, e mãos e pés desproporcionalmente grandes. Dava a impressão de que ele poderia arrancar membro por membro de Coulter sem muito esforço, mas Kendra sabia que Hugo jamais faria algo assim. O golem apenas obedecia a ordens.

– Vocês se lembram de Hugo? – perguntou Coulter.

– Claro – respondeu Seth.

– Observem isso – disso Coulter. Ele pegou uma pedra e jogou-a para o golem. Hugo a pegou.

– O que isso deveria provar? – questionou Seth.

– Eu não disse para ele pegar a pedra – falou Coulter.

– Ele deve ter uma ordem definitiva para pegar coisas que são jogadas para ele – sugeriu Kendra.

Coulter balançou a cabeça.

– Nenhuma ordem definitiva a esse respeito.

Hugo sorriu ligeiramente.

– Ele está sorrindo? – perguntou Seth.

– Eu não colocaria dessa forma – rebateu Coulter. – Hugo, faça o que bem entende.

Hugo se abaixou e em seguida saltou bem alto no ar, levantando os dois braços. Ele aterrissou com força suficiente para fazer a terra tremer.

– Ele está fazendo coisas por conta própria? – perguntou Kendra.

– Pequenas coisas – respondeu Coulter. – Ele ainda é totalmente obediente. Termina todas as tarefas. Mas um dia sua avó o avistou colocando um passarinho recém-nascido de volta em seu ninho. Ninguém tinha dado nenhum comando nesse sentido; ele estava simplesmente sendo gentil.

– Você está dizendo que as fadas fizeram alguma coisa com ele! – constatou Kendra. – Depois que Muriel destruiu Hugo com um encanto, elas o reconstruíram, mas também devem ter mudado alguma coisa nele.

– Tudo indica que elas o transformaram num verdadeiro golem – disse Coulter. – Os golems manufaturados, os fantoches sem cérebro que existem apenas para obedecer a ordens, foram originalmente criados como imitação dos verdadeiros golems, criaturas de pedra ou lama ou areia realmente vivas. Os verdadeiros golems há muito tempo não fazem mais parte do conhecimento humano. Mas, aparentemente, Hugo agora é um deles. Ele está desenvolvendo uma vontade própria.

– Fantástico! – exclamou Seth.

– Ele consegue se comunicar? – perguntou Kendra.

– Por enquanto, apenas de um modo tosco – explicou Coulter. – Sua compreensão é muito boa... e tinha de ser, para ele poder receber ordens. E sua coordenação física está tão precisa quanto sempre foi. Mas ele está apenas tendo as primeiras experiências no sentido de se comunicar e de agir por conta própria. Ele tem se aprimorado lenta, porém indiscutivelmente. Em pouco tempo, ele deve ser capaz de interagir conosco como uma pessoa normal.

– Quer dizer que agora ele é como um bebê enorme – concluiu Kendra, impressionada.

— Sim, em diversos aspectos — concordou Coulter. — Um dos trabalhos que quero que vocês dois realizem é brincar uma hora por dia com Hugo. Ele não estará sob nenhuma ordem para acatar seus comandos. Vou simplesmente deixá-lo com a orientação de se divertir. Então vocês dois são livres para conversar com ele, brincar de pique com ele, ensinar a ele alguns truques, o que vocês quiserem. Quero ver se conseguimos fazer com que ele funcione mais por conta própria.

— Se ele ficar esperto demais, vai parar de obedecer às ordens? — perguntou Seth.

— Duvido — respondeu Coulter. — Obediência a seus mestres é um hábito bastante arraigado nele. É parte da magia que o mantém inteiro. Ele poderia, todavia, transformar-se num servo muito mais útil, capaz de tomar decisões e de compartilhar informações. E ele poderia começar a desfrutar uma existência superior.

— Gostei dessa tarefa — disse Kendra. — Quando a gente pode começar?

— Que tal agora? — sugeriu Coulter. — Acho que hoje não teremos tempo suficiente para uma verdadeira incursão na floresta. Vocês precisam estar aqui depois do almoço para irem com sua avó à cidade. Não faço a menor ideia do que vocês poderiam fazer lá. — Imitando Seth, Coulter fez o gesto de fechar a boca e jogar a chave fora. — Hugo, quero que você brinque com Kendra e Seth. Sinta-se à vontade para fazer o que bem entender.

Coulter caminhou na direção da casa, deixando Kendra e Seth na companhia do gigantesco golem. Por um momento, os três ficaram em silêncio.

— O que a gente faz? — perguntou Seth.

– Hugo – disse Kendra. – Por que você não mostra à gente sua flor favorita no jardim?

– Flor favorita? – reclamou Seth. – Você está a fim de deixar o Hugo entediado?

Hugo ergueu um dedo e acenou para que eles o seguissem. Ele pisou com força no gramado e foi na direção da piscina.

– Dizer qual é a flor favorita dá a ele a chance de praticar escolhas – explicou Kendra enquanto eles corriam para manter o ritmo de Hugo.

– Legal, então que tal a arma favorita ou o monstro favorito ou qualquer coisa maneira favorita?

Hugo parou ao lado de uma sebe com um leito de flores na base. Ele apontou para uma grande flor azul e branca em formato de trompete e pétalas vívidas e translúcidas. Delicada e deslumbrante.

– Boa escolha, Hugo, eu gosto dessa – elogiou Kendra.

– Ótimo – disse Seth. – Você é sensível e romântico. Que tal um pouco de diversão agora? Vamos cair na piscina? Aposto que dou os saltos mais maneiros!

Hugo cruzou e descruzou as mãos, indicando que não gostava da ideia.

– Ele é feito de terra – falou Kendra. – Use a cabeça.

– E pedra e barro... pensei que ele só fosse ficar um pouco enlameado.

– E ainda ia entupir o filtro. Você devia era mandar o Hugo te jogar na piscina.

O golem virou a cabeça na direção de Seth, que deu de ombros.

– Beleza, acho que seria divertido.

Hugo fez que sim com a cabeça, agarrou Seth e, com um movimento parecido com um gancho, lançou-o para o céu. Kendra arquejou. Eles ainda estavam a uns dez metros de distância da borda da piscina. Ela visualizara o golem carregando Seth para bem mais perto antes de arremessá-lo. Seu irmão voou quase na altura do telhado da casa antes de cair e aterrissar no centro da parte mais profunda com um barulho impressionante.

Kendra correu até a lateral da piscina. Quando ela chegou, Seth estava saindo da piscina, o cabelo e a roupa pingando.

– Esse foi o momento mais doido e fantástico da minha vida! – declarou ele. – Mas, da próxima vez, me deixa tirar o sapato antes.

CAPÍTULO NOVE

O Esfinge

Kendra olhou pela janela da caminhonete a enorme fábrica abandonada enquanto o veículo diminuía a velocidade para parar em um sinal. Tábuas de madeira apodrecida formavam um X sobre as janelas de baixo. As janelas de cima, escancaradas, estavam quase totalmente desprovidas de vidro. A calçada estava cheia de papéis de embrulho, garrafas quebradas, latas de refrigerantes esmagadas e jornais velhos e amassados. Pichações indecifráveis decoravam os muros. A maior parte das palavras escritas com spray tinha uma aparência desleixada, mas algumas delas haviam sido dispostas habilidosamente com letras metálicas brilhantes.

– Já posso tirar o cinto de segurança? – reclamou Seth, contorcendo-se.

– Ainda falta um quarteirão – informou vovô.

– O Esfinge não está hospedado em uma parte muito simpática da cidade – observou Kendra.

O Esfinge

– Ele não pode dar muito na vista – contou vovó. – Isso normalmente se traduz em acomodações bastante aquém do ideal.

O sinal abriu, e eles seguiram pela interseção. Kendra, Seth e vovó estavam na estrada para alcançar a cidade costeira de Bridgeport já havia um bom tempo. Vovó dirigia de modo muito mais tranquilo do que Vanessa, mas apesar do ritmo lento e da paisagem agradável, a perspectiva de conhecer o Esfinge mantivera Kendra ansiosa durante todo o percurso.

– Aqui estamos – anunciou vovó, indicando que o veículo viraria à esquerda e entraria no estacionamento da oficina de automóveis King of the Road. A loja desmantelada parecia estar abandonada. Não havia nenhum carro no pequeno estacionamento, e todas as janelas da loja estavam obscurecidas pela fuligem e pela poeira. Vovó desviou de uma calota enferrujada que estava perdida no asfalto.

– Esse lugar é um lixo! – comentou Seth. – Tem certeza de que é aqui?

A caminhonete estava quase parando quando uma das portas da garagem foi erguida. Um asiático alto com um terno preto acenou para que eles entrassem. Ele era esguio, tinha ombros largos e um rosto mal-humorado. Vovó entrou na garagem e o homem baixou a porta atrás deles.

Vovó abriu a porta do veículo.

– Você deve ser o sr. Lich – disse ela. O homem abaixou levemente o queixo, um gesto que ficava no meio do caminho entre uma mera saudação com a cabeça e uma mesura um pouco mais formal. O sr. Lich fez um gesto para que eles saltassem do veículo. – Vamos – disse vovó, descendo da caminhonete. Kendra e Seth a seguiram. O sr. Lich estava se afastando. Eles correram para alcançá-lo. Ele os conduziu em direção a um beco onde um sedã preto estava esperando. Com as feições brandas e neutras, o sr. Lich abriu a porta traseira. Vovó, Kendra e Seth abaixaram-se para entrar. O sr. Lich entrou na frente e ligou o motor.

— Você fala inglês? — perguntou Seth.

O sr. Lich mirou-o fixamente pelo retrovisor, engatou a primeira e seguiu pelo beco. Ninguém fez mais nenhum esforço para iniciar alguma conversação. Eles seguiram por uma série de becos e ruas adjacentes pelos quais era impossível se orientar, até que finalmente alcançaram uma rua principal. Depois de pegarem um retorno, voltaram às ruazinhas adjacentes, até que o sr. Lich parou o sedã ao lado de uma fileira de latas de lixo em um beco imundo.

Ele saiu e abriu a porta para eles. O beco tinha cheiro de condimento mexicano e óleo rançoso. O sr. Lich acompanhou-os até uma porta encardida onde estava escrito: *Acesso restrito aos empregados*. Ele abriu a porta e todos entraram. Eles passaram por uma cozinha e chegaram a um bar parcamente iluminado. Persianas cobriam as janelas. Não havia muitos clientes. Dois caras cabeludos jogavam sinuca. Um homem gordo barbado estava sentado no bar perto de uma loura muito magra com o rosto cheio de marcas de varíola e cabelos encaracolados. Fios de fumaça de cigarro podiam ser vistos subindo em direção ao teto.

Vovó, Seth e Kendra entraram primeiro no recinto. O barman estava balançando a cabeça.

— Não é permitida a entrada de pessoas com menos de 21 anos — disse ele. Em seguida, o sr. Lich apareceu e apontou na direção de uma escada no canto. A fisionomia do barman mudou instantaneamente. — Erro meu. — E virou-se para o outro lado.

O Esfinge

O sr. Lich instou-os a subir a escada acarpetada. No topo, eles passaram por uma cortina de contas e entraram em uma sala com um carpete mesclado felpudo, um par de sofás marrons e quatro pufes de camurça. Um pesado ventilador de teto girava lentamente. Um grande e antiquado aparelho de rádio estava no canto da sala tocando um som de orquestra bem suave, como se estivesse sintonizado em uma estação transmitindo um programa diretamente do passado.

O sr. Lich colocou a mão no ombro de vovó e apontou na direção dos sofás. Fez o mesmo para Seth. Virando-se para Kendra, ele fez um gesto na direção de uma porta que ficava do outro lado da sala. Kendra olhou de relance para vovó, que anuiu. Seth jogou-se em um dos pufes.

Depois de atravessar a sala em direção à porta, Kendra hesitou. A viagem de carro no mais completo silêncio e o ambiente pouco comum já a haviam deixado com uma sensação desconfortável. A perspectiva de encarar o Esfinge desacompanhada era desconcertante. Ela olhou por cima do ombro. Tanto vovó quanto o sr. Lich fizeram um gesto para que ela entrasse. Kendra bateu suavemente na porta.

– Entre – disse uma voz profunda, quase inaudível.

Ela abriu a porta. Uma cortina vermelha com fitinhas douradas bloqueava sua visão. Ela empurrou a cortina de veludo para ter acesso à outra sala. A porta se fechou atrás dela.

Um homem negro com um penteado rastafári não muito comprido e contas coloridas estava em pé ao lado de uma mesa de totó. A pele dele não era simplesmente escura: era a pele mais próxima do negrume total que Kendra jamais vira em toda a sua vida.

Ele tinha uma estatura mediana e usava uma camisa cinza folgada no corpo, calças cargo e sandálias. Seu belo rosto tinha uma feição atemporal: ele poderia ter entre trinta e cinquenta anos.

Kendra olhou ao redor da espaçosa sala. Um grande aquário continha uma vistosa coleção de peixes tropicais. Inúmeros móbiles delicados e metálicos estavam pendurados no teto. Ela contou pelo menos dez relógios com desenhos excêntricos nas paredes, mesas e prateleiras. Uma escultura feita de lixo estava ao lado de um urso *grizzly* em tamanho natural entalhado em madeira. Perto da janela encontrava-se um modelo de sistema solar bastante elaborado, com planetas e luas sustentados por órbitas de arame.

– Gostaria de jogar uma partida de totó comigo? – O sotaque dele fez com que Kendra pensasse no Caribe, embora não fosse exatamente esse o caso.

– Você é o Esfinge? – perguntou Kendra, atônita com a solicitação pouco usual.

– Sou.

Kendra aproximou-se da mesa.

– Claro, tudo bem.

– Você prefere os caubóis ou os índios?

Presos em pinos encontravam-se quatro fileiras de índios e quatro fileiras de caubóis. Estes eram todos iguais, assim como os índios. Os caubóis usavam chapéu branco e tinham bigode. Suas mãos estavam sobre os coldres com os revólveres. Os índios tinham um cocar de penas e seus braços avermelhados estavam cruzados sobre o tórax nu. Os pés de cada caubói e índio ficavam grudados para melhor chutar a bola.

– Vou jogar com os índios – escolheu Kendra. Ela jogara um pouco de totó no centro de recreação perto de casa. Seth normalmente vencia duas em cada três partidas que disputava com ela.

– Deixe-me alertá-la desde já – avisou o Esfinge. – Eu não sou muito bom. – Havia uma característica suave em sua voz que evocava imagens dos clubes de jazz dos velhos tempos.

– Nem eu – admitiu Kendra. – Meu irmão mais novo quase sempre me vence.

– Gostaria de iniciar a partida?

– Claro.

Ele deu a ela a bolinha amarela. Ela colocou a mão esquerda no puxador que controlava o goleiro, jogou a bola no buraquinho com a mão direita e começou a girar freneticamente os índios mais próximos enquanto a bolinha rolava para o centro da mesa. O Esfinge controlava seus caubóis com mais calma, usando golpes rápidos e precisos para se opor aos movimentos incessantes de Kendra. Não demorou muito até que Kendra marcasse o primeiro gol.

– Boa – disse ele.

Kendra assinalou o gol deslizando uma conta ao longo de uma barra na extremidade da mesa. O Esfinge retirou a bola de dentro de sua meta e a colocou no buraquinho. A bola rolou para seus homens. Ele a passou para a primeira fileira de caubóis, mas o goleiro dos índios impediu o chute. Os índios giravam loucamente, batendo de forma impiedosa a bola nos caubóis até finalmente marcarem o segundo gol.

O Esfinge deslizou a bola para o buraquinho. Com a confiança inflada, Kendra começou a atacar ainda com mais agressividade com seus índios e acabou vencendo a partida por 5 x 2.

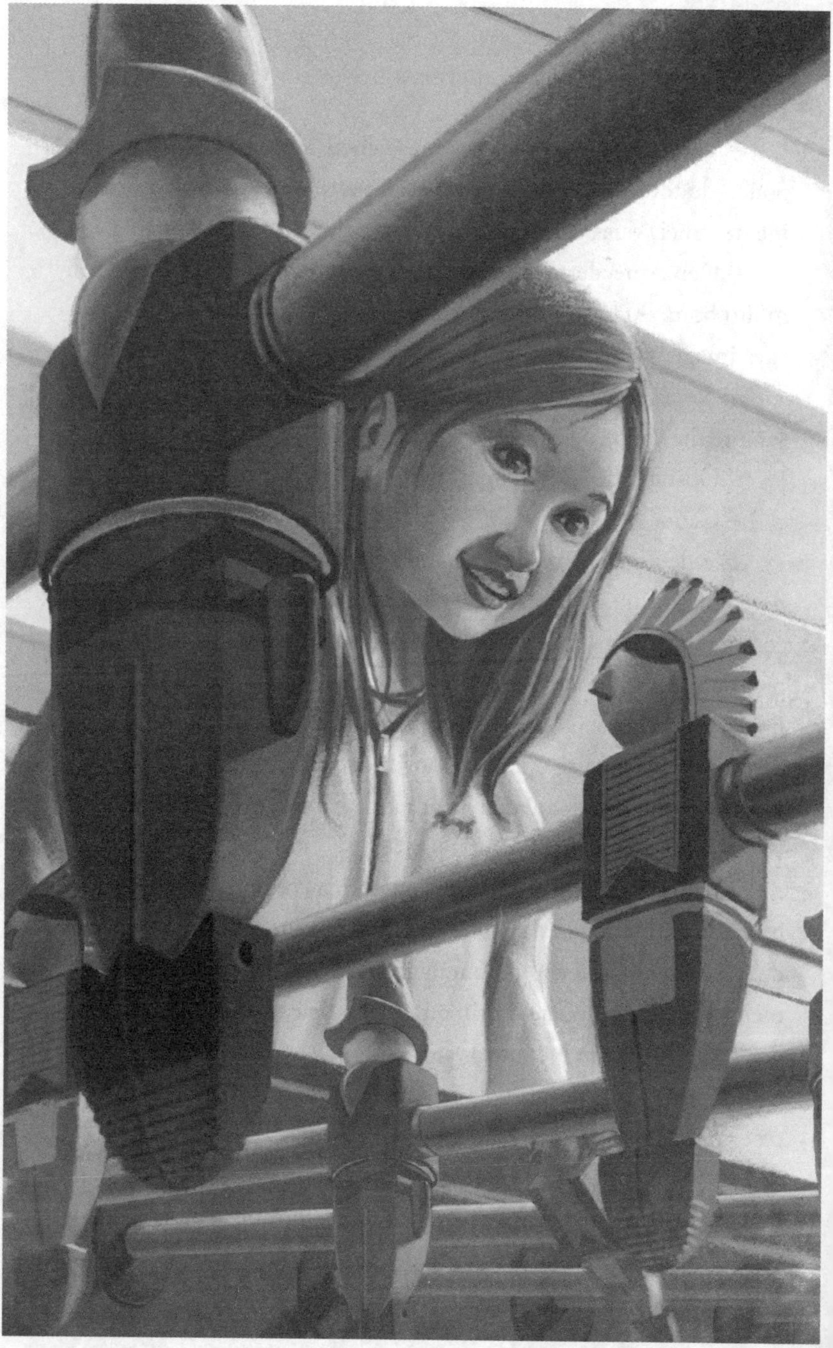

O ESFINGE

– Estou me sentindo como o general Custer – disse o Esfinge.
– Você jogou muito bem. Gostaria de beber alguma coisa? Suco de maçã? Um refrigerante? Quem sabe um leite achocolatado?

– Um refrigerante está ótimo – aceitou Kendra. Ela estava se sentindo mais tranquila após sua vitória.

– Excelente escolha – elogiou o Esfinge. Ele abriu um freezer e retirou uma caneca congelada com gelo dentro. De uma pequena geladeira, ele retirou uma garrafa marrom, tirou a tampa com um pequeno abridor e serviu o refrigerante amarelado na caneca. O líquido era surpreendentemente espumoso.

– Sente-se, por favor –, pediu ele, indicando com a cabeça um par de cadeiras viradas uma para a outra com uma mesinha baixa entre elas.

Kendra se sentou e o Esfinge lhe entregou a caneca. Nos primeiros goles ela engoliu apenas espuma. Quando finalmente alcançou a bebida, o gosto era uma perfeita mistura borbulhante, doce, cremosa e refrescante.

– Obrigada, está uma delícia – disse ela.

– O prazer é meu. – Um gongo em miniatura estava em cima da mesinha de centro. O Esfinge deu um tapinha nele com um pequeno martelo. – Enquanto o gongo vibrar, ninguém poderá escutar nossa conversa. Tenho pelo menos parte da resposta que você veio procurar aqui. Você é fadencantada.

– Eu sou o quê?

– Fa-den-can-ta-da – disse ele, enunciando as sílabas cuidadosamente. – Está escrito em todo o seu semblante, tecido em sua fala.

– O que isso significa?

– Significa que você vive uma experiência singular em todo o mundo, Kendra. Em todos os meus longos anos de vida e em todas as viagens que realizei, jamais conheci um ser fadencantado, embora eu seja familiarizado com os sinais e os veja cabalmente expostos em você. Diga-me, você experimentou o elixir que preparou para as fadas?

Havia uma gravidade hipnótica na voz dele. Kendra teve a sensação de que necessitava sair de um transe para poder responder à pergunta.

– Para falar a verdade, experimentei, sim. Eu estava tentando convencer as fadas a beberem o elixir.

Os cantos da boca dele se ergueram ligeiramente, expondo covinhas nas bochechas.

– Então talvez você as tenha incentivado – disse ele. – Elas tinham duas opções: ou transformá-la em um ente fadencantado ou assistir à sua morte.

– Morte?

– O elixir que você ingeriu é fatal para seres mortais. Você provavelmente teria sofrido uma morte torturante se as fadas não tivessem escolhido compartilhar a magia delas com você.

– As fadas me curaram?

– Elas a transformaram de modo a você não precisar mais de cura.

Kendra o encarou.

– As pessoas disseram que eu tinha sido fadificada.

– Conheci indivíduos que haviam sido fadificados. É uma ocorrência rara e extraordinária. O que aconteceu com você é muito mais raro e muito mais extraordinário. Você foi fadencantada. Acredito que algo assim não acontece há mais de mil anos.

– Ainda não entendi o que significa – disse Kendra.

– Nem eu, pelo menos não inteiramente. As fadas mudaram você, adotaram você, impregnaram você com a magia delas. Algo semelhante à energia mágica que naturalmente habita nelas agora também habita você. Os efeitos diversos que poderiam advir disso são difíceis de serem previstos.

– É por isso que não preciso mais de leite?

– E por isso que Warren se sentiu atraído por você. E por isso você entendeu goblush assim como, imagino eu, as outras línguas derivadas de silvian, a língua das fadas. Seu avô tem estado em contato comigo para tratarmos das novas habilidades que você tem manifestado. – O Esfinge inclinou-se para a frente e deu outro tapinha com o martelo no pequeno gongo.

Kendra tomou outro gole do refrigerante.

– Hoje de manhã, Coulter estava mostrando à gente uma bola protegida por um encanto dispersor. Seth não conseguia pegar a bola; ele sempre perdia a concentração e acabava sendo redirecionado para algum outro lugar. Mas a coisa não funcionou comigo. Eu peguei a bola sem nenhum problema.

– Aparentemente, você desenvolveu uma resistência ao controle da mente.

Kendra franziu a testa.

– Tanu me deu uma poção que me fez me sentir envergonhada e funcionou muito bem em mim.

– A poção deve ter manipulado as suas emoções. O controle da mente funciona de maneira diferente. Preste muita atenção a todas as novas habilidades que você descobrir. Relate-as a seu avô. A menos que eu esteja enganado, você está apenas engatinhando em tudo isso.

O pensamento era excitante e aterrorizante.

– Eu ainda sou humana, não sou?

– Você é algo mais do que um simples ser humano – disse o Esfinge. – Mas sua humanidade e sua mortalidade continuam intactas.

– Você é humano?

Ele sorriu, seus dentes assustadoramente brancos em contraste com a pele escura.

– Eu sou um anacronismo. Um remanescente de tempos há muito esquecidos. Vi conhecimentos surgirem e desaparecerem, impérios nascerem e caírem. Considere-me seu anjo da guarda. Eu gostaria de levar a cabo uma experiência simples. Você se importa?

– É seguro?

– Completamente. Mas, se eu estiver certo, ela poderá fornecer o motivo pelo qual a Sociedade da Estrela Vespertina demonstrou tanto interesse em você.

– Tudo bem.

Um par de bastões curtos de cobre estava em cima da mesa. O Esfinge pegou um deles e o entregou a Kendra.

– Entregue-me o outro – disse o Esfinge. Depois que Kendra obedeceu, ele segurou seu bastão em ambas as mãos, cada uma em cada extremidade do bastão. – Segure seu bastão assim – instruiu ele.

Kendra estava segurando o bastão com uma única mão. No instante em que a outra mão tocou o objeto, ela teve a sensação de estar caindo para trás pelo meio da cadeira. Então a sensação passou. E ela estava sentada, inexplicavelmente, onde o Esfinge se encontrava anteriormente, e ele estava na cadeira dela. Eles haviam instantaneamente trocado de lugar.

O Esfinge

O Esfinge soltou uma das mãos do bastão e então segurou-o novamente. No momento em que a mão dele voltou a entrar em contato com o bastão, Kendra sentiu o interior de seu corpo chacoalhando novamente, e subitamente ela estava sentada de volta em sua cadeira.

O Esfinge colocou o bastão de volta na mesa, e Kendra fez o mesmo.

– Nós fomos teletransportados? – perguntou Kendra.

– O bastão permite que os usuários troquem de posição no decorrer de distâncias curtas. Mas não é isso que torna o acontecimento singular. Esses bastões estão mortos há décadas, inúteis, desprovidos de toda e qualquer energia. O seu toque os recarregou.

– Jura?

– É sabido que pessoas fadencantadas irradiam energia mágica de uma maneira única. O mundo está cheio de instrumentos mágicos desenergizados. Seu toque poderia revitalizá-los. Essa impressionante habilidade por si só já tornaria você tremendamente valiosa para a Sociedade da Estrela Vespertina. Imagino como eles sabiam disso. Uma adivinhação baseada no bom-senso, talvez?

– Eles têm muitas coisas que precisam ser recarregadas?

O Esfinge deu outro tapinha no gongo.

– Sem dúvida nenhuma, mas me refiro especificamente aos cinco artefatos escondidos sobre os quais seu avô lhe falou. Os que estão nas cinco reservas secretas. Se algum deles estiver inoperante, como é o mais provável, seu toque poderia reativá-los. Todos os cinco teriam de estar em funcionamento para que a Sociedade pudesse alcançar sua meta de abrir Zzyzx e libertar os demônios. Sem sua dádiva, reativar talismãs com poderes tão monumentais seria bastante difícil.

– É isso que eu não entendo – disse Kendra. – Por que existem chaves para essa prisão? Por que não fazer uma prisão para demônios que não tivesse chaves?

O Esfinge anuiu, como se aprovasse a pergunta.

– Há um princípio fundamental da magia que se aplica a muitas outras coisas também: tudo que tem um início tem um fim. Qualquer magia que pode ser feita pode ser desfeita. Qualquer coisa que você pode fazer pode ser desfeita. Em outras palavras, qualquer prisão que você pode criar pode ser destruída. Qualquer fechadura pode ser quebrada. Construir uma prisão impenetrável é algo impossível. Aqueles que tentaram fracassaram instantaneamente. A magia torna-se instável e se desata. Se há um começo, deve haver um fim.

"Os sábios aprenderam que, em vez de tentar fazer uma prisão impenetrável, eles deveriam se concentrar em fazê-la extraordinariamente complicada de ser aberta. As prisões mais fortes, como Zzyzx, foram produzidas por aqueles que compreendiam que a meta era torná-las quase impenetráveis, o mais próximas da perfeição quanto fosse possível sem, no entanto, ultrapassarem o limite. Como existe uma maneira de abrir Zzyzx, a magia que mantém os demônios presos permanece potente. O princípio parece simples, embora os detalhes sejam bastante complicados."

Kendra ficou irrequieta na cadeira.

– Quer dizer então que, se a Sociedade simplesmente destruísse as chaves, isso desataria a magia e abriria a prisão?

– Pensamento rápido – disse o Esfinge, os olhos escuros brilhando. – Três problemas. Primeiro, as chaves são praticamente indestrutíveis... repare que eu estou dizendo *praticamente*; elas foram feitas pelos mesmos especialistas que criaram a prisão. Segundo, se minhas pesquisas estiverem corretas, um dispositivo de segurança faria com que qualquer chave destruída fosse reconstituída de uma maneira diferente em um local imprevisível, e esse processo poderia seguir quase indefinidamente. E terceiro, se a Sociedade conseguisse de alguma forma libertar os demônios destruindo permanentemente algum artefato, eles se tornariam vítimas como o resto da humanidade. A Sociedade deve entrar em negociação com os demônios antes de libertá-los, o que significa que, em vez de simplesmente solapar a magia que sustenta a prisão, eles devem abri-la adequadamente.

Kendra bebeu o que restava de seu refrigerante, o gelo se chocando com seus lábios.

– Então eles não podem ter sucesso sem os artefatos.

– Portanto, nós devemos manter os artefatos longe deles. O que é algo mais fácil de ser dito do que de ser feito. Uma das grandes virtudes da Sociedade é a paciência. Eles não fazem movimentos precipitados. Eles pesquisam, planejam e preparam. Esperam pelas oportunidades ideais. Entendem que possuem uma ilimitada quantidade de tempo para obter sucesso. Para eles, alcançar seus objetivos em mil anos é a mesma coisa que triunfar amanhã. A paciência funciona como o poder do infinito. E ninguém pode vencer uma competição cara a cara com o infinito. Não importa o quanto você dure, o infinito estará apenas começando.

– Mas eles não são o infinito – disse Kendra.

O Esfinge piscou o olho.

– Verdade. E assim tentamos nos igualar a eles em paciência e diligência. Nós nos esforçamos ao máximo para estarmos bem à frente deles. Parte disso significa mover um artefato de lugar uma vez que eles descobrem sua localização, como tememos que tenha acontecido com o artefato de Fablehaven. Do contrário, de alguma maneira, em algum momento, eles explorarão algum erro e colocarão as mãos nele.

– Vovô mencionou outro artefato em perigo, no Brasil.

– Alguns de nossos mais importantes especialistas estão trabalhando nisso. Acredito que o artefato permaneça na reserva descoberta, e acredito também que o recuperaremos primeiro. – Ele ergueu as mãos. – Se a Sociedade conseguir recuperá-lo, teremos de roubá-lo de volta.

O Esfinge mirou Kendra com olhos insondáveis. Ela olhou em outra direção.

– Qual de minhas cartas você leu? – perguntou ele finalmente.

– Carta?

– Todas as minhas cartas carregam encantos consigo. Elas deixam uma marca naqueles que as leem clandestinamente. Você está com a marca.

A princípio, Kendra não fazia a menor ideia do que ele estava falando. Quando teria ela lido uma carta do Esfinge? Então lembrou-se da carta que lera no verão passado enquanto vovô estava dormindo depois de ter ficado até tarde negociando com Maddox. É claro! Ela estava assinada com um "E" de Esfinge!

– Foi uma carta que você enviou ao vovô no ano passado. Sem querer, ele a deixou aberta. Você o estava alertando a respeito da Sociedade da Estrela Vespertina. Eu li porque pensei que talvez tivesse alguma coisa a ver com a minha avó. Ela estava desaparecida.

O Esfinge

— Fique contente por não haver lido a carta com intenções malignas. Ela teria se transformado em vapor tóxico. — Ele cruzou as mãos no colo. — Estamos quase terminando. Você ainda tem alguma pergunta para mim?

Kendra franziu o cenho.

— O que eu faço agora?

— Você volta para seu avô com o conhecimento de que é fadencantada. Você faz sua parte para manter Fablehaven a salvo enquanto o artefato estiver sendo recuperado. Você toma nota de quaisquer novas habilidades. Você se aconselha com seus avós se preciso for. E você se consola com o fato de que sabe por que a Sociedade está interessada em você.

Ele colocou um único dedo ao lado da têmpora.

— Um último pensamento. Embora seja um segredo, e ninguém fale sobre o assunto, a luta entre a Sociedade da Estrela Vespertina e aqueles que protegem as reservas é de uma importância desesperadora para todo o mundo. Qualquer que seja a retórica em ambos os lados, o problema pode ser resumido a uma simples discordância. Enquanto a Aliança de Conservadores quer preservar as criaturas mágicas sem colocar em perigo a humanidade, a Sociedade da Estrela Vespertina quer explorar muitas dessas criaturas mágicas para adquirir poder. A Sociedade perseguirá seus objetivos à revelia da humanidade, se necessário for. Os riscos não poderiam ser maiores.

O Esfinge se levantou.

— Você é uma jovem extraordinária, Kendra, dotada de um potencial incomensurável. Chegará o dia em que você desejará deliberadamente explorar e canalizar o poder que as fadas lhe proporcionaram. Nesse dia, terei o maior prazer em oferecer a você orientação e instrução a esse respeito. Você poderia se tornar uma poderosa adversária da Sociedade. Espero que possamos contar com sua ajuda no futuro.

– Tudo bem. Uau! Obrigada – disse Kendra. – Vou fazer tudo o que eu puder.

Ele estendeu a mão na direção da porta.

– Tenha um bom dia, minha nova amiga. Seu irmão pode vir me ver agora.

Seth estava reclinado no pufe, mirando o teto. Vovó estava sentada em um sofá, folheando um livro grosso. Parecia que tudo que ele fazia ultimamente era esperar. Esperar que alguém o levasse para a floresta. Esperar que a viagem de carro acabasse. Esperar que Kendra terminasse sua conversa interminável com o Esfinge. Será que o propósito da vida era aprender a suportar o tédio?

A porta se abriu e Kendra surgiu.

– Sua vez – disse ela.

Seth rolou para fora do pufe e se levantou.

– Como ele é?

– Ele é esperto – disse Kendra. – Ele disse que eu era fadencantada.

Seth ergueu a cabeça.

– Encantada?

– Fa-den-can-ta-da. As fadas compartilharam a magia delas comigo.

– Tem certeza, querida? – disse vovó, uma das mãos sobre o coração.

— Foi o que ele disse — disse Kendra, dando de ombros. — Ele parecia ter muita certeza.

Seth parou de ouvi-las e correu na direção da porta. Ele a abriu e se enfiou pelo meio da cortina até chegar à sala. O Esfinge estava em pé encostado na mesa de totó.

— Sua irmã me disse que você é um grande jogador de totó.

— Mais ou menos. Eu nem tenho mesa.

— Eu não jogo com muita frequência. Gostaria de disputar uma partida comigo?

Seth avaliou a mesa.

— Quero o time dos caubóis.

— Bom. Eles não me deram muita sorte contra sua irmã.

— Você é mesmo metade leão?

— Você está querendo dizer que está me vendo com uma aparência de avatar? Eu te digo se você vencer. Gostaria de começar?

Seth agarrou os puxadores.

— Começa você.

— Como preferir.

O Esfinge empurrou a bola no buraquinho. Os caubóis começaram a girar freneticamente. O Esfinge controlou a bola, cutucou-a levemente para o lado e, com uma virada de punho, deu um tiro em direção ao gol de Seth.

— Uau! — disse Seth.

— Sua vez.

Seth colocou a bola em jogo. Açoitando os caubóis, ele foi batendo a bola até a meta do Esfinge. Utilizando movimentos controlados, o Esfinge passou a bola pela mesa, de fileira a fileira, até desferir um chute em direção ao gol de Seth a partir de um ângulo improvável.

— Você joga muito! — disse Seth. — Você disse que Kendra te venceu?

— Sua irmã precisava de confiança. O seu caso é diferente. E além do mais, não há chance de eu lhe contar meu segredo sem que você o adquira por merecimento. — Seth recolocou a bola em jogo, e o Esfinge marcou rapidamente outro tento. A mesma coisa aconteceu por mais duas vezes, o ponto final vindo de um chute que fez a bola girar com efeito para dentro do gol.

— Você me detonou! — gritou Seth.

— Não diga a sua irmã que facilitei as coisas para ela. Diga a ela que você me venceu, se ela perguntar. — O Esfinge fez uma pausa, olhando para Seth de alto a baixo. — Obviamente, você foi amaldiçoado.

— A estátua de um demônio me mordeu. Dá para ver?

— Eu já sabia antes, mas a evidência da maldição é óbvia. Olloch, o Glutão. Qual é a sensação de fazer parte do cardápio dele?

— Não é das melhores. Você pode dar um jeito em mim?

O Esfinge abriu a geladeira.

— Ofereci uma bebida a sua irmã.

— Você tem alguma coisa do Egito?

— Tenho suco de maçã. Suponho que os egípcios bebam isso de vez em quando.

— Beleza. — Seth vagou pela sala, olhando para as estranhas quinquilharias nas mesas e nas prateleiras. Uma roda-gigante em miniatura, uma luneta retrátil, uma caixa de música de cristal, inúmeras estatuetas.

O Esfinge abriu uma lata de suco de maçã e serviu o conteúdo numa caneca congelada.

– Aqui está.

Seth aceitou a caneca e deu um gole.

– Gostei da caneca congelada.

– Fico contente, Seth. Não tenho como remover a maldição. Ela permanecerá até que Olloch o devore ou que ele seja destruído.

– Então o que é que eu faço? – perguntou Seth, bebendo o suco.

– Você terá de confiar na barreira fornecida pelos muros de Fablehaven. Chegará um dia em que Olloch aparecerá nos portões. A avidez insaciável que o compele até você só aumentará com o tempo. Pior, o demônio está nas mãos da Sociedade, e suspeito que eles farão de tudo para que ele chegue até você o mais cedo possível. Quando Olloch aparecer, acharemos um meio de lidar com ele. Até esse dia chegar, Fablehaven será seu refúgio.

– Não tem mais escola? – perguntou Seth, esperançoso.

– Você não deve sair de Fablehaven até que o glutão tenha sido subjugado. Guarde minhas palavras, ele aparecerá em pouco tempo. Quando ele o fizer, descobriremos uma fraqueza e acharemos um meio de explorá-la. Quando as aulas recomeçarem no outono, provavelmente você já estará livre do problema.

Tendo terminado o suco, Seth enxugou a boca com a mão.

– Também não tem tanta pressa.

– Nossa conversa está quase encerrada – disse o Esfinge, pegando a caneca da mão de Seth. – Cuide de sua irmã. Tempos turbulentos estão a caminho. A dádiva que as fadas lhe deram fará dela um alvo. Sua bravura pode ser de grande ajuda se você não a estragar pela irresponsabilidade. Não se esqueça de que Fablehaven quase caiu por causa de sua insensatez. Aprenda com aquele erro.

– Pode deixar – disse Seth. – Enfim, é minha obrigação. Eu vou manter em segredo a parada fadencantada da Kendra.

O Esfinge estendeu a mão. Seth a apertou.

– Uma última coisa, Seth. Você está ciente de que o Solstício de Verão é na semana que vem?

– Pode crer.

– Eu poderia fazer uma sugestão?

– Claro.

– Não abra nenhuma janela.

CAPÍTULO DEZ

Um hóspede não convidado

Vovô estava reclinado na cadeira de rodas, batendo ligeiramente nos lábios com a extremidade de uma caneta-tinteiro. Kendra e Seth estavam sentados nas poltronas superdimensionadas e vovó estava atrás da escrivaninha. Kendra e Seth não haviam visto vovô na noite anterior – vovó os havia levado para comer um fondue depois do encontro com o Esfinge e só haviam voltado para casa bem tarde.

– O que diremos é que você foi fadificada, e que alguns efeitos residuais do incidente haviam permanecido – disse vovô, encerrando o silêncio contemplativo. – É algo perfeitamente plausível e vai fazer com que você se torne um alvo bem menos óbvio do que se você fosse considerada fadencantada. Obviamente, jamais deixaremos escapar que o diagnóstico foi feito pelo Esfinge. Aliás, não mencionaremos o nome dele a ninguém em hipótese alguma.

– Coulter já sabe que a gente esteve com ele – confessou Kendra.

– O quê? – disse vovó, inclinando-se na escrivaninha.

– Ele já me disse – observou vovô. – Ruth, ele estava tentando ensinar a eles que espiões podem estar em qualquer lugar ouvindo as conversas. Então acabou ouvindo a respeito da visita ao Esfinge. O segredo estará seguro com Coulter. Mas ele não precisa saber de mais detalhes. Não falaremos sobre isso depois de sairmos daqui.

– Então se alguém perguntar, Kendra foi fadificada – resumiu Seth.

– Se alguém souber o suficiente a ponto de perguntar, e merecer a resposta, essa será nossa resposta – reiterou vovô. – Agora espero que possamos voltar ao trabalho normal. Tanu saiu para explorar algum território desconhecido. Coulter tem uma missão específica para Seth. E Kendra pode auxiliar Vanessa em suas pesquisas.

– Pesquisas? – perguntou Kendra. – Aqui na casa?

Seth colocou a mão na boca. Ele estava contendo uma gargalhada, o que só serviu para inflamar a indignação de Kendra.

– Ela está pesquisando alguns diários – falou vovô. – Seguindo alguns indícios deixados em aberto por Patton Burgess.

– Por que não posso ir com Coulter? Isso é preconceito! Você não pode mandá-lo me levar?

– Coulter é um dos homens mais teimosos que conheço – disse vovô. – Tenho sérias dúvidas se alguém conseguiria mandá-lo fazer alguma coisa. Mas não tenho muita certeza se há necessidade de você fazer disso um motivo de reivindicação, Kendra. Desconfio que você preferiria deixar passar essa missão de bom grado. Veja bem, um certo sapo gigante compartilhou conosco uma informação valiosa. Em retribuição, prometemos a ele um búfalo vivo. Então

Seth, Coulter e Hugo vão levar o animal para o brutamontes, que o devorará instantaneamente. Será um espetáculo medonho.

— Fantástico — sussurrou Seth em reverência.

— Tudo bem, certo, acho que não me importo de deixar passar essa missão — admitiu Kendra. — Mas eu ainda não gosto da ideia de ser excluída das excursões de Coulter.

— Reclamação anotada — disse vovô. — Agora, Seth, não quero que a história desse Olloch, o Glutão, o mantenha acordado à noite. O Esfinge tem razão, os muros de Fablehaven são uma proteção suficiente, e se ele diz que nos ajudará a cuidar do glutão assim que o demônio aparecer, então não vejo motivo para preocupação.

— Por mim tudo certo — concordou Seth.

— Bem, então mexam-se — ordenou vovô.

༺ ༺ ༺

Seth não parava de olhar para o búfalo que eles estavam conduzindo pela trilha. Uma cabeça enorme e desgrenhada, chifres brancos e curtos, corpo volumoso, marcha lenta e pesada. Ele jamais reparara no quanto aqueles animais eram grandes. Se Hugo não estivesse conduzindo a besta com rédeas, Seth teria subido em uma árvore.

Eles haviam entrado em trilhas que Seth conhecia, mas em pouco tempo passaram para estradas que não lhe eram familiares. Agora eles tinham acabado de alcançar um terreno baixo e úmido que Seth jamais havia visto em Fablehaven. As árvores tinham mais limo e trepadeiras, e os primeiros traços de uma inesperada névoa apareciam próximos ao chão.

Seth estava agarrado a seu kit de emergência. Junto com o conteúdo mais convencional, Tanu colocara ainda uma pequena poção que aumentaria seu vigor se ele ficasse exausto. De manhã, Coulter acrescentara um pé de coelho para dar sorte e um medalhão que supostamente manteria os não mortos afastados.

– Esse pé de coelho dá sorte mesmo? – perguntou Seth, passando o dedo no objeto.

– Veremos – respondeu Coulter, os olhos vasculhando as árvores.

– Você é supersticioso?

– Gosto de me garantir – disse ele, suavemente. – Mantenha a voz baixa. Essa não é uma área das mais hospitaleiras da reserva. Talvez agora seja um bom momento para colocar aquele medalhão.

Seth pescou o medalhão de seu kit de emergência e deslizou a corrente pelo pescoço.

– Afinal de contas, onde foi que o Hugo achou um búfalo? – perguntou ele, baixinho.

– Há um complexo de currais e estábulos na reserva – disse Coulter. – Não completamente cheios, mas com animais suficientes para manter Fablehaven bem abastecida. Hugo cuida de grande parte da manutenção. Ele trouxe o búfalo de lá hoje de manhã.

– Tem alguma girafa lá?

– Os animais mais exóticos são as avestruzes, as lhamas e os búfalos – disse Coulter. – E outros tantos animais de criação um pouco mais tradicionais.

A névoa estava ficando mais espessa. O ar continuava quente, mas o cheiro enjoativo de decomposição estava aumentando. O terreno se tornou mais enevoado. Seth começou a avistar emaranhados de cogumelos felpudos e pedras cheias de limo.

Coulter apontou para uma trilha que desviava para um dos lados.

– Normalmente em Fablehaven você fica em relativa segurança se permanece na trilha. Mas isso só é verdade nas verdadeiras trilhas. Aquela ali, por exemplo, foi criada por uma feiticeira do pântano para atrair os incautos à ruína.

Seth mirou a estreita trilha sinuosa que levava até a névoa, tentando memorizá-la para jamais cometer o erro de segui-la. Eles andaram um pouco mais até que Coulter parou.

– Agora estamos no limite do grande brejo de Fablehaven – sussurrou ele. – Uma das áreas mais perigosas e menos exploradas da reserva. Uma região onde haveria grande probabilidade de a torre invertida estar escondida. Venha.

Coulter saiu da trilha e pisou em terreno lamacento. Seth foi chapinhando atrás dele, com Hugo e o condenado búfalo atrás deles. À frente, em meio à névoa branca, eles puderam ver um domo geodésico. A grade de triângulos que compreendia o domo parecia composta de vidro e aço. No formato, a estrutura era similar aos domos de barras de metal intercaladas que Seth vira em playgrounds.

– O que é isso? – perguntou Seth.

– Um abrigo seguro – disse Coulter. – Domos de vidro estrategicamente dispostos em algumas das áreas mais ameaçadoras da reserva. Eles fornecem o tipo de refúgio que nós desfrutamos na casa principal. Nenhum ser que não tenha sido convidado pode entrar.

Eles caminharam mais ou menos uns dez metros além do abrigo.

– Hugo, amarre o búfalo aqui – ordenou Coulter. – Depois monte guarda atrás do abrigo.

Hugo pegou uma estaca do tamanho de um poste de cerca e a enfiou bem fundo no chão com um poderoso movimento. Em seguida, o golem amarrou o búfalo à estaca. Coulter sacudiu alguma coisa de seu saquinho na palma da mão e então aproximou-a do focinho do búfalo.

– Isso o anestesiará – explicou Coulter. Em seguida, pegou uma faca e deu um corte no ombro do animal. A pesada cabeça do búfalo tombou.

Um rugido profundo ecoou na névoa.

– Para o abrigo – murmurou Coulter, limpando a faca antes de guardá-la. Ele jogou o pedaço de pano que usara para limpar a faca perto do búfalo.

A simetria do domo de vidro só era quebrada por um pequeno alçapão em um dos lados, também feito de vidro e com uma moldura de aço. Coulter abriu o alçapão e entrou depois de Seth. O abrigo não tinha piso, apenas terra. Hugo esperou do lado de fora.

– A gente está seguro aqui? – perguntou Seth.

– Contanto que não quebremos o vidro por dentro, nenhuma criatura pode nos pegar, nem mesmo um sapo gigante ensandecido por sangue.

– Ensandecido por sangue?

– Você vai ver – assegurou-lhe Coulter. – Sapos gigantes enlouquecem com sangue. É pior do que com tubarões. Essa oferenda é o preço que concordamos em pagar pela informação que Burlox nos deu acerca do brejal. Depois do pagamento, ele nos prometeu mais uma informação.

— Burlox é o gigante?

— O mais acolhedor deles.

— E se o gigante errado pegar o búfalo?

Coulter balançou a cabeça.

— Sapos gigantes são altamente territoriais. Um outro gigante jamais se aproximaria dos domínios de Burlox. Suas fronteiras são muito bem definidas.

Apesar da condensação no vidro e da névoa, Seth podia ter uma boa visão do búfalo. O animal estava pastando.

— Estou com pena do búfalo – disse Seth.

— Como quase todos os animais de criação, aquele ali foi feito para ser abatido – disse Coulter. – Se não fosse por um sapo gigante, seria por seu avô. O anestésico vai aliviar a dor. O sapo gigante providenciará uma morte rápida.

Seth franziu o cenho, mirando através do vidro. O que soara como uma diversão quando estavam em casa, agora não parecia nem um pouco atraente, depois que ele se deu conta de que o búfalo era uma criatura viva.

— Acho que estou acostumado a comer hambúrguer – disse ele por fim.

— Isso não é muito diferente – concordou Coulter. – Talvez com um pouco mais de dramaticidade.

— E as regras do tratado? – perguntou Seth. – Você não vai arrumar encrenca por matar um búfalo?

— Não vou matar nada. O gigante é quem vai matar – explicou Coulter. – Além disso, as regras são diferentes para os animais. O tratado tinha em vista evitar que os seres sensíveis cometessem assassinatos e lançassem encantos uns nos outros. A mesma proteção não se estende aos animais de uma ordem de inteligência inferior. Quando surge uma necessidade, podemos abater animais para nos alimentar sem que isso acarrete alguma repercussão.

Um outro rugido soou, mais próximo e intenso. Uma sombra gargantuesca assomou atrás do búfalo.

– Aí está ele – disse Coulter, por entre os dentes.

A boca de Seth ficou seca. Assim que o sapo gigante emergiu da névoa, Seth flagrou-se recuando para os fundos do pequeno domo. Burlox era enorme. Seth chegava aos joelhos do monstro. Hugo nem atingia sua cintura. O búfalo, de um momento para o outro, pareceu um cachorrinho.

O sapo gigante tinha as proporções de um homem atarracado. Ele estava coberto de peles esfarrapadas e ásperas, e seu corpo estava empapado de sujeira oleosa. Abaixo da imundície, sua pele tinha uma tonalidade cinzenta e doentia. Seus longos cabelos e barba estavam emaranhados de lodo. Em uma das mãos ele segurava um tacape tosco e pesado. A impressão geral era a de um viking selvagem voltando cansado de alguma batalha e que estava perdido no pântano.

O gigante parou perto do búfalo. Ele se virou e olhou na direção do domo, balançando levemente a cabeça e olhando de soslaio. Seth estava agudamente ciente de que um único golpe daquele gigantesco tacape poderia esmigalhar o abrigo. Burlox afastou o tacape e golpeou o búfalo, arrebentando as rédeas e lançando o aturdido animal para o ar.

Seth desviou o olhar. Era demais. Ele ouviu uma barulhenta combinação de ossos se partindo e carne sendo esfacelada até que foi obrigado a tapar os ouvidos com as mãos. Metade dele desejava assistir, mas ele manteve a cabeça abaixada e os ouvidos tapados.

– Você está perdendo – disse Coulter, por fim, ajoelhando-se ao lado dele.

Seth deu uma espiada. O búfalo não mais se parecia com um búfalo. Partes do couro haviam sido colocadas de lado, e saliências de ossos estavam visíveis. Seth tentou fingir que a perna que Burlox estava estropiando era uma gigantesca costeleta de porco, e que o gigante que se refestelava estava encharcado de molho de churrasco.

– Não é uma coisa que se vê todos os dias – disse Coulter.

– É verdade – admitiu Seth.

– Olha só como ele mastiga. Ele não consegue comer com a rapidez que deseja. O gigante raramente obtém carne dessa qualidade. Ele deveria comer mais devagar e saborear o banquete. Mas o brutamontes não consegue se conter.

– É bem nojento.

– Não passa de uma besta consumindo a carne de outra – disse Coulter. – Embora eu deva admitir que eu mesmo desviei o olhar no início.

– Foi mais triste do que eu imaginava.

– Olha só para ele indo atrás do tutano. O monstro não quer desperdiçar nada.

– Não consigo me imaginar comendo uma coisa crua assim – disse Seth.

– Ele não consegue se imaginar comendo a coisa cozida – retrucou Coulter.

Eles viram o gigante sugar os ossos até deixá-los secos e limpos.

– Aí está – disse Coulter, esfregando as mãos. – Você imaginaria que ele estaria saciado, mas não importa quanta carne fresca você dê a ele, seu apetite só aumenta.

O sapo gigante começou a escavar o chão, aparentemente tentando retirar o que pudesse do meio da lama. Logo seu rosto ficou coberto de terra, e vegetais amolecidos ficaram pendurados em sua boca. Ele começou a martelar a turfa ensopada com seus poderosos punhos e a arremessar fragmentos de osso em direção à névoa. Ele jogou a cabeça para trás e deixou escapar um grito longo e enraivecido.

– Ele está ficando enlouquecido – disse Seth.

O sapo gigante deslocou-se em direção ao domo, rosnando. Ele pegou seu tacape e avançou, os olhos flamejantes. Seth sentiu-se totalmente à mercê. Com vidro por todos os lados unidos por tiras de metal, o local parecia mais vulnerável do que se não contasse com nenhuma espécie de cobertura. Um golpe do tacape e o domo explodiria na direção dele como um milhão de adagas. Ele recuou e ergueu os braços para proteger o rosto dos pedaços de vidro. Coulter estava sentado calmamente ao lado dele, como se estivesse assistindo a um filme.

A toda velocidade, o gigante ergueu o tacape acima da cabeça e o abaixou com uma terrível força. Pouco antes de o tacape tocar a superfície do domo, o objeto ricocheteou intensamente, produzindo um zunido sobrenatural, e saiu voando para longe do alcance do gigante. O impulso para a frente de Burlox reverteu-se instantaneamente, e o gigante foi arremessado violentamente para trás.

Um hóspede não convidado

Trêmulo e agitado, o sapo gigante se levantou e cambaleou para longe do domo. Na forma de uma gigantesca silhueta na névoa, Burlox começou a brutalizar uma árvore. Ele arrancava galhos enormes e batia os punhos no espesso tronco. Rosnando e grunhindo, ele pegou o tronco em um terrível abraço, torcendo, retorcendo e lutando até que o tronco começou a se partir. Com um último e poderoso esforço acompanhado de um tremendo estalo, ele derrubou completamente a árvore e se ajoelhou, arquejando e com as mãos nos joelhos.

– Uma força incrível – comentou Coulter. – Logo, logo ele vai esfriar.

E de fato, depois de alguns instantes, o gigante arrastou-se até o tacape e o recuperou. Em seguida, agigantou-se acima do domo. Grande parte da lama havia se soltado de seu rosto. Depois da comida e do exercício, sua aparência estava mais viva.

– Mais – exigia ele, apontando para a boca.

– O nosso acerto foi um único búfalo – falou Coulter para ele.

Burlox fez uma careta, revelando folhas, gravetos e couro em seus dentes. Ele bateu no chão com o pé maciço.

– Mais! – O som era mais um rugido do que uma palavra propriamente dita.

– Você disse que conhecia o local que Warren estava explorando antes de ficar branco – disse Coulter. – Nós fizemos um trato.

– Mais depois – resmungou Burlox, ameaçadoramente.

– Se nós lhe dermos qualquer outra coisa, será por pura delicadeza, não por obrigação. Um acordo é um acordo. Por acaso o búfalo não estava delicioso?

– Quatro colinas – cuspiu o gigante, antes de girar o corpo e ir embora.

— As quatro colinas — repetiu Coulter, suavemente, observando a enorme figura desaparecer na névoa. Ele deu um tapinha nas costas de Seth. — Acabamos de conseguir o que viemos buscar aqui, meu garoto. Uma pista genuína.

≫ ≫ ≫

Kendra pegou o saco e espalhou algumas passas no interior do cilindro de vidro. A massa alaranjada no fundo deslizou na direção das passas como um pudim vivo, cobrindo-as e lentamente escurecendo até ficar com uma coloração bem vermelha.

— Você tem uns bichinhos de estimação bem barra-pesada — disse Kendra.

Vanessa levantou os olhos do diário que estava estudando.

— Lodo mágico parece um pouco nojento, mas nenhuma outra substância pode igualar sua habilidade em retirar veneno de tecidos infectados. Todos os meus queridinhos têm suas funções.

Criaturas exóticas ocupavam a maior parte do quarto de Vanessa. Gaiolas, baldes, aquários e viveiros continham uma impressionante variedade de habitantes. Independentemente de terem a aparência de répteis, mamíferos, aracnídeos, anfíbios, insetos, esponjas, fungos ou qualquer coisa variante, eram todos seres mágicos. Havia uma lagartixa colorida com três olhos que era quase impossível de ser pega porque ela conseguia ver o futuro e evitava qualquer movimento que você pensasse fazer. Um camundongo careca que se transformava em peixe se você o jogasse na água. E um morcego cujas asas se soltavam duas vezes por semana. Se as asas descartadas do bicho fossem encostadas em outra criatura, elas grudavam e cresciam. Vanessa as usara para criar um coelho voador.

Fora as dezenas de formas de vida em seus respectivos contêineres, pilhas de livros dominavam o quarto. A maior parte eram grossos volumes de referência e diários encadernados em couro mantidos pelos antigos zeladores de Fablehaven. Marcadores saltavam dos diários, indicando páginas de interesse que Vanessa descobrira durante suas pesquisas.

– Não sei muito bem se eu conseguiria dormir cercada por animais tão assustadores – disse Kendra.

Vanessa fechou o diário que estava lendo, marcando a página com uma fitinha de seda.

– Eu fiz com que as girândolas verdadeiramente perigosas ficassem inofensivas como os drumants. Nenhuma das criaturas que eu trouxe para Fablehaven poderia causar algum problema sério.

– Eu fui mordida ontem à noite – disse Kendra, estendendo o braço para mostrar as marcas da mordida próximas ao cotovelo. – Dormi com elas apesar do incômodo.

– Sinto muito – falou Vanessa. – Estou com quinze na gaiola agora.

– O que significa que quatro ainda estão correndo soltos por aí – retrucou Kendra, mal-humorada, imitando Coulter.

Vanessa sorriu.

– Ele conseguiu o que queria.

– Ele não está ganhando nenhum ponto levando Seth e me deixando aqui. Se ele me deixasse escolher, eu provavelmente teria me oferecido para deixar de participar de algumas excursões. Enfim, eu poderia passar a vida inteira sem ver um búfalo ser comido vivo e passar muito bem sem isso. Mas me mandarem ficar em casa dá uma sensação diferente.

Vanessa se levantou e foi até um baú cheio de gavetas do outro lado do quarto.

– Desconfio que eu me sentiria da mesma maneira. – Ela abriu uma gaveta e começou a remexer. – Acho que seria justo eu compartilhar um segredo com você. – Ela retirou uma vela e o que parecia ser um longo lápis de cera translúcido.

– O que é isso? – perguntou Kendra.

– Nas florestas tropicais do mundo todo, você pode encontrar pequenos espíritos chamados umites, que produzem mel e cera como as abelhas. Na realidade, eles habitam comunidades quase idênticas a colmeias. Esse marcador e essa vela são feitos de cera umite. – Vanessa escreveu na frente da gaveta com o marcador de cera claro. – Está vendo alguma coisa?

– Não.

– Observe. – Vanessa riscou um fósforo e acendeu a vela. Assim que uma chama queimou no pavio, toda a vela ficou com um brilho amarelo, assim como o marcador e assim como uma vívida mensagem na frente da gaveta.

Oi, Kendra!

– Legal – disse Kendra.

Kendra tentou em vão apagar as palavras. Assim que Vanessa apagou a vela, a mensagem desapareceu. Vanessa estendeu o lápis de cera e a vela para Kendra.

– Para mim? – perguntou ela.

– Eu tenho vários. Agora podemos enviar mensagens secretas uma para a outra e nenhum dos garotos vai ficar sabendo. Sempre carrego comigo um desses marcadores. Eles funcionam surpreendentemente bem em quase todas as superfícies. As mensagens são difíceis de apagar e apenas aqueles que têm uma vela umite com o encanto apropriado podem lê-las. Já usei vela umite para marcar uma trilha para mim mesma, para enviar um comunicado sensitivo a um amigo e para lembrar a mim mesma de segredos importantes.

– Obrigada! Que presente maravilhoso!

Vanessa piscou para ela.

– Agora trocaremos correspondência.

❦ ❦ ❦

Seth observou Coulter subir os degraus da varanda de trás e entrar na casa. Ele sabia que sua janela de oportunidade talvez ficasse pouco tempo aberta, de modo que passou correndo pelo estábulo até chegar a uma árvore ao lado da trilha que dava na floresta. Era a mesma trilha que dava na estufa onde ele e Kendra haviam colhido abóboras no ano anterior. Naquela manhã, antes que alguém acordasse, Seth deixara um bilhete na base daquela árvore, embaixo de uma pedra.

No ano anterior, depois que Kendra salvara Fablehaven e enquanto ela dormia dois dias seguidos, Seth tivera um encontro particular com os sátiros Newel e Doren. A maioria dos habitantes de Fablehaven não tinha permissão para entrar no jardim sem um convite prévio, então os sátiros haviam permanecido no limite do jardim, de onde acenaram para Seth. Eles haviam combinado que quando Seth voltasse a Fablehaven, ele levaria pilhas tamanho C e deixaria um bilhete embaixo da pedra. Newel e Doren pegariam o bilhete e deixariam instruções para um encontro no qual eles trocariam ouro pelas valiosas pilhas que dariam vida nova à televisão portátil que eles possuíam.

Seth se abaixou na base da árvore. Mesmo tendo ele deixado o bilhete de manhã e agora já sendo o fim da tarde, era demais esperar que os sátiros já tivessem respondido. Quem poderia saber com qual frequência eles verificavam a árvore? Conhecendo-os como ele os conhecia, talvez nunca. Seth pegou a pedra. No verso do bilhete os sátiros haviam rabiscado uma mensagem:

> *Se você conseguir achar isso, siga a trilha, pegue a segunda à esquerda, depois a primeira à direita e siga até nos ouvir. Você nos ouvirá. Se encontrar isso amanhã, a mensagem dirá outra coisa!*

Excitado, Seth enfiou o bilhete no bolso e seguiu a trilha. Ele tinha consigo oito pilhas tamanho C no fundo de seu kit de emergência. Depois que vendesse essas, e os sátiros ficassem obcecados, ele achava que poderia vender as que restavam por mais ouro ainda. Se tudo saísse como o planejado, ele se aposentaria antes de terminar a escola!

Caminhando apressadamente, Seth levou mais ou menos seis minutos para chegar ao ponto onde deveria virar a segunda à esquerda, e mais ou menos quatro minutos mais até alcançar a próxima virada à direita. Pelo menos ele esperava que fosse a próxima à direita. Era uma trilha quase invisível, menos convidativa do que aquela falsa que Coulter mostrara a ele no pântano. Mas os sátiros haviam dito "primeira à direita", então eles devem ter se referido a essa pequena trilha. Ele não estava muito distante do jardim, o que o deixou confiante de que estava em segurança.

Quanto mais andava, mais a floresta e a vegetação rasteira ao longo da pequena trilha se adensavam. Ele estava começando a pensar na possibilidade de dar meia-volta e esperar uma segunda mensagem dos sátiros quando ouviu gritos à frente. Com certeza eram os homens-cabra. Ele deu uma corridinha. Quanto mais perto chegava, mais claramente os ouvia.

– Você perdeu o crânio ou o quê? – resmungou uma voz. – Foi bem na linha!

– Eu estou dizendo, eu vi a luz do sol entre a linha e a bola, e é a minha vez – respondeu uma voz estridente.

– Isso é divertido para você? Vencer trapaceando? Por que jogar então?

– Você não vai dizer que eu sou culpado e tirar o meu ponto, Newel!

– É melhor a gente resolver isso em uma queda de braço.

– O que uma queda de braço provaria? É a minha vez e eu digo que foi fora.

Seth havia se aproximado da discussão. Ele não podia ver os sátiros, mas podia ouvir que eles não estavam muito afastados da trilha. Ele começou a abrir caminho em meio à vegetação rasteira.

– Sua vez? Da última vez que li as regras, eram necessários dois para o jogo acontecer. Eu estou vencendo; de repente eu abandono o jogo agora mesmo e me declaro campeão.

– Então me declaro campeão também porque essa seria uma penalidade indisputável.

– Eu vou te mostrar uma penalidade indisputável!

Seth empurrou alguns arbustos e pisou numa quadra de tênis com a grama nivelada e bem aparada. A quadra contava com linhas de giz bem visíveis e uma rede de tamanho regular. Newel e Doren estavam cada um em uma extremidade da quadra, os rostos vermelhos, cada um segurando uma raquete de tênis. Parecia que eles estavam a ponto de sair no tapa. Quando Seth entrou na quadra, eles se viraram para encará-lo.

Os dois sátiros estavam sem camisa, os peitos cabeludos e os ombros sardentos. Da cintura para baixo, eles tinham as pernas peludas e os cascos de uma cabra. Newel tinha os cabelos mais ruivos, mais sardas e chifres ligeiramente mais longos do que Doren.

– Que bom que você achou a gente – disse Newel, tentando sorrir. – Desculpa você surgir bem na hora de Doren agir como um cabeça-dura.

– De repente Seth pode resolver esse impasse – sugeriu Doren.

Newel fechou os olhos, exasperado.

– Ele não estava aqui para ver o ponto.

– Se vocês dois pensam que estão certos, por que não disputam o ponto outra vez? – propôs Seth.

Newel abriu os olhos.

– A proposta parece aceitável.

– Também acho – concordou Doren. – Seth, seu novo apelido é Salomão.

– Se importa em deixar a gente terminar a partida? – perguntou Newel. – Só para a gente não perder o pique. Não tem graça nenhuma começar tudo de novo.

– Vai lá – respondeu Seth.

– Você é o juiz de linha – informou Doren.

– Certo.

Os homens-cabra deram um trote para entrar em posição. Newel estava sacando.

– Quarenta a quinze – anunciou ele, lançando a bola no ar e colocando-a rapidamente em jogo. Doren cruzou a quadra com uma dianteira, mas Newel estava em posição e rebateu com um leve golpe que fez a bola quicar na quadra com muito efeito. Parecia inalcançável, mas Doren mergulhou e conseguiu colocar a raquete embaixo da bola antes que ela quicasse uma segunda vez, mandando-a por cima da rede. Newel havia lido muito bem a situação e já estava indo para a rede. Quando Doren estava se reposicionando em quadra, Newel mandou com força a bola em direção à extremidade da quadra, que quicou para o interior dos arbustos.

– Vai lá pegar, seu pateta! – provocou Doren. – Não era para você mandar a bola na floresta. Você tinha uma paralela inteira aberta para você.

– Ele está amargurado porque acabei de fazer cinco a três em games – explicou Newel, girando a raquete.

– Estou amargurado porque você está tentando se mostrar para o Seth! – corrigiu Doren.

– Você está dizendo que você não teria acertado se eu tivesse lançado uma bola alta?

– Você estava na rede! Eu teria apenas dado um tapa na bola num ângulo brutal. Melhor vencer com refinamento do que ficar caçando bolas no mato.

– Vocês dois são bons mesmo – elogiou Seth.

Os dois homens-cabra pareciam satisfeitos com o elogio.

— Você sabe que os sátiros inventaram o tênis, não sabe? — disse Newel, balançando a raquete na ponta do dedo.

— Não inventaram, não — contradisse Doren. — A gente aprendeu a jogar vendo TV.

— Eu gosto das raquetes de vocês — disse Seth.

— Grafite: leve e forte — explicou Newel. — Warren conseguiu o equipamento para nós, antes de ele começar a implicar com a gente. A rede, as raquetes e alguns estojos com bolas.

— A gente fez a quadra — contou Doren, com orgulho.

— E nós cuidamos dela — disse Newel.

— Os brownies cuidam dela — corrigiu Doren.

— Sob a nossa supervisão — emendou Newel.

— Por falar em bolas de tênis — disse Doren —, a maioria das nossas está vazia, mas com os suprimentos definhando, é sempre uma pena ter de abrir outra lata. Se nosso acordo com as pilhas der certo, você acha que conseguiria arrumar algumas bolas novas para a gente?

— Se o acordo der certo, trago o que vocês quiserem — prometeu Seth.

— Então vamos iniciar os trabalhos — disse Newel, baixando a raquete e esfregando as mãos uma na outra. — Você trouxe a mercadoria?

Seth remexeu o kit de emergência, puxou oito pilhas e alinhou-as no chão.

— Olha só para isso — falou Doren, maravilhado. — Você já teve uma visão mais linda do que essa?

— É um começo — comentou Newel. — Mas vamos encarar os fatos, elas vão acabar em pouco tempo. Estou imaginando que existem outras onde você as obteve?

— Muitas outras — assegurou-lhe Seth. — Isso é apenas um teste. Se eu me lembro bem, você disse alguma coisa a respeito das pilhas valerem seu peso em ouro.

Newel e Doren trocaram olhares.

— Nós temos a impressão que temos algo que você acharia muito melhor — disse Newel.

— Siga-nos — disse Doren.

Seth andou com os sátiros até um abrigo não muito distante da rede. Newel abriu a porta e entrou. Ele voltou segurando uma garrafa.

— O que você diz disso? — perguntou Newel. — Uma garrafa de vinho da melhor qualidade por aquelas oito pilhas.

— Troço potente — assegurou Doren, transmitindo confiança. — Vai deixar o seu peito cabeludo em pouco tempo. Nem com muita sorte você conseguiria uma coisa assim com seus avós.

Seth olhou para os dois sátiros.

— Vocês estão falando sério? Eu tenho doze anos! Vocês acham que sou um alcoólatra ou qualquer coisa parecida?

— Imaginamos que algo assim pudesse ser difícil para alguém como você obter — disse Newel, com uma piscadela.

— Bom vinho — garantiu Doren. — Primeiríssima qualidade.

— Talvez seja mesmo, mas sou um garoto. O que vou fazer com uma garrafa de vinho?

Newel e Doren trocaram olhares nervosos.

— Muito bem, Seth — disse Newel, de um modo estranho, passando a mão no cabelo. — Você... passou no nosso teste. Seus pais ficariam muito orgulhosos.

Newel deu uma cotovelada de leve em Doren.

– É isso aí, bem... às vezes nós testamos as pessoas – disse Doren. – E pregamos peças.

Newel entrou novamente no abrigo. Voltou segurando um sapo azul com marquinhas amarelas.

– Agora falando sério, isso é o que realmente tínhamos em mente, Seth.

– Um sapo? – perguntou Seth.

– Não um sapo qualquer – disse Doren. – Mostre a ele.

Newel cutucou a barriga do sapo. Sua bolsa de ar inflou até ficar do tamanho de uma melancia, e o sapo soltou um tremendo som de arroto. Seth riu, deliciado pela surpresa. Os sátiros riram com ele. Newel cutucou novamente o sapo e o tonitruante arroto se repetiu. Doren estava enxugando lágrimas hilariantes.

– E então, o que você diz? – perguntou Newel.

– Oito pilhas comuns por um sapo incrível como esse – falou Doren. – Eu aceitaria.

Seth cruzou os braços.

– O sapo é bem maneiro, mas não tenho nove anos. Se for para decidir entre ouro e um sapo que arrota, fico com o ouro.

Os sátiros franziram o cenho, visivelmente desapontados. Newel fez um gesto com a cabeça para Doren, que entrou no abrigo e voltou segurando uma barra de ouro. Ele a entregou a Seth.

Seth virou a barra de um lado para o outro nas mãos. Ela tinha mais ou menos o tamanho de um sabonete de hotel. Um "N" estava gravado em um dos lados. Fora isso, o objeto era um simples retângulo dourado um pouco mais pesado do que parecia. Provavelmente com ouro suficiente que equivaleria a uma boa quantidade de dinheiro.

– Agora sim – disse Seth, feliz, colocando o ouro dentro do kit de emergência. – O que significa o "N"?

Newel coçou a cabeça.

– Nada.

– É isso aí – confirmou Doren, apressadamente. – Significa "nada".

– Nada? – falou Seth, em dúvida. – Por que alguém escreveria um "N" significando "nada"? Por que não deixar simplesmente em branco?

– Newel – tentou Doren. – Significa Newel.

– Era a minha fivela de cinto favorita – acrescentou Newel, tristonho.

– Você usava calças? – perguntou Seth.

– É uma longa história – explicou Newel. – Não vamos remexer o passado. O fato é que existem, bem... existem mais fivelas como essa, todas de ouro puro. Você nos traz mais pilhas e nós continuaremos nosso negócio.

– Para mim está ótimo – aceitou Seth.

– Isso pode ser o começo de uma espetacular parceria – disse Newel.

Doren ergueu a mão como quem pede cautela, interrompendo a conversa.

– Vocês ouviram isso?

Os três pararam para escutar.

– Tem alguma coisa se aproximando – disse Newel, arqueando as sobrancelhas. Independentemente de como os sátiros se comportavam, eles normalmente tinham um ar de quem está sempre sendo sarcástico. Não era o caso naquele momento.

Eles continuaram escutando. Seth não estava ouvindo nada.
— Vocês estão me gozando ou o quê? — perguntou ele.
Newel balançou a cabeça, erguendo um dedo.
— Não estou conseguindo identificar o que é. E você?
Doren estava farejando o ar.
— Não pode ser.
— É melhor sair batido daqui, Seth — aconselhou Newel. — Volta correndo para o jardim.
— Com o ouro, certo? — Seth estava desconfiado de que os dois poderiam estar tentando ludibriá-lo para que ele deixasse sua recompensa para trás.
— É claro, mas é melhor sair corre...
— Tarde demais — avisou Doren.

Uma criatura do tamanho de um pônei saiu como um raio dos arbustos e entrou na quadra de tênis. Seth reconheceu o monstro imediatamente.
— Olloch?
— Olloch, o Glutão? — perguntou Newel a Seth.
— Bem que eu senti cheiro de demônio — grunhiu Doren.
— É isso aí — confirmou Seth. — Ele me mordeu.

Com a aparência grotescamente similar à de um sapo, Olloch recuou e abriu a boca. Parecia que o demônio havia engolido uma lula, tantas eram as línguas que emergiram. Sentado em posição ereta, Olloch era quase da altura de Seth. Após um rosnado triunfante, o demônio abaixou a cabeça e investiu, avançando em um rastejar tortuoso e desordenado.

Newel agarrou a mão de Seth e o içou para longe do demônio.
— Corra! — berrou Newel.

— Pela televisão! — gritou Doren, brandindo sua raquete de tênis e mantendo posição. Olloch investiu contra o sátiro, mas Doren se esquivou para o lado, golpeando um par de línguas com a raquete. Diversas outras surgiram, arrancando a raquete de Doren. As línguas enfiaram a raquete na boca escancarada, que momentos depois expeliu-a sem o cordame e com a estrutura arrebentada.

Seth alcançara os arbustos na extremidade da quadra quando Olloch, ignorando Doren, deu um gigantesco salto na direção dele e o atacou com uma velocidade assustadora. Seth sabia que não conseguiria voltar para a trilha, muito menos para o jardim. Sua mente estava a mil por hora, tentando imaginar se havia alguma coisa útil em seu kit de emergência.

Com as línguas se contorcendo, o demônio avançou.

— Pelas pilhas! — gritou Newel, interceptando o glutão no ar e abraçando seu corpanzil.

— Para o abrigo! — conclamou Doren, reavendo sua raquete sem cordame e correndo na direção do demônio.

Seth se virou e disparou em direção ao abrigo. Rosnando e babando, Olloch escapou do abraço de Newel e correu atrás de Seth, com o corpo abaixado e em alta velocidade. Por cima do ombro, Seth vislumbrou o demônio aproximando-se, ultrapassando rapidamente o espaço entre os dois apesar de se mover de modo tão desajeitado. O abrigo ainda estava a vários passos de distância.

Saltando na frente do demônio, Doren ergueu sua raquete avariada. Uma multidão de línguas envolveram o sátiro e o jogaram para o lado. Os esforços de Doren mal conseguiram diminuir o ímpeto do avanço de Olloch, mas proporcionaram a Seth o tempo suficiente para entrar no abrigo e bater a porta. O demônio investiu contra a porta um instante depois. Algumas tábuas brancas se partiram, mas não cederam. O demônio novamente investiu com fúria contra o abrigo, fazendo tremer a pequena estrutura.

– Aguenta firme, Seth – berrou Doren. – Tem ajuda chegando.

Seth procurou alguma arma. A melhor que conseguiu achar foi uma enxada. A porta se espatifou e Olloch entrou, rosnando, as línguas úmidas chicoteando para todos os lados. Por trás do demônio que não parava de babar, Seth viu Hugo surgindo do outro lado da quadra de tênis. As línguas potentes se esticaram na direção de Seth, e ele empunhou a enxada com ferocidade. Uma língua se enroscou astutamente ao redor da enxada, arrancando-a da mão de Seth. Então Hugo chegou.

O golem agarrou o demônio por trás com uma das mãos e o jogou para longe do abrigo. Olloch aterrissou, rolou e atacou novamente Seth, que agora estava no umbral vazio junto com Hugo. O golem avançou, bloqueando o acesso a Seth.

Línguas gotejantes chicotearam Hugo. O golem agarrou diversas delas, jogou o demônio para cima e começou a girar Olloch acima da cabeça. As línguas se estendiam à medida que o golem girava o glutão cada vez com mais velocidade até finalmente o soltar, lançando Olloch por cima das copas das árvores.

Doren assobiou, visivelmente impressionado.

– Ele vai voltar em dois segundos – disse Newel. Ele estava com marcas de grama no peito e nos braços.

– Você deveria correr para o jardim – concordou Doren.

– A gente devia receber algumas pilhas grátis depois disso – tentou Newel, afastando-se.

– E uma raquete nova – acrescentou Doren.

— A gente conversa sobre isso depois — falou Seth, agarrando o kit de emergência com o ouro dentro. Hugo ergueu Seth sem a menor cerimônia, não dando nenhuma oportunidade para ele dizer ou ouvir outra palavra. Seth não podia acreditar o quão velozmente o golem passava pelas árvores, suas passadas maciças comendo o chão. Ignorando as trilhas, Hugo abria brutalmente seu próprio caminho pela vegetação rasteira e os emaranhados de raízes.

Em pouco tempo eles estavam de volta ao jardim. Vovó estava lá com as mãos na cintura, acompanhada de Coulter, Vanessa e Kendra. Hugo depositou Seth delicadamente na frente de vovó.

— Você está bem? — perguntou ela, agarrando seus ombros e verificando se havia algum ferimento.

— Graças ao Hugo.

— Você teve sorte por Hugo estar no jardim — disse vovó. — Nós ouvimos alguma coisa rugindo na floresta e vimos que você havia sumido. O que estava fazendo na floresta?

— Eu estava jogando tênis com os sátiros — disse Seth. — Olloch me achou.

— Olloch! — gritou ela. Os outros pareceram ter ficado igualmente chocados.

— Como ele pode ter entrado na reserva? — perguntou Coulter.

— Tem certeza que era Olloch? — perguntou vovó.

— Eu o reconheci — confirmou Seth. — Ele está bem maior. Tem um monte de línguas. Foi direto atrás de mim, quase não deu bola para os sátiros.

Eles escutaram alguma coisa farfalhando na floresta e se viraram para encarar o que quer que estivesse se aproximando. Olloch cambaleou até o limite do jardim e parou. O demônio recuou, as línguas ondulando como se fossem galhardetes de carne e deixou escapar um bramido lancinante. Ele impulsionou o corpanzil para a frente, mas não pôde pisar na grama.

– Ele não pode entrar no jardim – observou Vanessa.

– Ainda não – confirmou vovó.

– Então como foi que ele entrou na reserva? – repetiu Coulter.

– Não sei, mas é melhor investigarmos essa questão depressa – disse vovó.

– Hugo consegue matar a criatura? – perguntou Kendra.

– Pouco provável – falou vovó. – Na realidade, com o tamanho que está, se Olloch estiver disposto, eu creio que ele poderia até mesmo devorar Hugo pedaço a pedaço.

Olloch estava sacudindo a cabeça, balançando as línguas e golpeando o chão com suas garras, obviamente furioso por sua presa estar tão próxima e ao mesmo tempo totalmente inalcançável.

– Isso sim é uma visão pouco comum – murmurou Coulter.

– É incrível – comentou Vanessa.

– O que a gente vai fazer agora? – perguntou Seth.

– Para começo de conversa, você está oficialmente de castigo.

CAPÍTULO ONZE

Traição

Kendra estava sentada na poltrona dupla ao lado de Seth, com o cotovelo pousado no braço do assento e a mão no queixo. Desde que Hugo salvara Seth, no início da manhã, uma nova e desconfortável tensão preenchia a casa. Vovô estava debruçado sobre livros e dando telefonemas. Vanessa e Coulter iam e vinham diversas vezes, frequentemente acompanhados por Hugo. Muitas conversas em voz baixa aconteciam atrás das portas cerradas. Apesar de estar ficando tarde, vovô informara que todos deveriam se reunir para discutir algo que não poderia esperar até o dia seguinte. O que podia ser tudo, menos um bom sinal.

O principal consolo de Kendra era o fato de ela não ser seu irmão. Aventurar-se na floresta sem permissão quase o fizera perder a vida. Pensar no que quase havia acontecido deixara todos aterrorizados, e ele estava com os ouvidos doendo por causa disso. Sem dúvida, ele ouviria muito mais durante a reunião iminente.

Sentado em uma cadeira ao lado de Seth, Tanu mostrava a ele algumas poções, explicando o que elas faziam e como ele marcava as garrafas para distingui-las umas das outras. Apenas Tanu, que retornara havia pouco tempo de sua excursão de um dia inteiro, abstivera-se de repreender Seth. Em vez disso, o samoano parecia estar determinado a fazer com que ele se distraísse de sua desgraça.

– Essa aqui é para alguma emergência – dizia Tanu. – É uma aumentadora, duplica o meu tamanho, me deixa grande o suficiente para lutar com um ogro. Os ingredientes para as aumentadoras são extremamente difíceis de se obter. Eu só possuo uma dose, e assim que a uso, não tenho a menor esperança de conseguir outra. Encolher é fácil. Cada um desses pequenos frascos contém uma dose que me deixa oito vezes menor. Fico com menos de vinte e cinco centímetros de altura. Não ajuda muito em uma discussão acalorada, mas não é nada mal se você quer ficar à espreita por aí.

Coulter e Vanessa sentaram-se em lados opostos de um sofá antigo. Dale empoleirou-se em um banquinho que ele trouxera de outra sala. Vovó empurrou a cadeira de vovô e se sentou na poltrona que restava.

Vovô limpou a garganta. Tanu ficou em silêncio, guardando as poções no saco.

– Indo direto ao ponto, provavelmente temos um traidor entre nós, de modo que imaginei que pudéssemos resolver essa questão.

Ninguém falou nada. Kendra estabeleceu um ligeiro contato ocular com Vanessa, em seguida com Coulter e depois com Tanu.

– Ruth e eu estamos bastante certos acerca do modo pelo qual Olloch entrou na propriedade. Alguém o inscreveu no livro de registro em algum momento dos últimos dois dias. Pelo que tudo indica, ele entrou valsando pelo portão da frente. E não chegou sozinho.

— Que livro de registro é esse? — perguntou Kendra.

— É o livro que controla o acesso a Fablehaven — explicou vovó. — Quando você vem nos visitar, nós escrevemos seu nome no livro de registro, e essa ação suspende os encantos que guardam o portão para que você possa entrar. A menos que seu nome seja escrito no livro de registro, é efetivamente impossível qualquer pessoa passar pela cerca.

— Alguém registrou Olloch? — perguntou Dale.

— Entre a última vez que verificamos o registro, duas noites atrás, e agora, alguém registrou Christopher Vogel e um convidado dele — revelou vovó. — Apagamos os nomes, mas o estrago já havia sido feito. Christopher Vogel, quem quer que seja ele, entrou na propriedade e soltou Olloch aqui dentro.

— Portanto, devemos assumir que temos dois inimigos lá fora — disse vovô, fazendo um gesto em direção à janela — e um aqui dentro.

— Alguma pessoa de fora poderia ter tido acesso ao livro de registros? — perguntou Dale.

— O livro estava escondido em nosso quarto — contou vovó. — Apenas Stan e eu sabíamos onde ele estava. Ou pelo menos é o que pensávamos. Agora o trocamos de lugar. Mas entrar na casa sem ser notado depois que trancamos tudo à noite é quase tão difícil quanto passar pelos portões. Quanto mais escrever no livro de registros bem debaixo de nossos narizes.

— Quem quer que tenha escrito no livro de registros é, muito provavelmente, a mesma pessoa que soltou os drumants — disse vovô. – É possível que alguém que não está presente nesta sala tenha tido acesso duas vezes a nosso quarto? Sim. É provável? Não.

– Podemos verificar a letra? – perguntou Coulter.

Vovó balançou a cabeça.

– Eles usaram um estêncil. Aparentemente, não estavam com pressa.

– Talvez fosse necessário que todos partíssemos – sugeriu Tanu. – A evidência é clara demais para ser ignorada. Kendra e Seth estão acima de qualquer suspeita, assim como Ruth e Stan. Quem sabe não seria o caso de nós outros partirmos.

– A ideia me ocorreu – falou vovô. – Mas agora que temos dois inimigos na reserva, dificilmente este seria o momento propício para dispensarmos nossos protetores, mesmo com a possibilidade de um deles ser um traidor. Pelo menos até que possamos convocar substitutos. Estou preso nesta cadeira, e as crianças são jovens e despreparadas. A situação é enlouquecedora. Ao avaliar cada um de vocês individualmente, todos parecem acima de qualquer suspeita. No entanto, alguém escreveu no livro de registro. E como vocês parecem igualmente inocentes, consequentemente parecem igualmente culpados.

– Espero que encontremos outra explicação – disse vovó. – Por enquanto, devemos reconhecer a possibilidade real de que um de nós é um mestre da mentira trabalhando para nossos adversários.

– A coisa está ainda pior – acrescentou vovô. – As linhas telefônicas estão mudas novamente. Temos tentado convocar algum auxílio por meio do celular de Vanessa, mas nosso principal contato não está atendendo. Vamos continuar ligando, mas nada disso está me cheirando bem.

— O outro problema imediato é o próprio Olloch — continuou vovó. — À medida que ele vai devorando a si mesmo com qualquer matéria comestível que encontra pela frente, não só seu tamanho vai continuar aumentando como também seu poder. Ele desistiu de tentar entrar no jardim algumas horas atrás, o que significa que ele se dá conta de que, se ficar maior, poderá adquirir um poder suficiente para sobrepujar o tratado, entrar na casa e reivindicar seu prêmio.

— Da mesma maneira que Bahumat quase sobrepujou a reserva no ano passado — lembrou Kendra.

— Exatamente — concordou vovô. — Faz sentido imaginarmos que Olloch poderia reunir poder suficiente para fazer Fablehaven mergulhar na desordem e no caos.

Kendra olhou de relance para Seth, que estava sentado em silêncio. Raramente ela o vira tão quieto e pesaroso. Parecia que ele queria evaporar na poltrona e sumir de vista.

— O que podemos fazer? — perguntou Tanu.

— Olloch, o Glutão, não vai parar até que tenha devorado e digerido Seth — falou vovô. — Aniquilar Olloch está bem além de nossos poderes. Temos um aliado que sugeriu que talvez pudesse haver uma maneira de derrotar o demônio, mas não temos tido sucesso em contatá-lo. O glutão já atingiu um tamanho que permite que coma simplesmente tudo o que quiser, e seu apetite não vai diminuir. Não podemos ficar de braços cruzados. Nossa ameaça está literalmente crescendo a cada minuto.

— Devemos presumir que nosso benfeitor está a caminho — disse vovó. — Ele é um alvo imensamente desejado pela Sociedade. Continuaremos tentando telefonar para ele tendo em mente que estará disponível o mais rápido possível. Não sendo assim, não temos certeza de como o encontrar. Ele viaja com muita frequência.

– Quanto tempo ainda temos até que Olloch se torne forte o suficiente para se impor ao tratado? – perguntou Vanessa.

Vovô deu de ombros.

– Com o tipo de caça que ele pode encontrar em Fablehaven, encantadas ou não, o que temos é o pior cenário possível. Ele cresceria com muito mais rapidez do que no mundo normal. Ele deve ter tido ajuda para atingir seu tamanho atual, provavelmente do tal Christopher Vogel. Querem saber minha aposta? Um dia, quem sabe dois, quem sabe três. Não consigo imaginar que possa demorar muito tempo.

– De repente seria melhor deixá-lo me devorar e pronto – sugeriu Seth.

– Não diga tolices – repreendeu vovó.

Seth levantou-se.

– Isso não seria melhor do que deixar Olloch destruir Fablehaven inteira? Parece que ele vai me pegar mesmo, mais cedo ou mais tarde. Por que deixar que ele pegue todos vocês antes?

– Nós acharemos outro meio – falou Coulter. – Ainda temos algum tempo.

– Ele vai ter de me comer primeiro antes de te pegar – afirmou Dale. – Quer você queira, quer não.

Seth sentou-se. Vovô apontou para ele.

– Não é hora de propor soluções radicais. Ainda não falamos com o nosso aliado mais sábio. Seth, eu repito, você não tem culpa pelo despertar de Olloch. Você foi enganado e não pode ser culpado por isso. Você não deveria ter entrado sozinho na floresta... essa foi uma falta de juízo das mais tolas, o exato tipo de tolice que eu esperava que você tivesse superado. Mas você está longe de merecer a pena de morte. Como os sátiros foram envolvidos, imagino que você estivesse fazendo transações comerciais com pilhas, estou certo? Ainda não perguntei: afinal, o que foi que eles te deram?

Seth baixou os olhos.

– Ouro.

– Posso ver?

Seth foi pegar o kit de emergência. Puxou a barra de ouro de dentro. Vovô examinou-a.

– É melhor não sair por aí com isso no bolso – aconselhou ele.

– Por quê? – perguntou Seth.

Vovô devolveu a barra a Seth.

– Porque isso aí com certeza foi roubado do tesouro de Nero. O que você acha que significa esse "N"? Ele vai rastrear o ouro com sua pedra vidente. Na realidade, a presença do ouro aqui poderia dar a ele o poder de ver o interior de nossa casa. Os sátiros devem ter roubado a barra há pouco tempo, senão Nero já estaria reivindicando-a a uma hora dessas.

Seth tapou os olhos com a mão e balançou a cabeça.

– Quando é que vou conseguir fazer alguma coisa certa? – gemeu ele. – Seria melhor eu jogar a barra no meio da floresta?

– Não – disse vovô. – É melhor colocá-la na varanda. Depois a devolveremos a seu dono, assim que for possível.

Balançando a cabeça envergonhadamente, Seth saiu da sala.

– Também temos algumas notícias estimulantes – começou vovô. – Coulter fez uma importante descoberta hoje. Podemos estar bem perto de achar a localização da relíquia que estamos procurando. A última revelação está em sintonia com as informações que já possuímos. No estágio atual, acredito que seja mais sábio compartilhar essa informação abertamente do que ocultá-la. Independentemente de qual de nós for o traidor, os outros devem continuar em atividade. É melhor divulgarmos nosso conhecimento do que ficarmos paralisados.

– Só que o traidor não vai compartilhar nenhum segredo conosco – constatou Vanessa, amargamente.

– Mesmo assim, Coulter vai revelar sua descoberta – disse vovô.

– Burlox, o sapo gigante, relatou que Warren estava investigando a área das quatro colinas antes de ficar branco – contou Coulter.

– Uma das áreas mais citadas com desconfiança por Patton – falou Vanessa.

– E a mesma área que investiguei hoje – disse Tanu. – O bosque na extremidade norte do vale com certeza é amaldiçoado. Não me arrisquei a circular por lá.

Seth voltou para a sala e sentou-se novamente na poltrona dupla.

– Muitas áreas de Fablehaven contêm terríveis maldições e são protegidas por demônios abomináveis – explicou vovô. – O vale das quatro colinas é uma das mais infames. No momento, as evidências parecem sugerir dois mistérios relacionados. Podemos muito bem descobrir que o bosque guarda a relíquia que estamos procurando, mas também que está vigiada por seja lá qual entidade que operou a transformação em Warren.

– Mas é claro que tudo isso ainda precisaria ser confirmado – preveniu vovô.

— Com muito cuidado — advertiu vovô. — Como acontece com muitas das mais horripilantes regiões de Fablehaven, não temos a menor ideia de qual entidade maligna assombra o bosque.

— Qual será nosso próximo passo? — perguntou Vanessa.

— Digo que precisamos nos concentrar em Olloch antes de tentarmos penetrar em quaisquer segredos que possam estar escondidos no bosque — disse vovô. — Explorá-lo em segurança vai requerer todos os nossos recursos e toda a nossa atenção. Mesmo nas circunstâncias mais favoráveis, é uma missão extremamente arriscada.

— Então esperamos para ver se Ruth consegue entrar em contato com esse seu conhecido? — perguntou Coulter.

Vovô estava passando a mão na extremidade desgastada de seu gesso.

— Ruth vai continuar tentando no celular de Vanessa. Por enquanto, deveríamos nos concentrar em ter uma boa noite de sono. Pode vir a ser nossa última chance em um bom tempo.

※ ※ ※

Kendra fechou a porta do banheiro, trancou-a e colocou o pedaço de papel em cima da bancada. Ela havia achado o papel em branco embaixo de seu travesseiro, mas com Seth no quarto, ela não ousou acender a vela e revelar seu segredo. Sozinha no banheiro, Kendra riscou um fósforo e pôs a chama no pavio. Ela sacudiu o fósforo e ficou observando as palavras brilhantes surgirem na página até então completamente branca:

Kendra,
Uma pena não termos podido conversar muito hoje. Dá para acreditar em toda essa confusão? Precisamos manter seu irmão em rédeas curtas!
Me dê uma confirmação de que essa mensagem foi recebida.
Sua amiga,
Vanessa

Kendra apagou a vela, e as palavras luminosas desapareceram. Ela dobrou a nota e subiu as escadas até o quarto no sótão, pensando em como deveria responder à mensagem secreta. Seth estava dispondo soldadinhos de brinquedo no chão. Um na frente, dois atrás dele, em seguida uma fileira de três e outra de quatro. Kendra atravessou o quarto e pulou na cama. Seth deu vários passos para trás e jogou uma bola nos soldadinhos. Derrubou sete.

– Apaga a luz e vem dormir – disse Kendra.

– Acho que não consigo dormir – protestou Seth, pegando a bola.

– Tenho certeza de que eu não consigo com você jogando essa bola no quarto – ironizou Kendra.

– Por que você não vai dormir em outro lugar?

– Porque esse é o quarto que foi dado à gente.

– Lá em casa cada um tem um quarto. Aqui, com muito mais quartos vagos do que lá, a gente dorme junto. – Ele jogou novamente a bola, derrubando mais dois soldados.

– Aqui não é exatamente um lugar onde eu gostaria de dormir sozinha – admitiu Kendra.

— Não dá para acreditar que eles tenham levado meu ouro — disse Seth, recolocando os soldados em pé, dessa vez postando-os bem juntos uns dos outros. — Aposto que a barra valia milhares de dólares. Não é culpa minha se Newel e Doren roubaram de Nero.

— Você não pode fazer tudo o que quer e sempre escapar na boa.

— Eu tenho feito tudo certo! Tenho tentado ser cuidadoso, guardar os segredos e seguir todas as regras.

— Você entrou na floresta sem permissão — lembrou Kendra.

— Foi uma coisinha de nada. Teria dado tudo certo se não tivessem deixado aquele demônio entrar na reserva. Ninguém viu o monstro chegando. Se Olloch não tivesse me encontrado hoje, talvez me encontrasse amanhã quando a gente estivesse bem longe da casa com Vanessa. Posso ter salvado a vida de nós três. — Ele jogou novamente a bola. Derrubou oito soldados, mas deixou escapar o da frente.

— Isso não passa de uma maneira de evitar assumir qualquer responsabilidade — contra-argumentou Kendra, encostando a cabeça de volta no travesseiro. — Estou contente por eles terem te enquadrado. Por mim você ficaria trancado no calabouço.

— Por mim, eu mandaria você fazer uma plástica nesse rosto — rebateu ele.

— Nossa, que cara maduro.

— Você acha que eles vão arrumar uma maneira de deter o demônio? — perguntou Seth.

— Tenho certeza de que eles vão pensar em alguma coisa. O Esfinge parece bem inteligente. Ele vai bolar um plano.

— Ele disse que você o venceu no totó — revelou Seth.

– Ele não jogava muito bem. Ele nem girava os jogadores.

Balançando a cabeça, Seth jogou novamente a bola e atingiu o soldado que faltava.

– Eu não acho que Nero conseguiria me seguir se eu saísse da reserva. De repente eu devia simplesmente pegar o ouro e me mandar daqui. Aí todo mundo ficaria fora de perigo.

– Para de se culpar.

– Estou falando sério.

– Não está não – retrucou Kendra, exasperada. – Se for embora, Olloch vai continuar caçando você até devorá-lo.

– Melhor do que todo mundo ficar me odiando.

– Ninguém te odeia. Eles só querem que você seja cuidadoso, para sua própria segurança. Eles só se aborrecem com você porque você é importante para eles.

Seth arrumou os soldadinhos na formação mais coesa possível.

– Você acha que consigo derrubar todos eles de uma vez?

Kendra se sentou na cama.

– É claro, você os arrumou como se fossem peças de dominó.

Seth tomou posição e jogou a bola. Não acertou nenhum.

– Parece que você estava errada.

– Você errou de propósito.

– Aposto que você não conseguiria derrubar todos eles.

– Conseguiria com facilidade – afirmou Kendra.

– Então prova.

Ela saiu da cama, agarrou a bola e se colocou ao lado do irmão. Mirando cuidadosamente, ela jogou a bola com força, bem no centro, e todos os soldados caíram.

– Viu?

— É quase como se eu tivesse deixado você vencer.

— O que você está querendo dizer?

— Nada — desconversou ele. — Quem você acha que é o traidor?

— Não sei. Ninguém ali parece traidor.

— Minha aposta seria Tanu. Ele é legal demais.

— E isso por acaso faz com que ele seja mau? — perguntou Kendra, voltando para a cama.

— O culpado deveria se esforçar ao máximo para ser simpático.

— Ou então ele saberia que todos esperariam isso e então tentaria enganar a gente agindo de modo mal-humorado.

— Você acha que poderia ser Coulter? — Seth apagou a luz e pulou na cama.

— Ele conhece o vovô há muito tempo. E Vanessa teria entregado a gente ao Errol em vez de nos salvar. Todos parecem inocentes. Eu não ficaria nem um pouco surpresa se tudo tivesse uma explicação completamente diferente.

— Espero que sim — desejou Seth. — Todos eles são muito maneiros. Mas fica de olho.

— E você também. E, por favor, fica longe dessa floresta. Você é o meu único irmão, e não quero ficar... magoada.

— Obrigado, Kendra.

— Boa-noite, Seth.

❦ ❦ ❦

Seth acordou no meio da noite com a mão de alguém tapando-lhe a boca. Ele agarrou os dedos, mas não foi capaz de arrancá-los de seus lábios.

— Não se assuste — sussurrou uma voz. — Sou eu, Coulter. Precisamos conversar.

Seth virou a cabeça. Tirando a mão da boca de Seth, Coulter colocou o dedo na frente da boca e depois dobrou-o, como se estivesse fazendo um sinal. Qual era a de Coulter, afinal? Que hora mais estranha para uma conversa.

Virando a cabeça para a outra direção, Seth viu Kendra adormecida sob as cobertas, respirando regularmente. Ele saiu da cama discretamente e seguiu Coulter até a escada que ficava no corredor. Coulter se sentou nos últimos dois degraus. Seth sentou-se ao lado dele.

– O que está acontecendo? – perguntou Seth.

– Você está interessado em resolver toda essa questão? – perguntou Coulter.

– Claro.

– Preciso de sua ajuda – disse Coulter.

– No meio da noite?

– É agora ou nunca.

– Não quero ofender, mas isso está parecendo um pouco suspeito – falou Seth.

– Preciso que você confie em mim, Seth. Estou a ponto de tentar uma coisa que não posso fazer sozinho. Acho que você é a única pessoa com a coragem necessária para me ajudar neste exato momento. Você não faz a menor ideia do que realmente está acontecendo.

– Você vai me contar?

Coulter olhou em volta, como se estivesse nervoso com a possibilidade de alguém estar espionando.

– Eu tenho de contar. Preciso de alguém como você ao meu lado aqui. Seth, o artefato que estamos procurando é muito importante. Nas mãos erradas ele pode ser extremamente perigoso. Ele pode inclusive ocasionar o fim do mundo.

Aquilo parecia estar em consonância com o que Seth ouvira de seus avós.

– Continue – disse ele.

Coulter suspirou e esfregou as coxas, como se estivesse hesitante em prosseguir.

– Estou me arriscando um pouco aqui porque acredito que posso confiar em você. Seth, sou um agente especial a serviço do Esfinge. Ele me deu instruções específicas no sentido de recuperar a todo custo o artefato, principalmente se a integridade de Fablehaven ficar comprometida por um motivo ou outro. Agora que temos quase certeza do local onde o artefato está escondido, vou bolar uma forma de pegá-lo hoje à noite, e quero que você vá comigo.

– Agorinha mesmo?

– Imediatamente.

Seth tirou um cílio que estava irritando seu olho.

– Por que não pedir ajuda aos outros?

– Você ouviu seu avô. Ele quer esperar e cuidar de Olloch em primeiro lugar. Isso nos coloca um problema porque, em um ou dois dias, Olloch poderia estar tão poderoso que Fablehaven poderia até cair em decorrência disso, e o artefato correria sérios riscos.

– E como é que eu poderia ir com você? Assim que eu sair daquele jardim o demônio virá atrás da gente.

– É arriscado – admitiu Coulter. – Mas Fablehaven é um lugar bem grande, e o demônio deve estar pilhando outras áreas. Hugo está esperando lá fora. Ele nos levará até o bosque e manterá Olloch longe de nós se o glutão resolver aparecer.

– Vovó disse que o demônio poderia até comer Hugo – disse Seth.

– Em última instância. Olloch precisa ficar ainda mais poderoso para superar Hugo. Eu não correria o risco amanhã. Mas Hugo cuidou muito bem do demônio poucas horas atrás. E ele é mais rápido do que Olloch. Se precisarmos, mandaremos Hugo fugir conosco para o jardim.

– Por que eu? – perguntou Seth. – Eu não entendo. Algo me diz que eu deveria contar tudo isso pro vovô Sorenson agora mesmo.

– Não posso culpar esse instinto. Sei que essa é uma situação pouco comum. Mas deixe-me terminar. Você sabe que se for contar para o seu avô, ele jamais deixará você me acompanhar nessa missão. E ele próprio não está em condições de me ajudar. Vim até você porque passei a noite tentando convencer os outros de que seria melhor buscar o artefato agora do que depois, mas estão todos muito assustados para tomar uma decisão imediata. No entanto, meu compromisso secreto com o Esfinge perdura... com a ameaça de Olloch agigantando-se a cada dia, preciso garantir de imediato a segurança do artefato.

– Por que eu? – repetiu Seth.

– Em quem mais eu posso confiar além do seu avô? Sua avó é boa em muitas coisas, mas esse tipo de missão não é para ela. Nem para Kendra. Eu não posso fazer isso sozinho. Acho que sei o que está assombrando o bosque, um fantasma, e preciso de alguém corajoso comigo para me ajudar a derrotá-lo. Você é a minha única esperança. Você é jovem, mas, honestamente, Seth, no que concerne a coragem, você deixa todos os outros no chinelo.

Traição

– E se você for o traidor? – perguntou Seth.

– Se eu fosse o traidor, eu já teria mandado alguém me ajudar a escapar do fantasma. Christopher Vogel e eu estaríamos fora cuidando dos negócios. Não estaríamos tendo esta conversa. E mais, na realidade não podemos pegar o artefato hoje à noite. Precisamos de uma chave que está com seu avô para termos acesso a ele. Mas, se pudermos nos livrar do fantasma e confirmar a localização do artefato, acredito que poderei convencer os outros a se juntar a nós para retirarmos a relíquia amanhã.

A menção da chave também correspondia ao que Seth ouvira de seus avós. Sem a chave, Coulter não poderia ter acesso ao cofre. Se ele não podia ter acesso ao cofre, seu objetivo não poderia ser roubar o artefato. E se Coulter fizesse algum mal a Seth, seu disfarce iria pelos ares, o que o impediria de conseguir a chave com vovô. Ainda assim, mesmo que Coulter estivesse dizendo a verdade, a aventura certamente seria perigosa. Seth sabia que sua vida iria depender do sucesso de Coulter em lidar com o fantasma do bosque. Não tinha dado certo para Warren. Ele gostaria de poder se aconselhar com mais alguém, mas Coulter estava certo – se Seth contasse para alguém, para o vovô, Kendra, ou Tanu, eles tentariam evitar que ele fosse.

– Eu não sei o que fazer – disse Seth.

– Assim que estivermos de posse do artefato, todos nós vamos poder escapar e trancar Fablehaven, prendendo Olloch aqui dentro até que seus avós e o amigo não-tão-secreto deles descobrir o que fazer com ele. Todos sairão ganhando, e nós vamos manter o artefato longe de mãos malignas. Pensei bastante a respeito disso, e essa é a nossa última chance de resolver tudo. Se ficarmos parados, tudo terminará da pior maneira possível. Amanhã à noite, Olloch já estará forte demais. Só posso realizar essa missão com sua ajuda, Seth. Warren fracassou porque tentou resolver sozinho. Se você se recusar, é melhor nós dois voltarmos a dormir.

– Parece que ultimamente eu tenho tomado todas as decisões erradas – analisou Seth. – As pessoas não param de me enganar. Ou então eu faço coisas idiotas por conta própria.

– Nem todos estão tentando te embromar – disse Coulter. – E coragem nem sempre é algo arriscado. Com muita frequência é exatamente o oposto. Por acaso eu sei que seu avô nutre uma grande admiração por seu espírito aventureiro. Essa pode ser a sua chance de se redimir.

– Ou de provar que eu sou a pessoa mais otária da face da terra – suspirou Seth. – Espero que a missão encerre essa minha irregularidade. Preciso levar alguma coisa?

Coulter ficou radiante.

– Eu sabia que podia contar com você. – Ele deu um tapinha no ombro de Seth. – Tenho tudo de que precisamos.

– Posso pegar meu kit de emergência?

– Boa ideia. Mas em silêncio. Não vamos perturbar os outros.

Seth subiu de volta a escada e entrou no quarto do sótão. Kendra mudara de posição, mas ainda estava dormindo profundamente. Seth abaixou-se e pegou o kit de emergência embaixo da cama.

Ele estava se sentindo estranhamente nervoso. Será que estava cometendo um erro? Ou será que estava apenas ansioso com a perspectiva de encarar um terrível fantasma num bosque amaldiçoado com um velho baixinho no meio da noite? Coulter parecia ser o mais cauteloso de todos os aventureiros. Ele soubera exatamente o que fazer quando encontraram o sapo gigante, e ele parecia confiante de que poderiam lidar com o fantasma juntos. Seth mirou seu kit de emergência. Bastava ele seguir as instruções, e nada de mal aconteceria com ele, certo?

Coulter parecia estar um pouco desesperado para cumprir a missão que o Esfinge designara. Provavelmente, ele estava colocando os dois numa situação mais perigosa do que seria sua intenção original porque os riscos eram altos demais. Mas ele estava certo. Os riscos eram realmente altos. Fablehaven estava mais uma vez se encaminhando para a destruição. E Seth sabia que era, principalmente, por culpa sua. Da última vez, Kendra salvara o dia. Agora era a vez dele.

Seth desceu as escadas.

– Pronto? – perguntou Coulter.

– Acho que sim.

– Vamos pegar um pouco de leite para você.

Capítulo Doze

Perigo na noite

Os galhos caídos se partiam e estalavam como se fossem fogos de artifício à medida que Hugo atravessava a floresta escura com sua vigorosa passada. Nenhum fulgor estelar conseguia penetrar a fragrante escuridão abaixo das árvores. Hugo mantinha um ritmo incessante, com Coulter debaixo de um braço e Seth debaixo de outro, como se fosse um jogador de futebol americano carregando duas bolas.

Eles saíram da floresta por um breve espaço de tempo e passaram por uma ponte coberta que se estendia sobre uma ravina profunda. Seth identificou-a como sendo a mesma ponte que vira quando vovó, ele e Kendra haviam ido negociar com Nero. Não muito além da ponte, Hugo saiu novamente da trilha, voltando às pisadas fortes e barulhentas. Apenas o surgimento ocasional de uma clareira permitia que o vislumbre de um leve brilho das estrelas interrompesse a escuridão total.

Seth continuava tenso, prevendo o aparecimento de Olloch. Ele esperava que a qualquer minuto um glutão superdimensionado atacasse Hugo, cindindo a noite com um rugido feroz. Mas Hugo seguia seu caminho incansavelmente, desviando-se fluidamente de todos os obstáculos.

Quando alcançou o topo de um declive íngreme, o golem pôs-se a descer sem a menor hesitação. Seth teve a sensação de que eles estavam a ponto de escorregar a cada passo, mas Hugo jamais perdia o equilíbrio. Quando alcançaram uma árvore morta encostada num penhasco, Hugo, sem usar as mãos, subiu no tronco podre como se fosse uma rampa. Seth sentiu um nó no estômago à medida que o chão ficava cada vez mais distante, e ele teve certeza absoluta de que eles iriam cair, mas embora a árvore estalasse embaixo deles, o golem manteve-se em pé.

Por fim eles alcançaram um grande vale aberto com uma colina arredondada em cada canto. Após a completa escuridão da floresta, a luz das estrelas era suficiente para revelar o terreno circundante. Um matagal alto cobria o chão, misturado com plantas espinhosas. Um ajuntamento escuro de árvores assomava na extremidade do vale, entre as duas colinas maiores.

Hugo atravessou o vale, parando abruptamente perto do limite do bosque sombrio.

– Avance mais alguns passos, Hugo – ordenou Coulter.

O golem avançou, tremendo. Ele recuou um pouco, e a tremedeira parou. Lentamente, Hugo ergueu uma perna. Quando tentava movê-la para a frente, seu corpo começava a se sacudir.

– Chega, Hugo – disse Coulter. – Coloque-nos no chão.

– O que há com Hugo? – perguntou Seth.

– Da mesma forma que a maioria das criaturas mágicas não pode entrar no jardim da casa, Hugo não pode entrar nesse bosque. Existe um limite invisível aqui. O solo é amaldiçoado. Felizmente, na condição de mortais, podemos ir aonde quer que desejemos.

Seth ergueu as sobrancelhas.

– A gente vai ter de enfrentar o fantasma sem o Hugo? – perguntou ele.

– Eu esperava por isso – disse Coulter. – Mas gostaria muito de ter me equivocado.

– A gente tem certeza mesmo que quer ir a algum lugar onde o Hugo não pode entrar?

– Isso não tem nada a ver com o que nós queremos. É uma tarefa que temos de realizar. Não quero entrar lá, mas devo.

Seth mirou as árvores escuras. A noite parecia haver ficado subitamente mais fresca. Ele cruzou os braços.

– Como é que você sabe que tem um fantasma lá?

– Fiz um reconhecimento por conta própria. Avancei o suficiente no bosque para interpretar os sinais. O local é claramente o domicílio de um fantasma.

– Como é que a gente faz pra enfrentar um fantasma?

Coulter puxou um bastão curto e curvo de seu cinto.

– Você segura essa vara de azevinho bem no alto. Não importa o que aconteça, mantenha-a acima da cabeça; troque de mãos se preciso for. Eu cuido do resto.

– Só isso?

– O azevinho nos protegerá enquanto eu prendo o fantasma. Não é uma tarefa fácil, mas já fiz isso antes. O fantasma pode tentar assustar ou intimidar, mas se você mantiver a vara bem no alto, nós dois estaremos em segurança. Agora, mais do que nunca, independentemente do que veja e escute, você deverá permanecer impávido.

– Pode deixar – assegurou Seth, com firmeza. – E se Olloch aparecer?

– Os golems são fabulosos vigias – falou Coulter. – Hugo, mantenha Olloch, o Glutão, afastado do bosque.

– Não é melhor eu usar meu medalhão?

– O que repele os não mortos? Com certeza, coloque-o.

Seth pescou o medalhão de seu kit de emergência e deslizou em volta do pescoço. Coulter acendeu uma pesada lanterna. O clarão repentino fez com que Seth estreitasse os olhos e piscasse. O feixe brilhante cortava a escuridão do bosque, iluminando o espaço entre as árvores, permitindo que Coulter e Seth enxergassem mais profundamente o sinistro ajuntamento de árvores. Em vez de troncos indeterminados e sombrios, a potente luz revelou a cor e a textura das cascas das árvores. Quase não havia vegetação rasteira, apenas uma fileira atrás da outra de pilares acinzentados sustentando um dossel repleto de folhas.

– Tenha coragem e mantenha-se firme – aconselhou Coulter.

– Estou pronto – disse Seth, segurando a vara de azevinho no alto da cabeça.

– Hugo, se cairmos, volte para a casa – ordenou Coulter.

– Se cairmos?

– Apenas precaução. Vai dar tudo certo.

Você não está dando uma grande contribuição à minha coragem – reclamou Seth. Ele começou a imitar Coulter: – Seth, vai dar tudo certo. Não há o que temer. Hugo, quando a gente morrer,

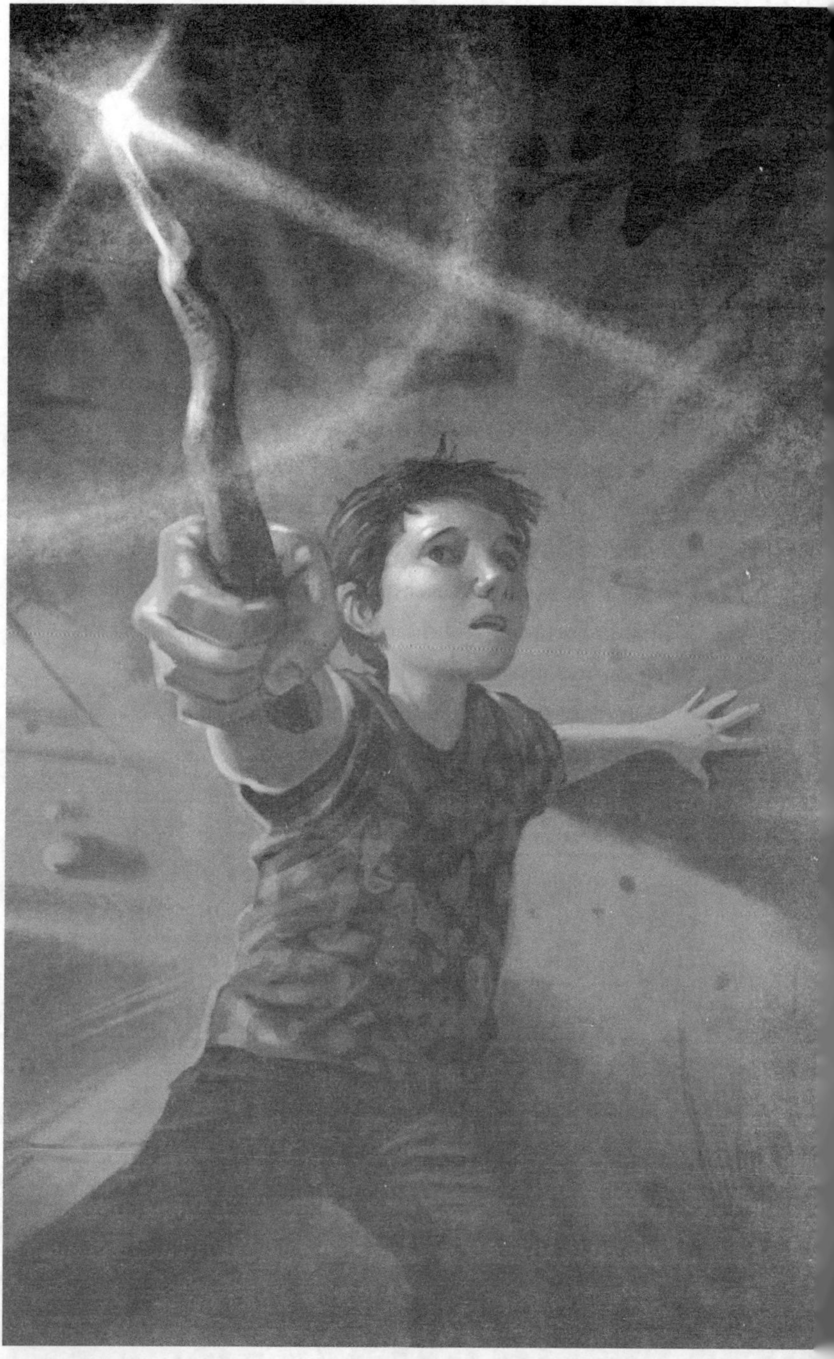

por favor enterre nossos corpos num belo cemitério à beira de um riacho. Sinto muito, Seth, eu quis dizer *se* a gente morrer. Seja corajoso. Quando o fantasma te matar, não grite, mesmo que doa pra caramba.

Coulter estava dando um sorriso irônico.

– Acabou?

– Parece que nós dois estamos acabados.

– Cada pessoa lida com os nervos de maneira diferente. O humor é uma das melhores. Siga-me.

Coulter avançou, além da planície que Hugo não podia atravessar, e Seth seguiu-o de perto. As árvores produziam longas sombras. O feixe da lanterna oscilava para frente e para trás, fazendo com que as sombras se movessem e se esticassem, criando a ilusão de que as árvores estavam em movimento. Assim que passaram pelas primeiras árvores, Seth olhou de relance para Hugo, que ficara esperando nas sombras. Sua visão noturna já havia sido arruinada pela luz da lanterna, de modo que ele mal conseguia distinguir a forma do golem na escuridão.

– Sente a diferença? – sussurrou Coulter.

– Estou morrendo de medo, se é isso o que você está querendo dizer – disse Seth, suavemente.

Coulter parou de andar.

– Mais do que isso. Mesmo que você não soubesse que estava com medo, você estaria. Há uma inelutável sensação no ar de que algo de ruim está para acontecer.

Seth estava com uma irritação cutânea nos braços.

– Lá vem você de novo me assustando – resmungou ele.

– Só quero que você esteja ciente do que está acontecendo – sussurrou Coulter. – Pode ser que piore. Mantenha essa vara de azevinho bem no alto.

Seth não tinha certeza se era simplesmente o poder da sugestão, mas assim que eles recomeçaram a caminhar, a cada passo o ar parecia ficar mais frio, e a sensação de escuridão dentro dele só fazia aumentar. Seth analisava as árvores, apavorado, preparando-se para o aparecimento do aterrorizante fantasma.

Coulter diminuiu o passo e depois parou. Os pelos da nuca de Seth se ergueram. Coulter virou-se lentamente, os olhos arregalados e cintilando.

– Oh, oh – exprimiu ele.

O medo atingiu Seth como um golpe físico, fazendo com que seus joelhos fraquejassem. Ele soltou seu kit de emergência ao desabar no chão, mantendo a mão com a vara de azevinho bem no alto. Seth lembrou-se instantaneamente de quando experimentara a poção do medo de Tanu. O terror era uma força dominadora, irracional, que instantaneamente sobrepujava todas as defesas. Ele lutou para se levantar e para manter a mão no alto.

Ele conseguira ficar de joelhos e estava tentando erguer uma perna quando uma segunda onda de medo tomou conta de seu corpo, mais poderosa do que a primeira, muito mais potente do que a poção que Tanu lhe dera. O medalhão em volta de seu pescoço dissolveu-se, evaporando no ar gélido. Vagamente, distanciadamente, Seth se deu conta de que a lanterna estava no chão, e que Coulter estava de quatro, tremendo. O medo se intensificou firme e incessantemente.

Seth encolheu-se. Ele estava deitado de costas. A vara permanecia acima de sua cabeça, agarrada a um punho enregelado. Todo o seu corpo estava paralisado. Ele tentou chamar Coulter. Seus lábios tremeram. Nenhum som escapou. Ele mal conseguia pensar.

Isso ultrapassava o temor da morte. A morte seria uma misericórdia se fizesse a sensação acabar, o pânico incontrolável misturando-se à certeza desorientada de que algo sinistro estava se aproximando, algo desprovido de pressa, algo que não teria a gentileza de deixá-lo morrer. O medo era palpável, sufocante, irresistível.

Seth sempre visualizara sua vida acabando de uma maneira muito mais heroica.

※ ※ ※

Kendra acordou de repente. O quarto estava escuro e silencioso. Ela não tinha o hábito de acordar no meio da noite, mas estava se sentindo estranhamente alerta. Virou-se para olhar para Seth. A cama dele estava vazia.

Ela se levantou num átimo.

– Seth? – sussurrou ela, vasculhando o quarto. Não havia nenhum sinal de seu irmão.

Onde ele poderia estar? Será que o traidor o sequestrara? Será que ele havia se oferecido em sacrifício a Olloch? Será que pegara seu ouro e partira de Fablehaven? Talvez tivesse apenas ido ao banheiro. Ela se inclinou e deu uma olhada debaixo da cama, onde ele guardava seu kit de emergência. Não havia nada lá.

Kendra rolou para fora da cama. Deu início a uma busca mais detalhada, olhando embaixo de ambas as camas. Nada de kit de emergência. Não era um bom sinal. O que poderia estar passando pela cabeça dele?

Kendra acendeu o interruptor da luz, correu até a escada e desceu velozmente. O quarto de Vanessa era o mais próximo. Kendra deu uma leve batida e abriu a porta. Vanessa estava enroscada debaixo das cobertas. Kendra tentou não pensar nas estranhas criaturas que habitavam os contêineres empilhados em todo o quarto. Ela acendeu a luz e foi em direção à cama.

Vanessa estava deitada de lado, encarando Kendra. Ela estava totalmente parada, exceto as pálpebras, que se moviam intensamente. Kendra aprendera na escola que o sono REM era sinal de que a pessoa estava sonhando. A visão era aterradora, seu rosto tranquilo, seus olhos fechados se movimentando espasmodicamente.

Kendra colocou a mão no ombro de Vanessa e a sacudiu.

– Vanessa, acorda, estou preocupada com Seth. – As pálpebras não paravam de se mexer. Vanessa não demonstrava nenhum sinal de estar sentindo sua presença ou de estar escutando Kendra. Após sacudir Vanessa uma segunda vez sem obter reação, Kendra ergueu uma pálpebra. O olho estava virado para trás, branco e cheio de sangue. Kendra recuou com um salto. A visão a deixou arrepiada.

Havia um copo de água pela metade na mesinha de cabeceira. Kendra hesitou apenas por um instante. Era uma emergência. Ela derramou o líquido no rosto de Vanessa.

Com a respiração entrecortada e completamente alvoroçada, Vanessa se sentou na cama, a mão no peito, os olhos arregalados, parecendo estar não apenas sobressaltada, como também quase paranoica. Ela olhou ao redor do quarto, os olhos dardejando e visivelmente desorientada. Seu olhar parou em Kendra.

— O que você está fazendo? — Ela parecia com raiva e descontrolada. Água respingava de seu queixo.

— Seth desapareceu! — exclamou Kendra.

Vanessa inspirou profundamente.

— Desapareceu? — A raiva havia sumido de sua voz, substituída por preocupação.

— Eu acordei e ele não estava no quarto — contou Kendra. — Nem o kit de emergência dele.

Vanessa rolou as pernas para fora da cama.

— Ah, não, espero que ele não tenha feito nenhuma imprudência. Desculpe se dei a impressão de estar nervosa; eu estava tendo um pesadelo horrível.

— Tudo bem. Desculpe ter derramado água em você.

— Que bom que fez isso. — Vanessa vestiu um robe e seguiu na frente em direção ao corredor. — Vai chamar o Coulter. Eu chamo Tanu.

Kendra correu pelo corredor até a porta do quarto de Coulter. Ela entrou depois de dar uma leve batidinha. A cama dele estava vazia. Arrumada. Não havia o menor sinal dele.

Kendra retornou ao corredor, onde Vanessa estava acompanhada de um Tanu com os olhos turvos.

— Onde está Coulter? — perguntou Vanessa.

— Também não está no quarto — relatou Kendra.

※ ※ ※

De costas na escuridão, Seth tentava se acostumar com o medo. Se conseguisse, de repente poderia resistir a ele. A sensação era bem parecida com a que ele tinha quando alguém o assustava e ele se via obrigado a dar um salto: um acesso de terror e pânico irracionais e instintivos. Exceto pelo fato de que aquela sensação se mantinha. Em vez de surgir num impulso e rapidamente diminuir até se restabelecer o alívio racional, a sensação de sobressalto não apenas estava durando como também estava se intensificando. Seth estava achando difícil pensar, quanto mais se mover, de modo que ficou parado, paralisado, subjugado, lutando internamente, sentindo alguma coisa aproximando-se inexoravelmente. A única experiência similar que ele tivera fora quando Tanu lhe dera a poção do medo. No entanto, comparada ao que ele estava vivenciando naquele momento, a experiência anterior parecia agora inofensiva e anódina. Agora sim, a coisa era real. Medo que podia matar.

– Seth – disse uma voz exaurida, com urgência. – Como chegamos aqui?

Incapaz de virar a cabeça, Seth virou os olhos. Coulter estava deitado ao lado dele, apoiado sobre um cotovelo. Ter algo mais em que se concentrar além do medo ajudava um pouco, e o fato de Coulter ainda ser capaz de falar deu-lhe esperanças. Mas que espécie de pergunta sem sentido era aquela? Coulter sabia muito bem como ele havia chegado ali. Fora ideia dele. Seth tentou perguntar o que ele estava querendo dizer, mas só conseguiu soltar um gemido.

– Não importa – resmungou Coulter. Ele estendeu a mão para Seth, movendo-se como um homem que está em um planeta onde a gravidade é muito maior do que na Terra. – Pegue.

Seth não conseguia ver o que Coulter estava segurando. Ele tentou mover seu braço, mas fracassou. Tentou se sentar, e fracassou novamente.

— Olha — disse Coulter. A lanterna estava no chão, perto de seus pés. Ele a chutou suavemente, mudando o ângulo do feixe de luz. Em seguida Coulter deitou-se completamente.

Com a luz virada para o outro lado e Coulter em posição mais baixa no chão, Seth agora podia ver o que estava se aproximando em meio às árvores: um homem definhado e maltrapilho com um grande espinho proeminente na lateral do pescoço. Sua pele parecia doentia, leprosa, com feridas abertas e manchas desbotadas. Pelo fato de a lanterna estar no chão, a metade de baixo da figura estava melhor iluminada do que a metade de cima. Seus tornozelos eram cheios de calosidades. Lama ressecada podia ser vista na bainha de suas calças andrajosas. Seth estudou seu rosto sombrio. Ele tinha um pomo de adão bastante pronunciado, e possuía o sorriso artificial de um homem tímido posando para uma fotografia. Os olhos eram vazios, mas estranhamente vivos. Sua expressão era imutável. Ele ainda estava a doze metros de distância, com passadas lentas, como se estivesse em um transe.

Arquejando, suando, Coulter apoiou-se novamente sobre o cotovelo.

— Espectro — grunhiu ele, entre dentes. — Talismânico... utiliza o medo... remova o prego. — Ele se arrastou para mais perto de Seth. — Abra... a boca.

Seth concentrou toda a sua atenção em sua mandíbula. Ele não conseguia parar de bater os dentes. Abrir a boca não era uma opção naquele instante.

— Não dá — tentou dizer ele. Nenhum som saiu.

Coulter esfregou alguma coisa em sua mão. Parecia um lenço.

– Cuidado – tossiu Coulter, quase sem conseguir pronunciar a palavra. Ele tentou dizer mais, mas parecia que estava sendo estrangulado.

Coulter cambaleou até Seth. Suas duas mãos estavam no rosto de Seth. Uma delas abriu-lhe bruscamente a boca. A outra enfiou alguma coisa lá dentro. Quando Coulter o soltou, Seth começou automaticamente a morder sofregamente o que quer que Coulter havia lhe dado, seu queixo batendo involuntariamente, amassando o objeto entre seus molares.

De repente, Seth experimentou a sensação de que sua língua estava rapidamente inflando. Era como se ela tivesse subitamente se transformado num airbag, explodindo dentro de sua boca. Então pareceu que sua língua inflada estava escapando de sua boca para em seguida absorvê-lo. A aterradora cena diante dele desapareceu instantaneamente. Ele foi envolvido por uma escuridão total. Pela primeira vez desde que começara a senti-lo, o medo esmagador estava se reduzindo de modo significativo.

Ele estava conseguindo se mover novamente. Estava no interior de uma escuridão esponjosa, totalmente encapsulado por alguma coisa. Seth tocou sua língua. Estava intacta. Normal. Na verdade, sua língua não havia se transformado num balão; devia ter sido a coisa que Coulter enfiara em sua boca, seja lá o que fosse. O casulo! Essa era a única explicação! De algum modo, Coulter encontrara a força necessária para enfiar seu dispositivo de segurança na boca de Seth. Ele pressionou as paredes que o confinavam em seu abrigo aconchegante. A princípio elas pareciam macias, mas quando pressionou com mais força, elas não se moveram. De acordo com o que Coulter havia dito, nada poderia atingi-lo agora. Ele poderia sobreviver ali por meses.

Coulter! O velho havia se sacrificado! Embora agora estivesse abafado, Seth ainda conseguia sentir o medo aumentando. Em algum lugar além da escuridão macia que o englobava, a criatura estava se aproximando de Coulter. Até ele estaria petrificado a uma hora dessas, independentemente do quanto fosse resistente ao medo asfixiante. Parecia que ele havia usado o que lhe restava de forças para dar a Seth o casulo.

Seth examinou o objeto que Coulter havia colocado em sua mão. Não era um lenço; era uma luva sem as pontas do dedos, presumivelmente a luva que deixava Coulter invisível. Ela não teria muitas utilidades dentro do casulo, mas se ele saísse, ela viria muito bem a calhar.

Seth apertou a luva. Só podia haver um motivo pelo qual Coulter lhe entregara o objeto. Ele não tinha esperança de sobreviver.

Coulter começou a gritar. Embora os sons estivessem abafados pelo casulo, Seth jamais ouvira uma tão vívida e desenfreada expressão de puro terror. Seth resistiu ao impulso de rasgar o casulo. Ele queria ajudar, mas o que podia fazer? O grito de Coulter não durou muito tempo.

※ ※ ※

Vovô estava sentado na ponta de seu catre, cercado por Vanessa, Dale, Tanu, vovó e Kendra. Seus cabelos estavam arrepiados de uma maneira que Kendra jamais havia visto. Mas seus olhos duros não estavam sonolentos.

— O traidor foi desmascarado — disse vovô, como se estivesse falando consigo mesmo.

— Não pode ser Coulter — rebateu vovó, incrédula.

— Eles saíram — comentou Tanu. — Ele levou o equipamento dele. Se olharmos para as pegadas, parece que Hugo os carregou.

— Você consegue segui-los? — perguntou vovô.

— Facilmente — garantiu Tanu. — Mas eles estão bem à nossa frente, e Hugo não é nem um pouco lento.

— O que você imagina que eles estão fazendo? — perguntou Vanessa.

Vovô olhou de relance para Kendra, preocupado.

— Discutiremos isso em outra hora.

— Não — retrucou Kendra. — Fala logo. A gente precisa se apressar.

— Falta a Coulter um objeto essencial para ele se apossar da relíquia perdida — disse vovô. — Certo?

Vovó anuiu.

— Ainda está conosco.

— Só posso imaginar que ele tenha algum motivo para oferecer Seth a Olloch — continuou vovô. — Mas não me parece uma estratégia das melhores, o que não me parece algo típico de Coulter. Ele pode saber alguma coisa que nós desconhecemos.

— O tempo está se esgotando — advertiu Dale.

— Verdade — concordou vovô. — Dale, Vanessa, Tanu, encontrem o local para onde Coulter levou Seth. Resgatem Seth e Hugo.

Os três saíram correndo do quarto. Kendra ouviu as pisadas em volta da casa enquanto eles juntavam seus equipamentos. Ela ficou imóvel, atônita. Aquilo estava mesmo acontecendo? Será que seu irmão desaparecera mesmo, sequestrado por um traidor? Será que

Coulter iria mesmo oferecê-lo a Olloch? Ou será que Coulter tinha alguma coisa imprevisível em mente?

Talvez Seth já estivesse até morto. Sua mente recuou ao pensar na possibilidade. Não, ele tinha de estar vivo. Tanu, Vanessa e Dale o salvariam. Enquanto tivesse espaço suficiente para se manter esperançosa, ela não deveria perder a fé.

– Tem alguma coisa que eu possa fazer? – perguntou ela.

Vovó esfregou os ombros da neta por trás.

– Tente não se preocupar. Vanessa, Tanu e Dale vão encontrá-lo.

– Você acha que consegue voltar a dormir? – perguntou vovô.

– Pouco provável – disse Kendra. – Eu nunca me senti tão desperta. E nunca desejei tanto estar sonhando.

❦ ❦ ❦

Um silêncio impiedoso seguiu-se ao fim dos gritos de Coulter. Seth não conseguia dizer se era um efeito secundário dos gritos, mas o medo parecia estar se intensificando novamente, avolumando-se dentro dele. Alguma coisa esbarrou no casulo de Seth. Mais uma vez. E outra.

Seth visualizou o homem descarnado com os cabelos escorridos e o sorriso desagradável balançando o casulo.

– Ele não consegue entrar, ele não consegue entrar – repetia Seth suavemente para si mesmo.

O medo estava estabilizando. Era desconfortável, porém suportável depois do que ele experimentara do lado de fora do casulo. O que ele faria agora? Estava preso numa armadilha. Com certeza o zumbi não tinha como entrar, mas nem ele tampouco podia sair. Assim que rasgasse o casulo ficaria vulnerável. Então ele estava num impasse. Teria de esperar até ser resgatado.

Um rugido interrompeu seu pensamento. O som vinha de longe, embora fosse difícil ter certeza se isso era proporcionado pelo casulo. Seth esperou, com os ouvidos atentos. O rugido seguinte com certeza vinha de um local mais próximo. Ele conhecia aquele som. Era mais profundo e mais cheio, como se viesse de algo muito grande, mas com certeza o rugido era de Olloch.

Seth ouviu mais um rugido feroz. E outro. O que estava acontecendo? Uma luta com Hugo? O que aconteceria se Olloch entrasse no bosque? Se Olloch podia potencialmente se tornar tão poderoso quanto Bahumat, forte o suficiente para sobrepujar o tratado de fundação de Fablehaven, não seria possível que o demônio também pudesse ficar mais forte do que o casulo?

Tudo o que Seth podia fazer era esperar no interior daquelas paredes suaves de seu casulo, ignorando as vezes em que ele era sacudido pelo zumbi. Na verdade, Coulter chamara a criatura de espectro, seja lá o que isso pudesse significar. Aparentemente, ele se enganara a respeito de o bosque ser a casa de um fantasma. Coulter dissera para remover o prego, que só podia ser aquela coisa parecida com um espinho na lateral do pescoço do espectro. Mais fácil dizer do que fazer. Difícil arrancar um prego quando um medo que você não consegue controlar deixou você completamente petrificado.

Um rugido de estourar os tímpanos pegou Seth de surpresa. Ele recuou, tapando os ouvidos. Parecia que Olloch estava bem ali fora. E então Seth foi duramente levantado. A sensação era que o casulo havia sido catapultado em direção a uma rede de cordas elásticas. Ele ficou grato pelo fato do confortável espaço interior do casulo ser acolchoado. Depois de Seth ter sido jogado de um lado para o outro até que não tivesse mais certeza o que era em cima e o que era embaixo, o casulo se aquietou. Instantes depois, ele sentiu o casulo começando a se mover linearmente. Então parou. E começou de novo. O movimento estava muito mais suave agora. A sensação era que o casulo estava atrás de uma picape que não parava de acelerar, desacelerar e entrar em curvas e às vezes saltar.

Não demorou muito até que Seth deduzisse o que aquilo significava. Olloch o engolira com casulo e tudo.

Capítulo Treze

A rede do ladrão

Kendra mexia lentamente seu mingau de aveia. Ela ergueu uma mínima porção com a colher, virou o talher para baixo e ficou observando a massinha úmida cair de volta na tigela. Sua torrada estava ficando fria. Seu suco de laranja estava ficando morno. Ela simplesmente não tinha fome alguma.

Do lado de fora o sol estava nascendo, lançando um brilho dourado por sobre o jardim. Fadas batiam suas asas por todos os lados, deixando as florações ainda mais resplandecentes. A manhã suave e tranquila parecia indiferente ao fato de que seu irmão havia sido sequestrado.

– Você devia comer alguma coisa – disse vovó.

Kendra colocou um pouco de aveia na boca. Em outras circunstâncias o sabor teria sido agradável, salpicado de canela e açúcar. Mas não hoje. Hoje era como mastigar borracha.

– Não estou a fim.

Vovô chupou manteiga de seu polegar após terminar de comer outra torrada.

– Coma, mesmo que lhe pareça uma obrigação. Você precisa repor suas energias.

Kendra comeu mais um pouco.

– Você não conseguiu entrar em contato com o Esfinge ontem à noite? – perguntou vovó.

– Nem agora de manhã. Eu telefono, telefono, e nada. O que é ruim, mas não fora do comum. Ele responde quando pode. Vou tentar novamente depois do café da manhã.

Vovô ajeitou a postura na cadeira e esticou o pescoço para olhar pela janela.

– Aí vêm eles – disse ele.

Kendra levantou-se em questão de segundos e correu até a varanda dos fundos. Tanu, Vanessa, Dale e Hugo haviam acabado de surgir do meio da floresta e estavam se aproximando do jardim. Hugo carregava Coulter aninhado em um dos braços. O outro braço do golem não existia mais. Kendra não viu nenhum sinal de Seth.

Nervosa, Kendra se virou para a avó, que estava empurrando a cadeira de rodas de vovô até a varanda.

– Não estou vendo Seth – disse ela.

Vovó abraçou-a.

– Não tire conclusões precipitadas.

Assim que Hugo e os outros se aproximaram, Kendra percebeu que Coulter estava com a aparência diferente. Ele estava pálido e sua pele descorada. Seus cabelos, que antes eram grisalhos, estavam agora brancos como neve. Aparentemente, ele tivera a mesma sina de Warren.

— Quais são as notícias? — perguntou vovô assim que os outros se reuniram na grama abaixo da varanda.

— Nem um pouco boas — respondeu Tanu.

— E Seth? — insistiu vovô.

Tanu baixou os olhos. O gesto já dizia tudo.

— Oh, não — sussurrou vovó. Kendra explodiu em lágrimas. Ela tentava contê-las mordendo com força a manga da camisa. Fechar os olhos não fazia as lágrimas pararem de sair.

— Talvez devêssemos esperar — disse Vanessa.

— Eu quero saber — conseguiu dizer Kendra. — Ele está morto?

— Tudo indica que ele foi consumido por Olloch — disse Tanu.

Kendra encostou o corpo no parapeito da varanda, os ombros tremendo. Ela tentava não acreditar no que estava ouvindo, mas não havia outra alternativa.

— Conte-nos tudo — pediu vovó, com a voz trêmula.

— Foi fácil seguir as pegadas de Hugo, embora ele tivesse percorrido um terreno bem ruim — contou Tanu. — Nós o encontramos voltando para a casa pelo mesmo caminho que havia usado para chegar ao bosque.

— Então Coulter foi mesmo até o bosque — disse vovô, com raiva.

— Foi. Juro pela minha vida que Hugo estava com a aparência arrasada quando nós o avistamos. Estava sem um dos braços, com a cabeça baixa e cambaleando lentamente. Assim que nós o encontramos, ordenamos a ele que nos levasse ao local onde ele havia deixado Coulter.

— E Hugo foi diretamente para o bosque no vale das quatro colinas — disse vovó.

– Seguiu suas próprias pegadas – disse Tanu. – Quando chegamos ao bosque, analisei todas as pistas que consegui encontrar. Vi por onde Coulter e Seth entraram juntos lá. Parecia que Hugo não fora capaz de entrar com eles. Contornando o bosque, encontrei o local de onde partiam as pegadas de Coulter. Na extremidade do bosque, descobri onde Hugo havia enfrentado Olloch. Tenho certeza de que foi lá que Hugo perdeu o braço. Nas proximidades vi por onde Olloch entrou no bosque. Não muito distante daí, achei o local por onde Olloch saiu. Procuramos e procuramos, mas não encontramos nenhum sinal indicando que Seth havia deixado o bosque.

– Como Olloch conseguiu entrar lá se Hugo não conseguiu? – perguntou Kendra.

– Barreiras diferentes trabalham de maneiras diferentes – explicou Tanu. – Minha hipótese é que o bosque é menos repelente a criaturas malignas. Um demônio como Olloch seria imune a muitas maldições do mundo das trevas.

– Vocês entraram no bosque? – perguntou vovó.

– Existe um espírito malévolo lá – revelou Vanessa.

– Nós nos sentimos despreparados para o que talvez fôssemos obrigados a enfrentar perto daquelas árvores amaldiçoadas – disse Tanu. – Tivemos que conter fisicamente Dale. No fim, seguimos as pegadas da saída de Coulter e o encontramos vagando pela floresta como vocês o veem agora.

Kendra mal podia ouvir as notícias. Ela agarrava o parapeito e combatia o pesar avassalador que latejava em seu coração. A cada vez que novos soluços a sacudiam, ela tentava chorar sem alarde. Depois de tudo o que havia acontecido no verão passado, quando todos haviam ficado tão próximos de perderem suas vidas, parecia injusto que a morte agora tivesse que levar Seth tão súbita e inesperadamente. Era inimaginável o fato de que ela jamais poderia rever seu irmão.

– Ele poderia estar vivo, tendo sido engolido inteiro? – perguntou Kendra, com uma voz miúda.

Ninguém olhou para ela.

– Se o demônio o devorou, ele não existe mais – falou vovô com delicadeza. – Esperaremos mais um dia. Se Olloch consumiu Seth, ele deverá diminuir seu ímpeto e retornar à sua condição de estátua até que outra pessoa cometa o erro de alimentá-lo. Não tenho a intenção de lhe dar falsas esperanças, mas só teremos certeza se Olloch ingeriu Seth quando localizarmos o demônio em seu estado dormente.

– Não seria melhor a gente procurar logo? – perguntou Kendra, enxugando os olhos. – E se Seth ainda estiver correndo por aí?

– Ele não está correndo – disse Tanu. – Creia-me. Olhei tudo. Na melhor das hipóteses ele pode ter encontrado um local para se esconder no interior do bosque.

– O que é bastante improvável, já que o demônio entrou e saiu – disse vovô, com tristeza.

– Não dá pra gente arrancar alguma coisa de Coulter? – perguntou Kendra.

– Ele parece dar tantas respostas quanto Warren – contou Dale. – Quer ver se ele reage a alguma pergunta sua, Kendra?

Kendra apertou os lábios. A ideia de ser obrigada a se aproximar de Coulter parecia-lhe revoltante. Ele havia matado seu irmão. E agora, da mesma forma que Warren, sua mente voara para bem longe. Mas se havia uma chance de ele revelar alguma coisa útil, ela tinha de tentar.

Kendra saltou por cima do parapeito da varanda e aterrissou na grama.

– Hugo, coloque Coulter no chão – ordenou Dale.

Hugo obedeceu. Coulter ficou imóvel, parecendo ainda menor e mais frágil agora que estava albino e sem expressão. Kendra colocou uma das mãos em seu pescoço branco. Coulter ergueu a cabeça e olhou-a bem nos olhos. Seus lábios tremeram.

– Nós nunca conseguimos ouvir nenhuma palavra de Warren – lembrou Kendra.

– Tente fazer alguma pergunta a ele – incentivou Vanessa.

Kendra colocou as mãos nos dois lados do rosto de Coulter e mirou-o fixamente.

– Coulter, o que aconteceu com Seth? Onde ele está?

Coulter piscou duas vezes. O canto de sua boca tremeu no que parecia ser o início de um sorriso. Kendra o empurrou para o lado.

– Ele parece estar feliz com tudo isso – falou ela.

– Eu acho que você não entendeu direito – rebateu Dale. – Acho que ele apenas demonstrou ter gostado de seu toque.

Kendra olhou para o golem.

– Coitado do Hugo. Podemos consertar o braço dele?

– Os golems são resistentes – explicou vovô. – Eles normalmente absorvem e acumulam matéria. Com o tempo o braço vai se formar novamente. Kendra, talvez seja melhor você descansar um pouco.

– Acho que não consigo dormir – gemeu ela.

– Posso dar a ela um sedativo leve – ofereceu Vanessa.

– Pode ser uma boa ideia – disse vovó.

Kendra ponderou a possibilidade. A ideia de cair no sono e deixar temporariamente para trás toda aquela dolorosa experiência até que era atraente. Ela não estava com sono, mas estava exausta.

– Tudo bem.

Colocando a mão em seu cotovelo para ampará-la, Vanessa guiou-a através da varanda em direção à casa. Na cozinha, Vanessa pôs um pouco de água para ferver. Ela saiu e voltou com um saquinho de chá.

Kendra sentou-se à mesa, distraindo-se com um saleiro.

– Seth morreu mesmo, não morreu?

– As perspectivas não são das melhores – admitiu Vanessa.

– Eu não visualizei isso acontecendo. Tudo estava começando a parecer um jogo fantástico.

– Pode até ser fantástico, mas definitivamente não é nenhum jogo. Criaturas mágicas às vezes são letais. Perdi muitos amigos queridos por conta desses seres.

– Ele estava sempre pedindo pra isso acontecer – disse Kendra. – Sempre atrás de riscos.

– Isso não foi culpa de Seth. Quem pode saber que tipo de pressão Coulter pode ter aplicado para seduzir seu irmão a acompanhá-lo? – Vanessa serviu água quente na caneca, inseriu o saquinho de chá e mexeu com um pouco de açúcar. – Acho que você prefere seu chá numa temperatura bebível e não escaldante como esse aqui. – Ela puxou o saquinho de chá e o colocou em cima da bancada. – Isso deve ser o suficiente para você relaxar.

Kendra tomou um gole do chá de ervas. Era suave e com sabor de menta. Ao contrário do resto do café da manhã, a bebida parecia ser algo que ela poderia tomar até o fim.

– Obrigada, é muito bom.

– Vamos começar a nos dirigir para seu quarto – aconselhou Vanessa. – Em alguns instantes você vai estar feliz por estar perto de uma cama.

Kendra continuou bebendo o chá enquanto elas subiam a escada e passavam pelo corredor. O entorpecimento a atingiu nos degraus que davam no sótão.

– Você não estava brincando – admitiu Kendra, encostando-se na parede para se equilibrar. – A sensação é que eu podia simplesmente me deitar e dormir aqui mesmo.

– Você podia mesmo – concordou Vanessa. – Mas por que não subir mais alguns degraus e dormir em sua cama? – Vanessa pegou a caneca de Kendra. Ela não havia bebido nem a metade.

No restante do caminho até sua cama, Kendra teve a sensação de estar se movendo em câmara lenta. Após as dolorosas notícias acerca de seu irmão, a sensação de torpor e de distanciamento eram muito bem-vindas. Ela pulou na cama e mergulhou instantaneamente num sono profundo, incapaz até mesmo de captar as últimas palavras que Vanessa havia falado.

※ ※ ※

Despertar de seu cochilo entorpecido foi um processo gradual e delicioso para Kendra, como flutuar preguiçosamente do fundo do mar à superfície. Ela ainda não havia alcançado a superfície, mas quando a alcançasse, sabia que se sentiria plenamente descansada. Nenhum desejo de prolongar o sono interrompido por algum despertador, nenhuma sensação de tonteira por haver dormido demais. Ela jamais despertara de modo tão suave.

Quando se sentiu completamente desperta, Kendra hesitou em abrir os olhos, na esperança de que o prazer se prolongasse. Por acaso não havia um motivo pelo qual ela não deveria se sentir tão perfeita? Seus olhos se abriram num átimo, e ela olhou para a cama vazia de Seth.

Ele se fora! Morto! Kendra fechou novamente os olhos, tentando fingir que tudo não havia passado de um sonho triste. Por que ela não acordara quando Coulter apareceu para levá-lo? Como Coulter conseguiu tirá-lo da casa sem se fazer notar?

Ela abriu os olhos. A se julgar pela luz, era o fim da tarde. Ela dormira o dia inteiro.

Kendra desceu as escadas e encontrou vovó na cozinha, cortando pepinos.

– Oi, querida – cumprimentou ela.

– Alguma novidade enquanto eu estava ausente?

– Tentei contatar o Esfinge duas vezes. Nenhuma resposta ainda. Espero que ele esteja bem. – Vovó parou de cortar o legume e esfregou as mãos na toalha. – Seu avô disse que queria falar conosco no estúdio assim que você acordasse.

Kendra seguiu vovó até o estúdio, onde vovô estava sentado lendo um diário. Ele fechou o livro assim que elas entraram.

– Kendra, entre. Precisamos conversar.

Kendra e vovó sentaram-se no catre perto de vovô.

– Estive pensando – disse vovô. – A forma como tudo se deu ontem à noite não faz muito sentido. Conheço Coulter muito bem. Ele é um homem astuto. Quanto mais pondero sobre a situação, menos sentido estratégico eu enxergo nas ações dele, principalmente com o desfecho dele se transformando num albino como Warren.

O comportamento dele foi tão desastrado que eu chego a suspeitar que ele não estava agindo por vontade própria.

– Você acha que alguém estava controlando ele? – perguntou Kendra.

– Tais coisas podem ocorrer de diversas maneiras – explicou vovô. – Posso estar errado, e não tenho nenhuma prova concreta, mas desconfio que ainda não descobrimos nosso traidor. De modo que botei um plano em prática. Ele pode causar alguma agitação hoje à noite, então imaginei que seria justo alertá-la. Olhe embaixo de meu catre.

Debaixo do catre Kendra viu uma caixa entalhada com mais ou menos um metro e oitenta de comprimento. Vovó também deu uma espiada.

– O que tem dentro dessa caixa? – perguntou Kendra.

– Pouco menos de uma hora atrás chamei Vanessa, Tanu e Dale. Eu disse para eles que acreditava haver pegado nosso traidor, mas que estava preocupado com a presença de Christopher Vogel na propriedade, sem dúvida nenhuma munido de intenções ainda mais malévolas. Eu disse para eles que havia decidido esconder a chave que abre o cofre do artefato debaixo de meu catre, e que queria que eles soubessem onde ela estava caso houvesse alguma emergência. Em seguida começamos a discutir os planos para rastrear Olloch amanhã, assim como as maneiras que porventura teríamos para descobrir o paradeiro de nosso outro hóspede não convidado.

– Caixa grande demais pra uma chave – analisou Kendra.

– Não é uma chave comum – rebateu vovô.

– Com certeza você não está usando a chave como isca – falou vovó, dando a impressão de estar certa de que ele não seria tão tolo.

– É claro que não. O que está na caixa é uma rede de ladrão. A chave está escondida em outro lugar.

Vovó anuiu, aprovando o plano.

– Uma rede de ladrão? – perguntou Kendra.

– Se alguém abrir a caixa sem desativar a armadilha, a rede entrará em ação e o agarrará – explicou vovô. – Um equipamento mágico para capturar ladrões em potencial.

– Onde está a chave? – perguntou Kendra.

– Não estou certo se você deve carregar o fardo de ter esse conhecimento – falou vovó. – Esse tipo de informação pode transformar você em um alvo. Seu avô e eu somos as únicas pessoas cientes da localização da chave.

– Tudo bem – concordou Kendra.

Vovô esfregou o queixo.

– Estive pensando na possibilidade de mandar você sair daqui, Kendra. Por um lado, desconfio fortemente de que a crise aqui em Fablehaven não acabou. Por outro, a Sociedade da Estrela Vespertina vai começar a tentar segui-la assim que você puser os pés fora da propriedade. Pelo menos a cerca de Fablehaven fornece uma barreira contra eles. Com o livro de registros escondido em outro lugar, não devemos ter mais nenhum visitante indesejado.

– Prefiro ficar aqui – optou Kendra. – Não quero colocar meus pais em perigo.

– Acho que por enquanto essa é a melhor coisa a ser feita – aceitou vovô. – Recomendo que você durma essa noite com sua avó em nosso quarto. Eu não quero que você durma sozinha. O sótão fornece proteção extra contra criaturas mágicas com más intenções, mas temo que nossos outros inimigos sejam mortais.

Porque Olloch comeu Seth e agora já está fora do jogo, pensou Kendra, morbidamente.
– Como você preferir – disse Kendra.

※ ※ ※

A hora de dormir chegou cedo demais para Kendra. Antes que ela pudesse perceber, o jantar havia sido comido, dolorosas condolências haviam sido compartilhadas e ela estava deitada numa cama king size ao lado de vovó Sorenson. Kendra adorava sua avó, mas estava começando a se dar conta de que ela cheirava a pastilha contra a tosse. E ainda por cima roncava.

Kendra se mexia e se virava tentando achar uma posição confortável. Tentou se deitar de lado, de bruços e de costas. Colocou o travesseiro de todas as maneiras possíveis. Não havia jeito. Tendo dormido o dia inteiro, estava mais disposta a jogar futebol do que dormir. Não ajudava nada o fato de estar dormindo com roupas sociais para o caso de alguém realmente ser pego na rede de vovô durante a noite.

Em sua própria casa ela estaria assistindo à TV. Ou estaria fazendo um lanche. Mas as únicas pessoas em Fablehaven que possuíam televisão eram os sátiros. E Kendra tinha medo de se levantar para fazer um lanche e acabar dando de cara com alguém tentando entrar sorrateiramente no estúdio de vovô.

Não havia nenhum relógio visível, então o tempo começou a ficar indefinido e interminável. Ela não parava de tentar construir um roteiro no qual Seth não estava morto. Afinal de contas, ninguém vira Olloch o devorando. Eles não tinham cem por cento de certeza. De manhã, depois que rastreassem o demônio, a coisa seria mais certa, mas agora de noite ela ainda podia nutrir alguma esperança.

Uma súbita agitação no térreo quebrou a inquieta monotonia. Alguém gritou e alguma coisa fez um barulho. Vovó acordou imediatamente. Vovô começou a pedir ajuda.

Kendra enfiou os sapatos e disparou para o corredor. Ela virou em direção à escada. Vovô estava berrando ensandecido lá embaixo.

Nas escadas Kendra se encontrou com Vanessa e Tanu. Vanessa estava carregando sua zarabatana; Tanu estava segurando seu saco cheio de poções. Kendra podia ouvir vovó bem atrás dela. Depois de descerem às pressas a escada, todos dispararam pelo hall de entrada em direção ao estúdio, onde Dale estava deitado no chão emaranhado numa rede. Vovô estava sentado na beira do catre segurando uma faca com sua mão sã.

– Pegamos alguém com a mão na botija – anunciou ele.

– Eu já disse, Stan – arquejou Dale. – Não sei como eu cheguei aqui.

Tanu colocou a poção que estava segurando de volta no saco. Vanessa baixou a zarabatana. Vovó engatou a trava de segurança de sua besta.

– Por que você não explica isso a todos? – sugeriu vovô.

Dale estava deitado de bruços. A rede estava tão apertada que espremia seu corpo e só permitia que ele virasse parcialmente a cabeça para tentar encarar a todos. Seus braços estavam cruzados de modo esquisito sobre o tórax, e suas pernas estavam amarradas uma na outra.

– Eu fui dormir e acordei assim no chão – asseverou Dale. – Foi exatamente isso. Sei que não dá para acreditar. Honestamente, eu não tinha nenhuma intenção de roubar a chave. Eu devia estar agindo como um sonâmbulo.

Dale soava e parecia estar desesperado. Vovô estreitou os olhos.

– Foi dormir e acordou aqui – repetiu ele, pensativo, com um quê de compreensão surgindo em seu olhar. – O traidor é suficientemente esperto para se dar conta de que agora eu sei o segredo, então não adiantará nada fingir o contrário: as pistas conduzem a uma conclusão óbvia. Amigos confiáveis agindo de maneira diferente de suas características. Drumants soltos para explicar as marcas de mordidas. E agora Dale asseverando que seu estranho comportamento aconteceu enquanto ele dormia. Eu devia ter ligado os pontinhos antes. Temo que isso acabe em tumulto. Dale, sinto muito por você estar preso nessa rede. Tanu, não podemos perder essa oportunidade.

Vovô lançou sua faca em Vanessa. Erguendo a zarabatana nos lábios, ela arqueou o corpo, quase desviando-se da faca, e acertou um dardo em Tanu. O grande samoano pegou o dardo em seu saco de poções. Vanessa investiu graciosamente contra vovô, segurando a zarabatana como se fosse uma agulha e arrancando a besta das mãos dela. Tanu atacou Vanessa. Ela soltou a zarabatana, pegou um par de pequeninos dardos e enfiou-os no braço de Tanu enquanto ele a perseguia. Instantaneamente, seus olhos ficaram arregalados e seus joelhos ficaram moles. O saco com as poções escapou das mãos insensíveis e ele caiu com toda a força no chão do estúdio.

Vovó foi atrás de sua besta caída, um vergão vermelho já visível em sua mão. Vanessa avançou nela, golpeando-a com o outro dardo diminuto. Assim que vovó oscilou o corpo e tombou, Kendra mergulhou no chão, arrancou a besta e jogou-a do outro lado da sala para vovô um instante antes de Vanessa avançar nela.

Vovô apontou a besta para Vanessa, que correu para trás da escrivaninha, colocando-se fora da linha de fogo dele. Kendra viu Vanessa fechar os olhos. Seu rosto ficou sereno.

Agarrando a besta, vovô ergueu-se de sua cama e deu um salto na direção da escrivaninha.

– Cuidado, Kendra, ela é uma narcoblix – avisou ele.

Movendo-se rapidamente, Tanu puxou o dardo alojado em seu saco de poção e correu até vovô, atracando-se com ele e arrancando a besta de sua mão.

– Vá embora, Kendra! – gritou vovô, assim que Tanu furou-lhe com o dardo. Vanessa permanecia no chão, em seu estado de transe.

Tanu havia deixado o saco de poção para trás quando atacou vovô. Kendra agarrou o saco e saiu correndo porta afora. Ela não digerira todos os detalhes, mas estava claro que Vanessa estava controlando Tanu.

– Corra – arquejou vovô, quase perdendo os sentidos.

Kendra correu em direção a porta dos fundos e chegou à varanda. Ela deu um salto por cima do parapeito e caiu na grama. O jardim estava escuro. Grande parte das luzes da casa estavam apagadas. Kendra correu para longe da varanda pelo jardim. Olhando para trás, ela viu Tanu surgir abruptamente e dar um salto por cima do parapeito.

– Kendra, não seja precipitada, volte! – gritou ele.

Kendra não lhe deu ouvidos e correu com mais ímpeto ainda. Ela conseguia ouvir Tanu correndo atrás dela.

– Não me obrigue a te machucar! – gritou ele. – Seus avós estão bem; eu apenas os coloquei para dormir. Volte e nós podemos conversar. – A voz dele parecia estressada.

Kendra disparou em direção à floresta, pegando o caminho mais direto que podia, pisando em leitos de flores e arrebentando arbustos. Os espinhos de uma roseira arranharam seu braço. Como jogava futebol desde o ano anterior, acostumara-se a correr. Ela agradeceu sua velocidade e energia aprimoradas enquanto alcançava a floresta bem à frente do gigantesco samoano. E mantendo um ritmo forte.

– A floresta é mortal de noite! – berrou Tanu. – Eu não quero que nenhum mal aconteça a você! Está um breu danado, você vai acabar se acidentando. Volte! – Suas frases eram bem concatenadas enquanto ele tentava correr e berrar ao mesmo tempo.

A floresta estava quase inteiramente escura, mas Kendra conseguia enxergar o suficiente. Ela pulou por cima de um galho caído e se desviou de algumas sarças espinhosas. Não havia a menor possibilidade de ela voltar. Vanessa dera um golpe. Kendra sabia que, se conseguisse fugir, talvez pudesse voltar depois com um plano.

Ela não estava mais ouvindo Tanu atrás dela. Arfando, ela deu uma parada e olhou para trás. Tanu estava no limite da floresta, as mãos na cintura numa pose feminina. Ele parecia hesitante em entrar.

– Eu realmente sou seu amigo, Kendra. Vou cuidar para que nada de mal te aconteça!

Kendra tinha suas dúvidas. Ela se manteve abaixada e tentou seguir com mais velocidade, temendo dar sua localização exata e acabar incentivando Tanu a continuar em seu encalço. Ele mantinha as mãos na altura dos olhos, como se estivesse tendo dificuldades para enxergar. Aparentemente, estava mais escuro onde ela estava andando do que onde ele estava parado. Ele não foi atrás dela, e Kendra adentrou mais profundamente a floresta.

Ela não estava numa trilha. Mas aquele era basicamente o caminho que ela e Seth haviam tomado quando viram pela primeira vez o lago das náiades. Se seguisse sempre em frente, ela alcançaria a sebe que circundava o lago, e de lá sabia como encontrar a trilha. Não que ela fizesse alguma ideia de onde poderia ir de lá.

Andando em alta velocidade, esgueirando-se em meio às samambaias, Kendra tentava juntar as peças do que havia acontecido. Vovô havia chamado Vanessa de narcoblix. Ela se lembrava que Errol havia falado com ela e com Seth a respeito de blixes antes de seu irmão entrar na funerária. Havia um tipo de blix que drenava sua juventude e outro que conseguia dar vida aos mortos. Narcoblixes eram os blixes que podiam controlar as pessoas durante o sono.

O que significava que vovô estava certo – Coulter era inocente. Ele estava agindo sob influência de Vanessa. Vanessa não dava a mínima se Seth ia ser comido ou se Coulter ia ser transformado num albino descerebrado. Ela só estava fazendo o reconhecimento da floresta de modo a poder descobrir uma maneira de chegar ao artefato. Ela pode até ter desejado que Seth fosse comido para que Olloch saísse de cena.

Kendra estava fervilhando. Vanessa matara seu irmão. Vanessa! Ela jamais teria adivinhado. Vanessa os salvara de Errol e agira de maneira tão gentil. E agora ela os apunhalara pelas costas e tomara posse da casa.

O que Kendra podia fazer? Ela ponderou a possibilidade de voltar à Fada Rainha, mas alguma coisa bem no fundo dela a alertou para que não tomasse essa atitude. Era difícil explicar – parecia simplesmente uma atitude errada. Tinha uma certeza quase absoluta de que, se retornasse, acabaria realmente virando pó de dente-de-leão, como o desafortunado que se aventurara na ilha do meio do lago na história que vovô contara a ela no último verão.

Será que vovó e vovô estavam realmente bem? Será que Vanessa ia fazer algum mal a eles? Kendra queria acreditar que Vanessa estava dizendo a verdade quando disse que não tinha intenção de lhes fazer nenhum mal. Havia motivos para ter esperança que ela estivesse sendo sincera. Acabar com a vida de alguém em solo de Fablehaven tiraria de Vanessa as proteções garantidas pelo tratado. Ela não pode deixar isso acontecer se planeja chegar ao artefato, certo? A necessidade de respeitar o tratado deveria proteger seus avós na falta de qualquer outra coisa. Mas, refletindo com calma, Vanessa já havia indiretamente matado Seth fazendo com que ele saísse do jardim. Talvez isso não contasse, já que, na realidade, Olloch cometera ele próprio o assassinato.

Para piorar tudo, em algum lugar Vanessa contava com um cúmplice – o intruso invisível, Christopher Vogel. Quanto tempo ainda restava até que ele descobrisse que ela usurpara a casa e fosse se juntar a ela? Ou será que ele estava de fora arquitetando algum outro aspecto de um plano mais complexo do que Kendra poderia conceber?

Kendra tinha de fazer alguma coisa. Onde estava Hugo? Será que ele a ajudaria se ela conseguisse encontrá-lo? Ele não era obrigado a obedecer às ordens dela, mas sua vontade própria estava aflorando, então talvez ela conseguisse persuadi-lo a lhe dar uma mão. Mas, pensando bem, Vanessa havia sido autorizada a dar ordens a Hugo, então era possível que a traiçoeira narcoblix tivesse condições de transformar instantaneamente o golem num inimigo se Kendra se aproximasse dele.

Não havia mais ninguém. Vovô, vovó, Dale e Tanu haviam sido capturados. Coulter era um albino igual a Warren. Seth estava morto. Ela tentou não deixar que o pensamento a tirasse do rumo.

Que ativos ela possuía? Ela agarrara o saco de poção, embora não tivesse muita confiança em distinguir uma da outra. Ela gostaria de ter prestado mais atenção quando Tanu estava fazendo a demonstração a Seth. Pelo menos as poções não poderiam ser usadas contra ela.

E quanto a Lena? O pensamento lançou uma pontinha de esperança em seu ser. Kendra estava indo na direção do lago. Ela ainda não havia visto sua ex-amiga durante essa visita a Fablehaven. Da última vez que a vira, Lena voltara a ser uma náiade de corpo e alma e tentara inclusive afogá-la. Depois que as fadas em tamanho humano salvaram Fablehaven de Bahumat, além de desfazer grande parte do estrago que o demônio causara, elas devolveram Lena a seu estado original de náiade. Décadas antes, ela havia voluntariamente saído do lago e se casado com Patton Burgess. A decisão a transformara em um ser mortal, embora ela tivesse envelhecido mais lentamente do que ele. Após o falecimento dele, ela viajou pelo mundo todo, retornando, por fim, a Fablehaven com planos de encerrar seus dias na reserva. Lena resistira às fadas quando elas a carregaram de volta ao lago. Mas, assim que voltou à água, ela pareceu ter ficado contente.

Talvez Lena pudesse ficar tentada a sair da água se Kendra explicasse a difícil situação em que se encontrava! Dessa forma ela não teria de enfrentar a situação sozinha! Certamente era melhor do que não ter nenhum plano. Um novo propósito invadiu as passadas de Kendra.

Em pouco tempo ela alcançou a sebe alta. Ela sabia que a sebe circundava o lago, e se a seguisse acabaria alcançando uma abertura com uma trilha. Quando ela e Seth haviam visitado o lago pela primeira vez, ele havia descoberto uma abertura baixa onde eles conseguiram rastejar por baixo da sebe. Ela mantinha os olhos atentos em busca da tal abertura, já que ela certamente lhe pouparia um bom tempo.

Ela não passou muito tempo percorrendo a sebe grossa até reparar o buraco pronunciado. Quando investigou mais de perto, descobriu que não havia como passar – a folhagem era densa demais. O buraco seguinte era menos óbvio, mas, quando ela se agachou, descobriu que ia até o outro lado.

Ela se esgueirou de barriga para baixo pela cerca viva, imaginando que outros animais ou criaturas usavam aquela entrada apertada. Na extremidade ela se levantou e analisou o lago. Uma passarela branca conectava uma dúzia de pavilhões de madeira ao redor da água escura. Com o rosto voltado para o céu, Kendra notou que não havia estrelas, tampouco lua. O tempo estava encoberto. Mesmo assim, uma luz suficiente estava aparentemente sendo filtrada pelas nuvens para iluminar a noite, porque apesar de a clareira estar obscura, ela conseguia distinguir os contornos do gramado e as treliças dos gazebos e a folhagem na ilha no meio do lago.

Kendra atravessou o gramado até o gazebo mais próximo. Alguém certamente se orgulhava de cuidar daquela área. A grama estava sempre bem aparada, e a pintura na madeira nunca descascava. Talvez fosse resultado de algum encanto.

Projetando-se da passarela, embaixo de um dos pavilhões, encontrava-se um pequeno píer ligado a uma casa de barcos flutuante. A última vez que Kendra vira Lena fora na extremidade daquele píer, então não poderia haver lugar melhor do que aquele para tentar entrar em contato com ela.

Kendra não notou nenhum indício de vida na clareira. Algumas vezes ela vira sátiros e outras criaturas, mas naquela noite tudo estava silencioso. A tenebrosa água do lago estava parada e impenetrável. Kendra tentou andar sem fazer barulho, em reverência ao silêncio. A noite tranquila estava agourenta. Em algum lugar abaixo da inescrutável superfície do lago a ex-amiga de Kendra estava à espera. Se suplicasse com jeito, Kendra tinha a esperança que Lena renunciasse a sua vida de náiade e viesse em sua ajuda. Lena já decidira uma vez abandonar o lago – ela poderia fazê-lo novamente.

Andando ao longo do píer, Kendra mantinha-se afastada da borda. Ela sabia que as náiades teriam o maior prazer do mundo em afogá-la. Kendra olhou para a ilha. Novamente, um pressentimento tomou conta dela. Voltar à ilha seria um erro. A sensação era tão tangível que ela imaginava se não tinha algo a ver com seu estado fadencantado. Talvez ela pudesse sentir o que a Fada Rainha considerava permissível. Ou talvez ela estivesse simplesmente assustada.

Parando pouco antes do fim do píer, Kendra lambeu os lábios. Ela hesitava em falar e violar a santidade do silêncio. Mas precisava de ajuda e não podia se dar ao luxo de perder tempo.

— Lena, é a Kendra. Preciso conversar com você.

As palavras pareciam morrer assim que saíam de sua boca. Elas não se mantinham no ar nem reverberavam. O lago escuro permanecia inescrutável.

— Lena, isso é uma emergência, por favor, venha falar comigo – tentou ela, com a voz mais alta.

Novamente, ela sentiu que estava falando exclusivamente para seus próprios ouvidos. Não havia o menor sinal de resposta vindo das sombras que a cercavam.

— Por que ela voltou novamente? – disse uma voz da direita. O som vinha da água, as palavras suaves, porém discerníveis.

— Quem disse isso? – perguntou Kendra.

— Ela está aqui para se mostrar, só pode ser isso – respondeu uma outra voz da parte inferior do píer. – Mortais ficam orgulhosos demais quando aprendem nossa língua, como se falá-la não fosse a habilidade mais natural e mais simples que existisse no mundo.

— Mas devo dizer que ela parece grasnar – gracejou uma terceira voz. – Ela late como uma foca.

Diversas vozes gargalhavam abaixo da água obscura.

— Preciso falar com Lena – suplicou Kendra.

— Ela precisa achar um novo hobby – disse a primeira voz.

— Quem sabe ela não deveria começar a ter aulas de natação – sugeriu a terceira voz. Um riso solto podia ser ouvido de todas as direções.

— Vocês não precisam falar como se eu não estivesse aqui – reclamou Kendra. – Eu ouço todas as palavras muito bem.

— Ela ouve o que não deve – disse a voz abaixo do píer.

— Ela deveria se aproximar da água para que nós pudéssemos ouvi-la melhor – falou uma nova voz perto da extremidade do píer.

— Estou muito bem aqui – disse Kendra.

— Muito bem, ela diz – repetiu outra voz diferente. – Um enorme espantalho desajeitado colado ao chão, arrastando-se de um lado para outro sobre pernas de pau. – O comentário desencadeou o mais longo acesso de riso até aquele momento.

— Melhor do que ficar presa dentro de um aquário – provocou Kendra.

O lago ficou em silêncio.

— Ela não é muito educada – resmungou por fim a voz que vinha da parte inferior do píer.

Uma nova voz entrou em cena.

— Por que a surpresa? Provavelmente, os pés dela estão doloridos. – Kendra revirou os olhos para as gargalhadas que se seguiram. Ela desconfiava que as náiades ficariam ali de bom grado trocando insultos a noite inteira.

— Fablehaven está correndo perigo – falou Kendra. – A Sociedade da Estrela Vespertina prendeu minha avó e meu avô. Meu irmão, Seth, foi morto. Preciso falar com Lena.

— Estou aqui, Kendra – disse uma voz familiar. Estava ligeiramente mais leve e musical, ligeiramente menos acolhedora, mas definitivamente era a voz de Lena.

— Silêncio, Lena – ordenou a voz debaixo do píer.

— Eu falo, se quiser – rebateu Lena.

— Por que você se importa com a política dos mortais? – reprovou uma das vozes que haviam chegado primeiro. – Eles vêm e vão. Você esqueceu o que os mortais fazem de melhor? Eles morrem. É o único talento que eles têm em comum.

— Kendra, aproxime-se da água – ordenou Lena. Sua voz não estava distante. Kendra podia vagamente ver o rosto dela abaixo da superfície do lago à esquerda do píer. O nariz dela estava quase subindo à tona.

— Não muito próximo — disse a menina, agachando-se fora do alcance da náiade.

— Por que você está aqui, Kendra?

— Preciso de sua ajuda. A reserva está a ponto de cair novamente.

— Sei que você acha que isso é importante — disse Lena.

— Isso é importante, sim — afirmou Kendra.

— Isso parece importante por um momento. Exatamente como um tempo de vida.

— Você não se importa com vovó e vovô? Eles podem morrer!

— Eles vão morrer. Todos vocês vão morrer. E, quando isso ocorrer, vai parecer que é importante.

— E é importante! — insistiu Kendra. — O que você está querendo dizer com nada importa? E Patton? Ele era importante?

Não houve resposta. O rosto de Lena rompeu a superfície da água, mirando Kendra com olhos líquidos. Mesmo na parca luminosidade Kendra podia ver que Lena parecia muito mais jovem. Sua pele estava mais macia e com a coloração muito mais uniformizada. Seus cabelos possuíam apenas alguns fios grisalhos. A água em torno de Lena chacoalhou e se agitou e então ela desapareceu.

— Ei! — disse Kendra. — Deixa a Lena em paz!

— Ela não tem mais o que falar com você — sentenciou a voz debaixo do píer. — Você não é bem-vinda aqui.

— Vocês puxaram a Lena! — acusou Kendra. — Suas cabecinhas de vento invejosas! Cabeças d'água! O que vocês fazem nela? Lavagem cerebral? Trancam ela num closet e ficam cantando músicas que falam sobre como é bom viver embaixo d'água?

– Você não sabe do que está falando – contradisse a voz debaixo do píer. – Ela teria perecido e agora vai viver. Esse é seu último aviso. Encare seu destino. Deixe Lena desfrutar o dela.

– Eu não vou sair daqui – falou Kendra, resoluta. – Tragam a Lena de volta. Vocês não podem fazer nada comigo se eu ficar longe da água.

– Ah, não? – disse a voz debaixo do píer.

Kendra não gostou do tom de certeza daquela voz. Havia confiança demais naquelas palavras. Ela só podia estar blefando. Se as náiades saíssem da água, elas se tornavam mortais. Mesmo assim, Kendra deu uma olhada em volta, preocupada com a possibilidade de alguém estar se aproximando sorrateiramente para empurrá-la para dentro d'água. Não viu ninguém.

– Alô! – disse Kendra. – Alô!

Silêncio. Ela tinha certeza que elas estavam escutando.

– Não diga que nós não avisamos – cantou uma das vozes.

Kendra se agachou, tentando estar preparada para qualquer coisa. Será que as náiades iam jogar alguma coisa nela? De repente elas podiam derrubar o píer. Será? A noite permanecia quieta e tranquila.

Uma mão ergueu-se da água na extremidade do píer. Kendra deu um salto para trás, o coração na boca. Uma mão de madeira. Pequenos ganchos dourados serviam como articulações. Mendigo saiu da água escura e rastejou até o píer.

Kendra recuou assim que Mendigo se pôs de pé, o gingador de madeira que Muriel havia transformado em um servo assustador. O fantoche primitivo e desproporcionado havia sido puxado para a água pelas náiades no ano anterior. Não havia passado pela cabeça de Kendra a possibilidade de elas o terem libertado. Ou mesmo que ele ainda estivesse funcionando. Muriel havia sido aprisionada. Ela estava presa com Bahumat bem no fundo de um vale verdejante. Aparentemente, ninguém contara nada a Mendigo.

A figura de madeira correu na direção de Kendra. Embora ela tivesse crescido desde a última vez em que vira o gingador, ele ainda era vários centímetros mais alto do que ela. Kendra se virou e correu ao longo do píer até a passarela. Ela podia ouvi-lo se aproximando, os pés de madeira rangendo contra as tábuas também de madeira.

Ele a alcançou no início das escadas do gazebo. Kendra girou o corpo e tentou agarrá-lo, na esperança de segurar um membro e desatá-lo. Ele se desviou com destreza e agarrou-a pela cintura, balançando-a de cabeça para baixo. Ela lutou e ele mudou o ataque, prendendo seus braços ao lado do corpo.

Kendra estava presa numa posição de total desamparo – com o rosto distante dele, de cabeça para baixo, os braços imobilizados. Ela tentava sacudir o corpo e se contorcer, mas Mendigo era inacreditavelmente forte. Assim que o fantoche desproporcionado começou a se afastar do lago, ficou claro para Kendra que ela estava indo para onde quer que ele quisesse levá-la.

CAPÍTULO CATORZE

Reencontro

Seth arrancou mais um pedaço da parede esponjosa e o colocou na boca. A textura lembrava-lhe a polpa de alguma fruta cítrica. Ele mastigou até restar apenas uma pequena quantidade de matéria dura e sem sabor, que ele engoliu. Seth franziu os lábios e pressionou a boca contra a parede do casulo. Quanto mais ele beijava a parede, mais líquido fluía para dentro de sua boca. Água com um leve sabor de melão.

Olloch rugiu novamente, e o casulo tremeu. Seth era jogado de um lado para outro à medida que o casulo rolava. Quando conseguiu finalmente se firmar, o movimento já havia parado. Seth estava ficando acostumado aos rugidos e à confusão da locomoção, embora a percepção de que estava escutando um rugido de dentro de um casulo no interior da barriga de um demônio continuasse sendo uma experiência peculiar.

Seth tentara dormir. Durante suas primeiras sonecas, os rugidos o acordavam a todo momento. Por fim, com a ajuda de sua fadiga galopante, ele conseguiu alguns rápidos cochilos intermitentes.

O tempo estava perdendo o sentido na interminável escuridão. Apenas os rosnados e a locomoção do demônio interrompiam a monotonia. E também a retirada dos fragmentos das paredes revestidas. Há quanto tempo ele estava dentro de Olloch? Um dia? Dois dias? Três?

Pelo menos Seth continuava razoavelmente confortável no interior do recinto em forma de útero. O invólucro tinha um formato bastante aconchegante. Havia espaço suficiente para ele mexer os braços quando sentia vontade de atacar as paredes. Mesmo quando era jogado de um lado para outro, jamais se machucava, porque as paredes eram macias, e não havia espaço suficiente para que ele se sacudisse em posições perigosas.

Com tão pouco espaço, parecia que o ar se esgotaria em questão de minutos, mas sua respiração permanecia equilibrada. Ter sido engolido por Olloch não fizera a menor diferença – o ar continuava fresco. O reduzido espaço do interior do casulo deixava-o ligeiramente claustrofóbico, mas na escuridão, quando ficava imóvel, ele conseguia fingir que o casulo era espaçoso.

Olloch emitiu um rugido particularmente feroz. O casulo chacoalhou. O demônio emitiu alguns rosnados prolongados seguidos pelo rugido mais alto que Seth ouvira até aquele momento. Ocorreu-lhe a possibilidade de o demônio estar envolvido em um combate. Os rugidos e rosnados prosseguiram. Era uma sensação esquisita, parecia que o casulo estava sendo espremido, primeiro na altura de sua cabeça, depois próximo aos ombros e em seguida na cintura, nos joelhos e nos pés. Os abomináveis rosnados continuaram com força total.

O casulo recebeu um último solavanco seguido de silêncio. Seth ficou completamente imóvel, esperando a turbulência recomeçar. Ele esperou vários minutos, na expectativa de mais rugidos a qualquer momento. Os rosnados haviam sido quase desesperados. Agora tudo parecia assustadoramente calmo. Será que Olloch havia sido morto? Ou talvez o demônio tivesse vencido uma batalha e em seguida desabado no chão de pura exaustão. Era claramente o mais longo intervalo de silêncio e imobilidade que Seth já havia experimentado desde que fora engolido. Minutos e mais minutos sem nenhuma ocorrência acumularam-se até que Seth sentiu suas pálpebras se fechando. Ele mergulhou num cochilo profundo.

※ ※ ※

Mendigo depositou Kendra no chão. Um espesso tapete de flores silvestres acolchoou sua aterrissagem. O ar tinha um aroma de flores e frutas. Apesar da desorientação provocada pela corrida no meio da floresta, Kendra sabia onde eles estavam: no local onde antes existia a Capela Esquecida. A última ordem de Mendigo devia ter sido levar Kendra para a capela.

Durante toda a corrida no meio da floresta, Kendra se contorcera, se debatera e se esforçara ao máximo para se libertar. Ela chutara Mendigo na cabeça e tentara desarticular seu membros. Mas o fantoche agigantado apenas mudava a maneira de segurá-la e seguia obstinadamente em frente. Ela havia sido carregada de cabeça para baixo, por cima do ombro dele e enroscada como se fosse uma bola. Por mais que lutasse vigorosamente para se libertar, Mendigo sempre dava um jeito de se ajustar ao ataque de Kendra.

Ela estava esparramada sobre o leito de flores silvestres debaixo de um céu sem estrelas, a noite escura pungente e suave ao mesmo tempo. Mendigo se agachou e começou a cavar, golpeando o solo com seus dedos de madeira, jogando pedras para o lado quando as encontrava. Em algum lugar embaixo daquela colina, Muriel estava enterrada, aprisionada com Bahumat. Aparentemente, a ordem não havia sido apenas levar Kendra para a capela, mas levar Kendra para Muriel.

Kendra ficou de pé e disparou colina abaixo. Ela deu apenas seis passos até que Mendigo agarrou-a por trás, segurando-a perto do tronco de um pessegueiro. Eles rolaram e ela torceu as costas. Kendra deu um grito quando Mendigo grudou-se a ela com sua força sobrenatural, levantando-a com seus braços e pernas.

Pelo menos, se ele estava grudado nela não estava cavando. O que aconteceria se ele conseguisse fazer um túnel até Muriel? Será que a bruxa daria novas ordens a seu servo de madeira? Será que ela entraria em contato com Vanessa e inventaria uma maneira de escapar?

– Você está num belo apuro – disse uma voz miúda, rindo. Era alta e melódica, como o badalar de um pequeno sino.

Kendra virou a cabeça. Uma fada amarela pairou perto de seu rosto, emitindo um brilho dourado. Ela usava um vestido cintilante de gaze, tinha asas de mangangá e um par de antenas.

– Eu não me importaria de receber uma ajuda – confessou Kendra.

– Uma heroína com sua reputação não deveria ter nenhuma dificuldade para escapar de um adversário tão frágil – implicou a fada, graciosamente.

— Você ficaria surpresa com a força que ele tem – afirmou Kendra.

— A magia dele é fraca – apontou a fada, com desdém. – Muriel está trancada numa prisão poderosa. A vontade dela não sustenta mais os encantamentos que ela deixou para trás. E ainda assim você não consegue fazer nada a não ser implorar por ajuda. Perdoe-me se isso não me deixa impressionada.

Mendigo estava arrastando Kendra colina acima até o ponto onde começara a cavar.

— É óbvio que estou tendo dificuldades – admitiu Kendra. – Eu não sei o que fazer.

A fada riu, emitindo um som de chilreio.

— Isso é impagável! A grande Kendra Sorenson sendo arrastada por um fantoche!

— Você está dando a entender que eu fico tirando onda por aí – reclamou Kendra. – Acho que você está imaginando tudo isso. Sei que eu sou apenas uma menina. Sem a ajuda de todas as fadas eu teria morrido no verão passado.

— Falsa humildade é mais revoltante do que o orgulho descarado! – desdenhou a fada.

Mendigo levantou Kendra, amparando-a em seus braços, dobrando os joelhos dela na altura do queixo e mantendo os braços dela presos do lado. Ele recomeçou a cavar com os pés.

— Por acaso eu pareço estar me sentindo superior a quem quer que seja? – perguntou Kendra.

A fada se aproximou, pairando na frente do nariz de Kendra.

— A mágica dentro de você é estonteante. Se formos comparar, ele é como uma estrela pálida ao lado de um sol de meio-dia.

— Eu não sei como usá-la – falou Kendra.

– Não me pergunte – disse a fada. – Você é a estrela que foi escolhida por nossa Rainha para receber a dádiva. Não posso mostrar a você como destravar sua magia assim como você não pode me ensinar como usar a minha.

– Você poderia usar sua magia nele? – perguntou Kendra. – Poderia transformá-lo novamente num fantoche pequeno?

– O encanto que dá vida a ele continua potente – disse a fada. – Mas o comando que guia as ações dele está fraco. Com um pouco de ajuda, provavelmente eu poderia transformá-lo.

– Ah, faz isso, por favor? – pediu Kendra.

– Bem, eu estou aqui para tomar conta da prisão – revelou a fada. – Todas nós que fomos diabretes nos revezamos como sentinelas.

– Você foi um diabrete? – perguntou Kendra.

– Nem me lembre. Foi uma existência deplorável.

– Ele está tentando cavar até chegar a Muriel. Se você é uma guarda, não seria melhor pará-lo? – disse Kendra.

– Suponho que seria – admitiu a fada. – Mas as ameixas estão com um aroma tão maravilhoso agora, e a noite está tão linda... e fazer a ronda é tão enfadonho...

– Eu ficaria imensamente grata – disse Kendra.

– Nós, fadas, não desejamos mais nada além de sua gratidão, Kendra. Nós a estimamos muito. Uma palavra delicada e nossos pequenos corações disparam! Tudo o que nós desejamos é o amor de garotas grandes e desajeitadas.

– Você não é mole, hein? – alfinetou Kendra.

– Não sou mesmo – concordou a fada, finalmente parecendo lisonjeada. – Vou contar uma coisa para você. É minha responsabilidade vigiar Muriel e Bahumat, você estava certa quanto a isso, então talvez eu possa verificar se tem mais alguém suficientemente entediada para te dar uma ajuda.

A pequena fada voou para longe. Kendra tinha esperança de que ela realmente estivesse indo atrás de ajuda. A fada não parecia muito confiável. Kendra tentou soltar os braços do gingador esticando as pernas. O esforço distendeu suas costas. Mendigo era forte demais.

À medida que Mendigo cavava cada vez mais fundo, a esperança de Kendra no retorno da fada definhava. O buraco já estava quase na cintura de Mendigo quando um pequeno grupo de fadas reuniu-se em torno deles, cintilando em cores prismáticas.

– Está vendo? Eu te disse. – A pequena fada amarela brilhava intensamente.

– Ele está com toda certeza fazendo um túnel até Muriel – disse outra fada.

– De modo não muito eficiente – acrescentou uma terceira.

– Você gostaria que nós o transformássemos para que ele passasse a obedecer a suas ordens? – perguntou uma quarta fada. Kendra identificou a voz como sendo a da fada prateada que liderara o ataque a Bahumat.

– Com certeza. Isso seria perfeito – concordou Kendra.

As fadas adejaram num círculo em torno de Mendigo e Kendra. Quando começaram a entoar seu cântico, pequenas fagulhas coloridas começaram a cintilar, deixando Kendra cega. Ela não estava mais conseguindo entender o que elas estavam dizendo. Era uma sensação parecida com a de tentar ouvir múltiplas conversas ao mesmo tempo. Tudo o que ela conseguia captar eram fragmentos confusos de significados que juntos não faziam nenhum sentido.

Após um último lampejo intenso, as fadas ficaram em silêncio. A maioria voou para longe. Mendigo continuava cavando.

– Agora ele obedece a suas ordens – relatou a fada prateada.

– Mendigo, pare de cavar – testou Kendra. Mendigo parou. – Mendigo, coloque-me no chão. – Ele a colocou. – Obrigada – disse Kendra para a fada amarela e para a fada prateada, as únicas duas que haviam ficado.

– O prazer foi nosso em ajudar – disse a fada prateada. Apesar do timbre estridente, sua voz era mais possante do que a das outras.

A fada amarela balançou a cabeça e zuniu para longe.

– Por que elas estão indo embora com tanta pressa? – perguntou Kendra.

– Elas completaram suas tarefas – explicou a fada prateada.

– Nenhuma das fadas foi muito simpática – falou Kendra.

– Simpatia nem sempre é o nosso forte – admitiu a fada prateada. – Principalmente para alguém que recebeu uma demonstração de gentileza de nossa Rainha. Você é muito invejada.

– Eu só estava tentando proteger Fablehaven e salvar minha família – defendeu-se Kendra.

– E você teve êxito, o que apenas aumenta o seu status – disse a fada prateada.

– Por que *você* está falando comigo? – perguntou Kendra.

– Acho que sou um pouco diferente – disse a fada prateada. – Eu possuo uma mente um pouco mais séria do que muitas das outras. Meu nome é Shiara.

– Eu sou Kendra.

– Para sua sorte, nós temos todo o interesse em manter Bahumat aprisionado – contou Shiara. – Não fosse isso, eu duvido muito que tivéssemos sido capazes de agregar um número suficiente de fadas para ajudar a transformar Mendigo. Embora Bahumat, justificadamente, culpe você acima de todas as outras pessoas, sua vingança contra as fadas seria impiedosa caso ele viesse a escapar.

— Vocês não poderiam simplesmente aprisioná-lo novamente? – perguntou Kendra.

— Seu elixir aumentou nosso tamanho e nosso poder. Sem ele nós não seríamos páreo para um demônio como Bahumat.

— Eu não poderia arrumar o elixir de novo? – perguntou Kendra.

— Minha querida, você é verdadeiramente ingênua, o que deve ser parte do motivo pelo qual nossa Rainha foi condescendente em compartilhar suas lágrimas com você. Sua decisão de se aventurar nas proximidades do santuário teria normalmente sido recompensada com a partida definitiva dessa vida. Desconfio que ela tenha poupado sua vida devido à sua inocência, embora ela tenha suas próprias razões.

— Fablehaven está novamente em perigo – revelou Kendra. – Alguma ajuda seria muito bem-vinda.

— Não vá atrás de favores da Rainha novamente a não ser que seja convidada por ela – aconselhou Shiara. – Agora que você está bem ciente das coisas, nenhuma irreverência será tolerada.

Kendra lembrou como havia tido a sensação de que voltar à ilha seria um erro.

— Você poderia me ajudar?

— Eu obviamente poderia, porque eu a ajudei – disse Shiara, tremeluzindo.

— Você viu Olloch, o Glutão? Ele é um demônio que está atrás de meu irmão.

— O glutão está voltando à condição de estátua. Ele não a importunará.

Kendra sentiu uma pontada de pesar com a notícia. Se o demônio estava se aquietando, isso significava que Seth havia realmente partido.

— Há mais problemas além de Mendigo e do demônio — continuou Kendra. — Pessoas más tomaram a casa. Elas capturaram meus avós, Dale e Tanu. E querem roubar uma coisa preciosa que está em Fablehaven. Se conseguirem, vão libertar todos os demônios das prisões.

— É um grande desafio para nós se preocupar com os assuntos dos mortais — disse Shiara. — Pensar acerca desses problemas não faz parte de nossa natureza. Você fez da prisão de Bahumat uma tarefa nossa com a autoridade de nossa Rainha. E continuamos cumprindo essa tarefa. Eu sempre mantenho uma sentinela estacionada aqui.

Kendra rastreou a área circundante, seu olhar fixando-se na colina onde ficava a casa de Warren.

— Você poderia me ajudar a curar Warren, o irmão de Dale?

— A maldição imposta a ele é forte demais — disse Shiara. — Nem todas as fadas de Fablehaven reunidas poderiam quebrá-la.

— E se você tivesse o elixir?

— Nesse caso, talvez a coisa mudasse de figura. Eu gostaria de saber por que você deixou de devolver o vaso ao santuário.

Kendra coçou as sobrancelhas.

— Vovô pensou que seria mais apropriado jogá-lo na água. Ele achou que seria um desrespeito voltar ao local.

— As náiades reivindicaram o objeto como um tributo – contou Shiara. – No futuro, tenha em mente isso, se você pegar alguma coisa por necessidade, não será castigada por devolvê-la em sinal de gratidão. A ação não teria danificado sua relação com Sua Majestade.

— Sinto muito, Shiara – desculpou-se Kendra. – A gente imaginou que elas fossem devolver o vaso.

— As náiades temem e respeitam nossa Rainha, mas escolheram aceitar o vaso como um presente oferecido espontaneamente – disse Shiara. – Tentei recuperá-lo, mas elas não aceitaram, culparam você por ter dado a elas. Algumas fadas acham que você foi a culpada. – A fada prateada adejou bem alto. – Parece que a situação aqui agora está sob controle.

— Espere, por favor não vá embora – pediu Kendra. – Eu não sei o que fazer.

— Tentarei convencer as outras a se preocuparem com a ameaça que você descreveu – disse Shiara. – Mas não conte com ajuda de nossa espécie. Admiro sua bondade, Kendra, e desejo que nada de mal aconteça a você.

Shiara voou para longe, desaparecendo na noite. Kendra se virou e estudou Mendigo. Ele estava imóvel, esperando instruções. Kendra suspirou. A única pessoa do lado dela era um fantoche grande e assustador.

※ ※ ※

Resmungando, Seth se mexeu. Ele tentou se esticar, mas o esforço foi frustrado pelo reduzido espaço interior do casulo. A percepção de onde estava fez com que ele acordasse de súbito. Quanto tempo ele havia dormido?

Reencontro

Abrindo os olhos, ele ficou surpreso ao encontrar o interior do casulo iluminado por um suave brilho verde, como se a luz estivesse sendo filtrada do exterior. O casulo permanecia estranhamente parado. Será que Olloch estava dormindo? Por que havia luz de uma hora para outra? Será que a luz estava atravessando tanto Olloch quanto o casulo?

Seth esperou. Nada mudou. Por fim, ele começou a berrar e tentou bater no casulo lançando seu corpo de um lado para outro. Nenhum rugido, nenhum rosnado, nenhum movimento, exceto uma ligeira inclinação quando ele trocava de posição. Apenas silêncio e o brilho mudo e imutável.

Será que o casulo não estava mais dentro de Olloch? Será que ele havia sido expelido como uma bola de pelo? Talvez o casulo fosse indigesto! Ele não ousava ter esperanças de ter tido uma sorte tão grande. Mas isso explicaria a ausência de rosnados e a nova iluminação. Será que vovô viera salvá-lo? Se fosse o caso, por que ninguém o estava incentivando a abrir o casulo?

Poderia ser alguma espécie de truque? Se ele abrisse o casulo, Olloch o engoliria novamente, e dessa vez sem um casulo para impedir a digestão? Será que ele ainda poderia estar no bosque do mal com o espectro? Ele achava que não. Ele não estava sentindo nenhum indício do medo involuntário e arrepiante.

Seth decidiu esperar. Suas ações intrépidas o haviam colocado em perigo antes. Ele cruzou os braços e ouviu, aguçando os sentidos para alguma indicação do que poderia estar do lado de fora do casulo.

Seth ficou rapidamente inquieto. Ele nunca fora muito bom em lidar com o tédio. Quando o casulo era balançado e sacudido com os movimentos do demônio, e quando o silêncio era interrompido pelos rosnados ferozes, Seth ficava ligado, o que o mantinha ocupado. Aquele silêncio inerte era implacável.

Quanto tempo havia passado? O tempo sempre passava mais lentamente quando ele estava entediado. Ele se lembrava de certas aulas na escola em que a sensação era de que o relógio estava quebrado. Cada minuto parecia uma vida inteira. Mas isso era pior. Não havia nenhum colega por perto para contar alguma piada. Nenhum papel para fazer uma gaivota. Nem mesmo a voz monótona de um professor para dar forma ao tédio.

Seth começou a arrancar pedaços da parede do casulo. Ele não precisava quebrar tudo para sair, ele só queria saber o quanto seria difícil. Ele comia parte da parede durante o processo.

Logo ele havia terminado um belo buraco na parede em frente a seu rosto. À medida que cavava mais fundo, a textura da parede começava a mudar, tornando-se pegajosa como manteiga de amendoim. Era a parte mais gostosa da parede até agora, fazendo-o lembrar vagamente de gemada.

Depois de retirar o creme de gemada, ele alcançou uma membrana. Era escorregadia, e ondulava quando ele enfiava o dedo. Seth rompeu a membrana com diversos golpes de seus dedos, e um líquido claro começou a jorrar, deixando-o encharcado.

Agora a luz estava realmente entrando no casulo através do buraco. Ele havia alcançado uma concha translúcida e dura. Uma luminosidade prateada invadiu o casulo, sobrepujando o brilho verde. Obviamente, ele não estava mais dentro de Olloch. E, à medida que cavava, Seth não ouvia nem sentia nenhum indício de que Olloch estivesse nas proximidades.

REENCONTRO

Quem poderia dizer quando ele teria outra chance como essa? Ele precisava tentar escapar. O demônio podia voltar a qualquer momento. Seth começou a socar a concha. Os golpes machucavam os nós dos dedos, mas a concha começou a rachar. Logo sua mão rompeu a parede, e a luz do sol inundou o interior do casulo.

Seth trabalhava furiosamente para expandir o buraco. O esforço levou mais tempo do que ele gostaria de gastar. Agora que seu casulo protetor estava rompido, ele queria sair dali o mais rapidamente possível, antes que alguma criatura aparecesse para encurralá-lo.

Por fim, o buraco ficou grande o suficiente para Seth se esgueirar para fora dele. Com a cabeça, os ombros e os braços fora do casulo, Seth ficou petrificado. Olloch estava sentado a uns seis metros de distância, de costas para ele. O demônio crescera consideravelmente. Olloch estava maior do que os elefantes que Seth vira no zoológico. Não apenas mais alto, como também muito mais largo. Era fácil perceber por que o demônio conseguira engoli-lo. O glutão estava imenso!

Seth se deu conta de que havia cometido o pior erro de sua vida, e agora morreria sem dúvida nenhuma. Por que ele não esperara mais um pouco antes de abrir o casulo? Por que ficara tão impaciente?

Mas Olloch não se virou. O gigantesco demônio continuava sentado e imóvel, de costas para ele. Seth começou a sentir um terrível fedor. Ele olhou para a concha do casulo. Estava lisa, com um lustre idêntico ao de madrepérola, exceto por umas listras com uma substância marrom e malcheirosa. Enormes pedaços de excremento mole e amarronzado podiam ser vistos no chão perto dele, com dezenas de moscas zumbindo em cima.

De repente, Seth compreendeu tudo. Ele havia atravessado as entranhas do demônio protegido no interior de seu casulo! Era a única explicação. Entrada por cima e saída por baixo!

Olloch permanecia imóvel. O demônio não parecia nem mesmo estar respirando. Parecia uma estátua. E pelo que Seth podia ver, a clareira na qual ele estava não era o bosque mal-assombrado.

Seth continuou se esgueirando até sair completamente do casulo, tentando fazer o possível para não tocar no excremento. Uma vez livre do casulo, ele atravessou o campo minado de pedaços de fezes fedorentas do demônio, desviando-se do glutão. Enquanto estava contornando uma pilha fedorenta, um galho seco se partiu embaixo de seus pés, fazendo um ruído. O corpo inteiro de Seth ficou rígido. Após um instante sem respirar, ele ousou dar uma espiada no demônio. O glutão não se movera e continuava absolutamente imóvel.

Decidindo que precisava confirmar que o demônio não representava mais uma ameaça, Seth começou a contornar o monstro para olhá-lo de frente, mantendo-se a distância. De frente para o demônio, Seth o encontrou sentado na mesma posição em que estava quando o vira pela primeira vez na casa funerária. A textura de sua pele mudara. O demônio voltara a ser uma estátua. Seth não conseguiu reprimir um sorriso. Ele não estava mais condenado! E até que alguma nova vítima cometesse o erro de dar comida para ele, Olloch, o Glutão, ficaria congelado.

Seth avaliou o local onde estava. Ele se encontrava em uma pequena clareira circundada por árvores. Percebeu que poderia estar em qualquer lugar da reserva. Precisava se orientar.

Seth sentiu falta de seu kit de emergência. Ele o deixara cair no bosque. O único ativo que lhe restava era a luva que Coulter enfiara em sua mão. Seth havia guardado a luva no bolso. Ele a puxou e a vestiu.

Assim que vestiu a luva, Seth não conseguiu mais enxergar a si próprio. Era uma sensação estranha, como se tudo o que restava dele fosse um par de olhos transparentes. Ele ergueu as mãos na frente do rosto. Quando as movimentou, seu corpo reapareceu num lampejo. Mas quando ficou parado não viu mais nada. Seu corpo sumira completamente. Era como se ele tivesse sido desencorpado inteiramente.

A luva estava um pouco folgada em sua mão, mas se encaixava razoavelmente bem. Felizmente ela pertencera a Coulter e não a Tanu. Usá-la deveria garantir alguma proteção enquanto ele tentava descobrir onde estava.

O sol estava bem alto, o que indicava que, naquele momento seria impossível determinar alguma direção. E como ele não fazia a menor ideia de onde se encontrava, identificar o norte não o ajudaria em muita coisa. Ele precisava encontrar uma referência. Seth pisou no centro da clareira, desviando-se das pilhas de excremento. A mais alta deles ia até a altura de sua cintura. Seth ficou parado com as mãos nos quadris. As árvores que circundavam a clareira eram muito altas – ele não conseguia ver nada além delas.

Olhou de relance para o demônio. Se subisse em Olloch teria mais uns cinco metros de altura para avistar alguma coisa, mas ele não queria nem se aproximar daquela boca.

Não havia nenhuma trilha aparente saindo da clareira, mas a vegetação rasteira não era densa, de modo que ele escolheu uma direção e seguiu em frente. Depois de um tempo, ele começou a ficar acostumado com o fato de seu corpo desaparecer sempre que ele parava para em seguida reaparecer quando ele voltava a andar. Sua prioridade inicial era encontrar uma referência ou um ponto de observação onde pudesse se orientar. Para todos os efeitos, cada passo que dava o distanciava cada vez mais da casa de seus avós.

Ele encontrou um par de cervos. Os animais pararam e olharam para ele. Ele ficou parado, sumindo de vista. Depois de um instante, eles foram embora. Será que sentiram o seu cheiro?

Um pouco depois ele avistou uma grande coruja preta empoleirada em uma árvore. A cabeça cheia de penas girou na direção dele, os olhos redondos mirando-o. Seth nunca imaginou que corujas pudessem ser tão grandes ou tão pretas. Mesmo ele estando imóvel e invisível, os olhos dourados pareciam fixos sobre ele. Naquele instante, Seth percebeu que não tomara leite. Era um novo dia, e ele havia dormido. Ele não estava conseguindo ver as verdadeiras formas de nenhuma criatura mágica. A coruja podia ser qualquer coisa. Os cervos poderiam ter sido qualquer coisa.

Ele voltou a pensar em Olloch. O demônio realmente estava com uma aparência de estátua? Ou será que aquilo não passava de mais uma ilusão?

Seth afastou-se da coruja, olhando para o grande pássaro à medida que se distanciava e passava ao redor dele. A coruja escura não se virou, mas a cabeça girou, os olhos dourados fixos em Seth até ele sumir de vista.

Em pouco tempo, Seth chegou a uma trilha pouco comum. Ela já fora uma estrada ampla pavimentada com pedras, embora agora estivesse cheia de plantas e árvores jovens. Muitas das pedras estavam fora do lugar ou escondidas abaixo da vegetação, mas muitas estavam visíveis para o ajudar a seguir a estrada. Seth jamais vira nenhuma trilha pavimentada em Fablehaven e, apesar de a estrada estar muito malconservada, decidiu que seguir uma estrada velha provavelmente era mais seguro do que vagar sem rumo pela floresta.

A trilha não era uniforme, e muitas pedras cobertas de liquens estavam quebradas e soltas, forçando Seth a olhar bem onde pisava para não se arriscar a torcer um tornozelo. Ele parou assim que avistou uma cobra comprida passando pelas plantas. Ele prendeu a respiração, sem saber ao certo se aquilo era realmente uma cobra ou algo mais perigoso disfarçado. A serpente não demonstrou notar a sua presença.

Seth passou pelas ruínas decrépitas de uma cabana humilde não muito distante da trilha. Duas paredes e uma chaminé de pedra permaneciam parcialmente intactas. Um pouco depois, ele avistou as ruínas de um pequeno abrigo em estado quase irreconhecível, tudo praticamente destroçado. O local poderia muito bem ter sido uma cabana ou um anexo de alguma casa.

Ele passou por mais alguns abrigos em ruínas até que a estrada o levou a uma área aberta, onde ficou parado encarando uma mansão suntuosa, surpreendentemente bem conservada comparada com a estrada e com as outras habitações pelas quais ele havia passado. A mansão tinha três andares, com quatro grandes colunas na frente. As paredes brancas estavam agora cinza, e todas as janelas estavam cobertas por pesadas venezianas verdes. Trepadeiras contornavam as colunas e subiam pelas paredes. A estrada formava uma entrada de carros circular na frente da mansão.

Seth lembrou-se de ter ouvido qualquer coisa a respeito de uma mansão abandonada em algum lugar da propriedade. Ela fora, em tempos passados, a casa principal de Fablehaven, e o centro de uma comunidade, da qual os abrigos dilapidados eram, talvez, os últimos resquícios. Ele não conseguia lembrar o motivo pelo qual a mansão havia sido abandonada.

Tendo em vista a situação em que ele se encontrava no momento, um detalhe acerca da mansão destacava-se acima de qualquer coisa. Ela era construída num terreno alto. Ele desconfiava de que, se subisse no telhado da casa, seria capaz de se orientar.

Ele arriscaria entrar na casa? Normalmente, invadiria o local num piscar de olhos. Ele adorava explorar coisas novas. Mas ele sabia que entrar numa mansão abandonada nos domínios de Fablehaven era uma proposta arriscada. Aqui, monstros e fantasmas eram não apenas reais, como estavam em todos os lugares. E a mansão estava vazia por algum motivo. Ela era maior e mais opulenta do que a casa que seus avós ocupavam.

Ele tinha de descobrir onde estava. Embora o sol ainda estivesse bem alto, a noite chegaria inevitavelmente, e ele não estava disposto a ficar na floresta depois do anoitecer. E além do mais, todos deveriam estar terrivelmente preocupados. Se entrar na casa o ajudasse a descobrir em que parte da propriedade ele se encontrava, o risco valeria a pena. E também seria legal poder ver como era a mansão por dentro. Quem poderia dizer? Podia até haver um tesouro lá dentro.

Seth andou cautelosamente na direção da casa. Ele decidiu ir devagar, mantendo-se alerta para sair correndo ao menor sinal de encrenca. O dia estava quente e sem brisa. Nuvens de mosquitos rodopiavam no gramado. Ele podia imaginar carruagens chegando à casa e sendo recebidas por criados uniformizados. Esses dias já faziam parte do passado distante.

Ele subiu os degraus da varanda da frente, passando pelas colunas. Ele sempre gostou de casas com colunas. Elas pareciam tão nobres, como se fossem verdadeiras mansões. A porta da frente estava escancarada. Seth encaminhou-se até a janela mais próxima. A tinta verde das venezianas estava descascando e se soltando. Quando ele mexeu nas venezianas, elas rangeram, mas não se abriram.

Seth retornou à porta da frente e a abriu. Com as janelas fechadas e nenhuma outra luz disponível, a casa estava na penumbra. Além do cavernoso hall de entrada, ele pôde ver uma espaçosa sala de estar. A mobília parecia cara, mesmo debaixo de uma densa camada de poeira. Tudo estava quieto.

Seth entrou e deixou a porta bem aberta. Sua passagem levantou um pouco de poeira do chão. O interior da casa estava quase tão quente quanto o exterior. Tinha cheiro de mofo e bolor. Grandes teias de aranha estavam penduradas no teto e cobriam o lustre. Ele decidiu que talvez a opção mais sábia fosse sair correndo de lá.

Uma grande escadaria ia do hall de entrada ao segundo andar. Seth subiu às pressas as escadas, levantando poeira a cada passo que dava, deixando pegadas no carpete encardido. No topo das escadas estava pendurado um retrato em sépia de um homem e uma mulher. O homem tinha um ar sério e usava bigode. A mulher era Lena – muito mais jovem do que quando Seth a conhecera, mas mesmo sob a camada de poeira que cobria o vidro, sua identidade era inconfundível. O rosto dela estava estampado com um sorriso leve e astuto.

Seth percorreu às pressas o corredor até encontrar uma outra escadaria, que dava acesso ao terceiro andar. Subindo até um hall mais alto e mais estreito, ele tentou abrir uma porta ao acaso e encontrou-a trancada. A porta que ele tentou abrir em seguida também estava trancada, mas a terceira se abriu, revelando um quarto. Ele correu e abriu as janelas e as venezianas. Já dispunha de uma boa vista, mas em uma direção apenas, então Seth resolveu subir no telhado. O telhado era tão íngreme que, se ele perdesse o equilíbrio, era muito provável que rolasse pelos três andares e caísse na entrada de carros. Andando cautelosamente, Seth moveu o cimo do telhado.

Em pé no topo da mansão, ele se encontrava num ponto suficientemente alto para obter uma vista decente das áreas circunvizinhas. Infelizmente, poucas coisas lhe pareceram familiares. Ele identificou as quatro colinas que cercavam o vale para onde Coulter o levara. Mas não tinha certeza a partir de qual direção ele estava olhando para as quatro colinas. Lentamente, ele se virou, rastreando o horizonte atrás de pistas. Em uma direção conseguiu ver o que suspeitou ser o início do brejo. Em outra direção ele viu uma única colina. Sobre esta colina, ele viu um telhado surgindo por cima das copas das árvores.

A chácara de Warren! Só podia ser. Ele mal conseguia ver o topo da casa daquela posição. Ficou nas pontas dos pés, tentando aprimorar o ângulo. Estava a uma boa distância, mas se conseguisse alcançar a chácara, ele saberia como encontrar o caminho de volta à casa a partir dali.

Seth realizou uma última varredura da área para absorver todos os detalhes possíveis. No chão, o trajeto não seria tão fácil. Mas o sol estava se movendo, agora lançando uma sombra suficiente para que ele se sentisse confortável em afirmar qual era a posição oeste. E sabendo para onde era o oeste, seria capaz de manter sua direção a caminho da chácara.

Ele voltou à janela, entrou de novo no quarto e fechou as venezianas. Seth avaliou o quarto. Estava bem equipado, mas ele não viu nada que valesse a pena ter o trabalho de carregar até a chácara. É claro que, agora que já havia estado lá, ele poderia facilmente achar o caminho para voltar em outra oportunidade. Talvez houvesse dinheiro ou joias em algum lugar da casa, quem sabe na suíte principal. Talvez valesse a pena dar uma olhada rápida antes de partir. Afinal, não seria roubo já que a casa estava abandonada.

Ele imaginou que um bom lugar para começar a busca seria o segundo andar, onde os cômodos pareciam maiores. Depois de verificar rapidamente algumas gavetas e de olhar dentro de uma mesinha de cabeceira, Seth saiu do quarto. Ele parou, mirando o fim do corredor, onde a poeira no chão estava girando num círculo baixo. A visão era desconcertante, produzindo um torvelinho de pó da altura de suas canelas. De onde a brisa estava vindo?

A escadaria que dava acesso ao segundo andar ficava mais ou menos no meio do caminho entre ele e o redemoinho de poeira. Seth sentiu sua boca ficar subitamente seca. Ele não estava disposto a seguir na direção da poeira, mas o corredor não possuía saída na outra direção.

Seth moveu-se ligeiramente na direção da agitação sobrenatural. De repente a poeira começou a girar com mais velocidade, erguendo uma coluna do chão ao teto. Seth correu na direção do demônio de pó enquanto a coisa corria na direção dele. Alguma coisa lhe dizia que se ele perdesse a corrida até a escadaria acabaria lamentando-se profundamente.

Suas passadas pesadas levantaram poeira, mas foi praticamente imperceptível devido ao vórtice de pó que se aproximava, preenchendo o corredor de partículas ofuscantes. Seth estreitou os olhos e franziu a testa. Quando alcançou a escadaria, o redemoinho estava a pouco mais de três metros de distância. O vento chicoteava suas roupas.

Seth disparou escada abaixo, o barulho do vórtice logo atrás. Aos pés da escada ele virou rapidamente no corredor em direção à grande escadaria. Parecia que um furacão estava atrás dele. Uma onda de poeira engolfou-o por trás assim que ele alcançou o início da grande escadaria.

Sem ousar olhar para trás, Seth mergulhou escada abaixo pulando dois degraus de cada vez. O rosnado do vento preenchia seus ouvidos. Tossindo, Seth teve a sensação de estar perdido no meio de uma tempestade de areia com as toneladas de poeira que saturavam o ar.

No fim da escadaria, enquanto disparava em direção à porta da frente, Seth olhou de relance para trás. O vórtice crescera. Estava atravessando o hall de entrada e flutuando na direção dele, ultrapassando a escada e ficando maior a cada segundo que passava. Tentáculos de poeira surgiram do centro do redemoinho. Um vendaval gelado de poeira açoitava-lhe os olhos.

Seth passou correndo pela porta da frente, fechando-a com força em seguida. Entupido de poeira, ele correu pela entrada de carros e atravessou o jardim em direção à chácara. Só diminuiu o ritmo quando a mansão sumiu de vista.

Reencontro

※ ※ ※

Kendra estava sentada à mesa com Warren, destruindo os neurônios para decidir qual seria o passo seguinte. Mendigo montava guarda do lado de fora ao lado da janela. Apesar da companhia do albino mudo e do fantoche desproporcionado, ela estava se sentindo solitária de um modo que raramente havia se sentido antes.

Mendigo provara ser de muita utilidade. Depois de colher frutas para ela na pequena colina que cobria a Capela Esquecida, o fantoche a carregara nas costas até a chácara de Warren enquanto os primeiros raios de sol começavam a surgir no céu.

Mas agora o dia estava começando a se aproximar do fim e ela ainda não tinha nenhum plano, exceto vigiar a janela caso Vanessa resolvesse lhe fazer uma visita. Kendra espalhara sobre a mesa todas as poções que encontrara no saco de Tanu. Ela sabia quais frascos continham as emoções engarrafadas, mas não tinha certeza de qual emoção era qual. O resto das poções podiam ser praticamente qualquer coisa. Ela pensara em experimentar uma, mas ficou preocupada com a possibilidade de alguma ser venenosa ou de serem misturas perigosas preparadas para inimigos. Kendra concluiu que deveria deixar para fazer os testes ao acaso somente como um último recurso.

Ela precisava encontrar um meio de libertar seus avós. Havia ferramentas na chácara, diversos itens que ela poderia usar como armas, mas, se Vanessa ainda estivesse controlando Tanu, Kendra tinha muito trabalho para vislumbrar a possibilidade de êxito. Mendigo podia ajudar, mas Kendra ficaria surpresa se o fantoche fosse capaz de entrar no jardim, já que ele não pudera entrar na casa de

Warren. Tinha certeza de que vovô tinha de fornecer uma permissão especial a quaisquer visitantes que não fossem mortais. As fadas só eram permitidas no jardim por causa do consentimento dele.

Mendigo começou a bater na janela. Ela dissera a ele para avisá-la se alguém se aproximasse. O que ela poderia fazer?

– Mendigo, proteja Warren e a mim de qualquer perigo, mas não apareça até que eu lhe ordene.

Mendigo se agachou atrás de um arbusto próximo à varanda enquanto Kendra ia em direção à janela. Ela espiou, movendo lentamente a cabeça, e mal pôde acreditar no que estava vendo. Seth estava surgindo do meio das árvores, entrando na trilha que dava acesso à chácara.

De início ela ficou chocada. Assim que se recuperou, Kendra correu para a porta e a abriu, lágrimas de alegria e de alívio inundando-lhe os olhos.

– Seth! – gritou ela.

– Kendra? – disse ele, parando no meio do caminho.

– Você não morreu!

– Claro que morri. Sou um fantasma. Fui mandado de volta com um aviso.

Kendra não conseguia parar de sorrir.

– Pensei que nunca mais ouviria suas idiotices novamente!

– Quem mais está aí com você?

– Só o Mendigo e Warren. Corre, entra logo.

– Ha, ha, ha! – disse Seth, seguindo em direção à chácara num passo tranquilo.

– Estou falando sério – insistiu Kendra. – Entra, aconteceram algumas coisas ruins.

– E eu também estou falando sério – zombou ele. – Muriel me trouxe de volta do túmulo para entregar um telegrama que canta!

Kendra colocou as mãos na cintura.

– Mendigo, apareça!

O gingador deu um pulo do arbusto.

– Caramba! – exclamou Seth, recuando. – O que ele está fazendo aqui? E por que ele está recebendo ordens de você?

– Entra e eu te conto! – falou Kendra. – Nunca fiquei tão contente em ver alguém. Nós estamos com um problema dos grandes nas mãos.

CAPÍTULO QUINZE

Assistência satírica

Seth sentou-se à mesa em frente à Kendra, parecendo estar em completo estado de choque. Depois de contar a Kendra a história do casulo e de como havia passado pelas entranhas de Olloch, ela lhe explicara como Vanessa havia sido desmascarada enquanto ele estava ausente.

– Quer dizer então que Vanessa estava controlando Coulter – falou ele. – Foi por isso que ele ficou tão desorientado de uma hora pra outra. Ele acordou com o espectro bem em cima da gente e ainda conseguiu me salvar.

– Se a gente adormecer, ela pode ser capaz de nos controlar – contou Kendra.

– Como? – Ele pegou outro biscoito do prato que Kendra deixara no centro da mesa. Ela havia descoberto os biscoitos num armário.

Assistência satírica

— Como ela é uma narcoblix, imagino que os drumants serviram apenas para desviar a nossa atenção pra ela poder morder a gente de noite sem deixar ninguém preocupado com as marcas. Você foi mordido pelos drumants. Assim como eu. Assim como Coulter e Tanu. Mas quem pode dizer se todas essas mordidas foram realmente dadas pelos drumants?

— Aposto que você tem razão — disse Seth, mastigando o biscoito. — Você sabe que adormeci algumas vezes dentro do casulo. Uma das vezes durante um bom tempo. Talvez ela saiba que eu ainda estou vivo.

— Pra gente ficar seguro, é melhor não adormecer até resolver esse problema — sugeriu Kendra.

— Você parece cansada — observou Seth. — Seus olhos estão ficando vermelhos.

— Vanessa me deu um remédio pra dormir ontem, e acabei dormindo quase o dia inteiro. Mas aí fiquei acordada a noite inteira, e não quis arriscar cochilar hoje — contou Kendra, bocejando. — Estou tentando não pensar no assunto.

— Bem, eu tirei uma boa soneca depois que Olloch... se livrou de mim, então acho que consigo ficar acordado a noite inteira sem problema — disse Seth. — Concordo que a gente tem de libertar vovô e vovó, mas também precisamos encontrar a chave e deixá-la bem longe de Vanessa. Precisamos proteger o artefato.

— Por tudo o que a gente já sabe, ela já pode estar com a chave — supôs Kendra. — Já pode estar inclusive com o próprio artefato!

— Duvido. Vai se difícil passar por aquele espectro. Enfim, aquela coisa me deixou paralisado de puro terror... não havia nada que eu pudesse fazer. Mas de repente Vanessa sabe algum truque.

— Não pode ser assim tão fácil pra ela — disse Kendra. — Eu acho que ela mandou você e Coulter para o bosque pra fazer uma experiência. Não tenho muita certeza se ela sabe o que está fazendo.

— Bem, se ela mandou o Coulter, talvez também mande os outros — analisou Seth. — Ela e o tal de Christopher Vogel estão aqui pra pegar o artefato. Eles vão dar um jeito se a gente não impedir. E eles podem fazer mal a todo mundo que capturaram durante esse processo todo.

— Você acha que a gente devia dar uma espionada neles?

— Com toda a certeza. Enquanto ainda está de dia. Não temos tempo a perder.

Kendra anuiu.

— Certo, você tem razão. — Ela se levantou e colocou a mão no ombro de Warren. — Nós vamos até a casa, Warren. Mas vamos voltar. — Ele deu um sorriso vazio para ela.

— Conheço algumas dessas poções — falou Seth, indicando as garrafinhas sobre a mesa.

— Você sabe quais as emoções que estão em cada garrafa? — perguntou Kendra.

— Com certeza — garantiu ele. — E eu sei as que deixam você pequenininha. Tipo do tamanho do seu pé. E isso aqui é um antídoto pra maioria dos venenos que existem. E essa aqui deixa você resistente ao fogo. Ou será que é essa aqui?

— Você sabe qual delas é a de medo? — perguntou Kendra. — Essa pode vir a calhar.

— Essa aqui é a de medo — respondeu Seth, pegando uma das garrafas. — Mas acho que a gente tinha que levar todas elas. — Ele começou a colocar as poções no saco. — Ah, e esse frasco aqui contém uma coisa importante. – Seth desatarraxou a tampa de um pequeno frasco. Mergulhou o dedo dentro e o retirou com um pouco de creme amarelado. Sugou o creme da ponta do dedo.

– O que é isso? – perguntou Kendra.

– Manteiga de morsa. De uma que existe numa reserva lá na Groenlândia. Produz o mesmo efeito que o leite. É o que Tanu usa nas expedições de campo.

– Vamos torcer pra eles não terem encontrado a chave ainda – desejou Kendra. – Vovô a escondeu em outro lugar. É claro que, provavelmente, a gente também não vai ser capaz de encontrá-la.

– Vamos dar um jeito – disse Seth. – Não dá pra fazer nenhum plano até a gente ter certeza do que realmente está acontecendo. Pode ser que eu consiga usar a luva pra dar uma boa olhada.

Kendra caminhou até a porta, abriu-a e falou com o fantoche gigante.

– Mendigo, obedeça a todas as instruções que Seth lhe der como se fossem minhas. – Ela se virou para o irmão. – Preparado?

– Só um segundo – pediu Seth, colocando cuidadosamente as últimas poções no saco. Ele deixou a poção do medo na mão. – Perdi meu kit de emergência, mas ganhei uma sacola de poções mágicas e uma luva que deixa a pessoa invisível. Excelente troca.

Eles saíram da casa.

– Mendigo – chamou Kendra. – Leve a mim e Seth para o jardim o mais rápido que conseguir, tentando não deixar que ninguém veja ou ouça a gente.

O fantoche de madeira colocou Seth sobre um ombro e Kendra sobre o outro. Sem o menor sinal de esforço, Mendigo trotou velozmente pela trilha.

Agachados e pisando com muito cuidado, Kendra e Seth aproximaram-se do jardim. Mendigo ficou esperando alguns metros atrás deles, com ordens para retirá-los dali e levá-los de volta para a chácara se eles chamassem. Kendra tentara fazer com que ele entrasse no jardim, mas ele não fora capaz de pisar na grama. A mesma barreira que impedira Olloch de entrar tinha o mesmo efeito sobre o gingador.

Seth abaixou-se atrás de um arbusto folhoso perto do limite da floresta. Kendra posicionou-se ao lado dele.

– Olha lá na varanda – sussurrou ele.

Kendra ergueu a cabeça para ver por cima do arbusto, mas Seth a puxou para baixo.

– Olha pelo meio do arbusto – sibilou ele. Ela se ajeitou até encontrar um espaço que lhe permitia ver a varanda.

– Diabretes – sussurrou ela.

– Dois deles – disse Seth. – E dos grandes. Como é que eles conseguiram entrar no jardim?

– Aquele grandão ali parece o diabrete do calabouço – observou Kendra. – Aposto que os dois eram prisioneiros. Eles não entraram no jardim pela floresta; vieram do porão.

– Já vimos o que eles podem fazer – disse Seth, afastando-se do arbusto. – Diabretes são barra-pesada. Não podemos deixar que vejam a gente de jeito nenhum.

Kendra voltou com Seth para o local onde Mendigo estava esperando. As sombras ficavam mais longas à medida que o sol mergulhava no horizonte.

Assistência satírica

– Como a gente vai passar por eles? – perguntou Kendra.

– Não sei – disse Seth. – Eles são velozes e fortes. – Ele vestiu a luva e desapareceu. – Vou lá dar uma olhada de perto.

– Não, Seth. Eles estão vigiando. Eles vão te ver. Você não vai conseguir ficar imóvel e sair correndo ao mesmo tempo.

– Então desistimos?

– Não. Tira a luva. – Ela não gostava de conversar com a voz sem corpo.

Seth reapareceu.

– Acho que a gente não tem tanta opção assim. É porta da frente, porta dos fundos ou alguma janela.

– Tem outra maneira de entrar – disse Kendra. – E talvez a gente consiga usá-la.

– Que maneira?

– As portas dos brownies. Elas passam pelo calabouço.

Seth franziu o cenho, pensativo.

– Mas como é que a gente ia... espera aí! As poções!

– A gente encolhe.

– Kendra, essa é a melhor ideia que você teve em toda a sua vida – elogiou Seth.

– Mas tem um probleminha – falou ela, cruzando os braços. – Não sabemos por onde os brownies entram. A gente sabe que eles passam pelo calabouço em direção à cozinha, mas a gente não sabe por onde começar.

– Minha vez – disse Seth. – Vamos perguntar aos sátiros.

– Você acha que eles ajudariam a gente?

Seth deu de ombros.

– Eu tenho uma coisa que eles desejam.

— Você sabe como encontrá-los?

— A gente pode tentar a quadra de tênis. Se não der certo, tem um local onde eu deixo as mensagens pra eles.

— Será que as fadas não me diriam? — supôs Kendra.

— Se você conseguir que alguma delas fale com você — respondeu Seth. — Vamos lá, se corrermos, chegamos lá antes de o sol se pôr. Não é muito longe.

— Eles construíram realmente uma quadra de tênis?

— E bem maneira. Você vai ver.

Seth ordenou que Mendigo os erguesse e então guiou o gingador para que contornasse o jardim em direção à trilha que os levaria até a quadra de tênis. Mendigo corria pela trilha, os ganchos chacoalhando. Assim que se aproximaram da quadra, ouviram uma discussão.

— Estou dizendo, está escuro demais, precisamos encerrar a partida — disse uma voz.

— E você diz que isso significa que a partida acabou empatada? — respondeu a outra voz, incrédula.

— Essa é a única conclusão justa.

— Eu estou vencendo em 6-2, 6-3 e 5-1! E é o meu serviço!

— Doren, você precisa vencer três sets inteiros pra ganhar a partida. Você pode dar graças a Deus, eu já estava pronto pra ganhar mais um ponto.

— O sol nem se pôs ainda!

— Está atrás das árvores. Eu não consigo ver a bola nessa sombra. Você fez umas boas jogadas. Devo admitir que você teria uma boa chance de vencer se a gente tivesse continuado. Mas a natureza interferiu, azar o seu.

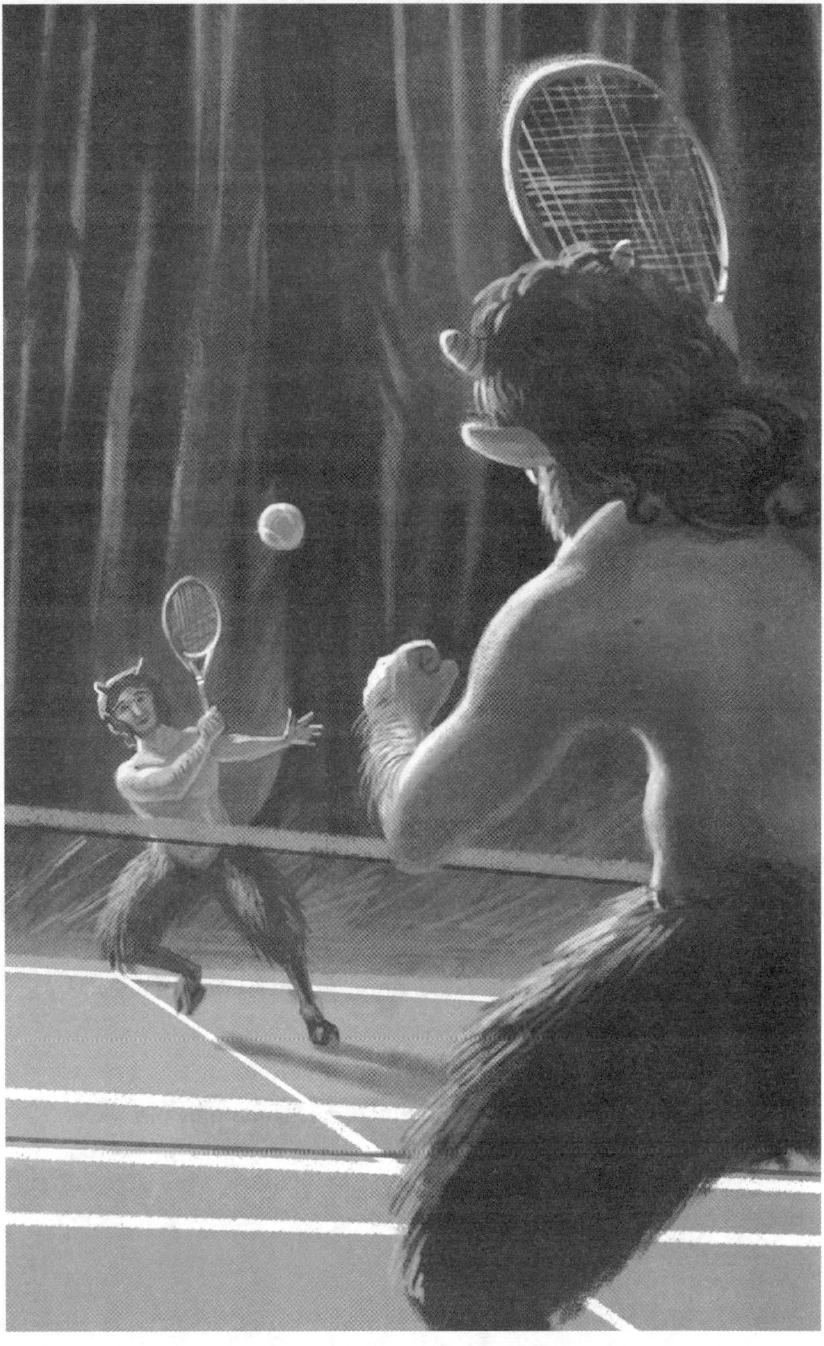

Mendigo saiu da trilha, seguindo a ordem de Seth, e começou a atravessar a vegetação rasteira na direção da quadra escondida.

— Não dá pra gente recomeçar amanhã com o mesmo placar? — tentou a segunda voz.

— Infelizmente, o tênis é um jogo de inércia. Recomeçar a partida não seria justo pra nenhum dos dois. Vamos fazer o seguinte, nós começamos o jogo amanhã bem cedo, assim vai dar pra disputar a partida inteira sem problema.

— E suponho que se você estiver perdendo a partida e conseguir achar uma nuvem em algum ponto do céu vai dizer que há possibilidade de chuva e vai encerrar a partida. O serviço é meu. Você pode rebater a bola ou pode ficar aí parado. A escolha é sua.

Mendigo avançou em meio à vegetação no limite da quadra de tênis. Doren estava em pé esperando para sacar. A raquete que ele havia quebrado batendo em Olloch havia sido muito bem consertada. Newel estava na rede.

— Oi! — disse Newel. — Olhe, Doren, temos visita. Kendra, Seth e... aquele fantoche esquisitão da Muriel.

— Crianças, vocês se importariam de esperar um último game? — perguntou Doren.

— É claro que eles se importariam! — gritou Newel. — Tremenda grosseria sua perguntar uma coisa dessas!

— Estamos com alguma pressa — admitiu Kendra.

— Vai ser coisa rápida — garantiu Doren, dando uma piscadela.

— Nessa escuridão, um game é o caminho mais curto pra uma contusão séria — insistiu Newel, desesperadamente.

— Não está muito escuro — observou Seth.

— O juiz de linha diz que a gente devia continuar com a partida — disse Doren.

Newel sacudiu o punho para Seth.

— Tudo bem, um último game, quem vencer ganha a partida.

— Por mim tudo bem — aceitou Doren.

— Isso não é justo — resmungou Kendra.

— Não tem problema — disse Doren. — Ele não quebrou um único serviço meu o dia inteiro.

— Chega de conversa mole — falou Newel, carrancudo.

Doren jogou a bola por cima da rede. Newel rebateu o potente saque com um leve lob, permitindo que Doren corresse até a rede para obter um winner num ângulo inusitado. Os dois saques seguintes de Doren foram aces. O quarto saque Newel rebateu com força, mas depois de um intenso rali, Doren conseguiu pontuar com um golpe certeiro que morreu na quadra antes que Newel pudesse chegar.

— Game, set, fim de jogo! — trombeteou Doren.

Resmungando, Newel correu até o abrigo e começou a bater com a raquete na parede. A moldura se partiu e várias cordas se soltaram.

— Uuuuuu! — vaiou Seth. — Falta de espírito esportivo.

Newel parou e levantou os olhos.

— Não tem nada a ver com espírito esportivo. Desde que os brownies consertaram a raquete dele, ele tem jogado bem melhor. Eu só quero nivelar o jogo.

— Não sei, não, Newel — provocou Doren, jogando a raquete para cima e pegando-a no ar. — Precisa ser muito sátiro pra manusear uma raquete desse calibre.

– Pode comemorar – disse Newel. – Da próxima vez vamos jogar à luz do dia e com equipamentos idênticos!

– Engraçado vocês terem falado nos brownies – falou Seth. – Nós precisamos de um favor.

– O favor tem a ver com algum demônio aparecendo pra destruir nosso abrigo? – perguntou Newel.

– Eu cuidei do Olloch – afirmou Seth. – Precisamos saber por onde os brownies entram na casa.

– Pelas portinhas – revelou Doren.

– Ele está querendo dizer que a gente precisa saber onde fica a entrada pra poder entrar na casa pelas portinhas – esclareceu Kendra.

– Não quero ofender, mas talvez seja um pouco apertado – disse Newel.

– A gente tem uma poção que faz encolher – contou Seth.

– Crianças cheias de recursos – comentou Doren.

Newel estudou-os com um olhar sagaz.

– Por que vocês querem entrar na casa dessa maneira? Pode haver barreiras que impeçam a entrada. E quem disse que os brownies vão deixar vocês entrarem? Eles não são muito sociáveis.

– Temos de entrar em segredo – explicou Kendra. – Vanessa é uma narcoblix. Ela drogou meus avós e tomou a casa, e provavelmente vai tentar destruir Fablehaven em seguida!

– Espera um pouco – disse Doren. – Vanessa? A Vanessa com aquele corpaço?

– Que tal a Vanessa que traiu todo mundo? – sugeriu Kendra.

– Não sei se os brownies iam achar uma boa ideia a gente revelar pra vocês a entrada secreta deles – admitiu Newel, enrolando a língua na bochecha e piscando para Doren.

— Verdade — concordou Doren, balançando a cabeça com o olhar astuto. — Estaríamos violando um acordo sagrado.

— Gostaria muito de poder ajudar — disse Newel, juntando as mãos. — Mas promessa é promessa.

— Quantas pilhas vocês querem? — perguntou Seth.

— Dezesseis — respondeu Doren.

— Fechado — disse Seth.

Newel deu uma leve cotovelada em Doren.

— Vinte e quatro. Foi isso o que ele quis dizer.

— Nós já fechamos por dezesseis — insistiu Seth. — A gente podia oferecer até menos que isso.

— Muito justo — concordou Newel. Ele olhou de soslaio para Seth. — Estou entendendo que você tem consigo as pilhas mencionadas.

— No meu quarto — informou Seth.

— Entendo — disse Newel, encenando uma reprimenda. — E suponhamos que você seja pego e nunca mais volte? Nós perdemos dezesseis pilhas e rompemos uma promessa sagrada junto aos brownies. Eu correria o risco pelas dezesseis, mas com o pagamento a prazo, nós somos obrigados a cobrar cinquenta por cento extra.

— Tudo bem, vinte e quatro pilhas — aceitou Seth. — Eu pago assim que puder.

Newel agarrou a mão de Seth e apertou-a vigorosamente.

— Congratulações. Você acaba de descobrir uma entrada secreta.

— Agora falando sério — disse Doren. — Qual é a desse fantoche?

※ ※ ※

Já estava anoitecendo quando os sátiros, Kendra, Seth e Mendigo alcançaram a entrada de carros da casa principal, não muito distante dos portões frontais de Fablehaven. Kendra avistara algumas fadas resplandecentes na floresta, mas, quando tentou atrair a atenção delas, o grupo inteiro disparou para longe.

– Agora sim eu diria que está escurecendo – observou Doren.

– Pouco importa – respondeu Newel, ajoelhando-se ao lado de uma árvore e apontando. – Seth, siga em frente no máximo uns vinte passos, e você encontrará uma árvore com a casca avermelhada. Aos pés da árvore, no meio de uma forquilha nas raízes, você verá um buraco razoavelmente grande. Essa é a entrada que está procurando. Não me culpe se eles não estenderem o tapete vermelho.

– E não conte pra eles que a gente contou pra você onde ficava a entrada – falou Doren.

– Mas seja um bom companheiro e deixe isso aqui perto da entrada – pediu Newel, entregando a Seth sua raquete recentemente quebrada.

– Obrigada – disse Kendra. – A gente se vira a partir daqui.

– A não ser que vocês queiram nos ajudar – tentou Seth.

Newel deu uma piscadela.

– É... bem... com relação a isso, a gente tem uma coisa...

– Nós prometemos sair com uns amigos – despistou Doren.

– Já está marcado há algum tempo...

– Já desmarcamos duas vezes...

– Em outra oportunidade nós vamos – prometeu Newel.

– Cuidem-se – disse Doren. – Não vão se deixar comer por algum brownie.

Os sátiros saltitaram até saírem de vista.

– Por que você resolveu perguntar? – indagou Kendra.

– Não achei que fosse ofender – respondeu Seth. – Vamos.

Assistência Satírica

Eles atravessaram correndo a entrada de carros cheia de cascalho. A casa não estava visível, o que fez com que eles se sentissem relativamente a salvo de Vanessa e seus diabretes. Mendigo seguia alguns passos atrás deles.

Eles seguiram na direção que os sátiros haviam indicado.

– Deve ser isso – supôs Seth, tocando uma árvore com a casca rosada. – Tem um buraco aqui. Foi bom a gente encontrar antes que escurecesse totalmente. – Seth encostou a raquete de tênis quebrada na árvore.

O buraco parecia grande o suficiente para caber uma bola de boliche. E descia num ângulo íngreme.

– Pega as poções – falou Kendra.

Seth remexeu o saco. Puxou um par de pequenos frascos.

– Essas aqui devem fazer a mágica.

– Tem certeza que são essas mesmo? – perguntou Kendra, verificando os frascos.

– Elas são as mais fáceis de lembrar: a poção das garrafas menores fazem você ficar menor. – Seth estendeu um dos frascos para Kendra. Ela franziu o cenho para o vidrinho, a testa enrugada. – O que é agora?

– Você acha que nossa roupa também vai encolher? – perguntou ela.

Seth parou.

– Espero que sim.

– E se não encolher?

– Tanu disse que as poções deixam ele com mais ou menos trinta centímetros. O que significa que a gente ia ficar com o quê? Uns vinte e poucos centímetros? Que roupa a gente poderia usar?

— Tanu coloca uns lenços em volta de algumas garrafas — disse Kendra.

Seth enfiou a mão no saco e retirou dois lenços de seda.

— Deve ser isso aqui.

— Só espero que quem quer que tenha inventado essas poções tenha pensado também na roupa — desejou Kendra.

— Será que é melhor a gente salpicar um pouco de poção na nossa roupa só pra garantir? — perguntou Seth. — A gente tem quatro poções de encolhimento.

— Não atrapalharia em nada — concordou Kendra.

Seth pegou outro frasco da poção de encolhimento.

— Ao mesmo tempo? — perguntou ele.

— Bebe a sua primeiro — sugeriu Kendra.

Seth abriu o frasco e tomou o conteúdo.

— Picante — avaliou ele. Seus olhos se arregalaram. — Picante mesmo!

A roupa dele começou, subitamente, a ficar folgada. Ele olhou para Kendra, espichando o pescoço para ver sua irmã muito mais alta. Ele se sentou no chão. Seus pés saíram facilmente dos enormes sapatos à medida que as pernas ficavam mais curtas. O encolhimento se acelerou, e ele pareceu quase desaparecer.

— Seth? — chamou Kendra.

— Estou aqui — respondeu uma microversão de sua voz.

— Pode me passar um lenço?

Kendra colocou um lenço dentro da camisa. Um instante depois Seth surgiu, o lenço enrolado na cintura como uma toalha e arrastando-se atrás dele. Ele levantou os olhos.

— Agora você é realmente a minha irmã maior — gritou ele. — Salpica um pouco na minha roupa.

Kendra retirou a tampa de outro frasco e salpicou um pouco do conteúdo sobre a roupa de Seth. Eles esperaram, mas não houve nenhuma reação.

– Parece que a gente vai ter que se virar usando lenços mesmo – suspirou Kendra.

– Eles são macios e sedosos – avaliou Seth.

– Você é louco – falou Kendra. Ela se virou. – Mendigo, junte as nossas roupas e as nossas coisas e fique de vigia até sairmos da casa. Quando a gente sair, você tem de correr pra se encontrar com a gente.

Mendigo começou a pegar a camisa dela.

– Mendigo, pega a minha roupa só depois que eu encolher, e deixa a gente com os lenços.

Mendigo pegou o saco de Tanu e a roupa de Seth.

– Ei! – gritou Seth. – Deixa eu ver se consigo levar a luva.

Kendra retirou a luva do bolso da calça de Seth, dizendo para Mendigo deixar a luva com eles. Ela a entregou a Seth. Ele a prendeu no ombro e começou a andar. Parecia incômodo.

– É grande demais? – perguntou Kendra.

– Eu me viro – disse Seth. – Quando a gente voltar ao tamanho normal ela vai ser muito útil. Por falar nisso, bebe logo a sua poção e vamos andando. Não quero ficar grande e acabar esmagado no buraco dos brownies.

Kendra abriu um terceiro frasco e bebeu o conteúdo. Seth estava certo. Era picante e dava uma sensação de formigamento. Parecia que seus membros estavam sendo alfinetados, como se eles tivessem ficado dormentes e agora estivessem voltando com a sensação mais desconfortável do mundo. À medida que ela encolhia, o formigamento se intensificava. Sempre que Seth ficava sabendo que a perna dela estava dormente, ele tentava cutucar o membro que estava formigando. Ela ficava enlouquecida. Mas aquilo era muito pior, as agulhadas começando nas pontas dos dedos e se alastrando por todo o seu corpo.

Antes que Kendra pudesse entender completamente o que estava acontecendo, sua camisa formava uma tenda caída ao redor de seu corpo. Ela rastejou até uma abertura através de uma das mangas.

– Feche os olhos, Seth – pediu ela, reparando como sua voz estava esganiçada.

– Estão fechados – avisou ele. – Não quero ter nenhum pesadelo.

Kendra encontrou o outro lenço e transformou-o numa toga improvisada.

– Pronto, pode olhar agora.

– Você está sabendo que se a gente crescer de novo dentro do calabouço vamos ficar presos lá embaixo.

Kendra caminhou até um dos frascos vazios que estavam no chão. Com muito esforço, ela o ergueu. Em relação a seu novo tamanho, o objeto era quase tão grande quanto uma lata de lixo.

– Esse vidro é grosso – disse ela. – Quase não consigo mover o frasco vazio.

Seth soltou a gigantesca luva e tentou erguer a garrafinha. Quase não conseguiu tirá-la do chão.

– Infelizmente a gente não vai poder levar uma garrafinha sobressalente. Vamos ter de correr mesmo.

– Mendigo, lembre-se, vigie a gente e venha nos receber quando a gente sair.

Mendigo agora parecia absolutamente enorme, como uma espécie de monumento fantasmagórico.

Seth recolocou a luva sobre o ombro.

– Vamos.

Kendra olhou para cima. Através das falhas nos galhos acima de sua cabeça, ela viu estrelas surgindo no céu. Ela seguiu seu irmão e entrou no buraco escancarado.

Capítulo Dezesseis

Portas de brownies

Embora a terra próxima à abertura do buraco dos brownies estivesse esfarelada e se soltando, o chão ficava liso e firme à medida que o túnel inclinava-se para baixo. Perto da entrada Kendra e Seth precisaram se agachar em determinados locais, mas em pouco tempo o diâmetro do túnel aumentou e eles puderam andar em pé confortavelmente. No início eles encontraram algumas raízes proeminentes nas paredes da passagem, mas à medida que desciam mais profundamente, elas começavam a ficar escassas, e o chão do túnel tornava-se nivelado. A terra estava fria embaixo de seus pés descalços.

– Não consigo enxergar nada – falou Seth.

– Seus olhos vão se ajustar – respondeu Kendra. – Tem pouca luz, mas não está completamente escuro.

Seth girou o corpo.

– Estou vendo uma luzinha lá atrás, mas na frente está tudo um breu.

— Você deve estar ficando cego, eu estou conseguindo ver bem no túnel.

— Então vai na frente.

Kendra os conduziu bem fundo no túnel. Ela não entendia muito bem o que Seth estava querendo dizer. Claro que a luminosidade estava parca, mas tinha luz suficiente vindo da entrada. Inclusive para revelar a textura das diferentes pedras incrustadas nas paredes do túnel.

— Continua enxergando? – perguntou Seth.

— Seus olhos ainda não se ajustaram?

— Kendra, está totalmente escuro aqui. Não tem luz nenhuma. Não consigo nem te ver. Não consigo ver a minha mão. E não consigo ver nenhuma luz lá atrás.

Kendra olhou por cima do ombro. O caminho para trás estava com a mesma luminosidade fraca que o caminho à frente deles.

— Você não está enxergando nada?

— Minha visão noturna é boa, Kendra – disse Seth. – Eu enxerguei muito bem no bosque, e também não tinha muita luz por lá. Se você ainda está conseguindo ver deve ser porque você enxerga no escuro.

Kendra pensou na noite nublada no lago quando ela imaginara que a luz estava sendo filtrada pelas nuvens. Ela lembrou ter visto o interior das celas no calabouço que Seth imaginara estarem pretas. E agora ela estava ali, bem no subterrâneo, e apesar de o crepúsculo já estar dando lugar à noite do lado de fora, independentemente do quanto eles se distanciavam da entrada, a luminosidade tênue continuava a mesma.

— Acho que você tem razão — disse Kendra. — Ainda estou enxergando muito bem. A luminosidade não diminuiu nada pra mim.

— Gostaria que aquelas fadas tivessem me beijado um pouquinho também — desejou Seth.

— Fique contente por ao menos um de nós estar enxergando. Vamos indo.

O túnel deu várias voltas até que Kendra parou.

— Estou vendo uma porta lá na frente.

— Ela está bloqueando o caminho?

— Está.

— Então vamos lá dar uma batida nela.

Kendra seguiu em frente.

— Só um segundo — pediu Scth. — Perdi o meu lenço. Não olha. Pronto, achei. Pode ir agora.

Uma parede arredondada preenchia todo o túnel. Nela havia uma porta oval. Quando eles se aproximaram, Kendra experimentou a maçaneta. Trancada. Então ela deu uma batida.

Um instante depois a porta se abriu rapidamente, e ela viu-se frente a frente a um homem magro mais ou menos da mesma altura que ela. Ele tinha um nariz longo, orelhas de morcego e a pele lisa como a de um bebê. Ele olhou Kendra e Seth de cima a baixo.

— Só é permitida a passagem de brownies — informou ele, fechando a porta.

— O que aconteceu? — perguntou Seth. — Você entendeu o que ele disse?

— Só é permitida a entrada de brownies — traduziu Kendra. — Um homenzinho abriu a porta, disse isso e depois fechou de novo a porta. – Ela bateu na porta. – Por favor, nós precisamos entrar na casa, é uma emergência!

A porta abriu um tantinho. O homenzinho espiou com um olho.

– Agora me diga, por que você resolveu aprender rowian se todo mundo sabe que os brownies não falam com estranhos?

– Rowian? – perguntou Kendra.

– Não se faça de desentendida, mocinha. Conheci algumas poucas fadas e ninfas que sabiam os rudimentos da língua dos brownies, mas nunca um ser humano em miniatura.

– Meu nome é Kendra – apresentou-se ela. – Eu adoro brownies. Vocês cozinham maravilhosamente bem e consertaram a casa de meus avós depois que ela ficou totalmente arrasada.

– Nós todos fazemos o que fazemos – disse o brownie, humildemente.

– Meu irmão e eu precisamos desesperadamente entrar na casa, e essa é a única maneira possível. Por favor, deixa a gente passar.

– Essa passagem é exclusiva para brownies – insistiu ele. – Eu devo ser o menor dos seus problemas. Existem barreiras mágicas no local para impedir que outros entrem na casa por nossa passagem.

Kendra olhou de relance para Seth, que estava assistindo à troca de palavras completamente estupefato.

– Mas nós temos permissão pra entrar na casa, nós estamos hospedados aqui.

– Um modo bem estranho de hóspedes entrarem.

– Meus avós são os administradores de Fablehaven. Alguém sabotou eles, então a gente está tentando entrar em segredo para ajudar. Se essa poção perder o efeito, a gente vai ficar entalado no seu túnel.

– Não posso permitir que isso aconteça – disse o brownie, pensativo. – Muito bem, vendo que vocês estão do tamanho de brownies e vendo que vocês se explicaram com tanta paciência, não vejo mal algum em permitir que passem. Com uma condição. Devem ficar com os olhos vendados. Vocês estão a ponto de entrar em uma comunidade brownie. Nossos segredos são só nossos.

– O que ele está dizendo? – perguntou Seth.

– Ele está dizendo que a gente vai ter de usar vendas nos olhos.

– Diz pra ele se apressar – disse Seth.

– O que ele está dizendo? – perguntou o brownie.

– Ele diz que vai usar uma venda sem problema.

– Muito bem – accitou o brownie. – Um momento. – Ele fechou a porta. Kendra e Seth ficaram esperando. Ela tentou virar a maçaneta. Trancada.

– O que ele está fazendo? – perguntou Seth.

– Não sei – disse Kendra.

Quando Kendra estava começando a imaginar se não havia sido abandonada, a porta abriu.

– Duas vendas – disse o brownie. – E dois cobertores, mais apropriados ao tamanho de vocês. Não posso permitir que esse lindo material se arraste na terra.

– O que ele está dizendo? – indagou Seth.

– Ele trouxe as vendas – afirmou Kendra.

– Pergunta pra ele se eu preciso mesmo usar já que não estou enxergando nada mesmo.

– Coloca logo isso aí – ordenou Kendra. – E ele quer que a gente troque os lenços por cobertores.

Kendra e Seth substituíram os lenços pelos cobertores, fazendo a troca de tal forma a permanecerem estrategicamente cobertos durante todo o processo. Em seguida o brownie amarrou as vendas.

– Vou guiar vocês, querida – falou uma voz feminina para Kendra. – Coloque sua mão no meu ombro.

– Diga para o seu amigo que eu vou guiá-lo – pediu o brownie masculino.

– Ele vai guiar você, Seth.

Os brownies os conduziram através da porta e ao longo do túnel. Logo o chão ficou duro. Parecia pedra polida. Mesmo com a venda, Kendra podia dizer que eles haviam entrado numa área iluminada. Os brownies davam instruções ocasionais tipo: "degrau" ou "abaixe a cabeça", que Kendra retransmitia para Seth. Eventualmente, ela ouvia murmúrios, como se a passagem deles estivesse proporcionando comentários sigilosos na multidão.

Depois de terem caminhado por um tempo, o brilho desvaneceu, e o chão polido voltou a ser novamente terra. Os brownies pararam. O brownie macho removeu as vendas. Eles estavam na frente de uma porta bastante parecida com a de antes.

– Está escuro? – perguntou Kendra.

– Não consigo enxergar nada – respondeu Seth.

– Basta seguir essa passagem – instruiu o brownie. – Ela os levará diretamente ao calabouço. Suponho que vocês conheçam o caminho a partir de lá. Não tenho como afirmar se as barreiras os impedirão ou não de passar. Esse é um risco que vocês deverão assumir.

– Obrigada – disse Kendra.

– Aqui estão suas roupas – disse a brownie fêmea. Ela ergueu um lindo vestido e um par de mocassins, tudo feito da seda do lenço. Kendra aceitou o vestido, e a brownie fêmea deu a Seth uma camisa, uma jaqueta, calças compridas e sandálias produzidas do mesmo material.

– Isso, sim, é improvisação – elogiou Kendra. – As roupas são belíssimas!

– Nós todos fazemos o que fazemos – respondeu a brownie fêmea, com uma leve mesura.

Os brownies levantaram os cobertores de tal forma a garantir que Kendra e Seth tivessem privacidade na hora de vestir suas roupas. Ela não podia acreditar o quanto o vestido se encaixava perfeitamente em seu corpo.

– Exatamente o meu tamanho – comentou Seth, calçando as sandálias.

Kendra virou a maçaneta e abriu a porta.

– Obrigada mais uma vez – disse ela.

Os brownies balançaram a cabeça ao mesmo tempo. Ela e Seth passaram pela porta, fecharam-na e seguiram pelo túnel sombrio.

– Essas são as roupas mais sedosas que alguém já fez até hoje – observou Seth. – Vou usar isso aqui como pijama.

– Se você beber poção pra encolher todas as noites – lembrou Kendra.

– É mesmo.

Com o passar do tempo, as paredes de terra curvadas do túnel deram lugar a pedras, e o corredor tornou-se mais quadrado. O cheiro do ar começou a ficar menos terroso e mais úmido.

– Acho que a gente está chegando – falou Kendra.

– Que bom, não aguento mais escuridão – disse Seth.

— Tenho minhas dúvidas se o calabouço vai estar mais iluminado que isso — observou Kendra.

— De repente a gente dá um jeito de encontrar algum interruptor — desejou ele.

— Vamos ver.

O corredor terminou numa porta de cobre laboriosamente entalhada.

— Acho que é isso — disse Kendra. Ela experimentou a maçaneta, e a porta se abriu para revelar um recinto iluminado por uma lareira. A fonte da luz estava à esquerda, ao longo da mesma parede que a pequena porta, então eles ainda não tinham condições de vê-la.

— Estou enxergando — sussurrou Seth, excitado.

— Acho que a gente deve ter passado pelas barreiras — comentou Kendra.

Seth empurrou-a para o lado e entrou na sala. A exemplo das paredes, o piso era composto de blocos de pedra grudados com argamassa. Seth olhou para a esquerda.

— Ei, é o local onde eles fazem a...

Uma enorme mão cheia de veias agarrou-o subitamente. A luva que ele estava carregando caiu no chão assim que ele foi arrancado de vista.

— Seth! — gritou Kendra. Uma segunda mão atravessou o umbral e entrou no túnel. Ela tentou se desviar dos dedos e bater em retirada, mas a ágil mão a agarrou sem dificuldade.

A mão puxou Kendra do túnel e ergueu-a bem no alto. Em relação à sua altura diminuta, a sala parecia uma vastidão. Quando viu o grande caldeirão borbulhando em fogo baixo, ela percebeu que aquele era simplesmente o local onde os gnomos preparavam a gororoba. Na luz tremeluzente, Kendra identificou o ser que a capturara como Slaggo.

— Voorsh, peguei umas coisinhas pra adoçar a gororoba — falou Slaggo em sua voz gutural.

— Ficou maluco? — zombou Voorsh. — A gente não pega brownies. — Ele estava sentado numa mesa no canto limpando os dentes com uma faca.

— Eu sei disso, seu idiota — resmungou Slaggo. — Eles não são brownies. Sente só o cheiro.

Kendra estava tentando separar os dedos que a estavam apertando. Inútil; eles eram mais grossos do que sua perna e cobertos de calosidades tão duras quanto pedras. Slaggo ergueu-a até o focinho de Voorsh, e este deu uma farejada, as gretas das narinas se abrindo.

— Tem cheiro de ser humano — analisou Voorsh. — Tem algo familiar no odor...

— Nós somos Kendra e Seth — gritou Kendra com sua voz esganiçada. — Nossos avós são os administradores de Fablehaven.

— A coisa fala goblush — disse Slaggo.

— Acho que ela é um diabrete — sugeriu Voorsh, dando uma risadinha.

— Vocês têm de ajudar a gente — gritou Kendra.

— Baixa essa crista — ameaçou Slaggo. — Você não está em condições de ditar ordens. Eu lembro desses dois. Ruth os trouxe aqui não muito tempo atrás.

— Você está certo — concordou Voorsh. — E tendo em vista a reviravolta que ocorreu...

– O que você está querendo dizer com reviravolta? – berrou Kendra.

– O que ele está querendo dizer é que, como os avós de vocês são agora prisioneiros em seu próprio calabouço – contou Slaggo – talvez seja divertido observar os dois devorando a carne de sua própria carne.

– Você leu meus pensamentos – gorgolejou Voorsh.

– O que eles estão dizendo? – perguntou Seth.

– Eles estão falando em cozinhar a gente – traduziu Kendra. – Vovó e vovô estão aprisionados aqui.

– Se vocês cozinharem a gente, vão pagar por isso – gritou Seth. – Vocês serão culpados por assassinato. Vovó e vovô não ficarão presos pra sempre!

– Esse aqui fala como ser humano – resmungou Slaggo.

– Há uma certa razão no que ele diz – suspirou Voorsh.

– Vocês não podem cozinhar a gente – falou Kendra. – O tratado protege a gente.

– Invasores em nosso calabouço são alijados de todas as proteções – explicou Voorsh.

– Mas o nanico pode ter razão com relação a Stan e Ruth – comentou Slaggo.

– Mas é claro que, se Stan e Ruth não ficarem sabendo de nada, não vão ter o direito de nos castigar – refletiu Voorsh.

– Por que vocês não soltam os meus avós? – propôs Kendra. – Eles são os administradores de direito aqui. Vocês serão recompensados.

– Vanessa libertou os diabretes grandes – grasnou Slaggo. – Ela controla a situação agora.

— Além disso, não poderíamos soltar Stan mesmo que quiséssemos — disse Voorsh. — Não temos as chaves das celas.

— O que significa que estamos livres para nos divertir um pouco — disse Slaggo, dando um aperto em Kendra que fez com que suas costelas estalassem.

— Se nos soltarem, pode ser que a gente consiga libertar os meus avós — disse Kendra. — Vanessa não possui nenhuma autoridade real sobre esse lugar. Meus avós voltarão ao poder mais cedo ou mais tarde. E, quando isso acontecer, eles vão dar uma grande recompensa por vocês terem nos ajudado agora.

— Palavras desesperadas saídas da boca de uma presa encurralada — zombou Slaggo, indo em direção ao caldeirão cheio de caldo acinzentado fumegante.

— Espera, Slaggo, ela pode estar certa — supôs Voorsh.

Slaggo hesitou em frente ao caldeirão. Uma fumaça quente com um cheiro horroroso subiu em direção ao teto, envolvendo Kendra. Ela olhou de relance para Seth, que retribuiu o olhar preocupado. Slaggo virou-se para encarar Voorsh.

— Você acha?

— Stan e Ruth recompensaram nossa lealdade no passado — lembrou Voorsh. — Se pouparmos a prole deles, a recompensa pode ser maior do que a diversão de assistirmos aos nanicos cozinhando.

— Um ganso? — perguntou Slaggo, esperançoso.

— Ou algo melhor. Esse ato mereceria muita gratidão, e Stan sempre foi muito justo conosco.

— Tenho certeza de que eles dariam uma imensa recompensa pra vocês — insistiu Kendra.

— Você diria qualquer coisa agora para salvar sua pele — rosnou Slaggo. — Mas, mesmo assim, meus ouvidos concordam com

Voorsh. Stan provavelmente voltará ao poder, e ele tem uma história de recompensas justas. – Slaggo colocou Kendra e Seth no chão.

– Vocês podem levar a gente pra cela deles? – perguntou Kendra.

Seth olhou para ela como se ela estivesse louca.

– Não ficaria bem se a nova mestra nos pegasse ajudando inimigos – avisou Voorsh.

– Se vocês levarem a gente para a cela, pode ter certeza que Stan vai agradecer imensamente o engajamento de vocês – observou Kendra. – E vocês podem dar no pé se alguém aparecer.

– Talvez não haja mal nisso – murmurou Slaggo. – Vocês podem manter essas matracas fechadas enquanto seguimos?

– Certamente – garantiu Kendra.

– Você pirou completamente? – sibilou Seth.

– Isso pode fazer a gente poupar um bom tempo – sussurrou Kendra.

– Vocês negarão nosso envolvimento se forem pegos – ameaçou Voorsh.

– É claro – assegurou Kendra.

– Porque nós poderíamos deixar as coisas bem desconfortáveis para vocês se nos obrigarem a cair em água fervente – rosnou Slaggo.

– Se a gente for pego não vamos falar nada sobre vocês – prometeu Kendra.

– E faça com que o outro compreenda – ordenou Voorsh. – Minha língua fica enrolada quando eu falo essa língua desprezível de vocês.

Kendra explicou a situação a Seth, que demonstrou concordar. Slaggo se abaixou e os pegou com uma das mãos.

– Você pode segurar a gente sem apertar tanto? – perguntou Kendra.

– Fique feliz por eu não deixar vocês aleijados – disse Slaggo, aliviando ligeiramente o forte aperto.

– Pede pra ele pegar a luva – falou Seth.

– Você pode pegar aquela luva ali no chão? – perguntou Kendra. – A gente vai precisar dela quando crescermos de novo.

– Eu entendi muito bem o que o outro disse – afirmou Slaggo. – Aposto que eu entendo mais línguas do que vocês dois juntos. Qual a utilidade de uma luva? – Ele se curvou e a pegou.

– Melhor do que não ter nada – respondeu Kendra, baixinho.

Slaggo balançou a cabeça.

– Já volto – disse ele a Voorsh. – Não se esqueça de mexer a gororoba.

– Cuidado para não ser descoberto – preveniu Voorsh. – Se alguém aparecer, engula-os.

Slaggo pegou uma tocha e a acendeu na lareira. Ele saiu da sala e se moveu rapidamente pelo corredor. Assim que o corredor terminou, ele virou e continuou andando. Eles passaram pela Caixa Quieta que vovó havia mostrado a eles. Kendra ficou grata por cada cela pelas quais eles passavam porque eles estavam indo na direção da frente do calabouço. Se ela e seu irmão voltassem a seus tamanhos normais antes de alcançarem a cozinha, ficariam presos no subterrâneo. O que significava que cada segundo era de suma importância.

– Aqui estamos – disse Slaggo, calmamente, colocando-os no chão em frente à porta de uma cela. – Agora, mantenham a palavra e não nos causem problemas. – Ele pôs a luva da invisibilidade no chão ao lado deles. – E, se tudo der certo, deem crédito a quem de direito.

Assim que o gnomo foi embora, levando a tocha consigo, Kendra e Seth esgueiraram-se pela estreita entrada para bandejas de comida.

– Vovó! Vovô! – gritou Kendra.

– É a Kendra? – disse vovô Sorenson. – O que está fazendo aqui?

– Não somente a Kendra – falou Seth. – A gente encolheu.

– Seth? – disse vovó, boquiaberta. A voz trêmula de emoção. – Mas como?

– Coulter acordou pouco antes do espectro pegar a gente – contou Seth. – Ele me deu um casulo mágico que envolveu todo o meu corpo. Olloch me engoliu como se eu fosse uma pílula. Entrei por um lado e saí pelo outro.

– O que acabou satisfazendo o encanto e fez com que ele voltasse a ser estátua – deduziu vovô. – Que golpe de boa sorte! Não posso dizer o quanto estou aliviado. Tenho muitas outras perguntas, mas pouco tempo para formulá-las. Pelo que entendi, vocês conseguiram entrar pelas portas dos brownies?

– Fugi com o saco de poções de Tanu – disse Kendra. – A gente encolheu. Você sabe quanto tempo isso dura?

– Não posso dizer – disse vovô.

– Crianças inteligentes! – elogiou vovó. – É melhor se apressarem se desejam entrar na casa. O encanto não durará para sempre.

– A gente quer pegar de volta a chave do artefato – revelou Seth.

– Eles estão com ela? – perguntou Kendra.

– Infelizmente estão – disse vovô. – Eu estava falando com sua avó, e ela não se recorda de determinadas conversas recentes. Antes de se revelar, acredito que Vanessa tenha controlado sua avó para obter informações a meu respeito. Isso explicaria como ela escreveu aqueles nomes no livro de registro. Eu me lembro de Ruth me pedindo para confirmar a localização do esconderijo da chave, assim como para lembrar a ela a combinação que dá acesso ao sótão secreto.

– Não me recordo de ter feito nenhuma dessas perguntas – admitiu vovó.

– Com esse conhecimento, Vanessa já está com a chave em seu poder – lamentou vovô.

– Eles sabem onde está o livro de registro? – perguntou Kendra. – Eles podem liberar a entrada de outras pessoas na reserva?

– Não acredito que eles saibam onde o livro de registro está escondido agora – falou vovô. – Mas eles soltaram pelo menos um dos diabretes grandes, um brutamontes que ocupava essa cela aqui, o mesmo selvagem que quebrou minha perna.

– Pensei mesmo que essa era a cela com o diabrete – disse Kendra. – O que berrou pra mim quando vovó nos mostrou o calabouço.

– Isso mesmo, querida – concordou vovó.

– Nós tínhamos dois outros diabretes gigantes confinados, então vocês podem apostar que ela também os libertou – avisou vovô. – Além disso, provavelmente ela já está recebendo ajuda de Christopher Vogel agora, e eu apostaria que ela ainda está controlando Tanu. Vocês crianças terão de ser extremamente cuidadosas.

– Dale e Coulter estão aqui em outra cela – revelou vovó. – Voorsh teve a delicadeza de nos confirmar a informação.

— Os gnomos quase cozinharam a gente — falou Seth. — Aí a Kendra disse que vocês dariam uma recompensa pra eles se eles ajudassem a gente. Então eles ajudaram. Acho que eles querem um ganso.

— Vou dar dez gansos para eles se sairmos dessa — afirmou vovô. — Rapidamente, qual é o plano de vocês?

— Vamos pegar a chave do artefato e depois libertar vocês — revelou Seth. — Estamos com a luva da invisibilidade de Coulter, então assim que ficarmos grandes de novo, vamos poder continuar ocultos.

— Pelo menos um de nós vai poder — disse Kendra.

— A chave do cofre é grande, parecida com um báculo — descreveu vovô.

— Tipo com mais ou menos 1,50m de altura? — indagou Seth.

— Talvez 1,80m — supôs vovô. — Mais alta do que eu. Vanessa vai mantê-la por perto. Fiquem alerta; ela é extremamente perigosa. Seth, não se iluda: esteja ela controlando ou não Tanu, você não tem a menor chance contra ela num combate franco. Vocês viram as chaves do calabouço?

— Vimos — disse Kendra.

— Costumávamos deixá-las penduradas num gancho ao lado de nossa cama — contou vovô. — Ela também deve estar com elas por perto. Dependendo de como tudo ocorrer, pode ser impossível para vocês voltarem aqui com as chaves do calabouço. Para todos, com exceção dos brownies, existe apenas uma saída daqui, de modo que vocês podem ficar facilmente presos aqui embaixo conosco. Se vier a acontecer o pior, peguem a chave do artefato e fujam da reserva. Temos esperança de que o Esfinge encontrará vocês.

– Se tudo o mais falhar, deixem a chave do artefato e salvem suas vidas – ordenou vovó. Ela se voltou para vovô. – É melhor deixarmos os dois irem.

– Certamente – concordou vovô. – Se a poção perder o efeito antes de vocês alcançarem a cozinha, tudo estará perdido.

– Vocês descobrirão que os brownies possuem uma escada exclusiva deles – revelou vovó. – Procurem o buraco aos pés da escada.

– Vocês conseguem se localizar no escuro? – perguntou vovô.

– Kendra enxerga no escuro – contou Seth.

– Deve ser mais uma coisa das fadas – disse Kendra.

– Então vocês conhecem o caminho? – perguntou vovó.

– Acho que sim – respondeu Kendra. – Passamos pela porta, viramos à direita, depois à esquerda, em seguida passamos pela outra porta e subimos as escadas.

– Grande garota – elogiou vovô. – Apressem-se.

Kendra e Seth passaram novamente pela entradinha na porta.

– Boa sorte! – gritou vovó. – Estamos muito orgulhosos de vocês.

CAPÍTULO DEZESSETE

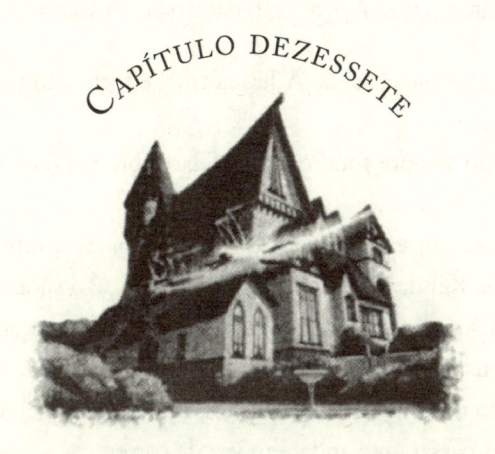

Recuperando a chave

Kendra segurava a mão de Seth enquanto eles percorriam o corredor. No tamanho em que se encontravam naquele momento, o corredor dava a sensação de ser da largura de um salão de baile. A velocidade de Seth começou a decair quando eles estavam quase alcançando o fim do corredor onde deveriam virar à esquerda.

– Essa luva está ficando cada vez mais pesada – reclamou ele, arfando.

– Deixa que eu levo um pouco – ofereceu Kendra. Ele estendeu o objeto sem nenhum protesto. A luva não era terrivelmente pesada, mas era difícil de segurar. Era como tentar carregar alguns sacos de dormir desenrolados. Com o fardo da luva, ela pôs-se a correr o mais rápido que conseguia.

– Gostaria de ter uma visão infravermelha como a sua – disse Seth.

– Infravermelha?

– Ou ultravioleta, sei lá. A luz normal é forte demais pra você agora?

– É como sempre foi. Podemos falar sobre isso depois? Estou ficando sem fôlego.

Eles trotavam em silêncio. O corredor parecia interminável. O coração de Kendra estava dando marteladas, e o suor estava encharcando a roupa sedosa, deixando-a com uma sensação escorregadia. A robusta luva caía para os lados à medida que ela corria.

– Preciso diminuir o ritmo por um minuto – arquejou Kendra, por fim. Eles passaram a andar em vez de correr.

– Posso pegar a luva de volta – disse Seth. Kendra entregou o objeto a ele.

– Ainda preciso ficar um pouco nesse ritmo – avisou ela. – Ei! Estou vendo ali adiante a última curva que a gente precisa pegar.

– Ainda falta um bom pedaço de chão até a porta, e depois as escadas – lembrou-lhe Seth.

– Eu sei, já vou ficar legal. Desculpa eu atrasar o nosso lado.

– Que papo é esse? Eu também estou cansado, e você carregou essa luva um bom tempo. – Eles caminharam em silêncio até alcançarem o corredor onde precisavam virar à direita.

– Não seria melhor a gente voltar a correr? – perguntou Kendra.

– Eu acho – disse Seth.

Kendra lembrou as voltas que era obrigada a dar em torno do campo com seu time de futebol. Ela era uma corredora natural, mas aqueles primeiros treinos foram um teste para ela. Ela quase vomitara algumas vezes durante a primeira semana. Ela conseguia correr aguentando as dores na lateral do corpo e os músculos queimando, mas quando ficava enjoada sua força de vontade para correr desaparecia rapidamente. Ela estava nesse estágio quando pediu a Seth para parar, e agora estava começando a sentir a inconveniência voltando.

Ela tentou ignorar o cheiro de mofo do calabouço. Só aquele fedor de umidade já era suficiente para deixá-la com náusea. Ela lembrou a si mesma que Seth estava levando a luva e mantendo um bom ritmo. O gosto de bile subiu-lhe à garganta. Ela lutou para reprimir a sensação de enjoo até que seu corpo involuntariamente emborcou para a frente, as mãos batendo com força no chão de pedra, numa inconfundível ânsia de vômito.

– Que nojo, Kendra – disse Seth.

– Vai indo – arquejou ela. Nada havia saído, mas ela estava com um gosto horrível na boca. Ela limpou os lábios com a manga da camisa.

– Acho que a gente devia continuar juntos – opinou ele.

– Você vai ficar grande antes – lembrou ela. – Eu te alcanço.

– Kendra, eu não estou enxergando nada. Não posso correr sem você do lado. De repente se você relaxar e deixar o vômito sair vai se sentir melhor.

Kendra balançou a cabeça e se levantou.

– Eu odeio vomitar. Já estou me sentindo melhor.

– A gente pode andar por um minuto, em vez de correr – disse ele.

– Só por um minuto – respondeu ela.

Em pouco tempo, Kendra passou a se sentir mais inteira. Ela aumentou o ritmo – mas não tão forte como antes – tentando conservar energia.

— Estou vendo a porta lá na frente — disse ela, por fim.

A porta alta de ferro assomou à frente deles. Kendra conduziu Seth até a pequena abertura aos pés da porta. Eles passaram pela entrada dos brownies e dispararam em direção à escada.

— Você está vendo o buraco que a vovó mencionou? — perguntou Seth.

— Estou, à esquerda. É bem pequeno, parece até um buraco de camundongo.

Ela conduziu Seth até o buraco na parede, próximo ao primeiro degrau. Ela não se lembrava o quanto eram numerosos e íngremes os lances de escada que iam do porão até a cozinha. Com a luva, escalar a escada poderia levar horas.

Kendra e Seth se contorceram para passar pelo buraco. No interior do local, eles encontraram um túnel de brownies igual ao que haviam percorrido para entrar no calabouço, exceto pelo fato de que era uma escadaria totalmente feita de pedra. Os lances eram íngremes, mas do tamanho exato para os brownies. Eles começaram a escalar a longa escadaria de dois em dois degraus. As pernas de Kendra logo ficaram moles.

— Podemos descansar um pouquinho?

Eles fizeram uma pausa, ambos respirando pesadamente.

— Oh, oh — disse Seth, depois de alguns instantes.

— Que é? — perguntou Kendra, olhando em volta, preocupada com a possibilidade de o irmão ter visto um rato.

— Estou começando a formigar — falou ele.

— Me dá a luva e corre — disse Kendra.

Ele deu a luva para ela e disparou escada acima. Kendra o seguiu, encontrando uma energia renovada em virtude do desespero.

Ele estava dez passos à frente, depois vinte, depois trinta. Logo estava fora de seu campo de visão. Em pouco tempo, ela pôde ver onde terminavam os degraus. Uma leve luminosidade vazava pela porta vinda da cozinha.

Ela alcançou o topo da longa escadaria e enfiou a luva no buraco que estava à sua frente. Em seguida, contorceu o corpo todo para passar pelo buraco.

– Kendra, a luva – sibilou Seth do outro lado da porta dos brownies. A voz voltara ao timbre original. Ela correu para a pequena porta, arrastando a luva, e avançou em direção à cozinha.

Seth estava quase de volta a seu tamanho natural. A roupa feita pelos brownies estava totalmente rasgada. Kendra ouviu passos vindos do corredor na direção deles. O rosto de Seth estava uma máscara de pânico enquanto ele agarrava a luva e a vestia apressadamente, desaparecendo instantaneamente. Voltando a aparecer num lampejo, ele pegou Kendra e ela também desapareceu. Ambos tremeluziram e ficaram brevemente visíveis quando Seth pegou o que restava da roupa que os brownies haviam feito. Depois ele ficou imóvel e tornou-se transparente.

Um segundo depois, Vanessa dobrou o corredor e atravessou-os com o olhar.

– Vocês ouviram alguma coisa? – perguntou ela, em dúvida.

– Claro que não – respondeu uma voz masculina do corredor. – Você está o dia inteiro ouvindo coisas. Os diabretes estão vigiando. Está tudo bem. – Kendra reconhecia aquela voz. Era Errol!

Vanessa franziu levemente a sobrancelha.

– Acho que ando meio nervosa ultimamente. – Ela andou um pouco e saiu do campo de visão deles.

Kendra percebeu que estava prendendo a respiração. A ação a deixara com a cabeça leve. Ela recomeçou a respirar, da maneira mais controlada possível. Seth pegou uma grande toalha de prato verde na bancada e enrolou-a na cintura.

Subitamente, Kendra começou a formigar. Ela deu um tapa na mão de Seth. Ele a ergueu até a altura do ouvido.

– Estou formigando – sussurrou ela.

Ele se afastou na ponta dos pés. Vanessa havia ido na direção da sala de jantar, então ele seguiu na direção oposta. Assim que entraram na sala de estar, Kendra sentiu o formigamento espalhando-se e se intensificando por todo o corpo.

– Falta pouco – avisou ela.

Ele a enfiou atrás do sofá. Assim que ficou fora de vista, ela começou a tirar o vestido, que já estava ficando apertado. Depois de alguns instantes, o formigamento ficou agudo, e ela sentiu o corpo crescendo. Antes mesmo de notar, já estava de volta ao tamanho normal, o corpo empurrando o sofá para longe da parede, o insuportável formigamento diminuindo.

Seth esticou o sofá. Kendra ergueu a cabeça.

– Se você segurar a minha mão eu também vou ficar invisível?

Seth agarrou a mão dela e ficou parado. Ele ficou invisível, mas ela não.

– Só deve funcionar com coisas pequenas – disse ele.

– Tenta achar alguma roupa pra mim – sussurrou ela.

Vozes e passos se aproximavam. Seth fez um gesto para que ela falasse baixo, foi para o lado do sofá e ficou parado.

Errol entrou na sala, usando o mesmo terno antiquado com o qual Kendra e Seth já estavam familiarizados.

– Um pequeno contratempo – observou ele, por cima do ombro. – Por que não mandar Dale simplesmente?

Vanessa seguiu-o.

– Estamos ficando sem pessoal. Nosso trabalho aqui está longe de ter terminado. Precisamos nos preservar. Tanu foi uma perda importante. Ele era forte como um touro.

Kendra mordeu os lábios. O que havia acontecido com Tanu?

Errol atravessou a sala e se jogou no sofá, chutando os sapatos.

– Pelo menos agora nós sabemos contra o que estamos lutando – consolou ele.

– A gente já devia ter sabido da última vez – rebateu Vanessa. – Kendra me acordou no momento errado, pouco antes de eu poder vislumbrar o que estava se aproximando. Muitas criaturas irradiam medo. A sensação era forte demais. Eu desconfiei que fosse um demônio. E é claro que deixei de ver o que aconteceu com Seth.

– Tem certeza que ele está vivo? – questionou Errol.

– Tenho certeza de tê-lo sentido – assegurou Vanessa. – Mas não pude tomar posse dele. Ele estava escorregadio, protegido. Era uma sensação que eu jamais havia experimentado.

Errol cruzou as mãos na nuca.

– Tem certeza de que ele não era apenas um albino sem cérebro?

Vanessa balançou a cabeça.

– Depois que Coulter e Tanu foram atacados pelo espectro, eu perdi todo o contato. É como se Seth houvesse encontrado alguma espécie de área protegida por um escudo de força.

– Mas não havia como escapar! Você viu o suficiente para ter essa conclusão.

– E é por isso que eu estou perplexa – disse ela. – Sei muito bem o que senti.

– Você não o sentiu desde hoje de manhã?

– Não. Ele pode estar livre, pode estar morto. Embora a hipótese da morte talvez seja uma suposição imprudente. Meu instinto me diz que alguma coisa imprevisível aconteceu.

– Tem certeza de que não quer mandar os diabretes caçarem Seth e Kendra? – perguntou Errol.

– Ainda não – recusou Vanessa. – Assim que os diabretes ultrapassarem o jardim, não serão mais capazes de voltar. Se nós encontrarmos o livro de registro, a coisa pode mudar de figura. Há muitas coisas em jogo. Eu quero os diabretes montando guarda até que tenhamos resolvido a maneira de lidar com o espectro. Kendra certamente voltará para tentar ajudar seus avós. Se formos pacientes e mantivermos uma vigilância cuidadosa, ela virá até nós. E se não, ela terá de dormir algum momento.

Kendra lutou contra a ânsia de se levantar e gritar com Vanessa. Ela lembrou a si mesma que ser pega apenas pioraria tudo, independentemente do quanto uma invectiva irada pudesse ser satisfatória. Sem falar na bizarra situação de se encontrar sem roupa.

– Você tem certeza que ela não vai se encontrar com Hugo? – perguntou Errol.

– Enviei Hugo para o local mais afastado de Fablehaven com ordens estritas para ficar lá esperando por pelo menos duas semanas. O golem está fora de cena.

– Mas ainda assim o problema do espectro persiste – refletiu Errol.

– Nós conhecemos a localização, temos a chave, só precisamos passar pelos guardas não mortos – disse ela.

– E por quaisquer armadilhas que porventura venham a proteger a torre em si – acrescentou Errol.

– Naturalmente – concordou ela. – O que é parte do motivo pelo qual eu odiaria desperdiçar também Dale no espectro. Eu gostaria de utilizá-lo para explorar a torre.

Errol esticou o corpo no sofá.

– Então envie Stan ou Ruth.

– Ou então posso enviar Kendra quando ela adormecer – disse Vanessa. – Mas não quero enviar ninguém até que tenhamos uma estratégia para retirar o prego.

– Você não consegue se divorciar dessa situação? – questionou Errol. – Tente se concentrar no fato consolador de que você não está de fato no bosque; que está apenas usando uma outra pessoa como um fantoche.

– Você teria de experimentar o medo para compreender – disse ela. – É arrebatador e irracional. Eu fiquei totalmente paralisada em ambas as vezes. Não há espaço para se criar uma distância intelectual. Tudo o que eu pretendia fazer quando estava controlando Tanu era dar uma olhada na criatura e fugir, mas eu perdi todo o controle sobre o meu corpo. Isso gera um problema e tanto.

– Talvez seja melhor dormirmos pensando numa solução – sugeriu ele.

– Essa talvez seja a melhor ideia que você teve essa noite – disse Vanessa.

Errol levantou-se. Tudo o que ele precisava fazer era reparar que o sofá estava um pouco mais distante da parede do que o normal, olhar atrás dele e ver Kendra completamente exposta. Ele pegou seus sapatos. Menos de dois metros adiante, a presença invisível de Seth permanecia zelosamente imóvel.

Kendra ouviu alguém entrando na sala.

– Nenhum sinal de atividade até agora – relatou uma voz áspera. Só podia ser um dos diabretes.

– Continue vigiando atentamente, Grickst – ordenou Vanessa. – Eu não ficaria surpresa se Kendra tentasse entrar na casa oculta na escuridão.

Kendra podia ouvir Grickst farejando o ar.

– O fedor está por toda parte – relatou ele. – Eu poderia jurar que eles estiveram bem aqui nessa sala, a garota e seu irmão.

– Eles estiveram, por dias e dias – relembrou Errol. – Não se esqueça desse cheiro. Mantenha as narinas bem abertas. Kendra já deve estar ficando com sono e desesperada a uma hora dessas.

– Isso é tudo, Grickst – disse Vanessa. – Vamos nos retirar. Diga para Hulro e Zirt darem o alarme a qualquer sinal de uma das crianças. Não ocorrendo nada, vocês só precisam fazer um novo relatório amanhã de manhã.

– Muito bem – disse Grickst. Kendra o ouviu saindo. Vanessa e Errol também estavam deixando a sala.

– É realmente uma bela casa – observou Errol. – Estou gostando muito de dormir na cama de Stan.

Kendra pôde ouvi-los subindo as escadas.

– Quanto mais curta for a nossa estada aqui, melhor – disse Vanessa. – Fique alerta. Finalizaremos nossos planos amanhã de manhã.

Kendra esperou em silêncio, escutando os sons de Vanessa e Errol movendo-se no piso superior. Ela ouviu uma descarga sendo puxada, e em seguida o som de água numa pia.

– Só precisamos de um pouco de paciência – sussurrou Seth.

— É isso aí — concordou Kendra. — Esperar eles dormirem.

— Você acha que Errol é o tal Christopher Vogel? — perguntou Seth.

— Se eles ainda não encontraram o livro de registro, essa parece ser a única explicação — respondeu ela. — Esse deve ser o nome verdadeiro dele.

— Volto já — disse Seth.

Antes que ela pudesse protestar, ele já estava se afastando. Voltou em seguida com o roupão branco de vovô. Ele estendeu um lençol sobre as costas do sofá e Kendra se enrolou nele.

— Isso estava no estúdio — sussurrou ele. — O catre ainda está uma zona só. Ninguém vai sentir a falta desse lençol, mesmo que procurem. Volto num segundo.

Seth saiu novamente da sala. Ficou alguns minutos ausente. Quando finalmente retornou, disse:

— Verifiquei as janelas. Tem dois diabretes na varanda dos fundos, e um gordão enorme na da frente. As laterais da casa parecem estar sem vigilância. Se você sair pela janela do estúdio, talvez consiga entrar na floresta sem que ninguém perceba.

— Nós deveríamos esperar e fazer isso juntos — sugeriu ela. — Ninguém vai se preocupar em olhar atrás desse sofá até a hora que você roubar as chaves.

— Quanto tempo você acha que a gente deveria esperar? — perguntou ele.

— Mais tempo do que você imagina — disse Kendra. — O relógio na parede está marcando 10h47, na minha opinião a gente espera uma hora inteira até você subir lá em cima, só pra garantir.

— Nesse caso, vou fazer um sanduíche pra mim.

— Nem pensar — rebateu Kendra, com firmeza.

— A única coisa que comi nos últimos dois dias foi polpa de casulo — falou ele.

— Você fez um lanche na casa do Warren — lembrou ela.

— Certo, mas foi um lanche. Eu não estava com muita fome naquele momento. Agora parece que o meu estômago está digerindo a si próprio!

— Se eles ouvirem você zanzando por aí, a gente pode acabar morrendo. Tem comida suficiente na casa de Warren. Eu digo que é melhor esperar.

— E se eles acabarem pegando a gente? — perguntou Seth. — Aí a gente vai ficar preso e seremos obrigados a comer aquela gororoba! Você sentiu o cheiro daquele troço?

— Se a gente for pego, vamos ter problemas bem maiores do que comida.

— Aposto que eu conseguiria preparar um sanduíche fazendo dez vezes menos barulho do que os seus sussurros — acusou ele.

— Você está tentando me deixar com raiva?

— Você está tentando me deixar com fome?

— Legal — disse Kendra. — Vai lá fazer esse sanduíche. Nós temos uma hora, de repente você até consegue fazer um bolo de chocolate.

— Tenho uma ideia melhor. Vou fazer uns sucos pra gente no liquidificador. Com muito gelo.

— Não duvido nada.

— Beleza. Quer saber? Você venceu, Kendra. Vou ficar aqui sentado morrendo de fome.

— Ótimo. Morra de fome sem fazer barulho.

O tempo se arrastava. Seth passou a maior parte do tempo sentado no sofá, invisível. Kendra tentava visualizar que rota de fuga utilizaria se as coisas dessem errado. Por fim, a hora passou.

– Posso subir pra pegar as chaves? – perguntou Seth.

– Precisamos revisar o plano? – disse Kendra.

– Meu plano é não fazer nenhum barulho e trazer as chaves aqui pra baixo – respondeu Seth.

– Então apenas um de nós deve ir até o porão, pra que pelo menos um consiga fugir – disse ela. – Não é uma boa os dois ficarem presos lá embaixo.

– Tudo bem. E se alguém acordar e me ver? – perguntou Seth.

– Sai correndo – disse Kendra. – Eu invento alguma coisa na hora. O fato de verem você não vai significar que eles sabem que *eu* estou na casa também. De repente posso me esconder e escapar depois que tudo se acalmar.

– Ou então de repente outra pessoa vai escapar, só pra variar – disse Seth. – Além do mais, se eles me encontrarem, aposto que vão dar uma busca em toda a casa.

– Onde é o melhor lugar pra se esconder nesse andar?

– Se eu fosse você, eu me esconderia no estúdio, tipo atrás da escrivaninha. Você vai ter acesso rápido à janela que pode te ajudar a fugir. Sair pela lateral da casa deve te dar uma chance de evitar os diabretes. Se eles me pegarem, você deve se mandar. De repente é melhor você sair da reserva e tentar achar o Esfinge.

– Vamos ver – disse Kendra.

– Me deseja boa sorte. Vamos esperar que o ronco no meu estômago não me entregue.

Enrolada em seu lençol, Kendra andou até o hall de entrada com seu irmão. Quando ele começou a subir a escada, mantendo-se próximo à parede e pisando levemente, ela encaminhou-se para o estúdio. Destrancou a janela e se abaixou atrás da escrivaninha. Ela notou um abridor de carta em cima de uma pilha de papéis. Pegou-o. Era reconfortante estar de posse de algum tipo de arma.

Tudo o que ela podia fazer agora era esperar. De repente deveria ser ela a usar a luva para se esgueirar no quarto de Vanessa. Seth jamais a deixaria, já que se esgueirar por todos os cantos era mais a especialidade dele. Mas era responsabilidade demais para uma pessoa que gostava de enfiar batatas fritas nas narinas.

※ ※ ※

No fim da escada, Seth se moveu furtivamente pelo corredor até a porta do quarto de Vanessa. Uma luz havia sido deixada acesa no banheiro, de modo que o corredor estava bastante iluminado. A porta do quarto de Vanessa estava fechada. Nenhuma luz saía por baixo dela. Com a orelha encostada na porta, ele esperou, invisível, mas não escutou nada.

Com delicadeza, virou a maçaneta. Ouviu um leve clique, e parou. Após respirar lentamente durante alguns segundos, ele virou o restante da maçaneta e abriu a porta. O quarto estava mais escuro do que o corredor, e com mais sombras, mas ele ainda conseguia enxergar razoavelmente bem. Vanessa estava deitada de lado na cama. As cobertas estavam dobradas aos pés da cama. Contêineres cheios de animais estranhos estavam espalhados por todos os lados.

Seth deu um passo lento na direção da cama. Um grasnido baixinho perturbou o silêncio. Seth ficou paralisado, tornando-se imediatamente invisível. Vanessa não se mexeu. Aparentemente, ela estava acostumada aos sons de animais à noite. Isso deveria ser uma vantagem para ele.

A cama dela ficava nos fundos do quarto. Ele decidiu que, em vez de atravessar o centro do quarto, contornaria o recinto. Assim, caso acordasse, haveria menos chance de Vanessa dar de cara com ele acidentalmente.

Seth andou até os fundos do quarto com passos curtos e silenciosos. O lençol não estava cobrindo os ombros de Vanessa, de modo que ele podia ver que ela não havia trocado de roupa. Olhando para ela, era particularmente difícil encará-la como uma traidora. Ela era tão bonita, aqueles cabelos escuros derramando-se sobre o travesseiro.

Seth vislumbrou uma haste de metal embaixo do queixo dela. Só podia ser a chave do artefato! Ela estava dormindo bem em cima dela!

Um passarinho pipilou e ele parou, observando atentamente a narcoblix. Satisfeito por ela permanecer adormecida, ele continuou ao longo da parede, passando por inúmeras jaulas. Vanessa o estava encarando. Tudo o que ela precisava fazer era abrir os olhos enquanto ele estivesse se movendo e tudo estaria perdido. Finalmente, ele alcançou a mesinha de cabeceira ao lado da cama. A zarabatana dela estava em cima da mesinha, junto com três pequenos dardos. E se ele pegasse um dardo e a furasse? Será que os narcoblixes eram imunes a poções para adormecer? Não valia a pena correr o risco. Mas, de qualquer modo, ele pegou um dardo pequenino, por segurança.

Mais um passo para a frente e ele estava quase em cima de Vanessa. Se ela esticasse a mão, conseguiria tocá-lo. Se ele estendesse a mão, conseguiria tocá-la. Não havia nenhuma maneira de ele chegar à chave do artefato. Uma parte do corpo dela estava sobre o objeto. Ele teria de esperar até que ela mudasse de posição.

Enquanto esperava, ele vasculhava o quarto atrás das chaves do calabouço. Havia muitas superfícies onde elas poderiam estar escondidas, em cima das gaiolas ou dos viveiros, bem como da mesa ou dos armários. Ele não as via em parte alguma. Elas poderiam estar no bolso dela. Ou enfiadas em algum lugar secreto. Ou talvez estivessem com Errol.

Vanessa continuava com a respiração bem equilibrada, não dando nenhum sinal de que mudaria de posição na cama. Talvez os narcoblixes tivessem de fato um sono profundo. Talvez ela não se mexesse em momento algum durante a noite. Simplesmente não havia maneira alguma de Seth conseguir deslizar a longa chave debaixo do corpo dela sem acordá-la. Grande parte do objeto estava grudado nela embaixo das cobertas.

Seth notou uma caixa de lenço de papel sobre a mesinha de cabeceira. Ele retirou um lenço. Um leve som foi produzido enquanto ele puxava o lenço da caixa, mas Vanessa não se mexeu. Seth mirou o lenço de papel, mas ele desapareceu com o restante dele assim que ele o segurou.

Balançando a mão, ele mirou novamente o lenço, tentando imaginar a melhor maneira de deixá-lo pendurado. Isso seria arriscado. Havia uma grande possibilidade de Vanessa vir a acordar. Mas ele tinha de fazê-la mudar de posição. Ela não dava nenhum sinal de que se moveria por livre e espontânea vontade.

Seth curvou-se para a frente e movimentou o lenço pendurado na direção do rosto dela. De forma lenta porém certeira, o objeto se aproximou até que um canto do lenço roçou o nariz dela. Vanessa estalou os lábios e coçou o rosto. Seth puxou sua mão e ficou imóvel. Vanessa virou a cabeça de um lado para outro, zumbiu suavemente e então retornou à sua respiração regular. Ela não alterou sua posição. A chave permanecia embaixo dela.

Seth esperou por um longo tempo. Então curvou-se para a frente com o lenço de papel e novamente deixou que ele roçasse levemente o nariz dela. Vanessa arrancou o lenço e seus olhos se abriram subitamente. Dessa vez ela estava esperando por isso! Seth ficou paralisado, sua mão invisível a menos de trinta centímetros do rosto dela. Ela olhou de relance para o lenço de papel, estreitou os olhos na direção de Seth e em seguida se virou para olhar para o outro lado. Quando ela olhou para o outro lado, Seth puxou de volta a mão, ficando momentaneamente visível. Felizmente, ela não estava olhando para ele. Era como brincar de um jogo que chamavam de um, dois, três, macaquinho do chinês, como fazia quando era menor. Ele e Kendra tinham que fugir de seu pai enquanto ele estava de costas para eles. Se ele os pegasse se mexendo quando se virasse, eles tinham de voltar ao começo. O risco aqui era consideravelmente maior, mas o jogo era o mesmo.

Vanessa se sentou na cama.

– Quem está aí? – perguntou ela, os olhos dardejando o quarto em todas as direções. Ela atravessou Seth com os olhos diversas vezes. – Errol? – chamou ela bem alto, indo atrás da zarabatana. No caminho até a arma, o braço dela roçou em Seth. Ela puxou a mão de volta com toda a força. – Errol – berrou ela. Chutando as cobertas para o lado.

Com um golpe rápido, Seth enfiou o pequeno dardo que estava segurando no braço dela. Os olhos de Vanessa ficaram arregalados de surpresa quando ele ficou visível, mas ela não teve tempo de reagir. Ela estava saindo da cama, mas acabou hesitando. Os lábios comprimidos, e então desabou pesadamente no chão. Seth agarrou a longa chave. Era muito pesada, e tinha vários centímetros a mais do que ele. Seth alegrou-se de ver que o objeto desapareceu com ele assim que ele ficou imóvel.

Seth ouviu as pisadas de Errol no corredor. Ele pulou da cama e ficou imóvel assim que Errol entrou correndo no quarto e viu Vanessa estendida no chão.

– Intruso! – gritou Errol.

Seth percebeu que Errol provavelmente desconfiaria que ele já havia fugido, de modo que ficou absolutamente imóvel. Errol avaliou brevemente o quarto, e em seguida correu na direção do corredor. Seth ouviu a porta da frente se abrindo no andar de baixo e depois passos pesados na escada. Será que os diabretes sentiriam o cheiro dele? O que ele deveria fazer?

Ele ouviu uma porta batendo com força no andar de baixo. O diabrete que estava na escada rosnou urgentemente. Seth ouviu Errol disparando ao longo do corredor.

– Para o estúdio! – gritou ele. – Leve o intruso até a minha presença!

Seth ouviu Errol descendo às pressas a escada. Kendra havia criado uma distração, mas agora todos estariam nos calcanhares dela. Seth achava que ela não tinha muitas chances. Ele encostou a chave na parede e pegou um viveiro cheio de salamandras azuis e disparou pelo corredor. Ele podia ouvi-los arrebentando a porta do estúdio.

Do alto das escadas, Seth posicionou o viveiro por cima do corrimão no hall de entrada. Ele não ficou lá para assistir à gaiola atingir o chão, mas ouviu o vidro se espatifando como uma bomba e Errol gritando. Seth retornou rapidamente ao quarto de Vanessa. Pegou a chave, atravessou o quarto e abriu a janela.

O quarto de Vanessa ficava acima da varanda dos fundos. Seth mergulhou pela janela em cima do telhado da varanda. Sua única esperança era que a confusão já houvesse levado os diabretes para dentro de casa. Do contrário, ele seria pego. Seth fechou a janela, na esperança de que seus perseguidores não tivessem certeza do local para onde ele havia se dirigido. Para todos os efeitos, ele podia ter fugido para quaisquer dos quartos ou mesmo para o sótão.

Ele ouviu Kendra gritando por Mendigo da lateral da casa. Ela parecia estar desesperada. Seth correu até a extremidade do telhado da varanda. Esta se erguia acima do nível do jardim, de modo que mesmo a parte mais baixa do telhado da varanda ficava a uns bons dez metros acima do chão.

Seth jogou a chave no chão. Em seguida encontrou uma porção do telhado que se encontrava com um denso arbusto. Ele se virou, se agachou, agarrou a aba do telhado e pulou, na esperança de ficar pendurado antes de cair. O peso do corpo dele provou-se excessivo e ele perdeu o apoio, caindo com o lado do corpo de maneira bizarra, porém conseguindo aterrissar no arbusto.

Topar com o arbusto com o lado do corpo acabou sendo um modo afortunado de cair. Ele esmagou o arbusto, que absorveu boa parte do impacto. Trêmulo, com o coração disparado, Seth rolou do arbusto, pegou a chave e disparou em direção à floresta, o robe superdimensionado sacudindo-se atrás dele.

※ ※ ※

Depois de esperar num silêncio tenso, Kendra teve certeza de que eles estavam em apuros quando Vanessa começou a chamar Errol. Ela abriu a porta da janela para poder ficar preparada para uma saída rápida. Então Errol deu um grito mencionando um intruso e ela percebeu que Seth não havia sido pego. Ela ouviu a porta da frente se abrindo e o diabrete disparando escada acima.

Ela precisava inventar alguma distração. Kendra correu até a porta do estúdio, abriu-a e depois bateu-a com toda a força. Ela trancou a porta e correu em direção à janela, desejando estar vestida com algo mais além de um lençol. Primeiro ela passou as pernas até ficar sentada no parapeito, em seguida virou o corpo e se jogou de costas. Seus pés descalços enterraram-se no solo macio e encorpado de um leito de flores. Durante a queda ela deixou cair o abridor de cartas.

Através da janela, ela podia escutar alguém batendo ferozmente na porta do estúdio. Pedaços de madeira apareceram em toda a extensão da porta quando ela foi arrebentada com uma violência ainda mais extrema. Sem se importar em procurar o abridor de cartas, Kendra começou a correr pela grama em direção à floresta. Ela ouviu uma tremenda batida atrás dela vinda do interior da casa, como se fosse um enorme vaso se espatifando. Ela olhou para trás, mas continuou sem ver ninguém na janela do estúdio.

No gramado bem cuidado os pés descalços não impediram sua velocidade. Na verdade, tinha certeza absoluta de que jamais correra em tamanha velocidade, energizada pela mais absoluta sensação de terror. Na floresta a coisa seria diferente.

Kendra ouviu alguma coisa rosnando atrás dela. Ela olhou para trás e viu um diabrete magro e vigoroso, que aparentemente acabara de passar pela janela, perseguindo-a. Ela estava quase no meio do caminho para a floresta, mas o diabrete estava correndo velozmente.

– Mendigo – gritou Kendra. – Venha se encontrar comigo na floresta e me proteja dos diabretes! Mendigo! Corra!

À sua esquerda, Kendra notou o suave brilho amarelado de algumas fadas dançando e pulando em um aglomerado cromático.

– Fadas, por favor, detenham o diabrete! – pediu Kendra. As fadas pararam de se mover, como se tivessem parado para assistir à cena. No entanto, nenhuma delas foi ajudá-la.

Na extremidade do jardim, a alguns passos da floresta, Kendra olhou de volta. O diabrete vigoroso havia se aproximado, mas permanecia vinte passos atrás dela. Atrás do forte diabrete, Kendra viu um outro diabrete extremamente gordo tentando passar pela janela. Ele mal cabia na abertura, e acabou caindo de cabeça no leito de flores.

Kendra olhou para a frente e disparou em direção aos arredores da floresta.

– Mendigo! – gritou ela novamente. Pedras e gravetos afiados machucavam seus pés descalços. Ela esmagava as folhas e a vegetação rasteira por onde passava. Em algumas partes o solo era viscoso.

Ela ouviu o diabrete se aproximando atrás dela, arrebentando gravetos e pisando com força nas plantas. Então ela ouviu um farfalhar. O diabrete vigoroso estava agora apenas cinco passos atrás dela. Kendra não tinha esperanças de conseguir correr mais rápido do que ele. Ela ouviu passos vindos da mesma direção que o farfalhar, só que agora mais próximo. Alguns arbustos nas proximidades se separaram e Mendigo surgiu.

Ela sentiu um fardo atingindo-a no peito, e levou um instante para se dar conta de que eram as roupas dela e de Seth e o saco de Tanu. Mendigo alçou voo, lançando-se num ataque voador que derrubou o diabrete magro a apenas alguns passos de Kendra. Eles se engalfinharam no chão.

– Mendigo, detenha o diabrete – ordenou Kendra. – Mas não o mate.

Kendra olhou de volta para o jardim e viu que o diabrete obeso e pesadão havia quase alcançado as árvores. Mendigo prendera o diabrete forte no que parecia ser um complexo golpe de luta livre. Kendra agarrou a trouxa de roupas e tentou decidir qual seria seu próximo passo. O que aconteceria quando o diabrete gordo os alcançasse? Ele era bem maior do que o outro diabrete. Talvez ela conseguisse superá-lo na corrida; certamente ele era mais lento. Nenhum dos dois era o diabrete que Kendra vira no calabouço. Dos três, o diabrete no calabouço era o mais musculoso e parecia ser o mais perigoso também.

Uma outra coisa estava se aproximando com força em direção a ela vinda do lado oposto ao que viera Mendigo. Depois de um instante, ela viu que a outra coisa estava vestindo um roupão de banho.

– Seth! – gritou ela.

Ele estava carregando um cajado de metal que só podia ser a chave do artefato. Ele olhou para Mendigo lutando no chão e depois para o diabrete gordo que estava se aproximando rapidamente.

— Mendigo — ordenou Seth. — Quebre os braços dele.

— O quê? — exclamou Kendra.

— Nós temos de detê-lo de alguma maneira — rebateu Seth.

Mendigo mudou a pegada, colocando um joelho de madeira nas costas do diabrete e em seguida colocou um dos braços do diabrete numa posição estranha. Depois torceu-o com força. Kendra desviou o olhar, mas escutou o estalo hediondo. O diabrete uivou. Uma segunda torção seguiu-se à primeira.

— Mendigo — disse Seth. — Quebre as pernas dele e depois faça a mesma coisa com o outro diabrete. — Kendra foi obrigada a ouvir mais sons desagradáveis.

Ela abriu os olhos. O diabrete vigoroso estava se contorcendo no chão, os membros tortos, e o diabrete gordo quase os havia alcançado, avançando em meio à vegetação rasteira. Mendigo correu para encarar o diabrete gordo. O fantoche superdimensionado desviou-se de um soco e alçou-se na direção da criatura. O diabrete gordo pegou Mendigo no ar e o jogou para o lado.

De perto, Kendra percebeu que aquele diabrete era não apenas muito mais largo e corpulento do que o outro diabrete como também era uma cabeça mais alto. Mendigo, rastejando de quatro, mergulhou nas pernas do diabrete, tentando desequilibrá-lo. O diabrete enorme investiu contra ele e em seguida agarrou Mendigo e arremessou-o contra uma árvore. Um dos braços do fantoche se soltou dos ganchos e girou em direção ao chão.

Seth, que estivera invisível, apareceu subitamente e agrediu a cabeça do diabrete com a chave. O imenso diabrete cambaleou para o lado e caiu de joelhos, soltando Mendigo. O fantoche rapidamente recuperou seu braço. O gigantesco diabrete se virou e se levantou, ofegante, esfregando a cabeça e com um olhar furioso. Seth ficou imóvel e invisível novamente.

– Mendigo – disse Seth –, use essa chave pra ferir o diabrete grande. – Seth reapareceu num átimo enquanto jogava o cajado de metal para Mendigo. O diabrete correu em direção a Seth, mas Mendigo entrou em ação, brandindo a chave com muito mais força do que Seth havia sido capaz de reunir.

O diabrete ergueu um braço para bloquear o golpe, mas seu antebraço curvou-se com o impacto. Girando, Mendigo deu uma cacetada na barriga proeminente do diabrete e o golpeou no ombro quando ele dobrou o corpo.

– Mendigo – disse Seth. – Quebre as pernas dele, mas não o mate.

O fantoche começou a dar marretadas no diabrete caído, aleijando-o rapidamente.

– Já chega, Mendigo – falou Kendra. – Só continue batendo se eles forem atrás da gente.

– Vocês vão pagar por isso – rosnou o vigoroso diabrete por entre os dentes cerrados, olhando com ódio para Kendra.

– Vocês pediram isso – retrucou Kendra. – Mendigo, leva a gente o mais longe possível daqui.

– E não perde a chave – acrescentou Seth.

Mendigo colocou Kendra sobre um dos ombros e Seth sobre o outro. O fantoche correu do local com uma velocidade que nem Kendra nem Seth jamais o haviam visto correr antes.

– Mendigo – chamou Kendra, suavemente, depois que eles haviam deixado os diabretes aleijados para trás –, leva a gente de volta para a chácara de Warren o mais rápido que conseguir.

— Você disse chácara? — perguntou Seth.

— Tem outro diabrete, e ele parecia ser o pior dos três — disse Kendra.

— Certo, mas eles não vão olhar na chácara? — perguntou Seth.

— Diabretes não podem entrar lá — lembrou-lhe Kendra.

— Tudo bem — aceitou Seth. — Eu acertei a Vanessa com um dardo dela mesma.

— Então, provavelmente, eles não vão vir atrás de imediato. Mendigo, se alguém vier atrás da gente e se aproximar, deixe a gente descer e bata neles com a chave.

Mendigo não deu nenhum sinal de haver ouvido, mas Kendra teve certeza de que sim. Ele continuava numa velocidade incansável. Ela não estava se incomodando com as folhas que chicoteavam seu corpo e rasgavam seu lençol à medida que eles seguiam. Era muito mais preferível a correr de pés descalços.

Capítulo Dezoito

Planos divergentes

Kendra e Seth estavam sentados à mesa com Warren. Seth estava terminando um segundo sanduíche de manteiga de amendoim e mel. Kendra estava despejando pó de limonada numa vasilha cheia de água. Ela agitou a mistura com uma colher de madeira.

A chave estava em cima da mesa. O objeto era em grande parte liso e com uma tonalidade cinza, fosca e metálica. Uma das extremidades tinha um cabo semelhante ao de uma espada. A outra possuía pequenos entalhes e sulcos e protuberâncias irregulares. A única coisa que podia passar pela cabeça de Kendra e Seth era que a complicada extremidade fora feita para ser inserida numa fechadura intrincada.

No exterior da cabana, à noite, Mendigo montava guarda, segurando uma enxada em uma das mãos e um enferrujado cincerro na outra. Ele recebera ordens para soar o alarme com o sino caso algum estranho se aproximasse e para usar a enxada com o intuito de aleijar quaisquer diabretes ou pessoas que aparecessem.

– A gente não pode ficar aqui – disse Seth.

– Eu sei – respondeu Kendra, enchendo um copo com limonada.

– Quer um pouco?

– Claro – aceitou Seth. – Eu tenho um plano.

Kendra começou a encher um segundo copo.

– Estou escutando.

– Na minha opinião a gente devia voltar ao bosque, passar pelo espectro, usar a chave e retirar o artefato.

Kendra tomou um gole da limonada.

– Quase insuportável pro meu gosto – disse ela.

Seth pegou o outro copo e bebeu um pouco.

– Pra mim está um pouco fraco.

– Qual é mesmo o seu plano? – perguntou Kendra, esfregando os olhos. – Estou tão cansada que mal consigo me concentrar.

– A gente devia ir atrás do artefato – repetiu Seth.

– E como a gente passa pelo espectro? Pra mim a criatura tinha deixado você totalmente paralisado de medo.

Seth ergueu um dedo.

– Eu já descobri uma maneira. Veja bem, nós temos aquela poção da coragem no saco de Tanu. Aquelas emoções engarrafadas, lembra? Acho que se eu tomar uma dose bem potente, a coragem vai se contrapor ao medo produzido pelo zumbi.

Kendra suspirou.

– Seth, ele precisa misturar vários troços pra fazer as emoções ficarem equilibradas de maneira correta.

— O medo do espectro vai equilibrar tudo perfeitamente. Você ouviu Vanessa e Errol conversando. Eu só preciso tirar aquele prego. Eu sei que eu consigo fazer isso!

— E se não conseguir?

Seth deu de ombros.

— Se eu não conseguir, eu viro um albino como os outros e você vai ter de arrumar outro plano.

— Depois de tudo o que aconteceu, você acha que o plano mais arriscado da face da Terra é a melhor opção?

— A não ser que você tenha um melhor.

Kendra balançou a cabeça e passou as mãos no rosto. Ela estava se sentindo tão exausta que chegava a ser difícil conseguir se concentrar. Mas era mais do que óbvio que eles não podiam simplesmente sair correndo para lutar com um espectro e depois tentar sobreviver a todas as armadilhas que protegiam a torre invertida. Tinha de haver alternativas melhores.

— Estou esperando — disse Seth.

— Estou pensando — rebateu Kendra. — É o que algumas pessoas normalmente fazem *antes* de falar. Vamos avaliar as outras opções além do suicídio deliberado. A gente podia se esconder. Eu não morro de amores por essa opção porque ela apenas prolonga uma decisão real, e não vou conseguir ficar acordada por muito tempo.

— Você está cheia de olheiras — observou Seth.

— A gente podia atacar. Agora eles só têm um diabrete. Mendigo é um lutador bem aguerrido. Se ele tivesse uma arma, ele poderia de repente acabar com o último diabrete e depois com Errol e Vanessa.

— *Se* a gente conseguir atrair todos eles pra fora do jardim — lembrou Seth. — O que eu duvido muito que aconteça. Depois que eles encontrarem os diabretes feridos, vão tomar cuidado. Nunca se sabe, talvez tenham outros truques na manga. Vanessa poderia vir atrás da gente na pele do Dale, só pra dar um exemplo.

— Eu não tinha pensado nisso — admitiu Kendra. — Você acha que ela pode estar fazendo isso agorinha mesmo?

— Eu estaria se fosse ela — disse Seth. — E aqui é o primeiro local que eu procuraria.

— E se Dale aparecer e Mendigo machucá-lo? — imaginou Kendra.

— A essa altura do campeonato, se Dale aparecer mesmo, a melhor coisa vai ser Mendigo quebrar as pernas dele. Depois ele se cura.

— Talvez a gente devesse ir embora de Fablehaven — analisou Kendra. — Escapar e encontrar o Esfinge.

— Como? Você tem o telefone dele? Sabe onde ele se esconde?

Kendra esfregou a cabeça.

Seth olhou para ela de maneira inflexível.

— E adivinha quem deve estar esperando nos portões da casa? Seu amiguinho kobold. E aquele monstro gigante feito de feno. E mais ou menos uns zilhões de outros membros da Sociedade da Estrela Vespertina guardando os portões caso alguém tente fazer exatamente o que você está falando. E provavelmente esperando que Vanessa invente uma maneira de deixar todos eles entrarem.

— Você tem uma ideia melhor? — resmungou Kendra.

— Acabei de dar uma ideia melhor. Eles não vão estar esperando.

Kendra balançou a cabeça.

– Seth, nem Tanu nem Coulter tinham certeza de como eles passariam pelas armadilhas na torre. Mesmo que você conseguisse derrotar o espectro, a gente jamais teria como chegar ao artefato.

Seth levantou da cadeira.

– Fora de Fablehaven, a Sociedade da Estrela Vespertina pode enviar um monte de gente atrás de nós. Não duraríamos nem cinco minutos. Aqui, eles só têm a Vanessa, Errol e aquele diabrete. De qualquer modo vai ser perigoso. Mas prefiro me arriscar tentando resolver tudo a me arriscar fugindo.

– Fugindo pra achar ajuda – disse Kendra, estressada.

– Você não fugiu quando foi até a Fada Rainha – lembrou Seth.

– Aquilo foi diferente – contradisse ela. – Você, vovô e vovó iam morrer com toda a certeza, e não tinha ninguém pra me ajudar. Se eu tivesse fugido, eu teria abandonado vocês. Eu sabia que podia salvar Fablehaven se a Fada Rainha estivesse disposta a me ajudar.

– E se a gente pegar o artefato vai poder salvar vovô e vovó – disse Seth. – Ele deve possuir vários poderes que a gente vai poder usar.

– Ninguém nem sabe o que ele faz – retrucou Kendra.

– Ele faz tudo. Eles são realmente poderosos, fazem a gente controlar o espaço e o tempo e coisa e tal. Você não sabia exatamente do que a Fada Rainha era capaz. Você só sabia que ela era poderosa. Seja lá o que for, esse artefato pelo menos vai nos dar alguma chance. Você ia preferir por acaso se esconder debaixo de um tronco de árvore? De manhã a gente não estaria muito melhor do que está agora.

— Pelo menos a gente não estaria morto.

— Eu não tenho muita certeza disso — disse Seth. — Basta um de nós cair no sono e vamos arrumar todo tipo de encrenca.

— Não estou dizendo que a gente deve se esconder debaixo de um tronco de árvore. Estou dizendo que a gente devia levar Mendigo pra ver se conseguíamos encontrar o Esfinge. A gente não precisa passar pela entrada da casa; podemos pular o portão e contornar. Ninguém vai nos ver. Assim eu acho mais provável que a gente consiga.

— Como essa pode ser a melhor opção? Não fazemos a menor ideia do que pode estar esperando a gente do outro lado dos portões! Não fazemos a menor ideia de onde está o Esfinge! A gente nem sabe se ele ainda está vivo!

Kendra cruzou os braços.

— Ele está vivo há centenas de anos e aí de uma hora pra outra alguém mata o cara?

— Pode ser. Esse artefatos estão escondidos há centenas de anos e de repente estão começando a ser encontrados.

— Você me cansa — desabafou Kendra.

— Isso é o que você sempre diz quando eu estou certo! — reclamou Seth.

— Isso é o que eu sempre digo quando você não cala a boca — retrucou Kendra. — Preciso ir ao banheiro.

— Primeiro me diz que a gente vai atrás do artefato.

— Nem pensar, Seth. A gente vai sair da reserva.

— Saquei — disse Seth. — Que tal você sair e eu ir atrás do artefato?

— Desculpa, Seth. Eu já pensei que você tivesse morrido uma vez. Não vou perder você agora.

– Faz sentido – concordou ele, com um pouco mais de convicção. – Vou atrás do artefato, você vai atrás de ajuda. As duas coisas podem ser bem arriscadas, mas por outro lado elas também só necessitam da presença de um de nós.

Kendra ficou de punhos cerrados.

– Seth, eu já estou perdendo a paciência. Chega desse papo de ir atrás do artefato. Isso é loucura. Você não consegue perceber quando uma ideia está fadada ao fracasso? Você por acaso está programado pra se autodestruir? Vamos ficar juntos e vamos sair de Fablehaven. De repente nem tem ninguém montando guarda lá fora. É só imaginação sua. A gente vai tomar cuidado, mas nossa melhor opção é tentar de alguma maneira encontrar o Esfinge. Espero que ele já esteja procurando a gente.

– Beleza, você tem razão – disse Seth, laconicamente.

Kendra ficou em dúvida a respeito de como responder.

– Você acha?

– Não interessa o que eu acho – disse Seth. – A fada princesa falou.

– Você é um idiota – resmungou ela.

– Aí não dá pra vencer – reclamou Seth. – Eu sou um idiota se concordo. Eu sou louco se discordo.

– É o *modo* como você concorda – rebateu ela. – Posso ir ao banheiro agora?

– Aparentemente, você consegue fazer tudo o que quer – ironizou Seth.

Kendra andou até o banheiro. Ele não estava sendo sensato. Ir atrás do artefato era uma insanidade. Se eles fossem aventureiros experientes como Tanu, talvez valesse a pena correr o risco. Mas eles não sabiam nada. Era uma receita certa para o desastre. Fugir de Fablehaven também era assustador, mas pelo menos os perigos não eram garantidos. O espectro estava no bosque com certeza, assim como as armadilhas que guardavam o artefato.

Kendra massageou as têmporas, tentando clarear a mente. Ela sempre ficava confusa quando estava cansada demais. Metade dela não estava disposta a sair do banheiro. Assim que ela se reunisse novamente com Seth, eles iriam sair pela noite com Mendigo e fugir da reserva. Tudo o que ela queria fazer era se enroscar e dormir.

Kendra lavou as mãos e passou água no rosto. Relutante, ela retornou à sala. Warren estava sentado sozinho à mesa.

– Seth? – chamou ela.

O saco de poções estava aberto. A chave havia sumido. Um bilhete encontrava-se em cima da mesa, ao lado da luva de invisibilidade. Kendra correu até o bilhete.

> *Kendra,*
> *Peguei o Mendigo e estou indo atrás do artefato. Vou mandar ele de volta assim que ele me deixar no bosque.*
> *Não fique irritada.*
> *Fique de olho e não dê na vista até Mendigo voltar. Depois vai atrás do Esfinge. Deixei a luva com você.*
> *Com amor,*
> *Seth.*

Kendra releu o bilhete perplexa e incrédula. Ela jogou o papel para o lado e correu para fora da casa. Quanto tempo ela havia passado no banheiro? Bastante tempo. Ela ficara meditando, deixando o tempo passar. Dez minutos? Mais?

Ousaria gritar por Mendigo? A noite estava silenciosa. Uma lua crescente estava subindo no céu. As estrelas estavam límpidas e brilhantes. Ela não ouvia nada. Se ordenasse que Mendigo voltasse, será que ele ouviria? Será que ele voltaria? Certamente Seth havia mandado o fantoche gigante não ligar para nenhuma ordem que ela viesse a dar. E como ela mandara Mendigo obedecer a Seth, o fantoche provavelmente via a autoridade de ambos equivalendo-se e obedeceria a ordem anterior de Seth.

Agora provavelmente eles já estariam distantes, de qualquer maneira. Mendigo devia estar consideravelmente mais veloz carregando apenas um passageiro.

Como Seth pôde ser tão egoísta? Ela pensou na possibilidade de ir atrás dele, mas não fazia a menor ideia de qual direção ele havia tomado. Se soubesse onde ficava a parte mais extrema de Fablehaven, ela iria atrás de Hugo, mas ainda assim estaria perambulando às cegas. Seth iria ser morto, e enquanto Mendigo estivesse ausente, provavelmente alguém apareceria para capturá-la também.

Ela deveria se esconder no interior ou no exterior da casa? Se eles enviassem o diabrete, ela estaria segura dentro. Mas eles sabiam que o diabrete não teria condições de entrar na chácara, então se eles enviassem alguém, provavelmente seria Dale ou alguma outra pessoa controlada por Vanessa. O que significava que Kendra devia encontrar um bom local para se esconder do lado de fora da chácara e ficar quieta até que Mendigo retornasse. A luva a ajudaria a ficar oculta.

Ela correu de volta para o interior da casa para pegar o saco de Tanu e a luva. Warren olhou para ela, sorrindo vagamente. Ele não fazia a menor ideia do que estava acontecendo. De certa forma, ela o invejava.

※ ※ ※

Seth havia descoberto que ser carregado nas costas de Mendigo era consideravelmente mais confortável do que seguir pendurado no ombro dele. Ele também havia descoberto que Mendigo podia correr visivelmente mais rápido carregando uma única pessoa. Em uma das mãos Mendigo segurava a chave e na outra a poção da coragem.

Seth mandara Mendigo ir até a ponte coberta, e depois seguir em frente até o vale cercado pelas quatro colinas. Sua única esperança era o fantoche haver compreendido o local que ele havia designado. Mendigo parecia estar correndo com um objetivo, então pelo menos o fantoche tinha algum destino em mente. Seth também o mandara ignorar quaisquer instruções vindas de Kendra até que ele o enviasse de volta à chácara. Ele também dissera para Mendigo apontar discretamente quaisquer seres humanos ou diabretes que se aproximassem dele. Tinha esperanças de que fossem poucas as chances de cruzar com algum de seus inimigos na floresta, mas era possível que o diabrete ou algum outro estivessem no encalço deles.

A lua crescente fornecia luz suficiente para Seth poder enxergar razoavelmente bem, mesmo sem a visão especial das fadas. Ele achara uma lanterna no armário da cozinha da chácara, de modo que podia ter certeza de que veria seu adversário no bosque. Ele também tomara posse de um alicate que encontrara no armário de ferramentas quando eles haviam pegado a enxada para Mendigo.

Em pouco tempo Mendigo estava pisando na ponte coberta. Não fazia mais do que dois dias que Hugo carregara Seth e Coulter por aquele mesmo caminho em direção ao mesmo destino. Dessa vez, Seth estaria preparado. Aquele espectro tinha uma aparência bastante frágil. Com a poção da coragem para se contrapor ao medo, ele deveria ter uma boa chance.

De volta às árvores, Seth perdeu todo o sentido de direção e tinha agora de confiar que Mendigo conhecia o caminho.

– Leva a gente para o vale com as quatro colinas, Mendigo – disse Seth, suavemente. – E tenha cuidado com a garrafa que você está segurando. Não a deixa quebrar.

Eles correram em silêncio até que Mendigo deu uma guinada súbita e diminuiu o ritmo, seguindo na direção de uma clareira. Seth estava a ponto de repreendê-lo quando viu que Mendigo estava apontando algo. O fantoche parou atrás de um arbusto. Seth olhou para a direção indicada pelo dedo de madeira e viu uma silhueta caminhando lentamente na clareira.

Quem era? Era alguém grande. Será que era o diabrete de Kendra? Não, era Tanu!

Seth saiu de seu esconderijo e correu em direção à clareira. Tanu continuava andando lentamente, indiferente à aproximação de Seth. O garoto correu até Tanu e mirou-o embasbacado. Uma coisa era ver Warren e Coulter transformados em albinos. Outra completamente diferente era ver o enorme samoano, cuja pele era bem escura. Iluminada pelo fantasmagórico luar, sua pele pálida e seus cabelos brancos eram chocantes.

– Ei Tanu! – chamou Seth. – Tem alguém em casa?

O grande samoano arrastava-se languidamente, não apresentando nenhum sinal de reconhecimento. Seth olhou para Mendigo.

Ele odiava o fato de ser obrigado a deixar Tanu vagando na floresta, mas Warren conseguira voltar para casa depois de virar albino. Pelo menos Tanu parecia estar seguindo na direção mais ou menos correta.

A realidade era que o tempo era curto, e sua missão era urgente demais para que pudesse fazer alguma coisa por Tanu naquele momento. Kendra estava quase indefesa na chácara. Ele precisava chegar ao bosque e enviar Mendigo de volta para ela.

– Mendigo, vem me pegar. Vamos seguir viagem até o vale com as quatro colinas. O mais rápido que você puder. – Mendigo correu até ele, e Seth subiu em suas costas. O fantoche começou a correr. – Mas, se a gente der de cara com qualquer outro diabrete ou seres humanos, continua apontando pra eles sem dar a nossa posição.

Seth olhou de relance para Tanu cruzando a clareira. Naquele ritmo, mesmo que ele caminhasse na direção certa o trecho inteiro, só chegaria à casa em um ou dois dias. Por sorte, tudo já teria sido resolvido da melhor forma possível quando isso acontecesse.

Mais uma vez Seth estava no meio da escuridão. Ele tinha certeza absoluta de que Hugo os havia levado ao vale em menos tempo. Quando ele estava a ponto de entrar em desespero por jamais serem capazes de chegar ao bosque, eles saíram de um espesso agrupamento de árvores e Seth reconheceu que estavam no vale cheio de arbustos cercado pelas colinas familiares.

Mendigo passou a andar.

– Mendigo, me leva pro bosque no fim do vale – disse Seth, fazendo um gesto na direção do local de destino. Mendigo começou a trotar. – O mais rápido que puder. – Mendigo acelerou.

À medida que o bosque se aproximava, Seth contemplava o quanto ele estava apostando na potência da poção da coragem. A poção do medo o deixara bastante medroso, mas mal passara de um calafrio se comparado ao terror que irradiava do espectro. É claro que ele experimentara apenas uma ou duas gotas da poção do medo, com alguns outros ingredientes misturados para diluí-la. Agora ele ia colocar para dentro uma dose muito maior de coragem pura e levaria com ele a garrafa, caso viesse a precisar de mais.

Mendigo parou perto do limite do bosque. Seth estimou que era mais ou menos o mesmo ponto onde Hugo havia parado.

– Mendigo, se aproxima um pouco das árvores – ordenou Seth.

O fantoche deu vários passos, mas não avançou. Ele estava marcando passo. Seth escorregou de Mendigo e pulou no chão.

– Mendigo, anda até o bosque. – O fantoche parecia estar tentando obedecer, mas só conseguia dar os passos sem avançar.

– Esquece, Mendigo. Me dá a chave e a poção. – O fantoche obedeceu. – Mendigo, volta pra Kendra o mais rápido que puder. – Mendigo começou a correr, e Seth foi obrigado a gritar com as mãos em torno da boca para poder concluir as instruções. – Se ela não estiver na chácara ou estiver com alguma dificuldade, salve-a. Pode quebrar os inimigos dela se eles tentarem te deter. Obedeça a ela!

Antes que Mendigo saísse de seu campo de visão, Seth virou-se para encarar o bosque. Ao luar e sob o brilho das estrelas, o bosque estava mais iluminado do que em sua primeira visita. Mesmo assim, ele acendeu a lanterna. Ela iluminava menos do que a lanterna que Coulter usara, mas ajudava assim mesmo.

Ficar parado naquela escuridão, direcionando seu tênue foco de luz para as agourentas árvores e suas sombras convolutas não era uma coisa das mais animadoras. Seth lembrou-se da certeza que Kendra demonstrara ter em relação a seu fracasso e, sozinho sob aquele céu estrelado, ele teve subitamente a sensação de que talvez ela estivesse certa.

Seth respirou fundo para se acalmar. Era isso o que ele queria fazer desde o início. Era por isso que ele fugira de Kendra. Certo, ele estava um pouquinho nervoso agora, mas uma boa dose de coragem resolveria a situação. E quando o medo assustador do espectro começasse a se apoderar dele, ele tomaria uma nova dose. Tinha de fazer isso, da mesma forma que Kendra tinha de ir atrás do Esfinge. Ambas as propostas eram arriscadas, mas ambas eram igualmente necessárias.

Seth baixou a chave alta, desatarraxou a garrafa e a colocou na boca. Mesmo com a garrafinha suspensa a poção apenas respingou em sua boca. Ele sacudiu o líquido na boca até esvaziar quase um quarto do conteúdo.

O líquido queimou. Uma vez, num restaurante mexicano, Seth despejou direto na boca o conteúdo de um molho bem apimentado só para desafiar Kendra. Foi uma coisa brutal. Ele foi obrigado a encher a boca de comida e depois de água para aliviar a queimação. Isso era bem pior – menos sabor e mais pimenta.

Seth tossiu e deu uma pancada na boca, os olhos cheios de água. A sensação era de que sua língua havia lambido uma barra de metal e sua garganta parecia um colchão de pregos escaldantes. Lágrimas escorreram abundantemente por seu rosto. Não havia nada que ele pudesse usar para aliviar a queimação, nem água nem comida. Ele tinha de esperar e pronto.

À medida que a dolorosa sensação diminuía, uma sensação aconchegante começava a se espalhar por seu peito. Ele deu um sorriso pretensioso para as árvores escuras. Elas pareciam menos intimidantes. Será que ele realmente tivera medo? Por quê? Por que estava escuro? Ele estava com uma lanterna. Ele sabia exatamente o que havia ali – um homem que só tinha pele e osso, tão frágil que ele podia derrubá-lo com um simples espirro. Uma criatura tão acostumada com o fato de as vítimas se dobrarem de pavor diante dela que provavelmente perdera toda a habilidade para enfrentar um verdadeiro oponente.

Seth olhou de relance para a grande chave. Com a lanterna, a poção e o alicate, suas mãos estavam cheias. O alicate foi para o bolso, e ele conseguiu segurar a lanterna e a poção apenas com uma das mãos enquanto segurava a chave com a outra. Ele marchou até o espaço que o separava do bosque, e logo se encontrou em meio às árvores. Ele estava tentando não sorrir, mas o risinho não ia embora. Como ele pôde ter ficado preocupado? Como ele pudera permitir que as apreensões de Kendra o deixassem em dúvida por um segundo sequer? Isso seria a coisa mais simples da face da Terra.

Seth fez uma pausa, colocou suas coisas no chão e começou a dar socos no ar para se aquecer. Uau! Ele jamais havia se dado conta de como sua direita ficara rápida! Sua esquerda também estava muito boa. Ele era uma máquina! De repente ele ia dar uns dois golpes na criatura só para se divertir. Brincar um pouquinho com a aberração antes de tirá-lo definitivamente de sua miséria. Mostrar à patética monstruosidade exatamente o que acontecia com qualquer coisa que trocava socos com Seth Sorenson.

Ele recuperou seus itens e continuou se aprofundando no bosque. O ar ficou mais frio. Seth dirigiu o foco da lanterna para todas as direções, não querendo dar ao espectro nenhuma chance de pular em cima dele de surpresa. Da última vez Seth estivera inapelavelmente paralisado de medo. Dessa vez ele ditaria as regras de como o encontro se realizaria.

Seth começou a reparar uma dormência estranha nos dedos. A sensação o fez lembrar do tempo em que esquiava com botas pequenas demais. Ele parou e bateu com os pés, tentando restaurar sua sensibilidade, mas em vez disso a dormência subiu até os tornozelos. Ele começou a tremer. Como a temperatura esfriara tão rapidamente?

Um leve movimento tremeluziu em seus olhos. Seth girou o corpo e direcionou a lanterna para o espectro que se aproximava. A criatura ainda estava a uma boa distância, quase invisível em meio às árvores.

A dormência espalhara-se até os joelhos, e seus dedos começaram a enrijecer e a ficar pesados. A falência de seus nervos irradiou uma sensação de pânico por todo o seu corpo. Será que ele estava simplesmente ficando rígido sem experimentar o mesmo medo de antes? Corajoso ou não, se ele ficasse paralisado, estaria encrencado. Sua visão ficou um pouco embaçada. Seus dentes tremeram. Ele soltou a chave alta.

Seth levou a garrafa até a boca. Decidindo que deveria consumir todo o líquido que pudesse enquanto era capaz, ele tomou todo o conteúdo restante antes de jogar fora a garrafa. O fluido não estava tão quente quanto antes. Observando o apático avanço do espectro, Seth desfrutou do conforto que aflorou no centro de seu corpo e começou a fluir para o exterior, acabando com a dormência. Seth deu um sorrisinho e puxou o alicate do bolso traseiro.

Não havia sentido em ficar esperando que aquele lerdo zumbi se aproximasse dele. Seth correu na direção da criatura, o feixe de luz da lanterna dançando de um lado para outro. Quando ele se aproximou, a esquelética figura apareceu de corpo inteiro, usando a mesma roupa imunda e esfarrapada. A tez amarelada da pele e as feridas pustulentas deixavam nojenta a aparência do infeliz, mas não assustadora. A coisa certamente era mais alta do que ele, mas não muito, e se movia como se estivesse à beira do colapso.

Seth concentrou-se no prego de madeira que se projetava do pescoço do espectro. Retirá-lo parecia uma ação ridiculamente fácil. Seth imaginou se deveria fazer alguns movimentos de caratê para dar ao espectro uma prévia do que viria pela frente. Ele jamais tivera lições de caratê, mas já vira filmes suficientes para ter uma ideia geral.

Ele parou de correr a mais ou menos uns dez passos de distância do espectro doentio e desferiu no ar alguns socos cheios de estilo e alguns chutes. O espectro continuava se aproximando lentamente, a boca retorcida num esgar horroroso, não prestando a menor atenção à demonstração de artes marciais. Seth flexionou os dois braços, mostrando ao espectro dois bons motivos para se render.

O espectro ergueu um braço e apontou um dedo ossudo para Seth. Um frio intenso o atingiu tão completamente que até parecia que ele havia caído num lago congelado. Ele arquejou debilmente e seus músculos se enrijeceram. Em seu âmago permanecia um núcleo confiante e aconchegante, mas que estava sendo rapidamente erodido. Um terror irracional e incoerente estava investindo contra as margens de sua concentração, tentando pulverizar sua autoconfiança.

Metade dele queria desabar e fraquejar. Seth cerrou os dentes. Com ou sem poção, com ou sem medo mágico, ele não ia sucumbir, não dessa vez. Ele buscou em seu interior uma força de vontade para avançar na direção do espectro. Sua perna se recusou a funcionar, a princípio. Ele estava dormente até a cintura, e a sensação era a de estar com pesos atados aos pés. Ele se curvou para a frente, grunhiu e conseguiu dar um único e importante passo. Em seguida outro.

O espectro ainda estava apontando para ele, e ainda estava vindo em sua direção. Seth sabia que podia ficar simplesmente esperando o espectro alcançá-lo, mas algo lhe dizia que era importante continuar se movendo. Ele deu outro passo.

O espectro estava agora a seu alcance. Os olhos vagos e malévolos não tinham nenhuma personalidade. Um fedor pútrido poluía a atmosfera. O braço do espectro permanecia esticado, e o dedo que apontava estava quase tocando em Seth.

Sua confiança estava definhando. Ele sabia que seu corpo estava a ponto de parar. Ele olhou a unha preta e áspera aproximando-se de seu peito. A sensação calorosa encolhera até se transformar numa fagulha evanescente. Pensamentos aterrorizantes começaram a preencher sua mente. Seth segurou o alicate com força, ergueu o braço e, com um movimento espasmódico, desceu a ferramenta no dedo ossudo. O espectro não demonstrou nenhum reação ao golpe, mas o braço baixou um pouco e o dedo foi obviamente deslocado.

Com os dentes cerrados, Seth lutou contra o que parecia ser uma tremenda gravidade para poder dar um passo para o lado.

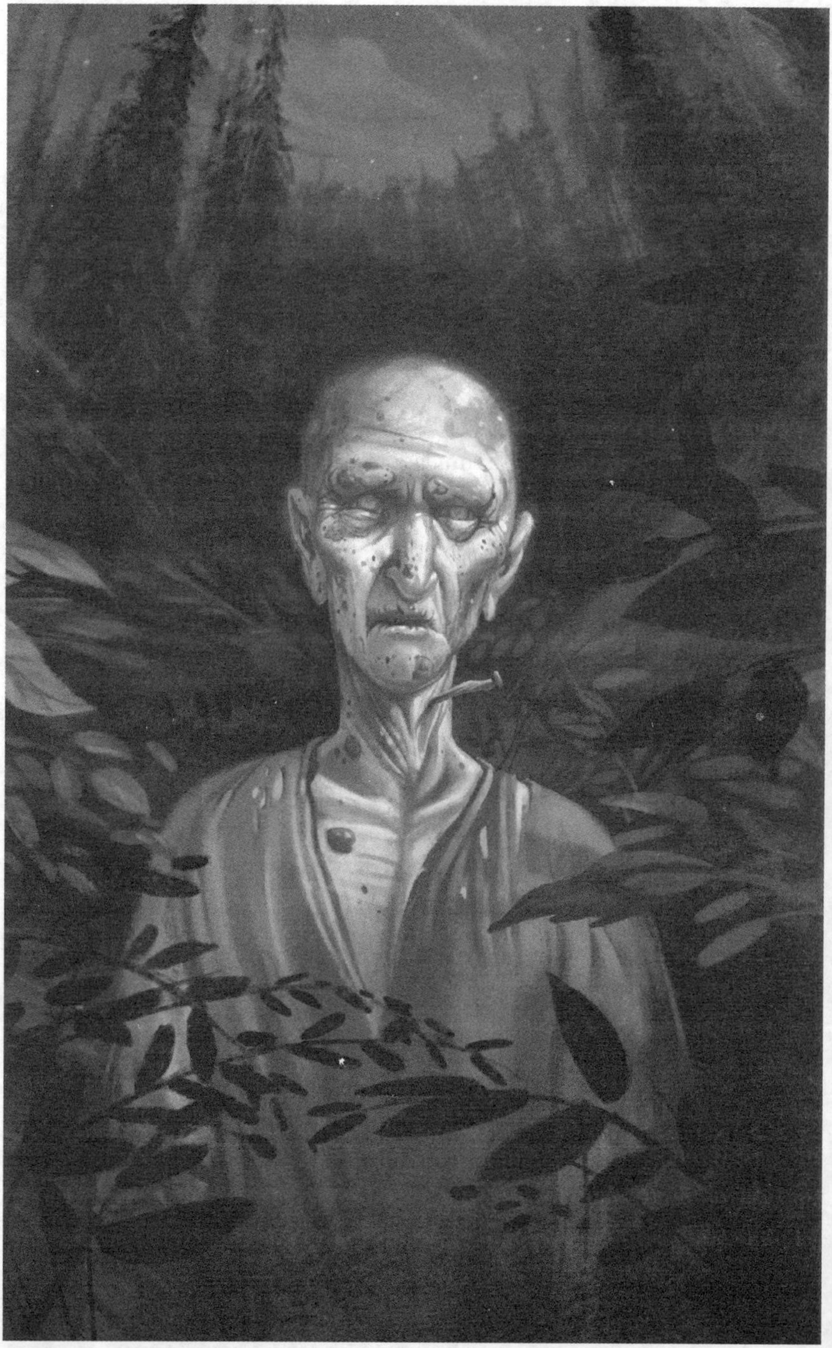

Reunindo todas as suas forças, ele chutou o joelho do espectro. O joelho se dobrou e o espectro caiu. Seth cambaleou para a frente e ajoelhou-se sobre o peito dele, sentindo as costelas proeminentes contra suas canelas.

O espectro olhou para ele com fúria. Seth não conseguia se mexer. Seus braços tremiam. A última fagulha de confiança estava morrendo. Seth podia sentir o dilúvio do pavor irracional a ponto de sobrepujá-lo. O que ocorreria em alguns instantes. O espectro começou a se erguer, as duas mãos movendo-se lenta, porém objetivamente na direção do pescoço de Seth.

Ele pensou em todas as pessoas que estavam dependendo dele. Coulter sacrificara a si próprio por ele. Kendra estava sozinha na chácara. Seus avós e Dale estavam aprisionados num calabouço. Ele podia fazer isso. Coragem era o lance dele. Não precisava ser rápido. Ele só precisava chegar lá.

Seth concentrou-se no prego e começou a mover o alicate na direção dele. Não conseguia se mover com rapidez. Era como se o ar tivesse virado uma gelatina. Se ele tentasse ir com rapidez, seu progresso era interrompido. Empurrando lenta e firmemente, a mão com o alicate começou a avançar gradativamente.

As mãos do espectro alcançaram a sua garganta. Dedos tão frios que até queimavam pressionavam sua carne. O resto de seu corpo estava dormente.

Seth não se importou. O alicate continuava se movendo. Dedos fortes e impiedosos esmagavam seu pescoço. Seth agarrou o prego de madeira com o alicate. Tentou arrancá-lo, mas ele não se movia.

Seth teve a sensação de estar se afogando. A fagulha de confiança estava agora extinta, mas uma implacável determinação permanecia. A única sensação era a dor pungente em seu pescoço. Cada vez mais lentamente, sentindo o braço distante, praticamente desconectado do corpo, Seth começou a retirar o prego, observando-o deslizar centímetro após centímetro. O prego era maior do que o que ele imaginara – não parava de sair, emergindo sem sangue do buraco que habitara por tanto tempo. Sua mão diminuiu o ritmo. A sensação era que o ar gelado estava passando do estado de gelatina para o estado sólido. O possante estrangulamento do espectro o impedia de respirar. Suor brotava de sua testa.

Com uma lentidão só imaginável nos sonhos, a última parte do longo prego de madeira emergiu do pescoço. Ele viu um pequeno espaço entre a ponta do prego e o buraco vazio. Por um instante, Seth pensou haver notado algo tremeluzindo no rosto do espectro, alívio nos olhos, o hediondo sorriso tornando-se ligeiramente mais sincero.

E então o ar não estava mais sólido, e ele estava caindo, e tudo ficou escuro.

CAPÍTULO DEZENOVE

A torre invertida

Usando um cobertor como xale, Kendra encaixou-se na forquilha do galho grosso de uma árvore com uma boa visão da chácara. A noite estava suficientemente fria para fazer com que ela se sentisse feliz por ter levado o cobertor, que estava no momento invisível junto com o restante do corpo dela. Antes de subir na árvore e se empoleirar daquele modo, ela havia ziguezagueado pela área tocando os troncos de diversas outras árvores para a eventualidade de algum diabrete tentar rastrear seu cheiro.

Embora estivesse se sentindo exausta, sua posição precária ajudava-a a ficar motivada para se manter em estado de alerta. Se cochilasse, cairia de uma altura de mais ou menos três metros e receberia um despertar dos mais rudes do chão inclemente. Ela passara a maior parte do tempo escarranchada no galho, às vezes furiosa, às vezes desassossegada com Seth. Não era justo ele a ter abandonado, deixando-a em tal estado de vulnerabilidade, nem ter entrado em ação sem consultá-la a respeito. Mas ela também se dava conta de que ele estava tentando fazer o que achava certo, e que provavelmente iria pagar um preço alto por sua coragem desorientada, o que dava a ela um motivo para controlar seus pensamentos inamistosos.

Tensa e ansiosa, Kendra mantinha atentos os olhos e os ouvidos para qualquer sinal de aproximação de algum inimigo ou de Mendigo voltando. Ela não tinha certeza de como deveria proceder uma vez que Mendigo reaparecesse. Mesmo sendo tarde demais para salvar Seth de seu destino fatal, uma boa parcela de seu ser preferia muito mais ir atrás do irmão do que fugir de Fablehaven. Ao mesmo tempo, ela sabia que se conseguisse encontrar o Esfinge, essa talvez fosse a melhor chance que ela possuía de salvar seus avós e quem sabe até mesmo descobrir uma maneira de tirar Seth, Tanu, Coulter e Warren da condição de albinos em que se encontravam.

Esperando impacientemente em cima do galho, Kendra ficou espantada de ver Warren subindo na plataforma de observação em cima do telhado da cabana. Em silêncio e boquiaberta, ela o observou se espreguiçar e esfregar os braços. A noite estava muito escura para permitir que ela observasse os detalhes, mas parecia que ele estava se movendo como uma pessoa normal.

– Warren! – sibilou ela.

Ele tomou um susto e se virou na direção dela.

– Quem está aí? – perguntou ele.

Ela estava tão surpresa por ouvi-lo falar que levou alguns segundos para responder.

– Você está conseguindo falar! Ó meu Deus! O que aconteceu?

– É claro que eu estou conseguindo falar. Desculpa, mas quem é você mesmo?

– Eu sou Kendra. – Ela não estava acreditando. Ele parecia estar perfeitamente normal.

– Acho que eu vou precisar de um pouco mais de informação. – Ele estreitou os olhos na direção dela. Provavelmente a noite era mais escura para ele do que para ela, e é claro, ela ainda estava invisível.

– Meu nome é Kendra Sorenson. Stan e Ruth são meus avós.

– Tudo bem. O que a levou a se esconder numa árvore no meio da noite? Você pode me dizer como foi que eu cheguei aqui?

– Me espera lá na porta dos fundos – disse Kendra. – Eu chego em dois segundos. – De alguma maneira, Warren havia se curado! Ela não estava mais sozinha! Ela escorregou pelo galho e desceu da árvore. Tirou a luva, caminhou pelo meio das árvores e atravessou o jardim até a porta dos fundos, onde se encontrou com Warren.

Em pé no umbral, ele a analisou. Ele parecia ainda mais bonito agora que sua consciência voltara. Seus olhos arrebatadores eram castanhos e brilhantes. Será que eles tinham essa cor antes?

– Foi você – disse ele, maravilhado. – Eu me lembro de você.

– De quando você era mudo? – perguntou ela.

– Eu era mudo? Isso é novidade pra mim. Entra.

Kendra entrou.

– Você foi um albino mudo durante alguns anos.

– Anos? – exclamou ele. – Em que ano estamos?

Ela contou e ele pareceu ter ficado bestificado. Eles andaram até a mesa na sala principal.

Ele passou a mão branca na farta cabeleira e em seguida olhou para a palma da mão.

– Bem que eu estava me sentindo um pouco descolorado – disse ele, flexionando os dedos. – A última coisa que eu lembro foi alguma coisa vindo na minha direção no bosque. Podia ter sido ontem. Fui dominado por uma sensação de pânico que eu jamais havia experimentado antes, e minha mente se retirou para um local escuro. Eu não sentia nada lá, cercado pelo pavor mais puro, desconectado de meus sentidos, retendo um último resquício nebuloso de consciência. No fim eu via você, imersa em luz. Mas a sensação temporal era de dias, não de anos, com toda a certeza.

– Você estava catatônico – explicou Kendra. – Tem um espectro no bosque, e todo mundo que vai lá acaba ficando como você ficou.

– Eu não sinto como se tivesse me desgastado muito – falou ele, dando um tapinha no corpo. – Eu me sinto um pouco mais magro, mas não arrasado como deveria estar depois de anos em estado de coma.

– Você podia se mover, mas sempre entorpecido – explicou Kendra. – Seu irmão Dale sempre botava você pra fazer exercícios. Ele cuidou muito bem de você.

– Ele está aqui?

– Ele está trancado no calabouço com os meus avós – disse Kendra. – Toda a reserva está em perigo. Membros da Sociedade da Estrela Vespertina tomaram a casa. Um deles é uma narcoblix, e é por causa disso que estou há vários dias sem dormir. Eles estão tentando pegar o artefato.

Ele ergueu as sobrancelhas.

– Você está dizendo que não vai haver nenhuma festinha pra mim por eu ter saído do coma?

Kendra sorriu.

— Até a gente salvar os outros, sou tudo o que você tem por aqui.

— Mas alguma hora eu vou querer comer bolo e tomar sorvete. Você falou no artefato. Eles sabem onde ele está?

Ela assentiu com a cabeça.

— Eles não tinham muita certeza do que fazer com o espectro. Meu irmão foi enfrentar a coisa. Como você despertou de repente... acho que ele pode ter derrotado a criatura.

— Seu irmão?

— Meu irmão mais novo — disse ela, sentindo-se subitamente bastante orgulhosa dele. — Ele saiu daqui com a chave da torre e um plano louco pra usar a poção da coragem para se contrapor ao medo que emana do espectro. Pensei que ele tivesse pirado, mas o plano deve ter funcionado.

— Ele está com a chave da torre invertida? — perguntou Warren.

— Nós roubamos a chave da Vanessa, que é a tal narcoblix.

— Seu irmão tem intenção de entrar na torre?

— Ele quer pegar o artefato antes deles — disse Kendra.

— Quantos anos ele tem?

— Doze.

Warren pareceu chocado.

— Que tipo de experiência ele tem?

— Quase nenhuma. Estou preocupada com ele.

— E deveria mesmo. Se ele entrar sozinho naquela torre, nunca vai sair vivo de lá.

— Podemos ir atrás dele? — perguntou Kendra.

— Tudo indica que é melhor a gente ir. — Ele mirou as mãos e sacudiu a cabeça. — Quer dizer então que agora eu sou albino? Não fique muito perto; minha sorte pode acabar. Parece que foi ontem que eu saí daqui para pegar o artefato. Foi por isso que eu acabei naquele bosque. Eu sabia que tinha algum perigo à espreita por lá, mas o medo assoberbante me pegou desprevenido. Agora, depois de perder anos da minha vida num transe induzido pelo pânico, eu consigo retomar tudo exatamente onde deixei.

– Por que você estava atrás do artefato?

– Era uma missão clandestina – contou Warren. – Nós tínhamos motivos pra acreditar que o segredo de Fablehaven talvez pudesse ter sido descoberto, então fui encarregado de remover e transferir o artefato.

– Quem mandou você fazer isso?

Warren olhou para ela de alto a baixo.

– Faço parte de uma organização secreta que combate a Sociedade da Estrela Vespertina. Não posso dizer mais nada.

– Os Cavaleiros da Madrugada?

Warren levantou as mãos.

– Legal. Quem te contou isso?

– Dale.

Warren balançou a cabeça.

– Contar um segredo pra aquele cara é a mesma coisa que escrever no céu. De qualquer modo, é isso aí sim. Tínhamos motivos pra suspeitar que Fablehaven havia sido descoberta pela Sociedade e eu fui designado pra localizar o artefato.

– Está preparado pra concluir o que começou a fazer?

– Por que não? Parece que tudo degringolou por aqui sem a minha presença. Já está na hora de começar a juntar os cacos. Nenhum equipamento meu está onde eu deixei, mas com ou sem equipamento, é melhor corrermos se quisermos alcançar seu irmão antes que ele entre na torre. Imagino que Hugo não está por perto, está?

— Vanessa ordenou que ele fosse pro ponto mais afastado de Fablehaven e ficasse por lá – informou Kendra.

— Os estábulos estão tão distantes daqui que pegar um cavalo só vai fazer a gente perder mais tempo. Eu conheço o caminho até o vale. Está disposta a uma caminhada noturna?

— Estou – disse ela. – Mendigo deve estar chegando. Ele é um fantoche encantado do tamanho de um ser humano e pode ajudar a gente a chegar lá mais rápido.

— Um fantoche encantado? Você não é exatamente o que eu chamaria uma adolescente comum. Aposto que você tem algumas boas histórias pra contar. Estou enganado?

Kendra ficou satisfeita com a admiração que pôde perceber na voz dele, e esperou que o sentimento não estivesse exposto em seu rosto. Por que ela estava pensando no momento em que o beijara? Ela ficou subitamente bastante consciente de onde estava, e não fazia a menor ideia do que fazer com as mãos. Ela tinha de parar de reparar o quanto ele era bonitinho. Aquele era o momento errado para paixonites tolas!

— Tenho uma ou outra – conseguiu ela dizer.

— Vou tentar arrumar algum equipamento – disse Warren, correndo em direção aos armários.

— Eu tenho uma luva que deixa a pessoa invisível quando ela fica totalmente imóvel – revelou Kendra. – E diversas poções mágicas, embora eu não tenha certeza do que elas podem fazer.

— É claro que você tem – disse ele, remexendo as gavetas. – Onde conseguiu tudo isso?

— A luva pertencia a um homem chamado Coulter.

— Coulter Dixon? — perguntou ele, com urgência. — Por que você falou nele usando o tempo passado?

— Ele virou um albino mudo igual a você. O que provavelmente significa que agora ele está bem, só que está trancado no calabouço com Dale.

— Bingo! — anunciou Warren.

— O que é?

— Biscoitos. — Ele enfiou um na boca. — E essas poções?

— Um cara chamado Tanu. Ele também deve ser um ex-albino mudo agora, mas não sei onde está.

— Já ouvi falar de Tanu, o mestre das poções — falou Warren. — Mas nunca me encontrei com ele pessoalmente.

Foi então que Kendra ouviu um leve chacoalhar de ganchos. Ela correu até a porta da frente. Mendigo parou ao lado da varanda.

— Nossa condução acabou de chegar — avisou Kendra.

— Só um minuto — falou Warren. Ele voltou prontamente com um rolo de corda em um dos ombros e um machado na mão. — A melhor arma que consegui encontrar — disse ele, erguendo o machado.

— Mendigo pode carregar a gente — informou ela. — Ele é mais forte do que parece.

— Pode até ser, mas a gente vai mais rápido se eu correr ao lado de vocês. Vamos nessa.

— Mendigo — chamou Kendra. — Me leve pro local onde você deixou o Seth, o mais rápido que puder. E não perca Warren de vista. — Ela apontou para Warren com ênfase. Ela subiu nas costas do fantoche e eles saíram com passadas velozes.

Warren teve um bom desempenho a princípio, mas estava quase correndo a toda a velocidade e em pouco tempo estava arfando, ofegante. Kendra ordenou que Mendigo o carregasse também, e Warren aceitou.

— Não tenho mais a mesma velocidade de antes, nem as mesmas pernas — desculpou-se ele.

Warren era consideravelmente maior do que Seth ou Kendra, e Mendigo não conseguiu correr com a mesma velocidade tendo que levá-lo às costas. Eventualmente, Warren insistia para correr por alguns minutos, tentando maximizar a velocidade do grupo.

A noite passava lentamente. Por fim, eles alcançaram o vale. As estrelas a leste estavam perdendo o brilho à medida que o céu começava a empalidecer. Mendigo logo alcançou o limite invisível que ele não podia atravessar.

— Ele não pode entrar no bosque, assim como o Hugo — observou Warren. — Se Hugo estivesse comigo naquela noite, eu não teria perdido tantos anos da minha vida.

— Ponha a gente no chão, Mendigo — disse Kendra. — Vigie o bosque, caso algum intruso apareça.

— Olha só o que temos aqui! — murmurou Warren, agachando-se e examinando o solo.

— O quê? — disse Kendra.

— Acho que seu irmão esteve aqui. Siga-me. — Warren correu em meio às árvores, segurando o machado.

Kendra correu para alcançá-lo.

— Será que pode haver outros perigos no bosque? — perguntou ela.

– Pouco provável – disse Warren. – Aqui é o domínio do espectro desde que o artefato foi escondido e que Fablehaven foi fundada. Poucos ousariam pisar nesse chão amaldiçoado.

– Espera um pouquinho – pediu Kendra. – Esse aqui é o kit de emergência de Seth. Ele perdeu na primeira vez que esteve no bosque. – Ela pegou a caixa de cereais.

– A primeira vez? – perguntou Warren.

– É uma longa história – disse Kendra.

– Olha isso aqui – falou Warren. – A chave. Seu irmão não está no interior da torre. Provavelmente ele está ferido ou exausto em algum lugar. É melhor a gente correr.

Eles trotaram em meio às árvores. Warren segurava o machado com uma das mãos e a chave com a outra.

– O que é aquilo lá na frente? – disse Warren. – Uma lanterna?

Kendra também viu o brilho, perto do chão. Assim que eles se aproximaram, ela viu que o objeto era realmente uma lanterna caída. Tendo em vista a parca luminosidade, as pilhas deviam estar quase no fim. Ao lado da lanterna encontrava-se um esqueleto vestido em frangalhos. E em cima do esqueleto encontrava-se seu irmão, com a cabeça virada para baixo.

Warren ajoelhou-se ao lado de Seth, sentiu seu pulso e rolou seu corpo. Uma das mãos de Seth permanecia segurando firmemente um alicate que não prendia nada. A luz da lanterna revelava marcas horrorosas no pescoço de Seth. Warren se inclinou para olhar mais detidamente.

– O pescoço dele está cortado e queimado, mas ele está respirando.

– Vanessa não poderia estar controlando ele? – perguntou Kendra. – Estou me referindo à narcoblix.

– Esse não é um sono natural – explicou Warren. – Ela pode ter poder sobre ele, mas não pode dar vida a membros que se recusam a funcionar. Ele pagou um preço altíssimo para superar o espectro... a luta foi, evidentemente, bastante parelha. Com poção ou sem poção, seu irmão deve ter um coração de leão!

– Ele é muito corajoso – disse Kendra, lágrimas encharcando-lhe os olhos. Seus lábios tremiam. – Posso pegar a lanterna? – Warren entregou a lanterna e ela achou uma pequena poção na caixa de cereais. – Ele tinha muito orgulho de ter ganhado de Tanu uma poção que pode recarregar suas energias numa emergência.

– Talvez isso faça bem a ele – disse Warren. Ele tirou a tampa da garrafinha, levantou a cabeça de Seth e derramou um pouco do fluido em sua boca. Seth engasgou e tossiu. Depois de um instante, Warren lhe deu mais um pouco, que ele bebeu.

Os olhos de Seth se abriram, e sua testa se enrugou.

– Você! – disse ele com a voz fraca e áspera.

– Deixa o garoto em paz, sua megera! – ordenou Warren.

Seth deu um sorriso fantasmagórico. E depois seus olhos ficaram brancos.

– O que aconteceu? – disse ele, arquejando, a voz ainda áspera. – E o espectro?

– Você conseguiu – disse Warren.

– Você está curado – murmurou Seth, perplexo, mirando Warren. – Não sabia que... isso ia acontecer. Kendra. Você veio.

– Pergunta alguma coisa que só ele sabe a resposta – disse Warren. – Isso pode ser um golpe.

Kendra pensou por um instante.

– Qual a sobremesa que você odiava no almoço da escola o ano passado?

– Torta de cereja – respondeu Seth, debilmente.

– Qual era o personagem do teatrinho de sombras que você mais gostava que o papai fizesse?

– Galinha – falou ele.

– É o próprio – confirmou Kendra, confiante.

– Você consegue se sentar? – perguntou Warren.

A cabeça de Seth tombou ligeiramente para a frente. Seus dedos se contraíram.

– Eu me sinto como se tivesse sido atropelado por uma locomotiva a vapor. Como se tudo... tivesse sido sugado de dentro de mim. Minha garganta está doendo.

– Ele precisa de tempo pra se recuperar – disse Warren. – E eu preciso entrar na torre. A narcoblix sabe que o caminho está aberto. Ela só liberou Seth porque já está vindo pra cá. Kendra, você mencionou que um diabrete grande a está ajudando junto com outro homem, mas ela pode ter mais contatos do que esses na reserva. Eu devo ser capaz de passar pelas armadilhas. Vamos mandar Mendigo levar você e seu irmão pra um local seguro.

– Eu quero ir – grasnou Seth.

– Você já fez muito por hoje – falou Warren. – Já é hora de passar o bastão pros outros.

– Me dá um pouco mais dessa poção – pediu Seth.

– Mais dessa poção não vai mudar o seu estado – informou Warren. – Mas talvez fosse uma boa ideia Kendra tomar uma dose pra ajudar a ficar acordada.

Kendra tomou um gole. Ela se sentiu alerta quase que instantaneamente. Parecia que havia acabado de ser esbofeteada.

Warren colocou os braços embaixo dos de Seth, erguendo-o como se ele fosse um bebê. Kendra começou a recolher a chave e o machado, mas Warren disse para ela deixar os objetos como estavam. Ele estava andando a passos rápidos na direção de Mendigo.

– Não seria melhor eu entrar na torre com você, Warren? – perguntou ela, alcançando-o.

– É perigoso demais – rebateu ele.

– Eu posso ser útil – retrucou ela. – No ano passado visitei o santuário da Fada Rainha na ilha que fica no centro do lago e convoquei um exército de fadas pra salvar Fablehaven de um demônio chamado Bahumat.

– O quê? – disse ele, sem poder acreditar.

– Ela fez isso mesmo – confirmou Seth.

– Você realmente tem histórias! – exclamou Warren.

– As fadas me abençoaram com algumas dádivas – continuou Kendra, sem querer especificar que era fadencantada. – Eu consigo ver no escuro e falar todas as línguas que as fadas falam. Não preciso mais tomar o leite pra ver as criaturas mágicas. E o meu toque pode recarregar objetos mágicos que estão sem energia. O Esfinge deu a entender que isso podia ser útil pra alguns artefatos.

– E pode sem dúvida nenhuma – concordou Warren. – Alguém já sugeriu que os artefatos tiveram sua energia deliberadamente drenada pra garantir uma segurança extra.

– Sem mim, talvez você não seja capaz de usar o artefato, mesmo que o encontre – observou Kendra.

– Eu acredito que consigo passar com sucesso pelas armadilhas da torre – disse Warren. – Mas isso sem ter noção do que elas são. Não sou infalível, como o bosque provou muito bem. Você compreende os perigos que poderá ser obrigada a encarar se me acompanhar?

– Nós dois podemos morrer – constatou Kendra. – Mas hoje existe perigo em qualquer parte de Fablehaven. Eu vou com você.

– Um par de olhos e mãos sobressalentes pode fazer uma boa diferença – admitiu Warren. – E a habilidade de recarregar o artefato, seja lá qual for, pode fazer toda a diferença do mundo. Confiaremos a Mendigo a tarefa de cuidar de Seth.

– Isso não é justo – murmurou Seth.

– Você quer a sua luva de volta? – perguntou Kendra.

– Você vai precisar mais dela – disse ele com firmeza.

Eles saíram do bosque e correram até Mendigo. Warren sugeriu que Kendra mandasse Mendigo levar Seth para os estábulos. Kendra deu ordens para Mendigo levar Seth para os estábulos, tomar conta dele, mantê-lo a salvo de qualquer perigo e não permitir que ele perambulasse por um dia inteiro, a não ser que fosse instruído a agir de outra maneira. Mendigo deu um trote e pegou Seth nos braços.

Warren e Kendra correram de volta ao esqueleto seco do espectro e pegaram a chave e o machado. Kendra seguiu Warren em direção ao interior do bosque. Havia pouca vegetação rasteira, mas quanto mais fundo no bosque eles penetravam, mais próximas as árvores ficavam umas das outras e mais adensadas de limo e visgo se tornavam. Eles alcançaram um lugar onde as árvores estavam tão juntas umas das outras que seus galhos ficavam entrelaçados de tal maneira que quase formavam um muro.

Quando Warren avançou pela barreira viva, eles encontraram uma pequena clareira circundada por árvores, com uma tênue e aconchegante luminosidade de fim de tarde. Uma avantajada plataforma avermelhada de pedra dominava a área, parecendo quase um palco ao ar livre. Escadas de pedra em um dos lados da plataforma garantiam um acesso fácil.

Warren subiu correndo os degraus, com Kendra em seus calcanhares. Apesar de haverem visto flores silvestres e ervas por todos os lados da clareira, a plataforma de pedra não continha nenhuma espécie de vegetação. A superfície lisa estava salpicada de pontinhos pretos e dourados. No centro da espaçosa plataforma encontrava-se um bocal redondo, cercado de múltiplos sulcos circulares que se irradiavam concentricamente em direção à extremidade da plataforma. Cada sulco escuro e estreito estava separado um do outro por mais ou menos um metro de distância. De cima, os sulcos teriam a aparência de um alvo, com o bocal no centro da mira.

Warren colocou a complicada extremidade da chave no bocal redondo. Ele teve de girar a chave para a frente e para trás, alinhando diversas protuberâncias com cortes no bocal para gradualmente conseguir enfiar o objeto mais profundamente. Assim que a chave alta ficou a aproximadamente trinta centímetros dentro do buraco, ela se encaixou perfeitamente.

– Tem certeza de que você está preparada pra isso? – perguntou Warren. – Não vai ter como voltar depois que a gente estiver lá dentro.

– O que você está querendo dizer? – perguntou Kendra.

– Esses lugares são arquitetados de tal maneira que ou você vai até o final e toma posse de seu prêmio ou não sai vivo. Os arquitetos não querem que os exploradores decifrem o enigma peça por peça. As armadilhas que guardam o caminho de volta serão muito menos magnânimas do que as armadilhas que protegem o caminho de ida. Até a gente alcançar o artefato.

– Eu vou – insistiu Kendra.

Com o rosto vermelho devido ao esforço, Warren segurou o cabo da chave com força e começou a girar. A chave fez uma rotação de 180 graus e parou.

A plataforma tremeu. Ficou visível que os sulcos circulares demarcavam divisões entre anéis concêntricos de pedra quando o anel externo despencou na escuridão, seguido do próximo, e do próximo e do próximo. Os maciços anéis trovejavam assim que atingiam o solo.

Warren puxou Kendra para perto de si e ambos ficaram de pé em cima do círculo mais interno com a chave. Embora todos os outros anéis tivessem caído, o anel mais interno manteve-se no lugar. Olhando para baixo, Kendra viu que o anel mais externo fora o que caíra mais longe, com cada um dos anéis seguintes realizando uma queda menor, de modo que todos juntos formavam uma escadaria cônica. Do exterior da plataforma, era uma queda de pelo menos nove metros até o chão da câmara. Do centro onde Kendra e Warren estavam, o anel seguinte estava apenas 1,20m abaixo, o seguinte 1,20m abaixo do anterior e assim por diante até o chão.

– Não se constroem mais entradas como antigamente – comentou Warren. Ele deu um puxão na chave e, com um barulhinho melódico de metal, a parte da chave que estava no bocal separou-se do resto. Agora em vez de terminar numa complicada série de protuberâncias e cortes, a chave terminou numa fina ponta de lança com dois gumes.

– Olha só pra isso!

– Não pode ser coisa boa – avaliou Kendra.

– Pode crer, provavelmente isso vira uma arma por algum motivo – concordou Warren, olhando para a câmara. – Ainda não vi nenhum problema.

– Eu vou vestir a luva – disse Kendra. Ela desapareceu.

– Nada mal – falou Warren.

Kendra acenou para ele, reaparecendo enquanto se mexia.

– Só funciona quando eu fico imóvel.

– Você sabe para que serve alguma dessas poções? – perguntou Warren.

– Sei que tem umas que deixam a gente com 30cm de altura – disse ela. – E sei que algumas delas são emoções engarrafadas, embora eu não saiba ao certo qual é qual. Talvez Seth conheça mais algumas. A gente devia ter perguntado pra ele.

Warren começou a descer de anel em anel.

– Como último recurso, sempre dá pra tomar alguma poção ao acaso – comentou ele. – Vamos esperar que não seja necessário.

A câmara não era muito maior do que o anel de pedra mais largo. O piso parecia ser uma única laje de rocha. Não havia nada lá, exceto um par de portas em cada extremidade. Uma parede estava coberta de escritos em diversas línguas, incluindo algumas mensagens repetidas em inglês.

> Esse altar amaldiçoado encontra-se fora dos domínios de Fablehaven.
>
> Não prossiga.
>
> Vá em paz.

Kendra imaginou que as outras mensagens diziam a mesma coisa em suas respectivas línguas.

— Por que eles escreveram a frase em inglês tantas vezes? — perguntou Kendra.

— Eu só estou vendo escrita em inglês uma vez — respondeu Warren.

— Ah, línguas das fadas — disse ela.

Eles alcançaram o último anel.

— Fique perto de mim — instruiu Warren. — Pise somente onde eu pisar. Fique preparada pra qualquer coisa. — Ele deu uma batidinha no chão com o cabo da chave antes de pisar. Kendra o seguiu.

— Que porta a gente deve tentar? — perguntou Kendra.

— A escolha é sua — disse ele. — É uma questão de sorte.

Kendra apontou para uma das portas. Warren seguiu à frente, sentindo o caminho com a chave como se fosse um cego. A porta era de madeira bruta e pesada, revestida de ferro, e parecia estar em bom estado de conservação. Warren cutucou o chão em um dos lados e pediu para Kendra ficar parada segurando o machado. Imóvel, ela desapareceu. Segurando a chave como se fosse uma lança, ele empurrou a porta.

A TORRE INVERTIDA

Não havia nada do outro lado, com exceção de uma escada em caracol para baixo. Warren pegou a lanterna que estava no fim. Ele tentou bater no topo da escada com o cabo da chave, mas o cabo atravessou a escada.

– Kendra, olha! – apontou Warren. O cabo da chave desapareceu no interior dos três primeiros degraus. – Escada falsa. Provavelmente disfarçando uma queda de centenas de metros.

Eles atravessaram a sala e repetiram suas ações cautelosas na outra porta. Novamente a porta se abriu para uma escadaria, e novamente os degraus não passavam de ilusão. Warren afastou-se, testando com a chave, para verificar se talvez apenas os primeiros degraus eram falsos, mas nada que estava ao alcance parecia tangível.

Warren começou a contornar a sala, batendo no chão e nas paredes. Eles alcançaram um lugar onde a chave passava pela parede. Warren curvou-se no interior da ilusão, e Kendra ouviu-o batendo com a chave.

– Aqui está a verdadeira escadaria – disse ele. Kendra passou pela parede imaterial e viu uma escadaria sinuosa de pedra que ia para baixo. Pedras brancas na parede emitiam uma suave luminosidade.

– Nunca se sabe o que pode ser uma miragem num lugar como esse – disse Warren. Ele cutucou uma das pedras brilhantes com a chave. – Já viu uma pedra do sol antes?

– Não – disse Kendra.

– Basta uma pedra estar sob o sol e todas as pedras irmãs compartilham a luz – explicou ele. – Provavelmente ela está no topo de alguma das colinas próximas.

À medida que desciam as escadas, eles iam encontrando alguns lugares onde degraus ilusórios ocultavam buracos na escadaria. Warren ajudou Kendra a saltar os espaços vazios. Por fim, eles chegaram ao fim da escada e a uma nova porta.

Novamente Warren pediu para Kendra se afastar enquanto ele abria a porta.

– Estranho – murmurou ele, testando o chão. Warren atravessou o umbral. – Vem, Kendra.

Ela espiou pelo umbral. A sala era grande e circular, com um teto em forma de domo. Pedras brancas colocadas no teto iluminavam o local. Areia fofa e dourada cobria o chão. Nos fundos da sala havia uma porta pintada na parede. No lado esquerdo da sala, murais com três monstros pintados decoravam a parede, com outros três no lado direito. Kendra viu uma mulher azul com seis braços e corpo de serpente, um Minotauro, um enorme ciclope, um homem escuro que da cintura para cima parecia humano e da cintura para baixo tinha o corpo e as pernas de uma aranha, um homem com uma armadura e aspecto de serpente com um elaborado adorno de cabeça e um anão usando um manto como capuz. Todas as imagens, embora um pouquinho desbotadas pelo tempo, haviam sido produzidas com a mais suprema habilidade.

Warren levantou a mão para Kendra parar. A chave afundou na areia na frente deles.

– Tem lugares em que a areia é traiçoeira – disse ele. – Cuidado onde pisa.

Para evitar afundar na areia movediça, eles percorreram uma trilha circular até a porta pintada nos fundos da sala. A pintura representava uma porta de ferro maciço com uma fechadura embaixo de uma maçaneta. De modo hesitante, Warren tocou a pintura. A imagem na porta ondulou por um instante, e subitamente a porta ficou real, deixando de ser um mural.

Warren girou o corpo mantendo a chave bem no alto e olhou os outros murais na sala. Não aconteceu nada. Por fim, ele retornou à porta e tentou a maçaneta. A porta estava trancada.

– Notou alguma coisa que todas as criaturas na parede têm em comum? – perguntou Warren.

Kendra concentrou-se em fazer a comparação.

– Uma chave em torno do pescoço – observou ela. As chaves não eram óbvias. Eram pequenas, desenhadas com sutileza, mas cada um dos seres pintados tinha uma.

– Alguma ideia de como podemos atravessar a porta? – perguntou Warren, obviamente com uma resposta na cabeça.

– Você deve estar brincando – respondeu Kendra.

– Não é o que nós dois queremos? – questionou ele. – Os caras das antigas que bolaram esse lugar sabiam realmente dar uma festa. – Ele conduziu Kendra até o outro lado da sala, evitando a areia movediça, e analisaram detidamente a representação de cada criatura. – As chaves me parecem idênticas – avaliou ele depois de estudar o anão. – Eu acho que o jogo é selecionar qual inimigo a gente acredita que consegue superar.

– Odeio ser cruel – lamentou-se Kendra –, mas estou pensando que deve ser o anão.

– Ele seria a minha última opção – disse Warren. – Ele não está com nenhuma arma, o que me leva a crer que deve ser muito forte em magia. E ele parece o mais fácil à primeira vista, o que quase certamente significa que é o mais mortífero de todos.

— Então qual? – perguntou Kendra. O Minotauro portava uma pesada maça. O ciclope empunhava um porrete. A mulher azul segurava uma espada em cada mão. O trasgo, como Warren havia denominado o homem com formato de cobra, estava brandindo um par de machados. E o homem metade-aranha empunhava uma azagaia e um chicote.

— Desconfio que o Minotauro seja o mais brando de todos esses seres maléficos – analisou Warren, por fim. – Eu escolheria antes o anão do que a mulher, e o ciclope é quase tão hábil quanto forte. Entre todos, o Minotauro porta a arma mais incômoda. Sua maça vai limitar seu alcance e dificultar sua habilidade para evitar a ponta da minha lança.

— Você está se referindo à sua chave – disse Kendra.

— Nós vamos usar uma chave pra pegar outra.

Kendra olhou para o Minotauro. Pelagem preta, largos chifres, musculoso e corpulento. Ele era uma cabeça mais alto do que Warren.

— Você acha que consegue pegar ele? – perguntou Kendra.

Warren estava testando a areia e delineando os buracos.

— Quero que você fique parada – instruiu ele. – O Minotauro pode sentir o seu cheiro... eu quero deixá-lo em dúvida com relação à sua localização. Você vai ficar com o machado e, se por acaso eu perder a chave, você vai poder jogá-la pra mim. Se por acaso eu cair, o Minotauro vai vasculhar o local atrás de você. Se você ficar imóvel, pode ter uma boa vantagem sobre ele.

— Mas você acha que consegue pegá-lo? – repetiu Kendra.

Warren olhou para a imagem do Minotauro e ergueu a chave.

— Por que não? Já superei problemas bem difíceis antes. Eu daria tudo pra ter aqui comigo algumas das minhas armas regulares.

Você pode usar o machado pra me ajudar a marcar todos os pontos de areia movediça?

Eles passaram mais tempo do que Kendra teria gostado delineando as áreas de areia traiçoeira. Uma vez encerrada a tarefa, Warren posicionou Kendra de modo que a maior região de areia movediça estivesse entre ela e o Minotauro. Ele se aproximou do mural.

— Está pronta? — perguntou Warren.

— Acho que sim — respondeu Kendra, esmagando o cabo de seu machado invisível, o coração disparado.

— Talvez eu consiga acertar um ponto fraco dele logo de cara — desejou ele, tocando a imagem do Minotauro e levantando a chave, mantendo-a pronta para o ataque. O mural ondulou por um instante e depois sumiu. A ponta afiada da chave tilintou na parede, e o Minotauro apareceu atrás de Warren.

— Atrás de você! — gritou Kendra.

Warren se abaixou e jogou o corpo para o lado, evitando por muito pouco um golpe que teria arrebentado seus miolos. O Minotauro brandiu a maça energicamente. A arma era grande e pesada, mas o Minotauro era forte o suficiente para fazer com que ela não parecesse nem um pouco incômoda.

Warren encarou o Minotauro, ficando alguns passos distante, a chave preparada.

— Por que você não entrega logo a chave? — perguntou Warren. O Minotauro bufou. Do outro lado da sala, Kendra podia sentir o cheiro da fera, um odor similar ao de gado.

O Minotauro atacou, e Warren desviou-se com destreza. Warren puxou o braço, como se fosse lançar a chave, e o Minotauro ergueu sua maça para se proteger. Warren fez um trejeito como se estivesse arremessando a chave, aproximou-se com um salto e usou o longo alcance da chave para coçar o focinho do Minotauro.

O Minotauro rugiu, caçando Warren ao redor da sala. Warren corria de seu perseguidor, tentando fazer o possível para conduzir o Minotauro para a areia movediça enquanto mantinha a fera afastada de Kendra. Ou o Minotauro entendia o que significavam aquelas linhas na areia ou ele sabia por instinto onde não devia pisar, porque ele se desviava da areia movediça com a mesma eficiência que Warren.

Farejando o ar, o Minotauro voltou-se para Kendra.

– Aqui, seu covarde! – gritou Warren, aproximando-se e brandindo a chave. O Minotauro investiu arrojadamente contra Warren, segurando a maça ao lado do corpo, desafiando Warren com o tórax exposto.

Depois de algumas fintas, Warren pegou a isca, levando a ponta da chave até o tórax do Minotauro. O Minotauro agarrou a chave logo abaixo da ponta com sua mão livre e arrancou-a de Warren, puxando-o para mais perto de si com o movimento, e brandiu a maça.

Warren salvou a si mesmo mergulhando para trás e conseguindo permanecer de pé. O golpe não o atingiu por uma questão de centímetros. O Minotauro mudou rapidamente a pegada na chave e lançou-a como se fosse uma azagaia, enterrando a ponta no abdome de Warren apesar das tentativas para se desviar.

Rosnando em triunfo, o Minotauro avançou em Warren, que puxou a chave e cambaleou para longe, a ponta da lança vermelha com seu próprio sangue. Com o andar trôpego, borrifando areia,

Warren conseguiu colocar uma pequena área de areia movediça entre ele e o Minotauro.

Kendra lançou a lanterna e atingiu o Minotauro nas costas. O brutamontes se virou, mas ela ficou novamente invisível. O Minotauro pegou a lanterna, cheirou-a, e então cheirou o ar e encaminhou-se na direção de Kendra.

Usando a chave como se fosse uma muleta, Warren contornou a areia movediça e se aproximou do Minotauro por trás. O Minotauro girou o corpo e atacou. Warren afastou-se bruscamente e foi parar no limiar de uma grande área de areia movediça.

– Warren! Areia movediça! – gritou Kendra.

Tarde demais. Ele pisou além da linha da areia, uma perna afundada até a coxa, o resto do corpo despencando para a frente em direção à parte mais densa da areia. O Minotauro disparou atrás dele, segurando bem no alto a maça para desferir o golpe fatal. Rápido como uma ratoeira, Warren levantou-se segurando a chave, a ponta afiada da lança entrando um pouco abaixo do esterno do Minotauro, com um ângulo propício a arrebentar-lhe o coração. O Minotauro ficou parado, empalado, e bufou. A maça caiu de suas mãos cabeludas, aterrissando pesadamente na areia. Warren torceu a chave, enfiando-a mais profundamente, derrubando o Minotauro para trás. Arfando, Warren retirou sua perna da areia mole.

Kendra correu até ele.

– Que truque fantástico! – gritou ela.

– Baseado no desespero – disse ele. – Era tudo ou nada. – Ele cobriu com a mão o ferimento no abdome. Agachou-se na areia úmida protegendo a perna. – Provavelmente não teria dado certo se o Minotauro não tivesse pensado que eu estava mortalmente ferido. E é claro que talvez ele tivesse razão.

— Está muito feio? – perguntou ela.

— O corte foi profundo, mas não rasgou muito – explicou ele. – Entrou e saiu fácil. Ferimentos abdominais são difíceis de interpretar. Depende do que foi perfurado. Vai lá pegar a chave.

Kendra agachou-se ao lado do inerte Minotauro, detestando ainda mais o cheiro de gado estando tão perto dele. A chave estava pendurada numa bela corrente de ouro. Ela puxou com força, e a corrente arrebentou.

— Peguei.

— Pega a grande também – aconselhou Warren. A chave grande ainda estava alojada no peito do Minotauro. Kendra precisou escorar um pé no corpo da fera para conseguir arrancá-la. Warren tirara a camisa. O sangue estava bastante visível em contraste com sua pele alva. Kendra desviou os olhos. Ele embolou a camisa e pressionou-a contra o ferimento, que ficava a alguns centímetros ao lado de seu umbigo. – Vamos esperar que isso aqui estanque o sangue – disse ele. – Pode cortar um pedaço de corda pra mim?

Usando a ponta afiada da chave ensanguentada, Kendra fez o que ele pediu, e Warren usou a corda para prender sua camisa em cima do ferimento. Ele limpou o sangue da ponta da chave nas calças.

— Você consegue continuar? – perguntou Kendra.

— Não há muitas alternativas – respondeu ele. – Vamos ver se a chave do Minotauro funciona.

Grunhindo, Warren usou a chave alta como apoio e se levantou. Caminhou até a porta de ferro, inseriu a chave do Minotauro e abriu-a.

CAPÍTULO VINTE

O cofre

Uma outra escadaria descia em espiral do outro lado da porta aberta. Mais pedras de sol, ainda mais brilhantes, iluminavam o caminho. Warren cutucou os degraus e descobriu que eles eram sólidos.

– Kendra – disse ele. – Apague as linhas ao redor de alguns dos buracos de areia movediça perto da entrada da sala.

Quando Kendra retornou, Warren estava sentindo a pulsação em seu pescoço. Suor inundava sua testa.

– Como é que você está? – perguntou ela.

– Não estou tão ruim – assegurou ele. – Especialmente pra um cara que acabou de passar por uma cirurgia involuntária. A gente está com a chave do Minotauro. Se fecharmos a porta atrás de nós, nossa amiguinha narcoblix provavelmente vai ter de conseguir uma chave por conta própria.

– Certo – disse Kendra, começando a subir as escadas com Warren e fechando a porta. Ela se virou para encará-lo, e em seguida desapareceu.

– De repente é melhor você deixar pra usar a luva quando surgir a próxima ameaça – disse Warren. – É chato perder você de vista quando a gente dá uma parada.

Kendra tirou a luva. Enquanto eles estavam transitando pelo local, explorando a torre, a luva não chegava mesmo a ser uma grande proteção. Vesti-la daria apenas um pouco menos de trabalho do que simplesmente manter-se imóvel. Eles desceram as escadas por um bom tempo, sem encontrar nenhum degrau falso até o fim.

– Eu gosto da disposição dos degraus – comentou Warren, saltando os degraus e piscando ao aterrissar. Ele se encostou na parede, uma das mãos sobre o ferimento. – Quando você começa a achar que toda a escada é sólida, mergulha pra morte.

Nenhuma porta os esperava. Ao contrário, um pórtico em forma de arcada dava acesso a uma ampla câmara com um complexo mosaico no chão. O mosaico representava uma enorme batalha entre primatas tendo lugar no topo de árvores altas. A perspectiva era da cena sendo vista de baixo, criando um efeito desorientador.

Fazendo um gesto para que Kendra ficasse parada, Warren entrou na sala. Uma segunda arcada nos fundos da câmara parecia ser a única saída. Satisfeito pelo fato de não estarem encarando nenhuma ameaça imediata, Warren fez um gesto para que Kendra o seguisse.

Assim que ela pôs os pés no recinto, o machado desapareceu de sua mão. Abaixo dela, no alto de uma árvore, um chimpanzé gritou. Girando o machado de Kendra, o primata maníaco saltou de seu galho e caiu no chão. O chimpanzé voou do mosaico, materializando-se na frente de Kendra, brandindo o machado.

Kendra deu um grito e correu do chimpanzé com o machado ao mesmo tempo que vestia a luva. Warren apareceu atrás do chimpanzé e lançou a chave no bicho no exato instante em que ele estava se posicionando para o ataque. O voo da chave foi certeiro, atingindo em cheio a fera frenética entre os ombros, e o chimpanzé caiu de cabeça no chão, a longa mão tremendo, o machado deslizando sobre a laje de pedra.

– Não pegue o machado – alertou Warren. – Essa câmara tem como função tirar todas as armas da gente.

– Exceto a chave – disse Kendra.

Grunhindo, Warren inclinou-se para a frente e pegou a chave, novamente limpando a ponta nas calças.

– Certo – disse ele. – Minha hipótese é que para passarmos por essa sala com qualquer arma além da chave, nós teríamos de chacinar todos os macacos no mosaico.

Kendra olhou para baixo. Havia centenas de macacos, incluindo dezenas de poderosos gorilas.

– De repente foi até melhor você não estar com todo o seu equipamento.

Warren sorriu pesarosamente.

– Não brinca, não. Ser destroçado por macacos está bem atrás na minha lista de maneiras de partir deste mundo. Vamos indo.

Eles passaram pela arcada que ficava no outro lado da sala e começaram a descer mais uma escada em caracol. Todos os degraus eram reais, e no final eles encontraram uma outra arcada aberta, mais estreita do que as anteriores.

Warren seguiu na frente em direção a uma sala cilíndrica onde o chão ficava centenas de metros abaixo. Pedras de sol com muito espaço entre elas forneciam luminosidade suficiente. Uma estreita passarela sem amurada formava um anel no alto da sala, no mesmo nível da entrada. O telhado estava cercado de pontas de ferro farpadas. Kendra não viu nenhuma maneira de descer – as paredes eram lisas e diáfanas até a base da escada, onde ela mal conseguia distinguir qualquer coisa no centro do chão.

– Estou achando que a gente não trouxe corda suficiente – brincou Warren, pisando na passarela. – Acho que esse é o nosso destino. Como é que você é com relação a altura?

– Não sou muito boa, não – confessou Kendra.

– Espere aqui. – Warren andou ao longo da passarela, testando o ar com a chave, como se estivesse procurando uma escadaria invisível. Kendra notou uma alcova nos fundos da ampla sala. Quando Warren alcançou o local, retirou alguma coisa de lá. Ele levitou alguns metros no ar, olhou para as pontas de ferro acima e flutuou de volta. – Acho que saquei. – Ele entrou novamente na alcova e em seguida ocorreu um brilho intenso que o arremessou para fora da passarela. Kendra, ofegante, viu quando Warren despencou na direção do chão distante. Ele começou a cair com menos velocidade, e então parou e começou a subir. Flutuou lentamente até ficar no mesmo nível de Kendra e finalmente parou, pairando no centro da sala.

Além da chave, Warren estava segurando um pequeno bastão branco.

– Eu não consigo me mover para os lados – explicou ele. Warren flutuou até bem perto das pontas de ferro, segurou uma delas cuidadosamente, e flutuou de volta até Kendra, movendo-se de uma maneira bem parecida com a que Kendra imaginava que os astronautas se moviam na gravidade zero.

Warren pousou na passarela ao lado dela. O bastão curto era entalhado em marfim. Uma ponta era branca. A outra era preta. Ele até então segurara o bastão paralelo ao chão, mas agora que estava em pé na passarela, inclinou o objeto de modo que a ponta preta ficasse para cima.

– Isso faz você voar? – perguntou Kendra.

– O que ele faz mesmo é reverter a gravidade – explicou ele. – Ponta preta pra cima, a gravidade puxa pra baixo. Ponta preta pra baixo, a gravidade puxa pra cima. De lado o bastão fornece gravidade zero. Você inclina um pouquinho a ponta preta pra cima e a gravidade empurra um pouco pra baixo. Entendeu?

– Acho que sim – disse ela.

– Cuidado com o telhado – alertou ele.

– Você já fez isso antes? – perguntou ela.

– Nunca – disse ele. – Você acaba aprendendo a experimentar em lugares como esse.

Ele estendeu o bastão. Ela o pegou.

– Quero experimentar na escada, sem as pontas de ferro.

– Vai lá – disse ele.

Kendra voltou para a escadaria. Lentamente, ela foi inclinando o bastão até que ele ficou de lado. Não pareceu haver ocorrido nada de diferente. Ela saltou ligeiramente, e tudo continuou perfeitamente normal.

– Acho que aqui não funciona – supôs ela.

– Deve ser um encanto específico pra essa sala – sugeriu ele.
– Mas mesmo assim é um encanto forte. Nunca ouvi falar de nada parecido. Lembre-se, com esse bastão você muda a forma como a gravidade atua sobre o seu corpo. Se o seu impulso está indo num determinado sentido, girar o bastão não vai mudar instantaneamente a sua direção. Quando eu estava caindo e girei o bastão, eu diminuí a velocidade, parei e só depois comecei a subir. Então dá um pouco de espaço pra fazer a parada ou então você vai acabar igual a um espetinho de kebab.

– Vou tentar não ir tão rápido – disse Kendra.

– Boa ideia – apoiou Warren. – E, só pra lembrar, não tente pegar um segundo bastão. A sensação que eu tive foi de ter sido atingido por um raio.

Segurando o bastão, Kendra seguiu Warren na passarela. Ela mantinha a ponta preta apontada bem para cima porque não estava disposta a correr o risco de se aproximar das pontas de ferro. Quando alcançaram a alcova, ela viu que havia outros nove bastões, cada qual em um buraco, com a ponta preta para cima.

– Que tal a gente dar um jeito de garantir que ninguém vai poder nos seguir? – disse Warren, pegando um bastão e jogando-o no limite da passarela. Em vez de cair, o bastão flutuou de volta ao mesmo buraco do qual Warren o havia retirado. Ele pegou novamente o bastão. Quando o soltou, o bastão retornou mais uma vez ao buraco por livre e espontânea vontade.

– É melhor segurarmos firme isso aqui, senão podemos acabar presos lá embaixo – disse Kendra.

Warren anuiu, retirando um bastão para si mesmo. Ele o virou de tal modo que a ponta preta ficou apenas ligeiramente voltada para cima e saiu da passarela, caindo delicadamente e mais uma vez fazendo Kendra se lembrar de astronautas.

Kendra inclinou lentamente o bastão, maravilhada ao sentir que a força da gravidade estava diminuindo, mesmo sem ela se mexer. A sensação era estranha; era como se ela estivesse debaixo d'água. Inclinando o bastão para que a ponta preta ficasse ligeiramente voltada para baixo, ela flutuou para cima, seus pés saindo da passarela. Inclinando um pouquinho o bastão na outra direção, ela voltou à sua posição inicial.

Agora que estava confiando no bastão, Kendra saiu do limite da passarela e deu início a uma suave queda livre. A sensação era incrível. Ela sonhara em ir para o espaço para poder experimentar a gravidade zero, e aqui estava ela, numa torre subterrânea, experimentando uma sensação bastante parecida. O vertiginoso espaço vazio abaixo de seus pés não parecia mais tão intimidador, agora que ela conseguia controlar a gravidade com uma virada de punho.

Warren subiu para se encontrar com ela.

– Faça algumas experiências com o bastão – incentivou ele. – Nada muito exagerado, mas tente entender o processo de como se faz pra subir, pra descer e pra parar. Você tem de pegar o jeito da coisa. Tenho a sensação de que isso vai ser de muita serventia até a gente concluir nossa tarefa aqui.

Subitamente, Warren desceu como um foguete. Kendra observou-o diminuir a velocidade até parar.

– Pensei que você tinha dito que não era pra fazer nada exagerado – disse ela.

Ele subiu em alta velocidade, nivelando-se novamente a ela.

— Eu me referi a você — disse ele, antes de dar um novo mergulho.

Pouco a pouco, Kendra começou a inclinar mais para cima a ponta preta, aumentando bastante a taxa de sua descida. Ela virou abruptamente a ponta do bastão para outra direção e sua descida diminuiu de intensidade. A sensação que tinha era de estar conectada a uma fita elástica. Deixando o bastão paralelo ao chão, ela se colocou parada mais ou menos a meio caminho do chão.

Kendra olhou de relance para as distantes pontas de ferro no teto. Ela inclinou a ponta preta totalmente para baixo e, com uma repentina aceleração, ela estava sendo projetada na direção das estalactites metálicas. A sensação era vertiginosa, exatamente como cair de cara no chão. As pontas de ferro aproximaram-se rapidamente. Em pânico, ela girou o bastão na direção contrária. A sensação elástica foi bem mais forte dessa vez, embora a diminuição da velocidade tenha demorado o tempo suficiente para que ela se aproximasse muito mais das pontas de ferro do que teria desejado. Antes mesmo de perceber, ela já estava descaindo em direção ao chão da câmara alta. Seu corpo começou a girar, e ela perdeu a noção da posição que deveria inclinar o bastão para diminuir a queda. Ela fez várias correções de rota antes de readquirir o controle, sacudindo-se para cima e para baixo erraticamente.

Quando finalmente conseguiu se nivelar, Kendra estava a dois terços do caminho até o chão, adejando perto da parede. Ela se sacudiu ligeiramente.

— E eu que pensava que era o doidivanas — disse Warren.

— Foi um pouco mais ousado do que a minha intenção inicial — admitiu Kendra, tentando não parecer tão abalada quanto realmente estava. Ela fez mais experiências de subidas e descidas, acostumando-se a parar suavemente e a manter o corpo apropriadamente orientado. Por fim ela aterrissou delicadamente no chão ao lado de Warren e normalizou a gravidade segurando o bastão com a extremidade preta para cima.

A sala estava vazia, com exceção de um pedestal ao centro. O piso era polido e de pedra inconsútil. Em cima do pedestal encontrava-se algo parecido com um gato preto em tamanho natural, feito de vidro colorido.

– Isso é o artefato? – perguntou Kendra.

– Eu diria que a gente está olhando pro cofre – respondeu Warren.

– A gente tem de quebrar essa coisa? – perguntou Kendra.

– Pode ser um bom começo – falou Warren.

– Como você está se sentindo? – perguntou Kendra.

– Ferido – disse ele. – Mas funcionando. A coisa pode ficar feia em pouco tempo. Se isso acontecer, você precisa voar de volta à passarela e esperar clemência da narcoblix. Mas não tente sair da torre. Eu estava falando sério a respeito das armadilhas que foram montadas pra impedir qualquer fuga prematura.

– Certo – concordou Kendra. – Eu não vou te abandonar aqui.

Warren deu uma cutucada de leve no bastão e deu um salto, adejando sobre a cabeça de Kendra e aterrissando suavemente atrás dela, piscando ligeiramente e amparando a lateral do corpo.

– Está vendo? Você também pode simplesmente reduzir a gravidade em vantagem própria. Às vezes pode ser bastante útil.

Kendra inclinou o bastão, sentindo o corpo ficar mais leve, e deu um salto, planando numa longa e preguiçosa parábola.

– Cheguei.

– Está pronta? – perguntou Warren.

– O que vai acontecer? – disse Kendra.

– Eu vou arrebentar o gato e depois a gente vê.

– E se o teto cair em cima da gente? – perguntou ela.

Warren levantou os olhos em direção ao teto.

– Isso não seria nada bom. Vamos esperar que as pontas de ferro estejam ali somente pra empalar as pessoas desajeitadas com os bastões de gravidade.

– Você acha que pode ter alguma coisa assustadora dentro do gato? – perguntou Kendra.

– Quase com certeza. É melhor a gente se apressar. Quem sabe quanto tempo ainda temos até a narcoblix chegar? Está pronta? Colocou a luva?

Kendra vestiu a luva e ficou invisível.

– Pronto.

Warren cutucou o gato com a extremidade afiada da chave. A ponta da lança tilintou bem alto, mas a estatueta não rachou. Ele golpeou o objeto algumas vezes. Só se ouvia o tilintar do metal.

– Estou na dúvida se a gente tem mesmo de quebrar o gato – disse ele. Aproximando-se, Warren tocou o gato com o dedo e em seguida se afastou, mantendo a chave de prontidão.

O gato de vidro tremeluziu e virou um gato de verdade, miando suavemente. Ele tinha uma pequena chave em volta do pescoço.

Kendra sentiu um pouco da tensão saindo de seu corpo.

– Isso é alguma piada? – perguntou ela.

– Se for, eu acho que a gente ainda não entendeu.

– De repente ele tem raiva – sugeriu Kendra.

Com cuidado, Warren aproximou-se do gato preto. Ele saltou do pedestal e seguiu furtivamente na direção dele. Nada indicava que o felino pudesse ser qualquer coisa diferente de um gato doméstico magricela. Warren se agachou e deixou que o animal lambesse sua mão. Ele acariciou o gato delicadamente, e então desatou a fita que prendia a chave. Imediatamente, o gato sibilou e atacou-o com uma das patas. Warren se levantou e se afastou, ponderando acerca da chave. O gato arqueou as costas e mostrou os dentes.

– Ele ficou agressivo – disse Kendra.

– Ele é agressivo – corrigiu Warren. – Ele certamente não é nenhum gatinho de estimação. Nós ainda não vimos a verdadeira forma de nosso adversário.

O gato feroz salivava e sibilava.

Warren começou a investigar a chave grande. Virou-a, examinando-a de uma extremidade à outra.

– Ah! – disse ele, inserindo a pequena chave num buraco logo abaixo da ponta. Quando ele girou a chave minúscula, o cabo na extremidade oposta da chave grande se soltou e caiu no chão, fazendo um ruído. Conectada ao cabo encontrava-se uma lâmina longa e fina. Uma espada havia sido escondida na ponta da chave grande apenas com o cabo visível!

Warren pegou a espada, brandindo-a no ar. O cabo não tinha protetor. A lâmina afiada era comprida e lisa, e brilhava ameaçadoramente em contraste com a parca luminosidade proporcionada pelas pedras de sol.

— Agora nós dois temos armas — disse Warren. — Pegue a lança! Sem a espada vai ser mais fácil manejá-la.

Com os olhos fixos no gato, Kendra aproximou-se e pegou a lança da mão de Warren.

— Como eu uso isso? — perguntou ela.

— Enfia no inimigo — respondeu Warren. — Talvez ela seja pesada demais pra você lançá-la com eficiência. Tente se concentrar em balançá-la no ar se tiver alguma encrenca por perto.

— Tudo bem — disse ela, experimentando alguns golpes no ar.

Sem aviso, o gato atacou Kendra. Ela brandiu a lança e o animal desviou a trajetória, saltando como um raio na direção de Warren. Ele baixou bruscamente a espada e decepou a cabeça do gato. Warren afastou-se do cadáver, observando-o escrupulosamente. A cabeça e o corpo do felino começaram a borbulhar, como se estivessem cheios de minhocas se mexendo. A cabeça virou uma sopa. O corpo acéfalo começou a se agitar de dentro para fora, revelando músculos e ossos, até que a tremedeira finalmente cessou e o gato preto voltou a ficar inteiro.

O animal sibilou para Warren, o pelo se eriçando ao longo das costas arqueadas. Ele estava maior agora, maior do que qualquer gato doméstico que Kendra jamais havia visto. Warren deu um passo na direção do gato e ele chispou, o corpo esticando-se enquanto ele se distanciava com fluidez. Nas duas vezes seguintes em que Warren tentou se aproximar, o gato se esquivou, retornando por fim ao pedestal.

Warren se aproximou. Mostrando os dentes e as garras, o gato investiu contra ele. Um golpe de sua espada interceptou o felino, e o animal desabou no chão. Warren enfiou a lâmina no bicho para assegurar uma morte rápida, e em seguida se afastou.

Mais uma vez o corpo sem vida começou a pulsar e se agitar.

– Não estou gostando muito disso – disse Warren, com o ar soturno. Aproximando-se, ele começou a golpear a massa de pelo, ossos e órgãos que se agitava. A cada golpe o animal parecia crescer, afastando-se em seguida para que o processo se concluísse.

O gato preto renascido não parecia mais um animal doméstico. Não apenas estava grande demais como também suas patas estavam desproporcionalmente maiores, com garras com aspecto mais cruel e orelhas agora tufadas como as de um lince. Ainda inteiramente preto, o lince soltou um uivo feroz, mostrando os dentes de maneira intimidadora.

– Não o mate novamente – disse Kendra. – Está ficando cada vez pior.

– Então a gente nunca vai pegar o artefato – concluiu Warren. – O gato é o cofre, e a espada e a lança continuam sendo as chaves. Para pegar o artefato precisamos derrotar todas as encarnações dele. – O lince preto se agachou, olhando com astúcia para Warren. Quando Warren fingiu que ia avançar, o lince não recuou.

Mantendo-se abaixado, o lince rastejou na direção de Warren, como se estivesse espreitando um pássaro. Warren ficou de prontidão, a espada em posição. Como um borrão escuro, o lince investiu contra ele silenciosamente. A espada brilhou no ar, abrindo um rasgão no corpo do animal, mas o lince conseguiu escapar, golpeando e mordendo furiosamente a perna de Warren. O poderoso golpe que se seguiu encerrou o ataque das garras. O lince ficou imóvel.

– Rápido – reclamou Warren, mancando para longe, sangue pingando de sua calça esfarrapada.

– Machucou muito? – perguntou Kendra.

– Ferimentos superficiais. Minha calça ficou com a pior parte – avaliou Warren. – Mas ele me acertou. Acho que eu não estou gostando nem um pouco do que isso me diz sobre os meus reflexos. – A carcaça começou a inchar.

– Será que a lança não seria uma opção melhor? – perguntou Kendra. – Você poderia enfiar a arma no bicho antes que ele pudesse se aproximar.

– Pode ser – falou Warren. – Vamos trocar. – Ele foi até ela e trocaram de armas.

– Você está mancando – observou ela.

– Está um pouco sensível – disse ele. – Eu aguento.

O lince uivou, um som mais profundo e poderoso. Quando ele ficou de quatro, sua cabeça ficou numa altura maior do que a atadura no estômago de Warren.

– Que gato grande – comentou Kendra.

– Vem cá, gatinho, vem cá! – chamou Warren, tentando atrair o animal, aproximando-se dele com a lança. O lince encorpado começou a andar, ficando fora de alcance, movendo-se com bastante desenvoltura, atrás de uma brecha para atacar. O lince avançou na direção de Warren e depois recuou. Dissimulou um segundo ataque, e Warren fez um trejeito e recuou.

– Por que será que estou me sentindo cada vez mais como um camundongo? – reclamou Warren. Ele avançou, lança em riste, mas o lince desviou o corpo para o lado e recebeu apenas um golpe resvalante antes de investir contra Warren com uma rapidez quase impossível, dentro do alcance da lança. Warren deu um salto no ar.

O lince girou instantaneamente o corpo e correu na direção de Kendra. Invisível ou não, o animal sabia exatamente onde ela estava localizada. Ela inverteu o bastão e subiu rapidamente, parando quinze metros acima do chão. Depois de interromper a subida, Kendra não ficou invisível. Era impossível conseguir permanecer totalmente imóvel no ar. Em qualquer posição que ela mantivesse o bastão, sempre havia um ligeiro movimento que impedia a luva de operar a invisibilidade. Warren pairou uns seis metros abaixo dela, olhando furiosamente para o lince. Ele ergueu os olhos para Kendra, e em seguida fixou o olhar em alguma coisa que estava além dela.

– Temos companhia – disse ele.

Kendra olhou para cima e viu Vanessa e Errol planando da passarela.

– O que a gente faz? – perguntou ela.

Brandindo a lança para afugentar o lince, Warren jogou-se em direção ao chão e deu um salto num ângulo que o deixou flutuando próximo a Kendra.

– Me dá a espada – pediu ele.

– Eu proponho uma trégua – falou Vanessa, levemente, como se tudo não passasse de um jogo. Kendra entregou a espada a Warren. Ele deu a ela a lança. A troca fez com que eles se afastassem lentamente.

– Uma ideia conveniente, já que nós estamos com as armas – rosnou Warren.

– Quantas vezes você chacinou o guardião? – perguntou Vanessa.

— Não é da sua conta — rebateu Warren. — Não se aproxime.

Ela parou, adejando com Errol ao seu lado. O terno de Errol estava rasgado. Um de seus olhos estava roxo e fechado de tanto que estava inchado, e havia arranhões em seu rosto.

— Você não parece nada bem, Warren — observou Vanessa.

— Nem o seu amigo — retrucou ele.

— Acho que um pouco de ajuda não cairia mal a vocês dois — disse Vanessa.

— Quem o deixou assim? O trasgo? — perguntou Warren.

Vanessa sorriu.

— Ele se feriu antes de entrarmos na torre.

— Eu peguei uma barra de ouro que estava na varanda dos fundos — explicou Errol. — Aparentemente, ela havia sido roubada de um troll. Ele a pegou de volta de uma maneira assaz deselegante depois que saímos do jardim.

Kendra cobriu a boca para esconder o riso. Errol fuzilou-a com os olhos.

— Seu nome verdadeiro é Christopher Vogel? — perguntou Kendra.

— Eu tenho muitos nomes — disse ele, com formalidade. — Meus pais me deram esse.

— Escolhemos lutar com o ciclope — disse Vanessa. — Uma boa quantidade de carne para os meus dardos. E deduzimos a partir do machado e do macaco que não seria uma boa ideia entrarmos armados na câmara ao lado. Mas esse gato pode ser um grande problema. Quantas vezes ele morreu? Nós testemunhamos uma única vez.

— É melhor vocês saírem logo daqui — disse Warren.

— Espero que você não esteja contando com outro tipo de ajuda – alfinetou Vanessa. — Nós encontramos Tanu na floresta e cuidamos dele. Ele ficará adormecido por 24 horas.

— Estou surpresa por você ter vindo pessoalmente — provocou Kendra.

— Quando a elegância é necessária, eu prefiro usar meu próprio corpo — replicou Vanessa.

— Não temos intenção de causar nenhum mal a vocês — disse Errol. — Kendra, só queremos pegar o artefato e deixar todos vocês em paz. Tudo isso ainda pode ter um desfecho feliz para você e sua família.

Com um leve movimento do pulso, Warren subiu até o nível deles.

— Sinto muito por estarmos fora de alcance — falou Vanessa.

Embora pairando à mesma altura, eles estavam separados por uma boa distância.

— Ou vocês saem já daqui ou eu terei de insistir enfaticamente — avisou Warren, erguendo a espada ameaçadoramente.

— Nós poderíamos lutar — falou Errol, calmamente —, mas creia-me, por mais corajosa que ela possa ser, eu não levaria muito tempo para arrancar a lança da garota. — Errol afastou-se de Vanessa e ambos vagaram em direção a paredes opostas. Eles aterrissaram suavemente nas paredes, permanecendo suficientemente próximos para controlar a direção ao se afastarem.

— Uma disputa entre nós acabará em ferimentos que nenhuma das partes suportará — continuou Vanessa. — Por que não acabamos primeiro com a fera juntos?

— Porque eu não quero ser apunhalado pelas costas — respondeu Warren.

— Você não pode estar imaginando que vai conseguir sair daqui sem o artefato — ironizou Errol. — Existem diversas proteções contra esse tipo de ação.

— Estou bem a par — disse Warren. — Eu sei cuidar do gato.

— Quantas vezes você matou a fera? — persistiu Vanessa.

— Três.

— Então essa é a quarta vida dele — falou Errol. — Pode me enforcar se ele tiver menos de nove.

— Mesmo que você estivesse no auge de sua capacidade física, sem nenhum ferimento, esse guardião seria demais para você ou para qualquer outra pessoa sozinha — observou Vanessa. — Nós todos juntos podemos ter uma chance.

— Eu não vou dar nenhuma arma pra vocês.

Vanessa fez um gesto com a cabeça para Errol. Os dois escorregaram rapidamente pela parede até ficarem no mesmo nível que Kendra. Warren caiu junto com eles, mas sem uma maneira de controlar seu movimento lateral, não conseguiu intervir. Vanessa e Errol afastaram-se da parede e flutuaram na direção de Kendra. Ela inclinou o bastão, flutuando para cima, e Vanessa e Errol ajustaram seus bastões para acompanhá-la.

Eles estavam se aproximando dela de posições opostas. Na melhor das hipóteses ela poderia espetar um ou outro com a lança. Warren havia se abaixado até quase atingir o chão, mas o feroz lince o impedira de aterrissar. Ele cutucou o bicho com a espada. Em pânico, com Vanessa e Errol se aproximando, Kendra lançou a espada na direção de Warren, berrando:

– Pegue!

A lança girou no ar e por pouco não acertou Warren antes de tilintar no chão ao lado do lince. Uivando, o gato superdimensionado protegeu a lança com os dentes à mostra. Vanessa e Errol mergulharam no chão em perseguição à arma caída. Errol aterrissou no chão de um modo muito mais duro do que sua intenção original, e acabou se desequilibrando. Vanessa aterrissou com perfeição.

Foi um confronto de garra contra espada quando Warren se abaixou na direção do lince que sibilava e atacava. Vanessa disparou na direção do lince. Kendra viu uma pequena haste branca passar voando ao lado dela de volta ao topo da sala e percebeu que Errol soltara seu bastão.

Com Vanessa aproximando-se por trás e Warren atacando pela frente, o lince fugiu, ignorando Vanessa e correndo na direção de Errol, que estava subindo com dificuldade. Vanessa mergulhou e agarrou a lança ao mesmo tempo que Warren. Errol gritou, mancando desesperadamente para longe do ataque do lince, tentando jogar o peso do corpo na perna direita.

Warren soltou a lança e saltou na direção do local onde o lince estava a ponto de cruzar com Errol. Vanessa disparou junto ao chão. O lince avançou, e Errol desapareceu, reaparecendo alguns metros distante em um dos lados da sala. O lince aterrissou e deu uma guinada para continuar caçando Errol. Abrindo as mãos e se afastando, Errol produziu uma nuvem de fumaça e uma chuva de fagulhas. Assim que o impávido lince investiu em meio às rajadas causticantes, Errol ergueu os braços, indefeso. O pesado lince derrubou Errol e começou a espancar seu antebraço, sacudindo-o e arrastando-o.

Vanessa chegou antes de Warren e enterrou a lança bem fundo no corpo do animal. Warren surgiu ao lado dela e decapitou o lince.

Kendra acompanhava de cima, hipnotizada pelo horror. Ela não nutria nenhum amor por Errol, mas assistir a qualquer pessoa ser atacada daquela maneira era terrível. Tudo acontecera com tanta rapidez! Fumaça subia do ponto onde as fagulhas haviam queimado a pele do lince.

– Rápido, arranje uma outra haste gravitacional para ele! – gritou Vanessa.

– Só é possível segurar uma por vez – disse Warren, indo na direção dela.

– Então afaste-se! – berrou Vanessa, segurando a lança de modo defensivo. Warren pairou no ar. O lince morto estava se sacudindo todo. A cabeça arrancada estava borbulhando. Vanessa olhou para cima, como se estivesse ponderando a possibilidade de correr atrás de uma haste, e em seguida olhou para o corpo que se contorcia. – Errol, acorde! – ordenou ela.

Tonto, o mágico ferido ficou de pé em uma única perna, a manga da camisa esfarrapada e ensanguentada.

– Nas minhas costas – falou ela, se virando.

Ele subiu nas costas dela e Vanessa subiu. Ela atingiu uns seis metros antes de diminuir a velocidade, parar e voltar lentamente para o chão. A ponta preta do bastão estava apontada diretamente para baixo, mas ainda assim ela estava descendo. O gato ressuscitado rugiu. A cabeça estava com um formato diferente, e o corpo estava muito mais musculoso. O gato agora era uma pantera.

– Errol é maior do que ela – sussurrou Warren para Kendra. – A gravidade está puxando-o pra baixo e ela pra cima, mas ele é mais pesado. – Warren comprimiu os lábios. – Entregue o bastão a ele! – gritou ele.

Vanessa, em pleno esforço, ou não o ouviu ou não ligou.

– Solte-me! – exigiu ela. Errol grudava-se a ela desesperadamente.

– Não olhe – disse Warren.

Kendra fechou os olhos.

A pantera deu um salto, as garras raspando o corpo de Errol e arrastando não só ele como também Vanessa para o chão. Errol se soltou e Vanessa disparou para cima como se fosse um míssil, escapando ilesa enquanto a pantera acabava com seu parceiro.

Vanessa passou voando por Warren e Kendra, e então diminuiu a velocidade e desceu, pairando não muito distante dos dois.

– Estou com a lança; você, com a espada – disse ela, arfando, sua voz ligeiramente instável. – É provável que o guardião ainda tenha diversas vidas. Que tal a trégua?

– Por que você nos traiu? – acusou Kendra.

– Um dia aqueles a quem eu sirvo dominarão tudo – disse Vanessa. – Não faço nenhum mal além do necessário. No momento, nossas necessidades estão em consonância. Devemos derrotar o guardião para escapar desse lugar, e nenhum de nós terá êxito sozinho.

– E quando estivermos de posse do artefato? – perguntou Warren.

– Teremos sorte de ainda estarmos com vida e de termos alcançado as encruzilhadas seguintes – analisou Vanessa. – Não posso lhes fornecer mais nenhuma garantia.

– Derrotar esse guardião não será uma tarefa fácil – admitiu Warren. – O que você diz, Kendra?

Dois pares de olhos estavam fixos em Kendra.

– Eu não confio nela.

– Está um pouco tarde para isso – disse Vanessa.

– Era pra você ter sido minha professora e minha amiga – continuou Kendra. – Eu gostava de você de verdade.

Vanessa deu um sorrisinho.

– É claro que gostava. Seguindo a linha professoral, aqui vai uma pequena instrução. Quando nós nos conhecemos, eu utilizei o mesmo método de aproximação que Errol. Eu a salvei de uma suposta ameaça para poder construir uma situação de confiança. É claro que ajudei a montar a ameaça. Estive na sua cidade na noite anterior ao dia em que o kobold apareceu em sua escola e piquei sua professora enquanto ela estava dormindo. Mais tarde, o kobold colocou uma tachinha na cadeira dela para que ela dormisse, então assumi o controle sobre ela e te dei um susto e tanto.

– Foi você? – disse Kendra.

– Nós tínhamos de garantir que você tivesse amplos motivos para aceitar a ajuda de Errol. E então, assim que você percebeu que Errol era uma ameaça, eu fui salvá-la.

– O que aconteceu com Case? – perguntou Kendra.

– O kobold? Está envolvido em alguma nova missão, presumo. A única função dele era deixar você apavorada.

– Está tudo bem com a sra. Price?

– Tenho certeza de que ela ficará bem – assegurou Vanessa. – Não tínhamos intenção de fazer nenhum mal a ela.

O COFRE

– Tenho a impressão de que não consigo entender a moral dessa história – intrometeu-se Warren. – Jamais confie em ninguém que te ajude? Seria isso?

– Seria mais do que isso. Tenha cuidado com as pessoas em quem você confia – aconselhou Vanessa. – E não se oponha à Sociedade. Estamos sempre um passo à frente.

– O que significa que a gente não pode formar uma equipe – concluiu Kendra.

– Vocês não têm alternativa – retrucou Vanessa, rindo de modo soturno. – E nem eu tenho. Nenhum de nós pode fugir. Se nos enfrentarmos mutuamente, nenhum de nós sairá daqui com vida. Vocês não podem se dar ao luxo de esnobar a minha ajuda para derrotar o guardião. E, apesar de sua condição de albino, Warren está ficando cada vez mais pálido.

Kendra olhou para a pantera. Em seguida olhou de relance para Warren.

– O que você acha?

Ele suspirou.

– Honestamente, é melhor a gente se unir a ela pra matar esse gato. Mesmo com um esforço conjunto, vai ser um desafio e tanto.

– Tudo bem – aceitou Kendra.

– Alguma coisa interessante no saco? – perguntou Vanessa.

– Provavelmente, mas a gente não consegue distinguir uma poção da outra – disse Kendra.

– Desconfio que eu não teria como ajudar muito com relação a identificar poções – admitiu Vanessa. Ela olhou para Warren. – Sua camisa está empapada.

A camisa amarrada ao abdome dele estava de fato encharcada de sangue. Seu tórax nu estava banhado de suor.

– Eu estou legal. Melhor do que Christopher.

– Eu sou muito boa com uma espada – falou Vanessa.

– Eu seguro a minha, pode deixar – retrucou Warren.

– Muito justo. Achou, levou – disse ela. – A paciência é a nossa arma mais importante. Se agirmos da maneira correta, poderemos despachar o bicho sem nem mesmo precisar tocar o chão.

– Você será os nossos olhos, Kendra – informou Warren, abaixando-se. Vanessa seguiu-o na direção do chão. Kendra pairou, observando a maligna pantera à espreita no solo, mirando atentamente os seres voadores.

Vanessa e Warren flutuaram cada um para um lado, baixando o suficiente para atiçar a pantera, saindo de alcance quando o animal saltava na direção deles. Finalmente, Vanessa encontrou uma boa posição e arremessou a lança nas costelas da pantera. Como o animal começou a se mover de um lado para outro, a lança acabou saindo de seu corpo. Warren afugentou a pantera e Vanessa conseguiu recuperar a arma.

Eles continuaram atiçando a pantera até que Vanessa acertou-a novamente. Logo o animal desabou, e Warren terminou o serviço com a espada.

– Lâmina afiada – observou Vanessa. – Corta bem fundo.

Armas preparadas, ambos adejaram acima do chão, observando a pantera emergir de seu cadáver, agora do tamanho de um tigre. Em pouco tempo, a lustrosa pelagem preta já havia sido furada incontáveis vezes com a lança, e a portentosa fera finalmente sucumbiu.

O COFRE

— Você não está fazendo muita coisa com essa espada – comentou Vanessa.

— Vou usá-la quando for necessário – disse Warren.

— Aí vem a sétima vida – falou Vanessa.

Dessa vez, com um possante rugido que ecoou em todo o recinto, a pantera reencarnou do tamanho de um cavalo, com garras em forma de adagas e presas de tigre-dentes-de-sabre. Quatro serpentes pretas com pintas vermelhas saíam de seus poderosos ombros.

— Isso é o que eu chamo de gato – disse Warren.

Warren e Vanessa começaram a atiçar a gigantesca pantera, mas o animal não ia até eles. Ao contrário, agachou-se perto do centro da sala, mantendo o pedestal entre seu corpo e Vanessa. Eles se aventuraram numa altura mais baixa na tentativa de instigar a pantera a baixar a guarda.

Por fim, com aterrorizante rapidez, a pantera voou na direção de Warren num salto inacreditavelmente alto. Warren caiu em pé em alta velocidade, mas não antes de uma serpente mordê-lo na panturrilha. Vanessa não estava numa posição ideal, mas usou a oportunidade para jogar a lança. A arma acertou a pantera logo acima da perna traseira. Berrando, a pantera também investiu contra ela, novamente atingindo uma altura fenomenal, mas errando por pouco.

— Fui atingido na panturrilha – disse Warren.

— Por uma das cobras? – perguntou Vanessa.

— Isso aí. – Warren enrolou a calça para dar uma olhada nas marcas da mordida.

Abaixo deles, a pantera se agachou perto do pedestal, a lança ainda na perna. Usando pequenas ondas de gravidade e dando chutes com as pernas, Vanessa conseguiu se aproximar canhestramente de Warren movimentando-se como uma água-viva.

– É melhor você me emprestar essa espada – avaliou Vanessa. – Esse veneno não vai ser nem um pouco suave.

– Uma dessas poções é um antídoto contra venenos – falou Kendra.

– E provavelmente cinco delas *são* venenos – retrucou Vanessa. – O tempo urge, Warren. Preciso de você ao meu lado para podermos enfrentar juntos os últimos seres.

Warren deu a ela a espada. Vanessa desceu e ficou torturantemente próxima ao chão, mais próxima do que Warren estivera quando a pantera gigante o alcançara. O felino feroz atacou com violência. Em vez de subir para escapar, como a pantera esperara, Vanessa baixou o corpo e, brandindo a espada, abriu um tremendo corte no baixo-ventre do gato.

Vanessa atingiu o chão com dureza e instantaneamente voou, mas não havia necessidade – a pantera estava deitada de lado, as serpentes se agitando, o corpo se contraindo num espasmo. Warren desceu até o chão, recuperou a lança e em seguida reuniu-se com Vanessa no ar.

– Temos outra a caminho – anunciou Vanessa quando o corpo começou a se dobrar sobre si mesmo. – Como é que você está? – perguntou ela a Warren.

– Até agora tudo bem – disse ele, mas parecia estar exausto.

Rugidos gêmeos ressonaram na sala alta. A pantera, agora muito maior do que qualquer cavalo, fizera brotar uma outra cabeça. A criatura duplamente feroz não possuía cobras ou qualquer outra estranheza. O animal andava abaixo deles com uma intensidade selvagem.

– Você prefere atiçá-la ou arremessar a lança? – perguntou Vanessa.

– Prefiro atiçá-la – disse ele, dando a lança para ela e pegando a espada.

Warren desceu, mas não muito baixo. A pantera não estava mais se protegendo atrás do pedestal; ela estava andando à solta, como se os desafiasse a se aproximar. Warren ainda parecia estar bem fora de alcance quando a pantera avançou e expeliu um spray de lama preta pelas bocas escancaradas. A pantera de duas cabeças não estava diretamente abaixo de Warren, e então o spray chegou nele diagonalmente, atingindo seu peito e suas pernas.

Instantaneamente, Warren começou a gritar. Fios de fumaça começaram a subir do local onde a substância volátil se grudara nele. Ele soltou a espada e esfregou freneticamente a lama que queimava sua pele. Debatendo-se e rugindo, Warren subiu cada vez mais alto até atingir as pontas de ferro no teto e usá-las para chegar na passarela, onde desabou.

Vanessa e Kendra seguiram Warren e ajoelharam-se na passarela ao lado dele. Seu corpo estava chamuscado em todas as partes que a lama tocara.

– Ácido ou qualquer coisa assim – murmurou ele, fervilhante, os olhos selvagens.

Vanessa cortou a calça dele. A carne em volta da mordida de cobra estava inchada e esbranquiçada.

– Não dá pra gente tirar ele daqui? – perguntou Kendra a Vanessa.

— A torre não nos deixará sair sem o artefato — falou Vanessa. — Uma salvaguarda para proteger os segredos nele contidos.

— Alguma armadilha por acaso pode ser pior do que isso? — perguntou Kendra.

— Pode — respondeu Vanessa. — As armadilhas que impedem a saída prematura são aparelhadas para causar morte certa. O guardião pode ser derrotado; as armadilhas talvez não. Entregue-me o saco de poções. Warren está morrendo. Uma sorte incerta é preferível a nenhuma sorte. — Vanessa começou a analisar diversas garrafinhas, destampando algumas para cheirar o conteúdo. Abaixo, as duas cabeças da pantera rugiam.

— Nada de poção — arquejou Warren. — Me dá essa lança.

Vanessa olhou de soslaio para ele.

— Você não está em condições de...

— A lança — interrompeu ele, sentando-se.

— Talvez isso possa lhe dar um pouco mais de tempo — disse Vanessa, erguendo uma garrafinha. — Acho que reconheço essa poção. Ela possui um odor característico. Seu corpo passará para o estado gasoso. Durante esse tempo, o veneno não se espalhará, o ácido não queimará e o sangue não fluirá.

Vanessa estendeu a garrafinha para Warren.

Com os lábios torcidos formando um esgar, Warren balançou a cabeça.

Vanessa estendeu a lança.

Warren agarrou a arma e rolou pela borda da passarela. Ele estava controlando sua queda com o bastão, mas descendo com rapidez. Warren berrou — um desafio primitivo e bárbaro. A pantera de duas cabeças rosnou para ele. Warren gritou novamente, diretamente acima da monstruosidade felina. O monstro se virou para recebê-lo, a mandíbula escancarada.

Mantendo a lança em riste, Warren deixou seu corpo cair a toda a velocidade nos últimos nove metros. Foi, portanto, com tremenda força que ele mergulhou a lança entre os dois pescoços um segundo antes de atingir o chão duro. Com mais da metade do comprimento da lança enterrado em seu corpo, a poderosa fera deu alguns passos trôpegos, cambaleou, curvou-se e desabou no chão.

Kendra arrancou a garrafinha da mão de Vanessa e mergulhou da passarela. Ela manteve a gravidade total, e uma incrível rajada de vento atingiu seu corpo à medida que ela despencava. Ela girou o bastão, e sua queda começou a diminuir de intensidade. Então ela nivelou o bastão e fez uma aterrissagem perfeita ao lado de Warren.

Warren estava em frangalhos, o rosto virado para o chão, inconsciente, respirando com dificuldade. Suspendendo-o com as duas mãos, Kendra virou-o, estremecendo ao ouvir algo se partindo dentro dele. A boca dele estava aberta. Ela ergueu a cabeça de Warren, tentou ignorar os estalos proferidos pelo pescoço dele e despejou a poção em sua boca. Seu pomo de adão se mexeu, e grande parte do fluido vazou pelos cantos da boca.

Mais uma vez, o corpo do monstro estava inchando e ondulando, como se estivesse a ponto de entrar em erupção. Vanessa estava arrancando a lança, puxando um pouco de vez em quando, curvando-se sobre ela com toda a energia de que dispunha.

– Saia daí, Kendra – gritou Vanessa. – Ainda não acabou.

Quando Kendra voltou os olhos para Warren, ele estava leve e translúcido. Ela tentou tocar nele, e sua mão atravessou-o como se ele fosse névoa, dissipando-o ligeiramente. Kendra correu e agarrou a espada. Atrás dela, Vanessa finalmente conseguira soltar a lança.

Quando Vanessa se lançou no ar, Kendra assistiu à nona versão do guardião surgir. Longas asas foram desfraldadas. Doze serpentes brotaram de vários pontos ao longo das costas do monstro. Três pesados rabos balançaram. E três cabeças rugiram em uníssono, um som ensurdecedor mesmo da posição em que Kendra se encontrava, atrás da fera. O monstro bateu as enormes asas e alçou voo, perseguindo Vanessa.

Kendra ficou boquiaberta e petrificada diante do indescritível ser. De uma ponta da asa até a outra, a monstruosidade ocupava quase a metade do cavernoso recinto. O bicho ergueu-se suavemente.

Sem espaço suficiente para ascender, Vanessa começou a cair em vez de subir, arremessando a lança enquanto se aproximava de seu perseguidor. A arma apenas roçou o monstro e tombou no chão. As três cabeças atacaram Vanessa. Nenhuma obteve êxito. Ela ricocheteou no musculoso corpo, as cobras atacando-a vorazmente, e em seguida desabou em direção ao chão. Vanessa conseguiu diminuir a velocidade da descida no último instante, mas mesmo assim aterrissou pesadamente um segundo depois de a lança atingir o chão.

Como Errol antes dela, Vanessa acabou soltando o bastão, que flutuou em direção ao teto. Tremendo, mordida pela cobra, arrastando uma perna quebrada, ela rastejou até a lança. Acima, o demônio de três cabeças descia, rosnando exultantemente. Atrás do monstro, Kendra viu um par de figuras descendo na direção dela.

O COFRE

Levantando-se com a ajuda da lança, Vanessa ficou parada encarando o monstro felino de três cabeças aterrissar diante dela. O gato a observava a uma distância segura. Kendra reconheceu Tanu e Coulter descendo suavemente, ambos albinos, e acenou para eles.

Enquanto a lama escaldante jorrava como uma fonte das três bocas, banhando Vanessa numa agonia fervente, Tanu aproximou-se de Kendra, agarrou seu saco de poções e suspendeu uma garrafinha sobre a boca. Ele aceitou a espada de Kendra. Enquanto Vanessa gritava, Tanu se expandia, sua roupa se rasgando à medida que ele dobrava de tamanho, um homem enorme tornando-se um gigante, a espada parecendo uma faca em sua mão imensa.

O monstro de três cabeças demorou muito a se virar. Tanu investiu com fúria contra a criatura, golpeando e dilacerando, decepando asas e serpentes ao mesmo tempo que era mordido e golpeado. O braço pesado de Tanu bateu impiedosamente até o monstro se curvar no chão, e Tanu cair em cima da fera, sangrando feridas amargas.

Kendra observou horrorizada a carcaça do monstro começar a borbulhar. Tanu afastou-se às pressas. Mas dessa vez, em vez de dobrar-se sobre si mesmo, o cadáver pulverizou-se e desapareceu, como se jamais houvesse existido.

Coulter e Kendra correram até Tanu, que estava deitado de lado. O samoano branco estava apontando para o espaço que o monstro havia ocupado. Lá estava um bule de chá de cobre no formato de um gato, com o rabo formando a asa. Coulter pegou o objeto.

– Não parece muita coisa – disse ele.

– Talvez eu tenha que tocar nele – sugeriu Kendra, pegando o bule das mãos dele. A princípio leve, o bule começou a ficar pesado. O exterior do bule não mudou, mas Kendra reconheceu a diferença.

– Está ficando cheio.

– Despeje – arquejou Tanu.

Tanu tinha três talhos abertos e profundos em seu carnudo antebraço. Kendra despejou pó dourado do bule nas feridas. Grande parte da poeira pareceu se dissolver ao contato. Os talhos sumiram sem deixar nenhuma cicatriz. Um enorme pedaço de carne havia sido arrancado do ombro de Tanu, mas quando Kendra encheu a ferida aberta com o pó do bule, ela fechou e a pele acima dela pareceu estar nova.

Quando Kendra sacudiu o bule felino pelo corpo de Tanu, sua cor branca deu lugar à tradicional tez morena, e todas as feridas se fecharam e desapareceram. Tanu balançou a cabeça e uma boa quantidade de pó subiu de seu cabelo.

Kendra correu até Vanessa, que estava gemendo, definhando, irreconhecível, incapaz de se mover ou de falar.

– Eu tenho de curá-la – disse Kendra.

– Eu adoraria dizer não – falou Tanu. – Mas esse é o procedimento correto.

– Tecnicamente falando, nós não estamos na reserva – lembrou Coulter. – O que acontecer aqui permanecerá aqui.

– Não a deixa perto de nenhuma arma – alertou-os Kendra.

Coulter chutou a lança para longe enquanto Kendra cobria Vanessa com o pó do bule. O pó regenerador renovava a si próprio e continuou fluindo até que Kendra parou de usá-lo, deixando

O COFRE

Vanessa novamente inteira e sem marcas de queimadura. Ela se sentou, mirando o bule maravilhada.

— Nada poderia ter curado aquelas queimaduras — afirmou ela, impressionada. — Eu estava cega e quase surda.

— Está tudo acabado — disse Tanu a Vanessa. — Há outros mais fortes do que nós esperando do lado de fora.

Vanessa não disse mais nada.

Coulter permaneceu ao lado dela, espada em punho.

— Suponho que não seja necessário dizer que se você entrar em transe agora, jamais sairá dele.

Kendra dirigiu-se a Errol e despejou pó sobre ele. Nada aconteceu. Ele estava morto.

— Talvez a gente consiga salvar Warren — sugeriu Kendra.

— Eu notei que ele estava gasoso — disse Tanu, atando suas roupas e enrolando-as na cintura. — O que significa que ele está vivo. A poção não teria funcionado se ele estivesse morto. Ele deve estar nas últimas ou seria capaz de se mover livremente em seu estado gasoso. Mas ele está entorpecido. Tendo em vista o poder do pó contido no artefato, estou certo de que conseguiremos restaurá-lo. Dale será eternamente grato a você.

— Vanessa disse que encontrou você na floresta e colocou você pra dormir — falou Kendra.

— Então ela estava mentindo — rebateu Tanu.

— Blefando — corrigiu Vanessa, refazendo a frase.

— Assim que acordei, voltei para casa — continuou Tanu. — Eu me aproximei cautelosamente e devo ter chegado não muito depois de Vanessa ter saído para vir para cá. Peguei as chaves do calabouço. É muito mais fácil entrar do que sair daquela prisão. Seus avós estão bem. Eles recuperaram o livro de registro e nós encontramos amigos esperando do lado de fora de Fablehaven.

Pouco depois disso, Tanu voltou a seu tamanho normal e ajustou suas roupas. Eles ficaram parados perto da fumarenta e fantasmagórica forma de Warren até o gás coalescer e ele voltar ao estado sólido. Quando ele começou a ficar tangível, Kendra cobriu-o com o pó do bule, consertando ossos quebrados, tecidos envenenados, queimaduras e órgãos perfurados. Ele se sentou, piscando, incrédulo. Quando tirou a camisa encharcada de sangue de seu abdome, não encontrou nenhuma marca. Warren não era mais albino. Tinha os cabelos pretos e intensos olhos castanhos.

Kendra também jogou pó em Coulter, curando seu albinismo.

– Precisamos correr – avisou Tanu. – Dale também precisa ser curado. O trasgo o deixou aleijado.

Eles amarraram as mãos de Vanessa com a mesma corda que servira de curativo para Warren, e levitaram para a passarela, Tanu segurando Vanessa. Recolocaram os bastões na alcova. Nenhum macaco se agitou quando atravessaram o mosaico, embora eles tivessem sido obrigados a pisar com cuidado nas escadas. Encontraram Dale na sala arenosa, onde somente a mulher azul, o meio-aranha e o anão permaneciam nas paredes.

Dale gritou em êxtase ao ver seu irmão renascido e em bom estado de saúde, e eles se abraçaram por um bom tempo antes de Kendra conseguir se aproximar o suficiente para curar suas pernas. Assim que suas pernas ficaram saudáveis, Dale mirou o bule de chá embasbacado, enxugando lágrimas de puro contentamento, e proclamou que agora sim, vira tudo na vida.

O COFRE

Mais uma surpresa aguardava Kendra. Quando eles alcançaram a última câmara na torre e subiram a corda de nós para chegar à plataforma no anteriormente amaldiçoado bosque, ela encontrou o Esfinge e o sr. Lich esperando para dar as boas-vindas a todos.

CAPÍTULO VINTE E UM

A Caixa Quieta

— Conta de novo essa história do gato — disse Seth, sentando-se na cama com as pernas cruzadas, brincando de malabarismo com três blocos.

— De novo? — disse Kendra, tirando os olhos do livro.

— Não dá pra acreditar que eu perdi a coisa mais legal que alguém já viu em todos os tempos — reclamou Seth, perdendo o controle dos blocos depois de duas tentativas. — Uma pantera gigante e voadora com três cabeças, coberta de cobras e que solta ácido pela boca. Se não houvesse testemunhas, eu diria com certeza que você tinha inventado essa história só pra me torturar.

— Estar naquele lugar não foi tão divertido assim — afirmou Kendra. — Eu tinha certeza que todo mundo ali ia morrer.

— E a coisa regou Vanessa toda com uma gigantesca explosão de ácido — continuou ele, entusiasmado. — Ela berrou muito?

– Ela não conseguia berrar – disse Kendra. – Ela só estava meio que gemendo. Parecia que tinha mergulhado em lava.

– Tudo isso pra guardar a coisa mais frágil do mundo: um bule de chá de quinta categoria.

– Um bule de chá que curou todos os seus ferimentos causados pelo zumbi – disse Kendra.

– Eu sei, o troço é útil, mas parece uma quinquilharia comprada em algum brechó ridículo. Você gosta dele porque foi o seu vodu de fada que pôs ele pra funcionar. – Ele recomeçou o malabarismo e imediatamente perdeu o ritmo, um dos blocos caiu no chão.

Vovô abriu a porta do quarto que ficava no sótão.

– O Esfinge está dizendo que está pronto, se é que vocês ainda querem se juntar a nós – avisou ele.

Kendra sorriu. Era legal poder ver vovô andando novamente. Para ela, curar vovô Sorenson parecera a consequência mais milagrosa de haver recuperado o artefato. Os outros ferimentos eram tão recentes que ainda não tinham dado a impressão de serem reais. Era como se o bule de chá tivesse varrido a lembrança de um sonho ruim. Mas vovô estava numa cadeira de rodas desde que ela chegara a Fablehaven, de modo que vê-lo cortando o gesso e caminhando normalmente de um lado para outro foi uma experiência particularmente impressionante.

– Mas é claro que sim! – respondeu Seth, saltando da cama. – Perdi um monte de coisa, mas isso aí eu não perco!

Kendra também se levantou, embora seus sentimentos fossem um pouco mais conflitantes do que os de Seth. Muito mais do que querer testemunhar a sentença final de Vanessa como uma novidade ou mesmo com uma sensação de triunfo, ela esperava alcançar algum sentido de conclusão para a traição que Vanessa havia encenado.

Fora o Esfinge quem recomendara a Caixa Quieta. No dia anterior, depois que Vanessa havia sido encarcerada no calabouço, todos eles se sentaram em torno de uma mesa para se colocarem mutuamente a par de todos os detalhes do que havia sucedido. Vovó e vovô não sabiam quase nada acerca da história. Seth cativou a todos com o relato de como havia superado o espectro. Kendra e Warren contaram sobre a descida na torre e a batalha contra o gato. Tanu, Coulter e Dale contaram a respeito do resgate que haviam bolado, como no momento em que eles haviam se aproximado do bosque com o Esfinge, o diabrete que parecia estar de vigia no local se virou e fugiu, e como Dale havia sido ferido pelo trasgo.

O Esfinge explicou que estivera em trânsito por causa de evidências que indicavam que a Sociedade da Estrela Vespertina estava se aproximando de seu esconderijo. Uma vez resolvido isso, ele ficou preocupado com o fato de que ninguém em Fablehaven estava atendendo seus telefonemas, e duplamente preocupado quando descobriu que os portões estavam trancados e que ninguém estava respondendo a suas solicitações de entrada. Ele havia esperado lá até Tanu finalmente atender o telefone depois de haver libertado vovô. Fora Tanu quem abrira os portões para ele.

No fim, a conversa convergiu para Vanessa. O problema era que, na condição de narcoblix, ela teria poder para sempre sobre aqueles a quem havia mordido enquanto dormiam.

A Caixa Quieta

— Ela deve ser trancada numa prisão que inibirá seus poderes — dissera o Esfinge enfaticamente. — Não podemos esperar que o sr. Lich passe o resto de sua vida vigiando-a. — Naquela ocasião, o sr. Lich estava no calabouço, estacionado na porta da cela dela.

— A areia do artefato não pode curar as pessoas que ela mordeu? — perguntou Kendra.

— Eu tenho estudado o artefato — disse o Esfinge. — Seus poderes curativos parecem afetar apenas o corpo físico. Eu não acredito que ele possa curar doenças da mente. O pó removeu instantaneamente as marcas da mordida dela, mas não possui poder contra a conexão mental perpetrada pela mordida.

— Você conhece alguma prisão que poderia restringir os poderes dela? — perguntou vovô.

O Esfinge fez uma pausa e em seguida balançou a cabeça para si mesmo.

— Eu tenho uma resposta simples. A Caixa Quieta que está em seu próprio calabouço preencherá nossas necessidades com perfeição.

— E quanto ao ocupante atual? — perguntou vovô.

— Eu conheço a história do prisioneiro que está dentro da Caixa Quieta — falou o Esfinge. — Ele tem uma grande significância política, mas nenhum talento que solicite uma jaula tão poderosa. Conheço um lugar onde ele terá pouquíssimas chances de causar algum mal.

— Quem é ele? — perguntou Seth.

— Para a segurança de todos, a identidade do prisioneiro deve permanecer um mistério — respondeu o Esfinge. — Deixe que sua curiosidade se conforte com a realidade de que, para a maioria de vocês, o nome não teria nenhum significado. Eu estava presente quando ele foi selado na caixa, amarrado e encapuzado, disfarçado e desconhecido para os outros que assistiram ao evento. Trabalhei um bom tempo para garantir sua captura e para manter oculta qualquer informação a seu respeito. Agora eu arranjarei um novo confinamento para o cativo anônimo, de modo que a Caixa Quieta possa ser usada para prender o tipo de vilão para o qual ela foi idealizada. Moralmente falando, na condição de nossa prisioneira, não podemos executar Vanessa. Mas tampouco podemos recompensar a traição dela com leniência, ou mesmo proporcionar a ela a mais leve oportunidade de infligir outros malefícios.

Todos haviam concordado que aquele era um plano irretocável. Seth pedira para estar presente no momento da troca de prisioneiros. Kendra acompanhou-o na requisição. O Esfinge disse que não via nenhum mal no pedido, já que o ocupante atual da Caixa Quieta era irreconhecível atrás de sua máscara e de suas algemas. Vovô dera a permissão.

Enquanto seguia vovô e Seth na escada, Kendra refletia sobre como essa punição era, de várias formas, muito pior do que uma execução. Pelo que ela havia entendido, ficar presa na Caixa Quieta significava séculos de ininterrupta solidão. A Caixa colocava o ocupante num estado de suspensão, mas não deixava o prisioneiro num completo estado de inconsciência. Ela não conseguia imaginar ficar totalmente privada de seus sentidos por um dia, quanto mais por um ano. Aquilo, entretanto, significava ficar, potencialmente, o equivalente a um período de muitas vidas confinado no interior de um contêiner exíguo. Ela podia muito bem adivinhar as consequências psicológicas de um isolamento tão extenso.

Kendra estava magoada pelo fato de Vanessa a haver traído e contente por vê-la sendo julgada, mas o confinamento prolongado na Caixa Quieta parecia-lhe um preço demasiadamente pesado até mesmo para o mais hediondo dos crimes. Mesmo assim, o Esfinge estava certo: Vanessa deveria ser proibida de exercer mais controle sobre aqueles a quem havia mordido.

Eles se encontraram com vovó na cozinha e desceram juntos até o calabouço, onde encontraram o sr. Lich escoltando Vanessa de sua cela, segurando com força seu braço. O Esfinge balançou a cabeça com seriedade e disse:

– Mais uma vez nossos caminhos se separarão. Esperemos que nosso próximo encontro ocorra numa atmosfera mais aprazível.

Tanu, Coulter, Dale e Warren optaram por não assistir à cerimônia, então a pequena comitiva percorreu em silêncio o corredor em direção a seu destino. O sr. Lich foi na frente conduzindo Vanessa, de modo que Kendra não podia ver o rosto dela. Vanessa estava vestida com um velho casaco de vovó, mas mantinha a cabeça erguida.

Em pouco tempo eles chegaram ao gabinete alto que lembrava a Kendra as caixas em que os mágicos faziam suas adoráveis assistentes desaparecerem. O Esfinge se virou e os encarou.

– Deixem me expressar uma última vez a coragem e as iniciativas exemplares que todos vocês demonstraram ao frustrar essa insidiosa tentativa de roubar um artefato potencialmente prejudicial. Kendra e Seth, vocês dois exibiram um valor inestimável. Palavras não conseguem transmitir minha sincera admiração e gratidão. Assim que soltarmos o prisioneiro, o sr. Lich e eu vamos precisar fazer uma saída rápida. Fiquem certos de que nós temos em mente um lar seguro tanto para o artefato quanto para o cativo da Caixa Quieta, e que nós lhe telefonaremos, Stan, para confirmar que tudo está em segurança. Quando o prisioneiro surgir, não façam nenhum som até a nossa partida. Minha natureza cautelosa prefere não permitir que ele ouça suas vozes ou que receba quaisquer outras pistas a respeito de quem vocês são.

O Esfinge se voltou para Vanessa.

– Você deseja dizer alguma coisa antes de saber por que chamamos este gabinete de Caixa Quieta? Mas, cuidado, é melhor que cada palavra que saia de sua boca seja uma expressão de desculpa e arrependimento. – A voz dele tinha um tom de ameaça.

Vanessa olhou para eles, um de cada vez e disse:

– Peço desculpas pela mentira. Jamais tive intenção de causar nenhum mal físico a quaisquer de vocês. Uma amizade falsa é uma coisa horrível, Kendra. Todavia, por mais que você não acredite, continuarei trocando cartas com você.

– Já chega – interrompeu o Esfinge. – Não faça promessas de fidelidade. Sentimos pena de seu destino e todos nós gostaríamos que você não tivesse consigo essa malignidade. Você procurou descobrir conhecimentos proibidos e cometeu traições imperdoáveis. Você já contou com a minha confiança, mas jamais a recuperará novamente.

O Esfinge abriu o gabinete. O interior era revestido de feltro púrpura. A caixa estava vazia. Seth esticou o pescoço e em seguida olhou de relance para Kendra, como quem não está entendendo nada. Onde estava o ocupante atual?

O sr. Lich instou Vanessa a entrar na caixa. Os olhos dela estavam frios, mas seu queixo tremia. O Esfinge fechou a porta, e o gabinete fez uma rotação de 180 graus. O sr. Lich abriu uma porta idêntica à primeira, proporcionando uma visão do mesmo espaço do lado oposto. Mas a visão não era de Vanessa.

Ao contrário, uma figura totalmente coberta por uma estopa encontrava-se no gabinete. Um saco áspero cobria sua cabeça, acorrentada confortavelmente no pescoço. Grossas cordas amarravam seus braços. Grilhões apertavam seus tornozelos.

O sr. Lich pôs a mão no ombro dele e ajudou o misterioso cativo a sair da caixa. O Esfinge fechou a porta. Kendra, Seth, vovó e vovô observaram o prisioneiro sair pelo corredor entre o Esfinge e o sr. Lich. Vovó abraçou Kendra.

❦ ❦ ❦

Naquela noite, Kendra percebeu que não conseguia dormir. Sua mente estava no meio de um redemoinho devido aos eventos dos últimos dias. Eles haviam passado por tantas experiências que parecia até que ela havia voltado a Fablehaven uma vida inteira atrás.

Faltavam poucos dias para o Solstício de Verão. Vovô deixara bem claro para Seth que eles estavam colocando suas vidas nas mãos dele ao permitir que permanecesse na reserva durante aquela perigosa noite. Seu irmão assegurara a todos que havia aprendido sua lição, que ficaria bem longe das janelas a menos que fosse instruído a agir de outra maneira. Kendra quase se surpreendeu ao descobrir que, como seu avô, ela acreditava piamente nele.

Um pensamento específico não lhe saía da mente enquanto Kendra estava deitada no escuro. As últimas palavras de Vanessa continuavam ressoando em seus ouvidos como algo cada vez mais estranho: "Continuarei trocando cartas com você."

Kendra sabia que podia estar louca, mas tinha certeza de que a sentença havia sido mais do que uma trivialidade. Parecia que Vanessa estava dando a entender que talvez aquilo fosse uma mensagem secreta.

Kendra tomou a decisão de que deveria se certificar e chutou as cobertas para o lado. Abriu a gaveta da mesinha de cabeceira e retirou a vela de cera umite que Vanessa havia lhe dado. Andou cautelosamente até a escada e seguiu em direção ao corredor.

Kendra abriu ligeiramente a porta do quarto de vovô e vovó. Como todas as outras pessoas na casa, eles estavam em pleno sono. Lá estavam as chaves do calabouço penduradas perto da cama. Vovô jurara que faria cópias e as esconderia em locais estratégicos para a eventualidade de a casa ser novamente tomada por inimigos.

Kendra hesitou. O que ela estava fazendo era algo perturbadoramente semelhante ao que seu irmão costumava fazer. Será que ela não devia simplesmente contar a seus avós que estava desconfiada e pedir que eles a acompanhassem? Mas ela estava preocupada com a possibilidade de eles não gostarem da ideia dela de ler uma mensagem de adeus de Vanessa. E ela estava preocupada com o fato de eles estarem certos com relação a isso, com a possibilidade de a mensagem ser cruel. E ela também estava preocupada com a possibilidade de estar enganada, de que não haveria nenhuma mensagem e que ela ia parecer uma idiota.

Kendra retirou as chaves sem fazer barulho e saiu do quarto. Ela estava ficando boa em se esgueirar por aí. Ser capaz de ver no escuro certamente ajudava. Kendra desceu as escadas nas pontas dos pés e chegou ao hall de entrada.

Será que haveria realmente alguma mensagem? Sob vários aspectos, ela ficaria aliviada se a parede da cela estivesse em branco. O que Vanessa poderia ter para dizer? Um sincero pedido de desculpas? Uma explicação? Mais provavelmente alguma manifestação rancorosa. Kendra fortaleceu a si mesma contra essa possibilidade.

Qualquer que fosse a mensagem, era para ela ler. Não queria outras pessoas bisbilhotando sua correspondência, pelo menos não até que ela tivesse dado uma olhada.

Kendra pegou fósforos no armário da cozinha e desceu a escada até o porão. Chegar à cela de Vanessa seria fácil – eles a haviam mantido na quarta à direita, não muito longe da entrada do calabouço.

Com o sr. Lich montando guarda, será que Vanessa poderia ter escrito alguma mensagem? Talvez. Ele só estava lá para impedir que ela entrasse em transe e controlasse alguém. Talvez ele não tivesse grudado os olhos nela durante todo o tempo.

Kendra abriu a porta de ferro que dava para o calabouço e entrou. Os gnomos não podiam fazer nenhuma reclamação contra ela. Eles haviam recebido seis dúzias de ovos, três gansos vivos e uma cabra por terem ajudado Kendra e Seth quando eles entraram em miniatura no calabouço. Contanto que ela fosse diretamente para a cela de Vanessa e depois saísse, fazer uma visita secreta ao calabouço não teria como causar mal algum. Talvez a ideia não fosse assim tão parecida com o estilo de Seth como parecera a princípio.

Ela abriu a cela de Vanessa e entrou. Seguindo o padrão que virara rotina desde que Kendra tivera sua visão alterada pelas fadas, o local estava parcamente iluminado, porém não terrivelmente escuro. A cela era igual às outras que ela havia visto – paredes e piso de pedra, cama tosca, um buraco no canto para as necessidades. Ela riscou um fósforo e acendeu a vela, subitamente certa de que não haveria mensagem nenhuma.

Abaixo do brilho proporcionado pela vela umite, palavras surgiram, comprimidas porém legíveis, cobrindo várias partes do chão – uma mensagem bem maior do que a prevista por Kendra. As palavras eram orientadas de uma forma que indicava que elas deviam ter sido escritas enquanto Vanessa estava agachada com as costas voltadas para a porta, com grande parte da escrita concentrada em áreas que deveriam ser difíceis de serem vistas da pequena janela.

Cada vez mais impressionada e alarmada, Kendra leu a seguinte mensagem:

Querida Kendra,
Tenho informações vitais que devo compartilhar com você. Pode chamar isso de uma instrução final e uma ruptura com meus traiçoeiros empregadores. Você deveria ter aprendido a lição que compartilhei com você assim que nos conhecemos. O que diz o manual de infiltração da Sociedade?

A Caixa Quieta

Monte uma ameaça, depois apareça para fazer o salvamento e desenvolver a confiança. Errol fez isso com você e com Seth. Depois eu fiz a mesma coisa com você e com seus avós, fingindo ser parte da solução e não a causa do problema, ajudando legitimamente quase o tempo todo até que chegasse o momento da traição. Outras pessoas vêm usando esse modelo há muito tempo, com infinita sutileza e paciência. Exemplo: o Esfinge.

Sua atitude imediata será duvidar de mim, e eu não posso provar que estou certa. Minhas dádivas me deixaram a par de segredos que despertaram minha curiosidade, e quando cavei mais fundo, desenterrei uma verdade que deveria ter deixado oculta. Ele desconfia que eu conheço seu segredo, e é por isso que me confinará na Caixa Quieta. Ele preferia poder ter me executado. Eu trabalho para ele, mas não devo saber a identidade de meu empregador. Poucos conhecem o enigmático líder da Sociedade da Estrela Vespertina. Por meses, acredito, o Esfinge suspeitou que eu houvesse adivinhado sua verdadeira identidade. O tipo de fraude que ele está perpetrando só poderia durar com uma suprema discrição e uma meticulosa atenção aos detalhes. No entender dele, eu me tornei um risco.

O Esfinge poderia ter afirmado que possuía uma prisão que poderia me deter e ao mesmo tempo impedir meus poderes. Ele poderia ter me levado com ele. E se tivesse, teria obtido minha eterna lealdade. No presente momento, eu ainda estaria em dúvida com relação às intenções dele, mas Lich, não compreendendo totalmente a dinâmica da situação, sugeriu a Caixa Quieta, e assim eu rabisco minha vingança no chão.

Tenha em mente o golpe que isso representa para o Esfinge. Na condição de traidora reconhecida por todos, eu sou um ativo deteriorado para a Sociedade e, portanto, com muito menos valor de uso. Ele aparece como o herói e o verdadeiro amigo de Fablehaven ao me prender na mais segura prisão da propriedade, obscurecendo ainda mais a verdade fraudulenta. Caso as suspeitas dele sejam realmente corretas e eu saiba sua identidade, estarei permanentemente fora da equação.

O que mais? Ele liberta um prisioneiro que é indubitavelmente um aliado poderoso! E vai embora com o artefato que ele mesmo me mandou buscar!

Isso poderia ser uma maquinação. Mantenha os olhos abertos, e o tempo confirmará a minha versão dos fatos. O motivo pelo qual o Esfinge sabe tantas coisas e consegue prever tão bem o perigo é ele jogar dos dois lados. Ele causa o perigo e depois fornece alívio e aconselhamento até a chegada daqueles perfeitos momentos de traição. Quem sabe quantos artefatos ele já possui? Ele faz isso há séculos! Tendo em vista suas ações em Fablehaven e no Brasil, tudo indica que ele decidiu que o momento de ser agressivo chegou. Cuidado, a Estrela Vespertina está ascendendo.

A Caixa Quieta

Se ele tivesse confiado em mim, seu segredo ainda estaria bem guardado. Mas ele me rejeitou e me subestimou, e assim o segredo dele foi revelado. Minha lealdade não está mais a serviço dele. Tenho conhecimento de várias outras coisas que poderiam ser úteis a você e a seus avós.

Se não puder me considerar sua amiga, pelo menos considere-me alguém que está abrindo seus olhos,
Vanessa

Agradecimentos

Escrever um livro é um empreendimento pessoal, mas compartilhar um livro com outras pessoas torna-se um empreendimento público. Há muitas pessoas a quem devo agradecer por terem ajudado a série Fablehaven até o presente momento.

Minha mulher é a pessoa mais próxima do processo. Ela lê meu trabalho capítulo após capítulo, proporcionando uma primeira visão crítica e um primeiro estímulo. Ela não somente é minha melhor amiga como também me ajuda a encontrar tempo para escrever e manter nossa casa em ordem. Os agradecimentos que devo a ela são incalculáveis.

Chris Schoebinger, da Shadow Mountain, cuida da parte de marketing e agiliza todo o processo. Emily Watts edita o livro – o polimento que ela dá realmente ajuda no brilho final. Brandon

Agradecimentos

Dorman transforma palavras em imagens arrebatadoras, e os designers Richard Erickson e Sheryl Dickert Smith usam essas imagens e suas próprias habilidades para dar ao livro uma identidade visual. Jared Kroff e amigos fazem de Fablehaven.com um site muito maneiro. Minha irmã Summer coordena as turnês e viaja comigo, me ajudando a chamar a atenção para Fablehaven ao mesmo tempo que estimula estudantes a fortalecer suas imaginações através da leitura.

Eu nunca consigo ler meu próprio trabalho sem um conhecimento íntimo da história e dos eventos que se sucederão. Isso pode gerar um problema quando eu luto para distinguir a informação em minha mente da informação que está realmente na página. Para me ajudar a aferir se a história está se desenrolando de modo eficaz eu solicito uma visão crítica de meus leitores de confiança. Para esse livro eu tive ajuda de Jason e Natalie Conforto, Mike Walton, Scott e Leslie Schwendiman, Chris Schoebinger, a família Freeman, Emily Watts, Mike Crippen, Lisa Mangum, Pam, Gary, Summer, Cherie, Nancy, Tamara, Tuck, Liz, Randy e outros.

Há muito o que aprender a respeito do aspecto dos negócios da profissão de escritor. Sou grato a Orson Scott Card por alguns importantes conselhos e pela gentil orientação. Barbara Bova por participar como minha agente, o pessoal da Simon and Schuster que está publicando a edição de bolso do livro, e a galera maravilhosa da Shadow Mountain que está me ajudando a compartilhar a história de Fablehaven com leitores de todos os cantos.

Escritores vivem ou morrem em decorrência do boca a boca entre os leitores. Sou extremamente grato a Robert Fanney por

AGRADECIMENTOS

ajudar na divulgação online, Donna Corbin-Sobinski por todas as viagens que fez a Connecticut, e inúmeros familiares, amigos, empregados de livrarias, professores e bibliotecários por me ajudar a aumentar o interesse pela série.

Por fim, eu confio principalmente nos leitores que deixam momentaneamente de lado suas descrenças e permitem que a história de Fablehaven ganhe vida em suas mentes. Obrigado por compartilhar seu tempo comigo!

Para terminar, minha prima Nicole Aupiu me disse que alguns amigos dela não acreditam que eu sou mesmo primo dela. Eu sou! Na verdade, um personagem deste livro recebeu o nome em homenagem ao irmão dela: Tanu.

Fiquem de olho no Livro 3 da série de Fablehaven que está a caminho, e no meu primeiro livro de fantasia fora da série de Fablehaven, que logo, logo estará à venda.

Este livro foi impresso na Editora JPA Ltda.